大秦帝國

阳谋春秋

第四部 中卷

孙皓晖 著

中信出版集团 | 北京

图书在版编目（CIP）数据

大秦帝国．第四部．阳谋春秋．中卷 / 孙皓晖著
．—北京：中信出版社，2016.7（2025.1 重印）
ISBN 978-7-5086-6414-9

I. ①大…　II. ①孙…　III. ①长篇历史小说—中国—当代　IV. ① I247.5

中国版本图书馆 CIP 数据核字（2016）第 151755 号

大秦帝国
著者：　孙皓晖
出版发行：中信出版集团股份有限公司
（北京市朝阳区东三环北路 27 号嘉铭中心　邮编　100020）
承印者：　河北鹏润印刷有限公司

开本：787mm×1092mm　1/16　　印张：19.75　　字数：295 千字
版次：2016 年 7 月第 1 版　　印次：2025 年 1 月第 23 次印刷
书号：ISBN 978-7-5086-6414-9
定价：598.00 元（全 17 册）

献给中国原生文明的光荣与梦想

目录

第九章　吕氏新政

第六章 子楚还国

一 乾纲独断 策不乱法

春三月，蔡泽从蜀中回到咸阳，原本昂奋的心绪倏忽沉了下去。

还都当晚，蔡泽下车伊始便将路途中赶出来的秘密简札派主书连夜送往王宫。在这札用了二百多支竹简的奏疏中，蔡泽据实禀报了巴蜀两郡在李冰治理下的长足变化，振奋人心者只在二十四字“水患平息，水利大兴，蜀中富庶，几为天府，百姓殷实，堪为根基”。仅仅如此一个喜讯，蔡泽也不会急于上书。要害处在于这札奏疏禀报了一个急待定夺的大事——楚国正在密谋夺取夷陵，进而溯江西上夺取巴蜀；李冰坚请以留驻蜀中的一万秦军为根基，扩充郡兵五万，独当一面抵抗楚国，以免秦军主力鞭长莫及而使富庶粮仓落入敌手。秦国法度：大军直属国府，郡县不成军。李冰要建立郡兵，且是只能驻扎巴郡江防要塞而对中原大局无甚助力的水军，蔡泽如何做得主张？然则为秦国大局计，李冰的主张确实是确保巴蜀的良谋远图，作为封君丞相，蔡泽实在没有不予支持的理由。思忖再三，蔡泽终于在临行宴席上慨然拍案：“郡守不避忌讳，蔡泽焉能知难而退乎！老夫附议你谋，并上书秦王定夺。”李冰不禁悚然动容，对着蔡泽长长一躬：“纲成君敢当越法之议，巴蜀之福也，大秦之福也！”若非如此，自来酷爱游历的蔡泽也不会挤着沿途造饭与扎营夜宿的零碎时光挤出这札奏疏。毕竟，这一谋划的干系太重大了，若得实施，对秦国法度的影响也是极为深远的。依着秦国处置政务的快捷传统，以及老秦王对巴蜀两郡的殷殷关切，蔡泽以为必得夤夜宣他入宫，禀报详情商讨对策。想不到的是，蔡泽沐浴更衣用餐完毕没有回音，冠带在书房守到五更，还是没有回音。直到次日清晨，依蔡泽吩咐守在长史房等待王命的主书方才披着一身霜花匆匆回府。

“王命如何？”蔡泽霍然起身。

“长史昨夜进王书房，没有出来。直到清晨内侍方才传话，叫不要等了。”

“没有别话？”

“没有。”

月余鞍马劳顿，蔡泽原已累得腰膝酸软头晕目眩，闻得此言，一个哈欠还没打完，倒撞卧在了长大的书案上，满案堆成小山一般的竹简哗啦啦压在了身上。赶主书抢步过来，蔡泽已经呼呼扯起了粗重的鼾声。

红日临窗，蔡泽终于醒了过来，睁开惺忪老眼的第一句话便是：“几多时光了？”榻边侍女答道：“两日两夜，天方早晨。”话未落点，蔡泽光脚赤身冲出榻帐大嚷：“一群废物！王命宣召也不叫醒老夫！”侍女忙不迭用一件丝绵大袍裹住他道：“大人莫急，王命宣召，我等岂敢隐瞒？”蔡泽猛然双眼圆睁：“你说，没有王命？”“没有。”侍女认真地摇摇头。“岂有此理！老夫不信！”蔡泽一把甩开侍女，“叫主书！叫家老！谁个糊弄老夫，剥了他皮！”

片刻之间，主书与家老风一般赶到。一番对答，蔡泽眼前顿时一团模糊，分不清是眼屎糊还是云雾遮，“噫！”的一声手舞足蹈：“天黑了！快！天狗食日！击鼓鸣钟，驱赶天狗……你等，为何不动？”大厅骤然屏息，仆从书吏们目瞪口呆。

“主东！”从燕国跟随蔡泽入秦的家老惊叫一声扑上来抱起了蔡泽放

进榻帐，转身哭声大喝，“快！请太医！”大约顿饭辰光，太医令亲自带着一名长于眼疾的老太医赶到了。一番望闻问切，老太医道：“急火攻心，云翳障目，而致短时失明，服药后静心歇息几日自会好转。只是日后目力有损，纲成君须得着意调养才是。”蔡泽长嘘一声老泪纵横，一句话也说不出来。

暮色时分，家老小心翼翼来报：“老太子嬴柱前来探视，主东眼药未除，老朽想回了他，不知可否？”蔡泽嘟哝一句糊涂，掀掉蒙在眼睛上的药布翻身下榻摇到了前厅。

“纲成君！”嬴柱正在厅中转悠，一见蔡泽须发散乱衣裤单薄两手兀自摸索着走来，不禁惊叫一声大步过来扶住蔡泽，正要将自己的狐皮长袍裹住蔡泽，却见一个侍女抱着皮裘竹杖匆匆跑来，连忙扶着蔡泽在便榻上坐好。待侍女侍奉蔡泽穿好衣裳，另一名侍女也将燎炉烧旺茶水煮好，嬴柱这才在蔡泽身边落座，未曾开言一声长叹。

“安国君叹息何来？”蔡泽冷冰冰一问。

“开目不能见日，不亦悲乎！”

“安国君说的是老夫？”

“纲成君目盲犹可，嬴柱心盲，何医也！”

“太子兼领丞相府，身居中枢，何来心盲？”

“陀螺受鞭，茫然飞旋，身不由己，心岂有明？”

蔡泽竹杖啪地一顿，突然压低了声音：“安国君也见不到老王？”

“一言难尽也！”嬴柱紧紧拧着眉头，肥白的脸膛被燎炉炭火映得通红，“纲成君上书之夜，我即被急召进宫。父王半卧在榻，教长史交给我一卷书简。我方读罢，深感事态紧急，当即建言：事关大秦法度，当先与纲成君等一班大臣商议，再交开春大典朝会决之。谁知父王一句话也不说，挥挥手教我去了。去便去，谁料我尚未出得宫门，老内侍又追来请我回宫，在王书房外等候。一直等到次日天光大亮，老内侍又出来说要我回去候召。回府三日，刻刻在心不敢安枕，却甚个音信也没等来。纲成君但说，如此大事，我这个封君太子兼领丞相府却是如在五里雾中，连来看望纲成君也担着个心事，只怕突兀有召。领政若此，岂非是个木陀螺也！”

听得仔细，蔡泽心中一块石头顿时落地。他原本所虑者，只恐老秦王绕过自己，与太子及秦国元老断决了此事。果真如此，那便是末日到了。自己孤身入秦，以经济之才出掌丞相，偏逢老秦王暮政之期，国事多扑朔迷离。秦中腹地的水利富民工程屡屡因政事干扰而不能破土上马，自己的经济才干非但无以酣畅淋漓地挥洒，还要在自己的短场——权力斡旋中奋力周旋。多年无功，落得个庸常丞相之名，竟被嬴柱这个老太子给“兼领”了去。虚封君爵高位而脱丞相府实权，在当国大臣是实实在在的危机。当此之时，蔡泽为了挽回颓势，才有了出使巴蜀附议李冰的慨然之举。蔡泽的谋划是：老秦王若与自己商议采纳此策，自己便有了固土安邦之功，能在老新交替之际站稳脚跟；若老秦王不纳此策，则是自己退隐之时；若老秦王绕过自己与嬴秦元老决断，则无论纳与不纳，都是自己的仕途末日。唯其如此，三日未闻秦王宣召，蔡泽才急得一时失明。如今听嬴柱一说，蔡泽如何能不如释重负？

“陀螺之身，终归有期，何忧之有也？”心下一松，蔡泽顿时活泛过来。

“我纵无忧，李冰何待？莫非要等到巴蜀丢失之日，我等才说话！”

“太子之意，促成秦王决断？”

“正是！”嬴柱拍案而起，“君若畏难，我自担承！”

蔡泽呵呵一笑：“你先说个请见由头。否则，不能入宫也是枉然。”

“楚国谋蜀！莫非还有比此事更大的由头？”嬴柱满面涨红。

“安国君少安毋躁。”蔡泽一点竹杖站了起来，“老王暮政，今非昔比也。一则，老王已知此事，无断未必无思，思虑未定，我等以此事求见，自讨无趣。二则，老王之心，不在此处，只怕见了也是心不在焉。”

“奇也！”嬴柱揶揄地笑了，“王心不在邦国安危，却在何处？”

“暮政之君，大非常人也。安国君当真不知么？”

“依你之见，还是立嫡？”

“悠悠万事，唯此为大。”蔡泽悠然一笑。

“如此说来，巴蜀之事搁着了？”

“非也。”蔡泽诡秘地一笑，压低声音咕哝了一阵。

“也好。”嬴柱苦涩地笑笑，“成与不成，听天由命也。”

蔡泽见嬴柱赞同，大是快慰，立即召来主书一阵叮嘱，主书欣然去了。嬴柱半信半疑，怏怏然便要告辞回府。蔡泽来神，坚执要与嬴柱对弈一局立等消息。嬴柱笑道：“等便等，纲成君眼疾未愈，对弈免了也罢。”蔡泽顿着竹杖连声吩咐摆棋。片刻间棋具摆好，蔡泽指点使女道：“老夫出令，你只摆子。”嬴柱惊讶笑道：“纲成君能下蒙目棋？”蔡泽呵呵一笑：“你只赢得一半子，便算高手。”嬴柱大感新奇，当即落座投子：“左四四！”蔡泽悠然一点竹杖：“右三三。”两人兴致勃勃地厮杀了起来。

落子方逾百手，主书匆匆入厅：“禀报纲成君：密件呈进片刻，长史出来宣诏，‘着纲成君蔡泽并太子嬴柱，当即入宫。’”嬴柱又惊又喜，一推棋匣霍然起身拱手：“纲成君料事如神，嬴柱佩服！”蔡泽摇摇手诡秘一笑：“应对之事，却在安国君也。”嬴柱慨然道：“在其位，言其事，何消说得！”说话间使女已经将蔡泽冠带整齐，两人出厅登车向王城而来。

自从秦昭王风瘫，去岁秋日又移驾回了咸阳王城。自此，咸阳宫戒备森严。辎车一进北向的正阳大道便得缓辔走马，短短两里有三处查验照身令箭的“街关”。嬴柱不胜其烦，几次想发作都被蔡泽连扯衣襟制止了。到得王宫正门百步，辎车被卫士拦住，说只能在宫门停车步行入宫。嬴柱终于按捺不住，一步跨出车门厉声呵斥：“岂有此理！大秦王宫几曾有过宫门外停车？本太子紧急国务，偏要驱车入宫，谁敢阻拦！”一名带剑将军大步赶过来一拱手：“我等方奉将令：三更后禁止车马入宫。敢请太子无得越法。”嬴柱又要发作，蔡泽摇着鸭步过来一扯嬴柱笑道：“春夜和风，漫步正好也，走！”不由分说拉着嬴柱便走。进得宫门，只见偌大车马场空空荡荡风扫落叶如幽幽空谷一般，嬴柱不禁感慨：“自先祖孝公迁都咸阳，这宫城从来都是车马昼夜不断。曾几何时，这般凄凉矣！”蔡泽低声道：“太子若想成得正事，便请噤声！”嬴柱长长一叹，再不说话，只默默跟着蔡泽摇上了高高的白玉阶。

大殿廊下正有一名老内侍等候，领着两人一阵曲曲折折穿廊过厅到了王书房门外。老内侍一声轻轻咳嗽，书房大门无声滑开，老长史桓砾轻步出来一招手，便领着两人进了长长的甬道。蔡泽清楚地记得，这甬道原本是两端通风中间没有任何遮拦的，如今非但两端封死，连甬道中间大墙也嵌入了三道暗厅，每厅都站着四名便装剑士。甬道尽头的门外，也站着四个年轻力壮目光炯炯的内侍。

“我王精神如何？”蔡泽在长史桓砾的耳边低声问了一句。

老桓砾仿佛没听见一般，推开书房大门走了进去。又过了两道木屏隔门，来到宽敞温暖的大厅，老桓砾一躬身高声道：“启禀我王：纲成君、安国君奉书觐见！”正面帷帐后一声苍老的咳嗽，桓砾回过身来道：“纲成君、安国君，这厢入座。”

两张座案摆在白色大帐前三步处。待两人落座，一名老内侍上前轻轻拉开了落地大帐，只剩一道薄如蝉翼的纱帐垂在三步之外。纱帐内长大的卧榻隐隐可见，一颗硕大的白头靠在大枕上没有任何声息；卧榻前紧靠着一张与榻等高的大书案，书案两头整齐地码着两摞简册，中间一口破旧的藤箱与几卷同样破旧的竹简。

蓦然之间，纱帐内有了苍老断续的话音，实在模糊得难以听清。两人困惑之际，跪在榻前的一个中年内侍突然高声道：“王曰：蔡泽答话，《质赵大事录》从何路径入秦？”

“臣启我王，”蔡泽眼角一瞄，见老长史桓砾已经在案前开始录写，知秦昭王虽是语艰耳背，心下却明白不乱，仅是这头一问便直指要害，当下提着心神拱手高声道，“此简札乃吕不韦密使送来，老臣唯遵王命，居间通连而已。”

“王曰：纲成君之见，此件真也伪也？”

“臣启我王：此大事录很难作伪。根据有三：其一，行人署[1]探事司已经秘密与公子异人之随行老内侍、老侍女连通，查明公子异人质赵数年，每晚必记事而后就寝；其二，吕不韦乃山东商旅极有口碑的义商，扶助公子，代为传递，沿途没有差错；其三，近年来公子交游邯郸士林，

[1] 行人署，秦国外事官署，隶属丞相府。

才名鹊起，臣亦时有所闻。以常理推测，其才力当能胜任。”

帐中默然片刻，又是一阵沙哑模糊的声音，跪伏榻边的内侍回身高声道：“王曰：嬴柱说话，此子才具如何？”

“启禀父王，”嬴柱憋着气咳嗽了一声，小心翼翼道，“异人赴赵之时尚未加冠，而今已过而立之年，期间变化，儿臣难料。若说少时才情，蒙武将军与异人同窗数年，或可有说。儿臣实不敢妄断定评。”

又是一阵默然，帐中内侍突然回身：“王曰：异人籀文，师从何人？”

“籀文？”嬴柱蓦然一惊，“王孙之师，皆出太子傅属员，无人教得上古籀文。”

“臣启我王，”蔡泽突兀插话，“吕不韦少学博杂，识得籀文，或可为师。”

帐中一声苍老的喟叹，接着一阵沙哑模糊的咕哝，内侍高声道：“王曰：纲成君蔡泽，立即着行人署使赵，试探异人回秦是否可行？安国君嬴柱，太子府立嫡事缓行，待王命定夺。可也。”

一闻“可也”二字，蔡泽起身一躬，臣告辞三字尚未出口，嬴柱高叫一声：“父王且慢，儿臣有言。”帐中一阵沉寂，苍老的声音突然迸出一个清晰的字音：“说。”嬴柱霍然离案凑到榻前一躬：“父王明察：楚国图谋巴蜀，李冰急请成军。事关邦国安危，大秦法度，尚请父王立断！”

又是一阵默然一阵咕哝，帐中内侍高声道：“尔等既知法度，便知当去何处。可也。”

嬴柱肥白的大脸骤然通红，正要据理力陈，老桓砾过来一拱手低声道：“安国君少安毋躁，君上一夜只歇息得一个多时辰，已经四更天了。”蔡泽过来一扯嬴柱衣襟，躬身一声臣等告退，出了书房。走到门厅外，嬴柱终是按捺不住：“纲成君何其无胆，忘记你我进宫初衷么？”蔡泽也不说话，只拉着嬴柱出了宫门登车，方才低声道：“上将军府，此时去得么？”

“对呀！我如何忘了老蒙骜！”嬴柱恍然一拍车帮。

“笑？那张老黑脸可不好看。”

“不打紧！我与老将军通家之交。走！”嬴柱一跺车底厢板，辎车辚辚上了正阳大道向南而去。

更深人静，沿途官邸都是灯熄门闭，唯独大道尽头的上将军府风灯明亮中门洞开车马络绎不绝。嬴柱略一思忖，吩咐驭手将车驶到偏门报号。偏门是仆役运物的进出之道，属府中家老节制，不是军士护卫。廊下守门老仆一听驭手报号，立即打开了车道大门，辎车从偏院长驱直入。到得第三进停车，嬴柱领着蔡泽穿过内门来到正院。这正院第三进是蒙骜的书房与客厅，依嬴柱思谋，夜深人静之时纵然有事，蒙骜也必然会在书房处置。不料第三进庭院却是冷冷清清，书房虽然亮着灯光，却只有一个文吏在静悄悄埋头书案，与府门情形截然两样。

“走，去前院。”嬴柱拉着蔡泽便走。

到得前院，嬴柱大是惊讶，第二进满院灯火，环列东南西三面的十六个属署门门大开，各色军吏匆匆进出，纵是毫无喧哗，也分明弥漫出一种紧张气息。北面的兵符堂大门虚掩，廊下四名甲士肃然伫立，激昂话音隐隐传出，分明是在举行将军会议。嬴柱低声道：“走，去兵符堂。”蔡泽摇摇头：“将军会议必是重大军务，且勿唐突，还是到书房等候最好。”嬴柱思忖点头，说声也好，对中军署文吏叮嘱两句，与蔡泽回到了第三进。

“多劳久候，老夫失礼也。”大约半个时辰，蒙骜终于进了书房。

“老将军为国操劳，不胜钦佩！”蔡泽连忙起身肃然一礼。

蒙骜疲惫地笑笑，一摆手坐进了两人对面的大案，啜了一口滚烫的茶汁笑道：“两君夤夜前来，必有要务，但说便是。”

“巴蜀戍军事，可是老将军处置？”嬴柱突兀一问。

“两君可是奉王命前来？”白须白发衬着沟壑纵横的黑脸，蒙骜没有一丝笑意。

“老将军，原是这般事体。”蔡泽笑着一拱手，“巴蜀戍军，原是老夫与李冰联袂上书所请。多日不见君上会议，我等心下不安。今日老夫与安国君同时奉命入宫，末了言及此事，王曰：尔等既知法度，便知当去何处。是以前来相询。老将军若以为王命未曾明告知会他人，我等自当告退也。”

嬴柱拍案笑道："如何不明？分明是要我等讨教老将军。"

"既是此事，两君坐了说话。"老蒙骜粗重地喘息一声，接过书吏递过来的滚烫面巾在脸上大搓片刻，红脸膛冒着热气道，"楚军异动，汉水我军斥候早已报来。老夫当即请命，亲率五万大军南下夷陵布防。上书旬日，君上却无消息。三日之前，老夫奉命入宫，方知纲成君与李冰上书。君上征询老夫，老夫以为：此谋不失救急良策，然却牵涉秦军统属法度，不敢轻言可否。君上思虑良久，只说了一句'策不乱法，军不二属！'便要老夫回府谋划，既要不乱国法，又要化解巴蜀之危。老夫思虑昼夜，却是难也。"

嬴柱不禁大急："如此说来，老将军尚无对策？"

"若无对策，君上岂能将两位支到这里？"蒙骜淡淡一笑，"老夫召来在咸阳的几员老将商议，也无良策，驰马蓝田大营聚集众将谋划。不意，一个年轻千夫长竟提出了对策：国军郡养，长驻巴蜀。只这八个字，一经拆解，将军们齐声喝彩！"

"好！"蔡泽欣然拍案，"这是说，由上将军府派出大将率一班军吏入巴蜀，征召巴蜀精壮建成水陆两军；所成之军仍是国府大军，由上将军府统一节制；所不同者，巴蜀两郡提供粮饷军资，该军亦长期驻守巴蜀。"

"然也！"老蒙骜笑道，"据实而论，巴蜀原该有一支大军驻守。当年巴蜀穷困，人口稀少。司马错夺取巴蜀，只留下了一万军马驻守蜀中，其军资粮饷全部由国府供给。一支马队由秦中经大散关进入巴蜀，三月才能到达，要养一支大军实是力有不逮。而今李冰治水成功，蜀中大富。夷陵要塞也在我手多年，江水西上之航道也大有改观，经商於入汉水江水，再溯江西上，半月便可抵达。当此之时，无论是巴蜀提供粮饷军资，还是国府节制驻蜀大军，都可轻易实施。时势变化，建成大军确保巴蜀粮仓，此其时也！"

蔡泽不禁赞叹："此策高明也！果然是'策不乱法，军不二属'。"

嬴柱听得心下松泛，饶有兴致问："老将军，那千夫长甚个名字？教人想起白起！"

"呵呵，不错。"老蒙骜一点头，"此人叫王翦，二十余岁。"

"代有雄杰，秦军大运也！"蔡泽慨然拍案。

"纲成君好辞！"嬴柱大笑一阵，看看眼圈发青白头点睡的老蒙骜，起身一拱手道，"正事已了，我等告辞。"蒙骜恍然抬头，起身离案方一拱手，一个摇晃轰然跌倒在了案边。两人大惊，抢步来扶，却听沉重的鼾声已经打雷般响起，亮晶晶的涎水已经滚洒在了蒙骜的白须上。嬴柱一把拉住疾步赶来的中军司马问："老将军今日没得歇息么？"中军司马低声道："五日六夜没睡了。"说罢与书房军吏一起将蒙骜抬上了屏后的军榻。

蔡泽嬴柱愣怔片刻，匆匆出得府门，已是曙光初显。方要登车，蔡泽拉住嬴柱低声道："今日之事，足证君上不会延误国事。老夫之见，安国君还得收心回来，着力安顿好立嫡大事。"嬴柱叹息一声道："非嬴柱不着力，无处着力也。"蔡泽颇显神秘地一笑："纲成君但养精蓄锐，不日自有分晓。"说罢一拱手登车去了。

二　立嫡密书生发出意想不到的事端

嬴柱一觉醒来，见华阳夫人正坐在榻前，长长地打了一个哈欠道："春睡无边，佳人候榻，快哉快哉！"华阳夫人抚摩着嬴柱散乱的长发咯咯娇笑道："老猫一般睡，三日三夜了，晓得无？该起来晒晒了，日头正好也。"惺忪双眼前朦胧着倒挂下来的明眸皓齿，鼻翼弥漫着撩人的温热肉香，嬴柱一双手猛然探进了雪白丰腴的胸脯，抓住一对大奶子用力一扯。"疼也！"华阳夫人一声娇笑惊叫，柔软的身子灵蛇一般翻转过来，裙带蓦然散开，明艳的肉体赤裸裸压在了嬴柱身上。嬴柱啪啪两掌打上玉山一般的肉臀，两手一扯光鲜劲韧的大腿，女人嘤咛伏身，迎着长驱向上的男根大喘蠕动起来……

"劲力如何？"嬴柱亲昵地拍打着女人的脸颊。

"三日大睡，老猫不虚辰光。"华阳夫人香汗淋漓笑得分外娇憨。

“老夫老猫，小女子是甚？”嬴柱又猛然压住了赤裸裸的肉身。

“哎哟饶命！小女子小狗子小隶奴！”

嬴柱哈哈大笑，翻身坐起将女人搂在胸前揉着：“肚腹空了，咥个甚？”

华阳夫人惊叫娇笑着跳开：“鱼羊炖！只不许咥我。”又凑上来用红丝汗巾沾拭着嬴柱身上的汗水咯咯笑道，“听话也，老猫起来晒暖和，阿姐园中等你多时了。”

嬴柱顿时惊讶：“她来做甚？”

“做甚做甚，能做甚？咥你也！”华阳夫人做个鬼脸，过来侍奉嬴柱更衣。

嬴柱任华阳夫人翻转折腾着笑道：“这老阿姐甚个都好，偏是聒噪多事。”

“呸呸呸！”华阳夫人娇嗔道，“得了便宜卖乖，想人又骂人！”

“好好好，你将鱼羊炖抬到亭下，我先去陪老姐姐。”

“不消说得。”华阳夫人嫣然一笑飘了出去。

嬴柱悠悠然来到庭院甘棠林，远远便见茅亭下徜徉着一个高挑婀娜的黄裙女子，遥遥一拱手高声道：“华月夫人，别来无恙？”女子转身笑道：“哟！好正经。你倒是有恙，大白日折腾得天摇地动，也不怕阿姐泛酸。”嬴柱呵呵笑道：“老姐姐索性改嫁了来，两姐妹一起侍奉老夫，不亦乐乎！”华月夫人一阵咯咯长笑：“耶！老猫吃鱼不忘腥，你敢娶，我便敢嫁，晓得无？不知羞！”嬴柱呵呵笑着走进茅亭，松软地倚着亭柱瘫坐在了青石条上。华月夫人一阵风飘了过来：“起来起来！有壳没瓤空瓢儿一般，能坐得冰凉石条么？来，阿姐汗巾垫了，这厢坐！”说话间一手将绿莹莹的丝绵汗巾折叠起来铺在了亭下石礅上，一手扶着嬴柱坐了过来。嬴柱一番大动后原是疲惫，此刻笑得喘息咳嗽好一阵才上气不接下气道：“有壳没瓤，还不是教你两姐妹咥空了？”华月夫人轻轻抚摩捶打着嬴柱脊背娇声笑道：“哟哟哟，好金贵！我姐妹要做万年藤，老兄弟可是常青树也，若不是有事要来照应，阿姐急吼吼来甘棠林讨干醋么？”嬴柱捉住华月夫人的小拳头低声笑道：“甚好事？我可不想老姐姐嫁人。”华月夫人红了脸：“呸，没正形！你的大事，不要听？阿姐走了。”嬴柱连忙揽住了华月夫人丰满柔软的细腰：“敢不听么？过来说。”要搂了女人坐进怀中。华月夫人就势抱住嬴柱，伏在他耳边一阵急促咕哝。嬴柱顿时惊讶站起：“果真如此？你如何得知？”华月夫人坐在了旁边石礅上颇为神秘地一笑：“车有车道，马有马道，你纵是太子，管得着么？”嬴柱凝神思忖一阵摇头道：“我不信。老姐姐万莫多事。”“多事？”华月夫人一双大眼瞪得溜圆，“晓得无，你倒是说话轻松，我姐妹没个根，不揪心么？”嬴柱笑道：“揪个甚心？阿姐小妹都是老夫心头肉，哪里没根了？”华月夫人一撇嘴：“朝露无根水，晓得无？我姐妹要的是长远。”

“好热闹也！”亭外一声笑语，华阳夫人轻盈飘来，身后两名侍女抬着食盒相跟。华月夫人笑吟吟起身，过来指点侍女摆置酒菜。一时妥当，华阳夫人吩咐侍女退去，与姐姐左右陪着嬴柱忙了起来。华月夫人烫酒斟酒，华阳夫人开鼎布菜，嬴柱只管埋头吃喝。不消片时，一鼎滚热香辣的鱼羊炖和着热腾腾的兰陵酒下肚，嬴柱额头冒出了晶晶汗水，顿时觉得浑身通泰。

“阿姐今来定是有事，说了么？”华阳夫人亲昵地用汗巾沾着嬴柱额头。

华月夫人正要开口，嬴柱拍拍华阳夫人肩头起身道：“你姐妹稍待，我片时便来。”华阳夫人欲待说话，华月夫人飞来一个眼神，娇声笑道：“晓得无，莫忘了来陪阿姐吃酒。”嬴柱在亭外漫应一声，径自大步去了。

华月夫人诡秘一笑，立即挪坐过来一阵喁喁低语，华阳夫人惊喜莫名连连拍掌：“好好好！上天开眼也。”华月夫人一皱眉道：“好是好，人回不来也是枉然。”接着一阵说叨，华阳夫人顿时愣怔。华月夫人见妹妹沮丧，噗地笑道：“我有一策，只不晓得小妹心思如何？”华阳夫人娇嗔道：“小妹只管卧榻营生，余事阿姐照应，原本是你的话，如今却来难我，晓得没好！”华月夫人搂住华阳夫人低声道：“晓得无，这法子要老太子点头。你不定个主张，老阿姐功夫行么？”华阳夫人红着脸一阵娇笑：“至不济三人共榻，他有个不服软了？”“死妮子！”华月夫人一点妹妹额头，“贪吃不顾仓空，就晓得舒坦！呜呼了老太子，岂非没了靠山？”华阳夫人摇手笑道：“毋怕毋怕，还有老大一个儿子也。”华月夫人大乐，两人咯咯笑着搂做了一团。

嬴柱匆匆来到署事庭院，正待走进书房，却闻身后一声高宣：“驷车庶长到——”回身一看，四名壮汉抬着一张军榻已经过了影壁，榻上靠坐着一位须发雪白的老人，正是驷车庶长嬴贲。嬴柱心下一跳，大步迎过去一躬：“嬴柱见过王叔。”榻上老人竹杖啪啪一敲：“老夫今日是王使，安国君书房接命。”嬴柱心下又是一跳，伸手一指为首壮汉，说声随我来，领着军榻进了正厅东面的书房。

“安国君屏退左右。”军榻落定，老庶长嬴贲板着脸一声吩咐。

“禀报王使：嬴柱书房素来没有侍从。”

“好！你等出去守在门厅，不许任何人进来。”老嬴贲一声令下，四名壮汉赳赳出门。待嬴柱掩上厚重的大门回身，老嬴贲哆嗦着双手从军榻坐垫下摸出一支粗大的铜管捧起：“太子嬴柱接书，只许看，不许读。”嬴柱肃然一躬，接过铜管启开泥封取出细长一卷竹简展开，两行大字赫然扑入眼帘：

大秦王命

公子异人立为安国君嬴柱嫡子　返国事另为谋划

蓦然之间，嬴柱一阵眩晕心头怦怦大跳。勉力平息心神，抬头看着老庶长愣怔得不知该不该说话。老庶长一点竹杖，苍老的声音分外冰冷：“安国君嬴柱切记：太子立嫡，为邦国公事；王族封君立嫡，却只是王族事务。唯其如此，此后凡关涉公子异人之事，皆由老夫与安国君商议定夺，他人不得涉足。”

“嬴柱明白。”

“老夫告辞。”老庶长竹杖啪啪啪三点，四名壮汉推门进来抬起军榻走了。

嬴柱恍然醒悟，揣起竹简一阵风般到了甘棠苑。茅亭下两姐妹已经是满面酡红，见嬴柱疾步匆匆模样，不约而同站了起来。嬴柱过来也不说话，只挤进两女中间两边一搂，突然一阵开怀大笑。两女眼神交会，两边偎住嬴柱也咯咯笑了起来。

“说！姐妹咕哝，是否生了鬼谋？”

“耶！老犁头好宽，连姐姐也划了进来，美死你也！”

“偏不说！”华阳夫人做个鬼脸，“晚来有你消受也，晓得无？”

“瞒我没好。”嬴柱倏忽沉下脸色，“王书未下，大姐便知消息，你姐妹岂能没有预谋？实在说话，老父王法度森严，外戚私通宫廷是死罪，晓得无！我只叮嘱一句：立即收手，切断私连，否则弄巧成拙。”

“是也。”华阳夫人乖巧一笑，“夫君只说，王书可是下了？”

“知道了还问。”嬴柱板着脸从怀中皮袋掏出竹简啪地丢在案上，“你俩看，是封君立嫡，不是太子立嫡，小心为妙！”

“哟！”华阳夫人笑了，“太子是你，安国君也是你，不一样么？”

“蠢！”嬴柱呵斥一声又呵呵一笑，“太子立嫡是国政大事，须书告朝野，使人皆可知，无涉机密。王族封君立嫡，却只是王族事务，自定君定皆是机密，局外人预闻消息抑或私举干涉，便是触犯法度。明白么？”

“就事论事，原是没错。”华月夫人悠悠然一笑，“只这次安国君却是危言耸听。姐姐看来，老王以封君立嫡处置，原是权宜而已，意不在保密。权宜者，规避法度也。嬴异人未经王室法定考校，若公然立为太子嫡子，自是有违法度；老王既不想开乱法立嫡之先例，又想趁着清醒及早了结这桩大事，便出了这个权宜之策；这叫弱其名而定其实，与机密何干？”

“妙！”华阳夫人拍掌笑道，“策士之风，阿姐也！”

“老姐姐能事明理，说得原也不差。”嬴柱亲昵地拍拍华月夫人，喟然一叹，“只是事关重大，国事又在非常之期，老夫尚须小心翼翼，何况你等也。”

“晓得晓得。”华阳夫人娇笑着一手搂住嬴柱一手端起一盅热酒，“这是阿姐请齐国方士制的乾坤酒，只此一盅也，来！”嬴柱把住一双柔嫩的玉臂呱地吞了热酒下去，拍打着两个女人的脸庞曼声吟诵：“美人醉兮，朱颜酡些。湘女可人兮，独厚老夫。”华月夫人挣脱身子笑道：“起晚风了，莫教他受凉，小妹背起了。”华阳夫人答应一声，笑吟吟偎住男人腋下一挺身，嬴柱肥大的身躯小山一般飘出了茅亭。

次日清晨，甘棠苑尚在胡天胡地之中，贴身侍女在榻帐外急促禀报，说驷车庶长府派主书来请太子商议大事。嬴柱一听，顾不得两女娇娇绕身，气喘吁吁爬起来匆匆整衣钻进辎车去了。

老嬴贲已经在专门处置王族事务的密室端坐等候，见嬴柱脚步虚浮精神恍惚浑身散发着莫名异味，大皱着眉头冷冰冰道：“殷鉴不远，在夏后之世。安国君可知这句老话？”嬴柱肥白的大脸顿时涨红，尴尬入座，勉力笑道：“侄儿一时有失检点，尚望王叔多多包涵。”老嬴贲竹杖一点长嘘一声：“老夫尝闻：君子之泽，三世而斩。嬴氏自孝公奋起，至当今老王，恰恰三代矣！交替之时，安国君这第四代变故多出，先有太子嬴倬英年夭亡，再有蜀君嬴辉争嫡作乱而身首异处，王族强势日见凋零。当此之时，安国君以羸弱之躯而承大命，年逾五十而尚未立嫡，邦国之难王族之危，已迫在眉睫矣！”老嬴贲痛心疾首，竹杖直指嬴柱鼻端，“君受公器，不思清心奋发，沉湎女色而自毁其身，何堪嬴氏之后！何堪大秦雄风也！”

“王叔……”嬴柱扑拜在地大哭起来。

“起来起来，你受不得凉气也。”老嬴贲竹杖对着身后大屏敲打两下，一个少年内侍轻步走了出来。老嬴贲低声吩咐：“扶安国君热水沐浴，务使其发汗才是。”少年内侍低头脆生生答应一声，过来扶起嬴柱，蹲身一挺背着嬴柱软绵绵的庞大身躯去了。

大约半个时辰，嬴柱冠带整齐红光满面地到了厅中。老嬴贲竹杖一指大案淡淡道：“喝了那鼎药膳汤再说话。”嬴柱默然入座，见案上一鼎热气蒸腾，鼎下铜盘中木炭火烧得通红，钩开鼎盖用长柄木勺舀着啜了起来。未到半鼎，嬴柱额头细汗涔涔体内热乎乎一片通泰，眩晕虚浮之感顿时消散。

“谢过王叔。”嬴柱一拱手，“侄儿不肖，若不能洗心革面，愿受族法！”

“功业在己不在天，好自为之也。”老嬴贲感喟一声，拄着竹杖艰难地站了起来走到嬴柱面前，丢下一支细长的铜钥匙，“右案这只铜匣，打开。”嬴柱移座右案，利落打开了铜匣，一只怪异的兵符赫然在目。

嬴柱心下猛然一跳：“黑鹰兵符！王叔何意？”

“你且听了。”老嬴贲点着竹杖，“王命：着安国君嬴柱凭黑鹰兵符领精锐铁骑三万，秘密开赴离石塞口。”

“我……领，领军打仗？”嬴柱大为惊讶，一时口吃起来。

“你能打仗？”老嬴贲冷冷一笑，“整日心思都在哪里，木桩一个！”

默然片刻，嬴柱恍然拍案：“王叔是说，要我接应异人返国？”

“要你出场，还能有甚？”

“可，邦交无门，异人能回来么？”

“异人回国，王命另有处置，你只管接应。”

“哪，何人领军？”

“蠢！”老嬴贲怒斥一声，“你持兵符，还要谁个领军？”

“我，我说的是领兵大将是谁？”

“天！嬴氏子孙竟有此等兵盲，气煞老夫也！”老嬴贲雪白的头颅乱颤，“持兵符者，有选将之权，不知道么？若在战场，老夫早一剑劈了你！”

“王叔……”嬴柱哽咽一声，“我本羸弱，从来没想过做这个太子也。”

“你，你好出息也！”老嬴贲粗重地喘息一阵，黑着脸冷冷一句，“送你到家了。记住：前将军蒙武为将，他与异人同窗情深，只怕比你还上心；你只坐镇，一切行止悉听蒙武决断，保你无差。”

“谢过王叔指点！”

“且慢。”老嬴贲一点竹杖，“此次各方举动皆为秘密事宜，消息若是外泄赵国，异人有杀身之祸。知道么？”

“侄儿明白！”

回到府邸，嬴柱也不去甘棠苑，蒙头大睡到暮色降临方才起来，沐浴用膳后自觉精神尚佳，立即吩咐贴身护卫备车。正在此时，家老匆匆来报，说纲成君蔡泽来访。嬴柱略一思忖，提着马鞭来到了正厅。不料蔡泽对着嬴柱一番打量，呵呵一笑又告辞去了。嬴柱心下疑惑，匆匆追上道：“纲成君呵呵两声便走，岂有此理！”蔡泽依旧是呵呵一笑：“见君知君，何须聒噪也。”转身摇着鸭步优哉游哉走了。嬴柱无可奈何地一笑，大步回到后园钻进四面密封的辎车，从后门出了府邸。

旬日之后，三万秦军铁骑经北地郡秘密抵达离石要塞。由于全部路径都在秦国境内，消息没有丝毫走漏。大军越过离石要塞，在河东一条大峡谷隐秘扎营，日不起炊，夜不挑灯，临近的赵国边军一无觉察。主将蒙武在血战长平时已经是前军先锋千夫长，稳健周密有乃父蒙骜之风，机警勇猛却是显然过之，担任全军尖刀从来没有出过差错，军中誉为“铁鹞鹰”。老嬴贲点蒙武为将，除蒙武与异人笃厚，最根本处是看中了蒙武单独出兵的可靠及嬴柱与蒙氏一族的通家交谊。

驻定当晚，蒙武对嬴柱一阵交代，传下将令：由自己亲自率领一万人马原地驻守，做各路总策应；其余两万人马分解成十路轻骑，每路专分五百人前出散开探察，千五百人则埋伏要道口专司接应；若遇赵军追杀公子，接战骑队当一面死力拼杀，一面以随带猛火油大纵明火为号，各路马队见火立即驰援。军令下达完毕，两万轻骑衔枚裹蹄趁着夜色弥漫向广袤的河东山塬。

如此月余已过，眼看寒风呼啸已是腊月隆冬天气，各路依然毫无动静。这一日蒙武心下不安，到嬴柱帐中道：“月余无消息，末将总觉有异。各路轻骑所带军食有限，我欲撤回散出兵马，专一只在河东峡谷守候，安国君以为如何？”嬴柱原本不谙军事，自是赞同蒙武主张。蒙武见嬴柱没有异议，当即下令撤军回谷。三日之间大军收拢，蒙武部署好各军扎营地点，又从河西要塞调来充裕军粮，便在河东峡谷中扎营守候，每日轮番派出斥候游骑在百里之内耐心巡查踪迹。匆匆又过一月，大年正月已经到了最后一日，条条路口依旧是毫无动静。蒙武觉得蹊跷，与嬴柱商议准备回兵。不想此时，驷车庶长嬴贲派特使送来紧急王命：蒙武军立即分兵一半东出离石，赶赴上党西口同时接应。

“各将聚帐！”蒙武一声令下，二十位千夫长与两员副将片刻便到帐中。蒙武紧急下令最得力的千夫长王翦行副将职权，率领五千铁骑先行赶赴上党，后续五千人马由自己亲自率领随后跟来。军士拔营之时，蒙武匆匆来到安国君大帐，想请年长体弱的嬴柱留守离石要塞巡查策应。

不想未进大帐便听帐内一片慌乱杂沓，蒙武即时一惊。

连日起早贪黑，嬴柱疲累已极，闻得军情有变，正在思忖是跟蒙武驰驱上党还是留守策应，却闻帐外马蹄如雨！嬴柱尚未起身，一个须发灰白满身脏污的老人踉踉跄跄扑了进来：“主东，出，出大事了……”

“家老！你如何来了？”嬴柱忽地站了起来。

“华阳华月两夫人被，被廷尉府突然拘拿！”

“……”

“大道无消息。老朽私下打探，也是传闻纷纭……”

“！”嬴柱大急，闷哼一声轰然哗啦地倒在了案上。

三　佳人归来兮　春不可以残

嬴异人婚礼大成，邯郸士林一时传为佳话。

吕不韦百味俱生，勉力应酬完婚礼与宴席酬酢，匆匆回到了仓谷溪蒙头大睡。两个昼夜过去不吃不喝不出门不理事，竟似要永远地睡下去一般。西门老总事大是忧心，吩咐越剑无连夜请来了毛公商议。毛公听完老总事一番诉说，也不去吕不韦寝室，径自点着竹杖摇到了跨院客寓。

初夏时节，小庭院卧在满山花草与莽莽胡杨林中，习习谷风阵阵鸟鸣，分外的幽静空旷。毛公推开虚掩的大门，院中毫无动静。毛公可着劲儿咳嗽一声，一个总角小女仆不知从哪个角落冒到了面前：“老伯何事？忒大动静！”

“嘿嘿，动静不大你个小姐姐能出来？找人。”

“赵姬公主成婚了，客寓没有人了。”

“蠢！”毛公板起黑脸，“老夫要见卓昭姑娘。”

“老伯早说也！”小女仆做个鬼脸，凑近毛公低声嚷嚷道，“姑娘一直卧榻不起，叮嘱我说来人说没人。我说若是主东来咋说，她说这里人早忘记了她，来人也是仆人杂事，只回没人。我说那你吃饭咋办，她骂我一句蠢，关上门再也没出来。”

“几日了？”

“今日整整六日六夜。”

“你能开得门么？”

“能。可姑娘没有吩咐，不敢开也。”

“蠢！要饿死人么！”毛公竹杖重重顿在青砖地上，“老夫奉主东之命看望姑娘，开门！且慢，开门之后，快去厨下吩咐制一盅好汤备着，半个时辰后送来。”小女仆鬼个脸答应一声，从裙带上拿下一支扁扁长长的铜钥匙，带着毛公到了庭院最深处的一座青砖大屋前，咣当咣当拨开了门闩。大门推开，幽暗的厅中立即有一股异样的沉闷气息扑面而出。小女仆顿时慌乱，叫了两声姑娘已嘤嘤哭了起来。

“蠢！拉开帷帐，打开门窗。”毛公站在门口皱起了眉头。

明亮和煦的阳光伴着习习谷风洒过，屋中依然寂静无声。毛公笃笃点着竹杖绕过大屏进了隔间寝室，一双老眼顿时瞪直了。凉幽幽的寝室整肃洁净四面雪白，白榻白帐白案白墙，地上铺满了已经有些枯萎但依然洁白的山花，一个雪白丝衣的女子静静仰卧在白榻白帐之中，枕旁一束火红的山茶花将女子脸庞的微笑映得分外明艳。

倏忽之间，毛公眼眶溢满了泪水，白头瑟瑟颤抖着大盘腿匍然坐地，两掌对着白榻笔直推出又缓缓收回，口中悠长地呼唤吟诵：

天佑佳人　魂兮归来——
幼清以廉洁兮
逢离乱而未沬
入歧路守节义兮
长离殃而愁苦
魂兮归来——
南方炎炎不可以止也
西方流沙不可以驻也
北方冰雪不可以留也

东方流金不可以居也
上天雷渊者危矣
土伯幽都者寒矣

魂兮归来——
天地四方　返故居也
共献岁以发春兮　时不可以淹

同饮尽欢兮　路不可以渐
佳人归来兮　春不可以残
魂兮归来——
天佑汝以白芷芳兰

嘶哑悠长的吟诵在空谷回荡，悠悠蒸腾的白气在厅中弥漫，在毛公大汗淋漓之时，白榻上一声细微的呻吟，游丝般的声音飘荡了过来："上苍无处，我回来也。"

"公主金玉之身，何须如此也！"不知何时，吕不韦站在了寝室门口。

"嘿嘿，累煞老夫也。"毛公大袖拭着额头汗水站了起来，"你老兄弟终是来了，老夫去也。"转身对厅中捧着食盒的小女仆使个眼色，"小姐姐有功，扶老夫回去有赏。"小女仆顽皮地一笑，将食盒放到案中搀扶着毛公去了。

吕不韦捧着汤盅走到榻前道："公主既已醒来，请饮了这盅灵芝麋鹿汤。毛公的方士之术只管得一时，固不得根本。"女子蒙胧着双眼淡淡道："往事不堪，我早已不是公主，先生叫我本名好了。"吕不韦尴尬笑道："赵姬之名已经被替代了，不韦惭愧，尚请见谅。"女子依然淡淡漠漠："赵姬原非我名，我本名，叫陈渲。"吕不韦不禁一惊："如此说来，姑娘是故陈国公主？"女子轻轻一声叹息，闭上了眼睛，一丝泪水渗出眼帘爬上了苍白的脸颊。吕不韦心中猛然一颤，上前扶起女子靠在大枕上，捧过汤盅一勺一勺地喂女子喝下。

"谢过先生。"女子睁开眼睛，脸上泛出了一片红晕。

"陈渲姑娘如此自残，不韦殊为痛心也。其中因由，能否明告？"

"先生无须自责。"陈渲淡淡一笑，"先生重金买我，其意本在那位公子。陈渲无才，不能取公子之心，反累先生失其所爱。于情于理，于长青楼规矩，陈渲皆负疚过甚。我若留世，各方多有不便，何如去也。陈渲一生至此，路虽崎岖，身心清纯如雪，自怜自痛，选了如此长眠之法，原本与先生无关。今两公救我，小女无以回报，只求先生送我回陈国故土，桑麻隐居了我一生。先生大恩大德，但求再生相报矣。"

默然良久，吕不韦突然开口："不韦若有他想，又当如何？"

"长青女规矩：主人生我死我，无怨无悔。"

"陈国故土一无安宁处，姑娘莫做此想。"

"如此，陈渲唯有一死相报。"

"不！我要娶你为妻！"

突然之间，陈渲一阵咯咯长笑："异想天开也。先生只不知长青女另一规矩：终身为奴，绝弃妻愿，若谋妻位，其身必灭。"

"与公子结缡，你何以没有此说？"

"委身公子，乃主人买我之初衷，敢不从命？"

"女不为人妻，岂有此理！"

"先生且听我说。"陈渲又是淡淡漠漠地一笑，"长青楼主图谋长远，方有这一规矩。先生但想，长青女若仗恃才艺美貌与主人妻室争位，搅得主家分崩离析，长青楼焉得在巨商富豪间有万无一失之口碑？先生若为一时躁动之心，惹来后患无穷，得不偿失矣。"

"我却不信！"吕不韦一声冷笑，大步跨前两手一抄抱起了女子。陈渲一声惊叫昏了过去。吕不韦不管不顾，一把扯掉陈渲裙带，又三两把脱去自己衣裳，上榻赤裸裸压在女子身上嘴对嘴地大呼大吸起来。未及片刻，陈渲嘤咛一声醒来，满面涨红地挣扎着软瘫的身子，不禁泪水泉涌。吕不韦却疯了一般揉搓着柔若无骨的嫩滑肉体，一句话不说只分开陈渲双腿奋力一挺。一声微弱的呻吟惊叫，陈渲顿时没了声息。

大约半个时辰，满面红潮汗水涔涔的陈渲睁开了眼睛，见吕不韦正盯着自己打量，不禁放声大哭。吕不韦依然是一句话不说，下榻穿好衣裳回身猛然抱起陈渲大步出了客寓。来到山腰庭院，毛公与小女仆正在厅前笑嘻嘻眺望，旁边的西门老总事一脸不安。吕不韦抱着一身白衣的女子赳赳大步走来，遥遥一声高喊："毛公、老总事，我要大婚！迎娶陈渲姑娘！"

"天意也！"毛公一阵哈哈大笑，"吕公业已心无藩篱，可喜可贺！"

三日之后，仓谷溪一片平静温馨的喜庆。没有管弦乐舞，没有高朋大宾，婚礼宴席只有四张座案——薛公毛公与吕不韦陈渲。开席未几，旁厅宴席的西门老总事与执事仆人们轮番进来敬酒完毕，毛公薛公正要与一对新人痛饮嬉闹，吕不韦已经是醺醺大醉了。一身红裙玉佩的陈渲默默用大枕将吕不韦靠在座案上，离座起身肃然两躬，亲自为毛公薛公各自斟满了三大爵百年赵酒，又在自己面前满当当斟满了六爵，方才粲然一笑："赵姬去矣，吕公再生。两公大德，陈渲当代夫君敬谢。"说罢连番举起沉甸甸铜爵一气饮干，胸前衣襟竟是滴酒不沾。毛公又惊又喜，拉起薛公忙不迭举爵急饮，酒液流淌顿时将胡须胸襟淹得湿漉漉一片，一时间酒香弥漫了大厅。毛公薛公正在哈哈大笑，不意竟匪夷所思地醉了过去，颓然软瘫在大案前。

西门老总事闻讯，带着越剑无与两名女仆匆匆赶来，要扶几人回房歇息。陈渲红着脸笑道："夫君有我，诸位但侍奉两公回房便了。"说罢一矮身将吕不韦双手托起，脚步轻盈滑出，舞步一般摇曳飘去。越剑无大是惊讶，一拉西门老总事跟出了大厅。

仓谷溪庄园的正厅坐落在向阳避风的山坳，寝室却在山坡庭院的书房之后。今夜月在中天又是处处红灯高挑，各条路径看得分外清楚。饶是如此，越剑无两人出厅之时，山腰石径已经没有了人影。越剑无心中一急，左臂一夹老总事飞身跃上了山坡庭院，进得大门掠过书房便看见了红烛高烧的洞房。西门老总事低声道："莫急，先听听动静。"与越剑无悄无声息地贴近了一片红光的落地大窗。

房内一声粗重的喘息，吕不韦的声音："姑娘，你恨我么？"

"不。"女子轻柔断续的声音，"你是主人。只是，委实意外。"

“假若吕不韦不是主人，你会有情于我么？”

“不知道。”

一阵长长的沉默，又是吕不韦声音：“陈渲姑娘，事已至此，无须隐瞒。不韦原非草率轻薄之人，强犯姑娘原是我有意为之。卓昭原是我所爱之人，却因夜半弹筝无端巧遇，而被异人公子引为天人知音。公子为此相思成疾，以至于癫狂失心。为解难题，不韦方才踏入长青楼选得姑娘，欲以佳丽才情化解公子情痴心病。不合波澜横生，公子竟因秦筝认定卓昭正是胡杨林梦境中的天人知音，坚执求婚。实在说，也是卓昭姑娘秉性奔放热辣，亦为公子炽热动心。当此之时，不韦若不成全两人婚配，非但嬴异人身心俱毁，吕不韦也是功败垂成矣！”屋中响起脚步声，吕不韦一声叹息，“此间诸般变化，姑娘皆在云雾之中，然却良善宽厚，非但不以遭受陡然冷落而滋生事端，反欲以白身辞世解脱不韦之难堪。此心此情，若非毛公点破，吕不韦依旧一派混沌也。唯感念姑娘情欲有节，无奈出此下策，以破佳人冰封之心，欲救回姑娘以为发妻，而绝非不韦以买主欺人，做禽兽之举。此番心事，天地可鉴。吕不韦若有一句欺心之言，后当天诛地灭！”

“做则做矣，要得如此板正么？”

“姑娘……”

“卓昭出嫁，何以冒我之名？”轻柔的声音突兀一问。

“秦赵死敌也。”吕不韦的身影在大窗上徘徊着，“赵国若知卓昭嫁于秦国公子，必得加害于卓氏一族。虽是天下巨商，卓氏也无力对抗此等叛国灭门之罪。卓昭隐名冒名，原是避祸之策，无得有他。”

“无墙不透风，此事瞒得多久？”

“五七年之间，异人公子可望大出，其时赵国纵然知情，卓氏亦可免祸。”

“大出？这位公子要做国王？”

“不错。公主后悔还来得及。三年后我保你进得秦王宫。”

“原来如此也！”妙曼的身影一声轻柔悠长的惊叹，突然又大笑起来。

“笑从何来？信不得吕不韦么？”

妙曼身影长躬扑拜在地："先生救我于心死，实是再生大德！"

"公主……"吕不韦木桩一般矗着。

妙曼的身影膝行几步骤然抱住了吕不韦双腿，轻柔的声音颤抖着哽咽着："我不是公主，不是奴隶，我是你妻！你也不是主人，你是我的夫君！"

"我，我……"吕不韦手足无措，木讷得语不成句。

"夫君！"妙曼身影倏然长起，火红的大袖包住了木桩般的吕不韦……

窗外的西门老总事轻轻一扯越剑无说呆看个甚？走！越剑无鬼脸笑笑，在老总事臂膊一趁，两人悄无声息地飞身出了庭院。

次日清晨，幽静的仓谷溪庄园飘出了一朵婀娜多姿的红色的云，出入于重重庭院，摇曳在条条小径，分派着仆人们整治庭院，指点着厨师们备炊造饭，召唤着使女们洗衣浣纱，偌大庄园显出了一片井然有序的活泛气象。惯常日出而作忙碌得团团转的西门老总事第一次悠闲地抄着双手唤起了沉沉大睡的毛公薛公乐呵呵地上山看日出去了。几位吕氏商社的老执事也惊喜得满庄园张罗前后品评，直是不亦乐乎。越剑无看无须帮忙照应，一骑飞出了山谷。待到日上三竿吕不韦走出庭院，庄园已经是整齐洁净满眼生机。蓝天白云下炊烟袅袅笑语不绝，林木山溪中鸟语花香捣衣声声，昨日还透着几分苍凉酸楚的满院红灯，此时弥漫出一派热气腾腾的喜庆。

"噫！"吕不韦揉揉眼睛，惊讶得兀自一声喟叹。

"嘿嘿，偷着乐么？"

"毛公薛公，"吕不韦蓦然回身红着脸嘟哝，"一觉醒来，全不对劲也。"

"天地翻覆，只怕是言不由衷也。"薛公揶揄地笑了。

"嘿嘿，你那情欲有节之道，该当再添几句。"毛公对着吕不韦摇头晃脑地吟诵起来，"乾之为大，无坤者虚也。山之为雄，无水者枯也。情欲有节，无爱者冷也。人世之寒热，泰半在女子也！""添得好！"吕不韦一阵开怀大笑，从来没有过的精神抖擞，见西门老总事在山坳庭院遥遥招手，两边拉住毛公薛公道："走！今日痛饮，不醉不休！"

正厅中酒宴业已摆置整齐，依然是一身红裙却显然比昨夜之淡漠判若两人的陈渲正在笑吟吟给各案定爵布酒，见三人谈笑风生而来，虽意味不同但却都饶有兴致地打量着她，不禁满脸通红羞涩地一笑，说声两位先生请入席，风一般飘去了。三人不约而同地大笑一阵，个个就座举爵痛饮起来。酒过三巡，陈渲悠然进来照应布酒，又轮番与三人对饮，毛公薛公引着一对新人海阔天空地戏谑笑谈，一片融融之乐前所未有。不知不觉间已到午后，越剑无匆匆归来，说声西商义信，递给吕不韦一只裹扎严实的皮袋。吕不韦当下打开拿出一支泥封铜管启开，抖出一卷羊皮纸展开眼光一瞄，却是一行极为古奥的籀文，递给相邻的毛公薛公："我识得不全，两公且看。"

"好事！吕公大事成矣！"薛公惊喜拍案。

"嘿嘿，只怕未必也。"毛公哗啦一抖羊皮纸，"只这两句话：太子已立嫡，作速设法与公子回秦。消息人是谁？不知道！两句话也说得不明不白：嫡子立的是谁？如何立得？老秦王王命还是太子自作主张？全不清楚！嘿嘿，只怕不能凭这一纸之言轻举妄动。"

"老夫之见，你老兄弟这次却是妖狐多疑也。"薛公悠然笑道，"秦赵交恶，此等事本是极端机密。消息人准定是半公半私，公事私办。万一走漏消息，也是个扑朔迷离，使赵国难以判定真伪。能用已经消失的古籀文密写，足见消息人对吕公学问底细知之甚深，准定认为这两句话足以明事，无须蛇足之笔。吕公以为如何？"

"薛公所言不差。"吕不韦折叠起羊皮纸装入贴身皮袋，起身一拱，"两公且随我到书房计议。渲妹，你与西门老爹立即清理庄园，紧要物事悉数装车。越执事，立即赶到无名谷知会荆云义士。"说罢与毛公薛公匆匆出了大厅。

仓谷溪立即忙碌了起来。

四　峡谷丛林的蒙面马队

暮色时分，一队车马辚辚出了庄园，到得仓谷溪口分作了三路：两辆垂帘辎车驶上了邯郸大道，两匹快马箭一般驰向了西北方向的山塬。大约半个时辰，两匹快马进入了一道险峻的峡谷，迎面一骑飞来禀报说，荆云义士已经在河谷丛林聚集马队等候了。吕不韦说声走，一骑当先飞入了林木莽莽的大峡谷。三五里之后，峡谷渐渐开阔，淙淙水流旁高耸着大片青黄苍苍的胡杨林，进入林中一箭之地，朦胧月光下每株形如伞盖的胡杨树下都耸立着一尊黑黝黝的物事，马罩皮甲人戴面具，铁塔般岿然不动。待吕不韦走马入林，黑黝黝铁塔们突然刀光闪亮整齐一呼："参见吕公！"

"诸位义士，"吕不韦在马上一拱手，"中秋将至，不韦特来拜会，盘桓痛饮！"话方落点，林中又是一声谢过吕公的欢快呼声。喊声方息，右前一骑沓沓走马到中间高声道："壮士兄弟们！荆云告知诸位一个重大消息：吕公业已将我等一百零三人家室全数安置妥当，每家三百金加两百亩良田！我等既往罪责，一概从官府了结除名！自今而后，兄弟们不再是官府追拿的要犯，家小族人也不再为我等所累！此等大德大恩，我等何以为报？"

林中铁塔们一片沉寂，骤然一阵夹杂着唏嘘哽咽的雷鸣般吼声："追随吕公！效忠吕公！死不旋踵！"队前荆云又高声道："吕公之意：我等护商使命业已告成，中秋之后便可各归故里，重操桑麻耕耘。哪位弟兄若有未了之事，今晚可说明，吕公当在旬日之内理清事端，保我等安然离赵。兄弟们意下如何？"奇怪的是林中一片沉默，唯有粗重的喘息夹杂着偶然的战马喷鼻清晰可闻。吕不韦有些惊讶，看看荆云正要说话，林中一人高声问道："荆云大哥如何打算？回归故里么？"荆云一拱手道："兄弟既问，荆云明说不妨：当年吕公救我出黥刑苦役，此恩不报，我心不泯！目下吕公大事正在最后一步，荆云要送吕公安然出赵，再行离开，不能与诸位兄弟同走。"林中铁塔们顿时一片骚动，一个声音喊道："大哥说得好！我等谁个不是吕公涉险犯难救于牢狱刑场？大哥不走，我等如何走得！""对！大哥不走，我等如何走得！""我不走！""我也不走！""任侠之风，岂能不报而走！"一片嚷叫声终于汇成了一片吼叫的巨浪："吕公不离赵，我等不离赵！"

荆云走马过来低声道："吕公，诸位兄弟同心，我也无能为力。"

"也好，我来说透。"吕不韦走马上前几步，一拱手高声道，"诸位义士，吕不韦当年所为，皆是感念诸位侠义高风，憎恨官府苛政害民。倏忽十余年，诸位与吕氏商社甘苦共尝，栉风沐雨历经艰险，方保得吕氏商社庞大车队屡遭劫难而无一次倾没。若非如此，吕不韦岂能成事！十余年来，义士马队战死者十三人，负伤者九十六人。每念及此，不韦痛心负疚无以复加。此等流血拼杀之大功大德，报偿吕不韦昔年破财救难虽百次而有余！谈何不报而走？纵是专诸、聂政、豫让再生，谁个敢说诸位义士不报而走？"马队寂然林风习习，吕不韦不禁一声哽咽，稍稍平静心绪又道，"今日所以遣散义士马队，无得有他，皆因不韦行将弃商从政。政者，正也。战国变法百余年，各大国都是政肃法严，不韦将成官身，安能有私家马队追随？不瞒诸位义士，今秋之内吕不韦要离开赵国西入秦国。诸位都是山东义士，各人家族与秦国或多或少都有血战仇恨，若随不韦入秦，心下岂能坦然？不韦心中无他，唯念诸位任侠之士，回归故里便是各得其所，不韦也心无挂牵了。"吕不韦说罢翻身下马，对着林中铁塔般的马队深深一躬，"此心唯诚，诸位义士体谅。"

林中马队肃然无声。依着战国之风，这便是不赞同却又几句话说不清。荆云见状走过来低声道："吕公，我看先不说此事也罢，左右不在几日。回头我与兄弟们先私下说说再说不迟。""也好！"吕不韦慨然一笑向林中一招手，"兄弟们，今夜月明风清，各国老酒应有尽有！走与不走姑且不说，我等先来个一醉方休！"

"吕公万岁——！"林中一片欢快的呼喊。

一场豪侠夜饮直到东方发白。胡杨林中篝火熊熊酒香弥漫一架架烤羊烤猪蔚为大观，红木酒桶咕咚咚抬来轰隆隆滚去，骑士们卸甲摘面大陶碗酒花飞溅，丛林河谷一片呼喝笑语。吕不韦醉了，荆云醉了，所有一百零三名骑士都醉了。直到落日西沉又是暮色，吕不韦两骑才出了谷口，一路之上心绪说不出的百味杂陈。

这支马队与吕不韦实在是血肉相连。

二十年前，他初入商道与田单达成第一笔盐业买卖之时，深深体察到了行商长途运货的艰险。从即墨海滨的盐场到中原大市，迢迢千余里，一二百辆牛车，三五百号人马，当真是谈何容易。然则，行商最要害处尚不在这事务繁难，毕竟战国之世比起春秋时期的诸侯林立关卡重重路途要通畅许多，只要有几个精于运筹的执事与主东齐心协力，做到井然有序忙而不乱倒是不难。行商之要害，只在一个险字，险则在于盗。盗，是春秋战国之世对游离于官府法网之外的乱民的称谓，几类后世所说的匪。战国之世大战连绵天灾人祸此起彼伏，所滋生的“盗民”比春秋之世大大增多。盗民者，或是大战之后被丢弃的伤兵无计还乡，或是各国逃出的苦役犯（刑徒）、复仇杀人犯不敢还乡，或是各种各色的逃逸奴隶无乡可还无家可归，或是大饥馑后残留的奄奄孤儿，或是逃离本国苛政远走他邦却依旧流离失所。凡此人等流窜啸聚汇于各邦国交界处的险要山川，官府鞭长莫及，穷山恶水地薄无收，狩猎亦不足以存活，成就了以劫掠商旅富豪与小国辎重粮仓为生计的盗群。

初为盐商，吕不韦对要隘劫道者或送一笔金钱，或卸下半车一车盐袋，或丢下几口袋商旅路上必备的干饼酱肉加几桶好酒，总是求买得个路途通畅人马无伤。然时间一长，盗们得寸进尺胃口膨胀，大盗群动辄便要五七车财货，吕不韦不堪重负了。恰在此时，田单在即墨抗燕，吕不韦受托做起了秘密供给齐军物资的总筹办，无论是分散采买或是集中运送，件件都是大宗生意十分火急绝不能中途出事。开初几次，都是鲁仲连亲自带领着临时招募的一支马队护送货车。半年之后，吕不韦深感诸多不便。一是牵累鲁仲连不能专一襄助田单；二是匆忙招募的骑士难免良莠不齐，几次被盗群首领收买，若非鲁仲连与几名骨干骑士奋力血战，车队便是全数被劫。

反复思虑，吕不韦请鲁仲连举荐一个义士，重新物色遴选可靠武士，组成一支可共患难甘苦的护商马队。鲁仲连也正在焦虑即墨战事危机而不能脱身，听罢连连点头，说齐国有一个义士堪称当世任侠，只怕你我目下财力起他不出也。吕不韦问此人何在？鲁仲连说，此人被齐南百姓呼为“鱼鹰游侠”，现在莒城以东百余里的一座刑徒营服苦役；燕军破齐后，燕将秦开奉乐毅之命，立即占领了齐国南部这座关押三万余人的牢狱大营，要将这些刑徒押送回燕国填充劳役。为宣示燕军的王师仁义，乐毅通告齐人：旧齐国苛政，刑徒多有冤狱，齐人可以金钱财货赎救罪犯还乡，无人赎救之刑徒听凭燕军处置。

吕不韦笑道："此公人望甚高，岂不早被人赎救了去？"鲁仲连愤愤苦笑："你却懵懂！齐人鸟兽四散，财货被燕军大掠十之八九，谁个有重金赎救刑徒？空头仁义，乐毅骗得谁来！""原来如此也。"吕不韦恍然大悟，"此番你押送海船北上，我去莒城燕军大营。"

三日之后，两人水陆两路分头北上。吕不韦到得莒城，在城外难民聚居的山谷寻觅到了一个昔日富豪的田姓齐人出面，自己扮做家老跟随，找到了燕军大营求见主将秦开。秦开听罢诉说冷冷一笑："此人顽劣入骨，在刑徒营鼓噪越狱，明日正要明正典刑，不在赎救之列。"吕不韦抢前一步拱手笑道："我家主东原与此人无甚关涉，赎救与否皆无所谓。只是我家主东深受旧齐苛政之苦，要给齐人做个表率，以示燕军仁政无虚。此人在狱虽则刁顽不堪，昔年却做得许多好事颇有人望，若赎救得出，齐人对燕军自是刮目相看。将杀之际能许赎救，则更见燕军宽厚爱人，我齐国子民拥戴无疑。老朽此言，尚望将军三思。"秦开沉吟一阵笑道："一个家老竟有如此说辞，难得也！如此稍待，我禀明上将军定夺。"

次日清晨，一队骑士护卫着一员大将飞到燕军大营，上将军乐毅亲自前来处置这件事情了。乐毅说此人虽可赎救，然须多出一倍赎金，否则无以惩戒顽劣之民，纵有仁政依然落空。吕不韦连忙扯了扯"主东"衣襟，"主东"慨然应允了。

这个"鱼鹰游侠"被抬出肮污不堪的洞窟时，已经遍体鳞伤奄奄一息了。粗通医道的吕不韦立即清洗了鱼鹰游侠的伤口，清楚地记得大小伤口共是六十六处。然后用浸透药汁的大幅麻布将人包扎停当，抬上了铺有三层兽皮的密封辎车，亲自驾车昼夜兼程回到了陈城。商社的西门老总事已经接到消息，请来了隐居荆山的楚国万伤神医。大布打开，须发如雪的老神医看得一眼已皱起了眉头："此人内伤外伤新伤旧伤重重交叠，毒脓遍体，命在旦夕，老夫也是无能为力也。"吕不韦大急，一声闷哼栽倒过去。片刻醒来，老神医沉吟道："伤不难治，毒脓难消。若得钩吻草三枝、鸩羽一枝，或可有救。只是此物实在难觅也。”吕不韦霍然起身转身便走。也亏了是在这南北商旅交汇的陈城，两日之内，吕不韦居然以三千金的骇人高价从一个岭南大药商手中买得了两种剧毒之物。老神医将鸩羽入酒，再用人们闻之变色的鸩酒清洗毒脓渗溢的伤口，割去腐肉，又用钩吻草熬成的药汁浸布包扎新肉伤口。如此这般一月有余，鱼鹰游侠竟神奇地起死回生了。

三月之中，游侠只整日在后园林中默默转悠，即或在吕不韦为他举行的庆贺小宴上也是沉着黑脸一言不发。吕不韦也从来不说事体，只隔三岔五地到林中茅屋谈天说地请教剑术。游侠似乎不耐聒噪，对吕不韦的谈笑风生始终只是默然相对。一次终是难忍，举着大陶碗咕咚饮尽大手一抹嘴角道：“公既赎我，又救我命，有死事但说，何须整日絮叨！”吕不韦顿时闹了个大红脸，肃然一个长躬到底：“君为任侠，不韦从鲁仲连处闻名，心怀景仰故而救君。不韦救君，无买命复仇之心，唯愿与君死生一体图事而已。君但斟酌，若以为不韦所事当得君为便为，不当为则不为。不韦若有图报之心，天地人神灭之！”说罢径自大步去了。

旬日之后，一个月明风清的夜晚，吕不韦接到西门老总事急报，说从岭南运回的皮甲在洞庭湖北岸被山盗劫走大半。吕不韦郁闷心头漫步后园，蓦然却见林下一人赤身跪伏路口背负带刺荆条背上鲜血淙淙，分明正是鱼鹰游侠。大惊之下，吕不韦抢步上前解开荆条扶他起身，自己却一时喘息着说不出话来。游侠深深一躬，低沉地迸出几句话来：“公为大义商旅，我为风尘武士，与公生死一体共图大事，自今日始！”

没有说一句话，两人紧紧地抱在了一起，鲜红的血沾满了白麻布袍，滚烫的泪滴满了赤裸的身子……那一夜，两人痛饮了三大桶烈性赵酒，快语如风连绵不断，直到红日高挂谁也没醉。

游侠说他的本名叫荆云，是当年秦国商鞅的卫士荆南的后裔。商君死难，荆南安置了商君的诸般后事逃离秦国，先入墨家。老墨子死后墨家分崩离析，荆南晚年隐名居在了齐国海滨。三世以来，荆氏一族已达到三百余口，武风不衰，代有侠士。荆云出生，三岁开始修习武术根基，十五岁已经是一流剑士，二十一岁加冠，荆云的剑术节操已经在齐东地带有口皆碑了。时逢齐湣王苛政害民赋税繁多，荆云不堪乡里百姓叫苦，带领四乡民众交农罢耕。谁知齐湣王闻报非但没有免赋（劳役）减税（实物），反倒派来军兵缉拿首犯剿灭乱民。愤怒之下，荆云带领荆氏一族与罢耕农人三千余人连夜入海逃上了一座无名孤岛，所有举事乡民无一伤亡。荆云因此得鱼鹰游侠之名。三年后，荆云登陆采买渔船渔具，不意在即墨被官府抓获，定为不赦终身苦役，当即黥刑刺面押到齐南刑徒营单窟关押。两年后，成了无数绵绵蠕动在原野上的苦役犯之一。

燕军大举破齐，守狱齐军惶惶大乱。荆云极为警觉，立即策动刑徒们在一个深夜大举暴动。杀散惶惶官兵，就要结队逃往就近莒城寻找貂勃做抗燕义军时，燕军秦开部十万轻骑风驰电掣般卷来，将万余刑徒封堵在山口之内。守狱燕将查出了荆云是起事首领，许他以燕国刑徒营总领之官并减所有刑徒罪名，条件是他说服刑徒们安心迁燕做官府终身劳役。荆云怒斥燕将，断然拒绝。燕将大怒，将荆云捆在木桩上用皮鞭抽得半死，又关进了冰冷脏污的石窟。燕将不信世间有如此硬骨头，每日十鞭，非要打服荆云不可。虽日每血流如注，荆云却是一声不出，回到石窟则极为机密地做着联络刑徒们暴动越狱的谋划。若非那个传送消息的齐人老狱吏因说梦话泄风，酷刑之下供出了荆云，刑徒营的风暴在吕不韦到来之前已经再次爆发了……

吕不韦百感交集唏嘘不已，慨然提出要与荆云拜“刎颈”之交[1]。荆云默然良久，摇了摇头。吕不韦难堪不解。荆云说：“大义不在俗交。公图大事，不当死便不能死，何须为全一人之义轻了性命？生若我等武士，本是个战阵生涯，头颅悬于腰间说丢便丢。与公刎颈，全小义而废大义，实则不义也！”吕不韦无话可说，请荆云出任商社总执事。荆云又摇了摇头说：“公所缺者非商道之才，实武士之才。譬若田单昔年经商，有两百敢死马队，非但保得商路无恙，且能撑持鲁仲连呼风唤雨纵横天下。荆云自认武才不差，定然为公谋得百人死士以济缓急。然却有四请，公须切实做到。”吕不韦肃然点头。荆云便说出了四个条件：一不

[1] 战国习俗，一人死，另一人得自杀（刎颈）跟随，是谓同死。

参与商社任何事务，二不出席任何公开酬酢，三不对任何人泄露马队武士的姓名身世，四不接受除吕不韦之外的任何人差遣。

吕不韦记得，他郑重地接受了荆云的全部四请。

一个月后，荆云容貌大变，一个俊秀英挺的青年永远地消失了，站在吕不韦面前的竟是一个连鬓虬髯面若涂炭分不清年龄的精悍汉子。吕不韦热泪盈眶哽咽难言，虬髯汉子却一拱手去了。半年之后，吕不韦有了一支三十人的马队，两年之后，马队逐渐增加到一百一十六人，从此有减无增。荆云说，快速马队不若战阵大军，贵在精悍，百人足矣。所有这些骑士，都是荆云秘密物色的特殊死士，不是为民获罪而成刑徒，便是仇杀逃匿而成流民。荆云物色一个，吕不韦周旋解救一个，数年之间整整支出三万金之巨！

从此，吕氏商社的车队经最初两年的十多次实力闯盗关之后，从来没有出过大事。荆云不是一个草莽侠士，而是一个机谋深沉果敢明断的首领，他不断通过各种途径与各色盗群结交，十多年下来，山东六国畅通无阻。吕不韦深为感慨，几次对荆云叹息："兄弟大将之才也！生逢战国之世正当其时，不若出世为将，不韦当全力襄助。"素来不苟言笑的荆云哈哈大笑："倘若吕公一日为相，荆云自当为将！"一句话说得吕不韦也是哈哈大笑。

三年前商事收手，吕不韦要安置武士遣散马队，荆云却总是摇头，这件事便搁了下来。直到吕不韦咸阳归来，才说动荆云，开始动手诸般安置。荆云不闻不问，依旧恪守约定信条，恒常如一地住在峡谷丛林，整日带着马队驰骋演练。今次前来，吕不韦似觉马队武士们有些变化，面具马甲整齐，直与秦国的铁甲锐士一般。本想问来，终因素来不干荆云马队铺排，也便没有说出，只是在心头压着一个心思：骑士们要走在我后，该如何疏通赵国关隘放行？

"先生，老总事！"越剑无扬着马鞭遥遥一指。

斜阳之下，一辆青铜轺车如飞而来，前厢驭手挽缰挺立雪白的须发散乱飘舞，一看便是西门老总事驾着吕不韦的高车来了。这辆轺车在吕不韦图谋入政长住邯郸后极少使用，一则是这辆车全部青铜打造华贵讲究三马系驾，行止太过惹眼；二则是轺车只有伞盖而无辎车垂帘，乘者或坐或站都被路人看得清楚，如此便多了许多路途应酬。今日西门老总事亲自驾着青铜轺车迎出仓谷溪，必有意外之事。

“西门老爹，何等事体？”勒马之间吕不韦高声一句。

“咸阳密使到了！”老总事也是刹车之间高声一句，又抖着马缰将车兜过喘息着笑道，“来人做派甚大，我驾出轺车迎你回去，免得他人笑我商社寒酸。”

“咸阳？密使？”吕不韦大是惊讶，“奉何人之命？有书信么？”

“大势派也！”西门老总事咋舌一笑，“甚都不说，只说要见吕公。”

吕不韦下马登车笑道：“老爹也是，管他甚做派，我是我便了。走！”

五　一波三折　先机行险

夕阳时分，幽静的河谷山道罕见地热闹起来。

一队黑衣武士与一队红衣侍女清一色的黑马长剑，簇拥着一辆铿亮的青铜轺车辚辚隆隆地开进了仓谷溪庄园。远远看去，仿佛一团乌云托着雨后的太阳在山谷漫游。马队轺车之后，远远跟着一队嘎吱嘎吱大响的牛车，每车都苫盖着一张棕色的防雨牛皮，将高高隆起的车厢裹扎得极为严实，直是一座座小山在河谷蠕动。拐过一个弯道，河谷深处的山头上一座竹楼抖动着红色幌旗遥遥在望。青铜轺车中一声令下，前行骑士一马飞出摇着一面黑色小旗直奔庄园，报号之声回荡山谷：“远方客来拜会吕公——！”

“敢问何方贵客？”正在忙碌的西门老总事闻报出来，实在有些不明就里。

“咸阳客到，作速禀报吕公。”骑士勒缰圈马丝毫没有下马的样子。

老总事呵呵笑道：“大宾自远方来，也得有个名号，否则何以禀报？”

“多事！”骑士用马鞭一指，“你只说咸阳密使到，余事莫问！”

“贵客稍待。”老总事一拱手匆匆回了庄园，吩咐仆役停止善后忙碌立即收拾厅堂庭院，又到山腰书房对夫人陈渲禀明请她暗中指点诸般应酬，自己备好青铜轺车出了庄园。到得大门，见马队轺车已经到了庄园外车马场，后队牛车尚在络绎涌来，老西门连忙下车走过去对着青铜轺车一躬：“老朽乃吕公家老。我家主东访客未归，请大宾进得庄园稍候，老朽去迎接主东。”

“不晓得吕不韦忙了。”轺车上一个楚音极重的黄衣中年人矜持地叩着伞盖铜柱四面打量，“以堪舆之学，此地有龙虎之象了！晓得无？”轺车左右两名颇显斯文的骑士连连点头呼应。中年人又转身盯住了西门老总事问：“吕不韦通晓阴阳之学？”见西门老总事笑笑不置可否，又蓦然惊乍：“咿呀！那辆轺车上等货色！家老用车了？”西门老总事谦恭拱手：“禀报大人：此车为我家主东之高车，寻常不用。敢请大人随吴执事入庄歇息等候，老朽迎接主东片刻即回。”“好说了！我等等吕不韦无妨。”黄衣中年人矜持地笑呵呵下车，在武士们簇拥下进庄去了。

一路听老总事说了诸般细节，吕不韦心中的疑云越来越重。咸阳与他有涉者，唯蔡泽与华月夫人。蔡泽已有极为隐秘的籀文密书，再派密使显然蛇足了。华月夫人精明能事操持秘事尤为练达，纵是不知吕不韦与蔡泽之间的秘密而要给吕不韦预闻消息，又岂能派如此一号神道兮兮的人物来做密使？果真如此，又有谁能直派密使招摇入赵？太子嬴柱么？事关重大又是利害贴身，似有可能。然则，太子嬴柱秉性粘连少断唯王命是从，似乎又不是独行其是的人物。如此能是何人？老秦王么？吕不韦心中猛然一动，连自己也吓了一跳。以密使之势派，似乎只能是王命。老秦王晚年多有出人意料的密行，似乎也不能排除其匪夷所思之举——派一个善于作伪示形的秘事能臣前来，再以商事遮掩，实则给吕不韦部署嬴异人回秦之法？果真如此，必有后手。然则，秦赵断绝邦交多年，能有何等后手？使节无用，大军施压也无用，甚至是令山东六国闻之变色的黑冰台都对睡觉也睁着眼睛的赵国无计可施，老秦王又能有甚个后手？若无后手，派如此一个密使前来岂非还是蛇足？直到轺车进了火焰般的胡杨林山道，吕不韦还是理不出个头绪来。

“山后进庄。”吕不韦轻轻吩咐一声，轺车远远绕过庄园车马场驶进了草木荒莽的山谷。这是一条完全没有路径痕迹的密道，看去一片齐腰深的荒草，草下却是平整的车道。绕过山头，轺车进入了一座草木遮掩的山洞，停好车马，三人从山洞密道直接到了山腰的起居庭院。吕不韦吩咐西门老总事先去正厅应酬，越剑无带领几个仆役上山头望楼，自己进了书房。

陈渲刚刚回来，说厅中尚算安然，进庄人马连同牛车夫总共三十二人已经酒足饭饱，密使与两男两女四名随从正在厅中饮茶。“你没闪面？”吕不韦问得一句。陈渲摇头一笑低声道：“这个密使是楚人，如何却是秦使？你须谨慎才是。”吕不韦心中猛然一亮，点点头出了书房，进得大厅一躬：“濮阳商旅吕不韦见过公子。”

“哎呀不敢了。”正中座案前的肥胖黄衣人呵呵笑着一拱手却没有起身，反倒是主人一般虚手一请，“吕公入座说话了。”吕不韦满面春风地坐到了下手，只笑吟吟看着黄衣人不说话。黄衣人悠然呷得一口热茶笑道：“初入邯郸，尚算可人。不想赵国经长平大战，竟没有被我大秦打得趴下，啊！”说罢见吕不韦依旧只笑不说话，径自一阵哈哈大笑，“吕公呵，我是华阳夫人与华月夫人的胞弟，芈亓，受命前来。”吕不韦这才笑道：“敢问公子封爵？官居何职？”黄衣人矜持地笑了笑：“吕公有士商之名，何以如此世俗？秦国那爵位官职，都是要血汗凭证方得做的，谁却歆羡了？芈亓只做个逍遥商，在秦楚间做珠玉皮革生意，强如封君封侯了。”吕不韦呵呵笑道：“不想公子贵胄，却与吕不韦有同道之好。公子若欲在三晋开辟商路，不韦可效犬马之劳。”黄衣人大笑一阵连连点头叫好，末了骤然凑近吕不韦低声急促道：“实不相瞒，两位老姐姐总想要我做做国事公差，鼓捣个封君爵位。我没那兴致，老姐姐就急。这次嘛，也是老姐姐逼我来也，说是要助她一臂之力，也给我挣得些许功劳。我要不来，还真不晓得邯郸有大生意，有吕公这等义士了。老兄弟跟我芈亓搭手，决然无差了。两三年谋个五大夫爵准定了！晓得无？”

“谢过公子。”吕不韦一拱手，“敢问两夫人托公子做何生意？”

“哎呀！夫人爵比王后只差着一等，用做生意？”芈亓的大笑中有着矜持有着鄙夷也有着恍然，信手从袖中抽出一个竹筒一晃，“看看，这般生意了。”身后一武士装束的少女立即双手接过捧给了吕不韦。吕不韦不理会芈亓神情，默默启开泥封掀开铜盖，抽出一卷羊皮纸展开，两行齐整的小字：

吕公如晤：王命秘颁，子楚立为太子嫡子。华阳夫人思子愁焦，派胞弟芈亓入赵援手，以保子楚早日归秦，吕公亦建不世大功。华月手字。

思忖片刻，吕不韦笑问一句：“援手二字何指？”

“哎呀！如此一件大功送到面前，你却没事人了！”芈亓又气又笑地站了起来指点着吕不韦，“援手便是援手！你吕不韦一个商人，能办得如此大事？”

“公子莫急，送来大功，自有重谢。”吕不韦恍然一笑，向身后西门老总事低声吩咐了两句。西门老总事快步出厅，片刻推来了一辆精致的两轮小铜车。吕不韦一拱手道：“公子既是珠宝商路，不韦奉献一物，敢请笑纳。”老总事推过小车，当的一声掀开小车厢铜盖又揭去一层红锦——厅中光芒一闪，两厢灯烛顿时黯然。

“哎呀！”芈亓的眼睛立刻瞪直，“南海龙珠！晓得无？魏惠王才有了！”

“宝物藏于识家。自今便是公子之物。”

“哎呀吕公！”芈亓惊乍地笑着大步走过来伏身凑到吕不韦耳旁神秘地一阵咕哝，又回身对一个黑衣武士一招手，“你过来。吕公，有他万无一失了！”黑衣武士走过来神态稳健地一拱手：“在下芈戡，见过吕公。”吕不韦心知此人必是华月夫人当初交代给他而他却从来没有联络过的那位“黑冰台”族侄，笑着一还礼道：“不知两位如何谋划？公子如何行止？”黑衣武士道：“公子住邯郸，与在下监视平原君府，掩护吕公与子楚公子相机离赵。赵国若察觉追赶，我等断后！”见吕不韦沉吟不语，黑衣武士有些不悦，“不当之处，尚请见教。”吕不韦思忖道：“谋划并无不妥。只是敢请公子住在仓谷溪，不宜住邯郸。”

“哎呀！这是何道理？邯郸大市，不玩玩行了！”芈亓大急。

“恕我直言。”吕不韦罕见地没有了笑容，“邯郸‘黑衣’[1]极多。公子奢华好酒秉性外向，万一有差，我等多年绸缪毁于一旦。敢请公子包涵才是。”

“岂有此理！”芈亓面红耳赤地挥着大袖叫了起来，“本公子王公诸侯见得多了，车载斗量！你吕不韦见过甚了？无非害怕赵狗而已！涉世浅，好大口气了！本公子偏住邯郸，做一回大事你看了！”气咻咻喘息一阵大袖一甩，“两个老姐姐给你带来十车秦货，抵得你那没用的龙珠了！走！”

吕不韦没有丝毫气恼，只对黑衣武士连使眼色。黑衣武士皱着眉头低声道：“我这族叔原本神道兮兮，痴犟！在下无法，吕公再劝只怕要出事，我上心防备便是。”吕不韦无奈地叹息一声，良久愣怔着说不出话来，听得车马声隆隆远去方才蓦然醒悟，立即唤来越剑无吩咐飞马邯郸去请毛薛两公。

天亮时分，毛公薛公匆匆赶到。听吕不韦一说事体，薛公大皱眉头，毛公勃然变色：“甚个夫人？饭桶！蠢鸟！”薛公摇摇手制止了毛公吼骂，思量道：“事已至此，最险者是这只蠢鸟再粘上异人公子，勾连出事端。老夫有上中下三策应对：上策，毛公设谋三五日内尽快将这只蠢鸟赶出邯郸；中策，公子与吕公立即物色隐秘新居，尽快搬入蛰伏不出，给他来个泥牛入海，待他无趣而归再相机而动；下策，异人公子搬迁新居，吕公原地不动应酬各方。两位以为如何？”

“嘿嘿，你老哥哥这上策只怕不中。”毛公将大案叩得梆梆响，“没听说那只蠢鸟是个痴犟，身边还有个黑冰台侄子？要赶走，无非是酒徒赌徒市井痞子诸般人等骚扰不休，可那蠢鸟仗着财大势大，必定是非但不走还要硬对着大闹，届时召来邯郸官府，岂非将暗事做成明事？不中不中！”

薛公红了脸道：“不中不中，你只谋划个中的来，急吼吼有用？”

---

[1] 黑衣，赵国王室武士，后来成为王室直接控制的探事秘密斥候。

“不韦之见，下策可行。”吕不韦一番思忖道，“中策似有不妥。若两方一齐遁去，反倒是着了形迹，只怕平原君府要先起疑心，缓急有变又不宜突兀出面，反多有不便。下策水到渠成。公子大婚时我等已经扬言公子要搬迁府邸。此正当其时也，禀报平原君也是顺理成章，只要那个黑冰台一两月查不出踪迹，便算过关。”

“吕公决断甚当！”薛公当先赞成。

“嘿嘿，也中。”毛公摇晃着白头，“要那黑冰台小子踏勘不出，老夫倒有一法，你等放心便是。只是嬴异人那小子要否事先叮嘱清楚，老夫心中无底也。”

吕不韦默然点头，思忖片刻道：“此事不是太难，只要相烦毛公。”

“嘿嘿，对老夫也客套了？你只说个法子，甚个烦不烦！”

“卓昭冰雪聪明，只找她说明利害。”

薛公连连摇头：“要是卓昭，该当吕公去说，毛公不管用也。”

“……”吕不韦尴尬地笑笑，一句话也说不出来。

“老哥哥懵懂！”毛公煞有介事地挖了薛公一眼，又得意地嘿嘿笑了，“如何忘了这小妮子也。中！此事老夫包揽，准定有用。”

又议得一阵将诸般细节靠实，匆匆用过中饭，三方立即分头行事：毛公去异人府邸稳住阵脚，并联结昔日酒徒赌友大行骚扰黑冰台的疑兵计；薛公陪嬴异人去信陵君平原君府邸拜会，借机请准平原君许其迁宅；西门老总事立即进入邯郸物色新宅，越剑无则带着一名精明少仆便装飞马跟踪芈亓一行；吕不韦坐镇仓谷溪如常应酬部署善后。旬日之间，一切安置妥当，嬴异人迁入一处出城极为便捷的隐秘宅第，最令人担心的芈亓一行，也安然无事。

吕不韦大大松了一口气，眼见秋风萧疏行将入冬，与毛公薛公细密商议，定下了一条不着痕迹的出逃之策：秋冬之内一面缓缓疏通平原君与沿途各方关隘，一面将需要离赵入秦的诸般人士以各色名目在开春之前离开邯郸入秦，只留下吕不韦毛公薛公嬴异人夫妇与越剑无；来春启耕，六人六骑以踏青为名出邯郸悄然西行，一日之内进入离石要塞，使平原君无从觉察。三人反复计议揣摩了其中诸般细节，一致认定此策可行万无一失。吕不韦久经商旅秘事，立即做了周密部署：毛公薛公加嬴异人夫妇，只管交结平原君信陵君府邸上下诸般人等，务必成就“秦子楚不思故国，醉心赵酒胡女”的口碑，而使信陵君蔑视平原君松弛。吕不韦特意叮嘱最放得开手脚的毛公：“邯郸之举，譬如当年勾践之示形于吴王夫差，成与不成，便看此处！半年之内，公若挥洒得万金之数，大事底定也！”薛公摇头道：“吕公只怕老夫小本生意做惯了不敢挥洒，错也！此事须得有度，豪阔过甚犹不及矣！”毛公嘿嘿一笑：“老哥哥差矣！不韦老兄弟岂不知过犹不及？无非要你我另辟蹊径，花钱而不显铜臭，岂有他哉！我看中！老哥哥只场面定舵，铺排大雅有我，只不韦老兄弟不要事后心疼！”三人一阵大笑。疏通西行关隘与他人分期入秦的两件大事，吕不韦交给了西门老总事。这位老爹撑持商社事务三十余年，处置此等买路上路事务之老辣精到连吕不韦也自叹弗如，交给老人完全放心。

留给吕不韦须得亲自处置的一件大事，只有荆云的丛林马队。若如骑士们坚执之说，吕不韦与嬴异人等离赵后骑士们再散，便得先期筹得足够一年的粮肉及诸般用品，并得时时疏通赵国的邯郸将军，不使其以“剿盗”为名生出事端。这一切，若是吕不韦依然在赵，自然百事皆无。战国大商皆有护路马队是通行规矩，吕不韦又是长期供应赵国兵器材料的名商，任谁也不会为难。然若吕不韦带着秦国人质突然消失，赵国岂能放过这支马队？一番思忖，吕不韦决意再次与荆云会面，务在明春之前妥善安置了这支义士马队。

火焰般的胡杨林中，商讨计议持续了一个夜晚。荆云与十位什长终于赞同了吕不韦的新谋划：马队骑士全数进入齐国即墨做骑兵，挣得官身后各人自选前程。吕不韦立即派人与齐国安平君田单联络齐军接纳事宜；一俟音信有定，或冬或春，马队便以护商之名离赵入齐。议定之后吕不韦心中大石落地，与骑士们整整盘桓痛饮一日，逐个听了骑士们的新近家境状况，记下了几个人要在邯郸了结的难题，趁着月色回到了仓谷溪。当晚吕不韦修书一封，派越剑无兼程赶赴临淄。入冬之际越剑无风尘仆仆地赶回，带来了田单回书：已经飞书即墨将军接纳骑士，开春之际马队即可东来。吕不韦倍感轻松，破例与即将先期入秦的夫人陈渲痛饮了一番，醺醺大醉。

冬日一天天过去，眼看河冰消融杨柳发出新枝，独守仓谷溪的吕不韦前所未有地不能平静。正月十五，越剑无从邯郸报来消息：芈亓在邯郸已经住遍了所有的上等客寓，腊月住定胡寓云庐不再挪窝，整日与三名金发胡女胡天胡地；原本说正月一过要回秦，近日却说要买下三名金发胡女带走，正在与胡寓主东讨价还价，一俟买定便走；芈亓笃信阴阳之学，上路日子选在了“龙抬头”的二月初二。毛公薛公也是日有佳音：嬴异人新宅第宾客不断，与邯郸名士已经非常交好，也成为信陵君平原君两府的座上大宾；在薛公周旋下，信陵君已经答应举荐嬴异人给平原君，请平原君为嬴异人在赵国谋得一个大夫爵位；说定那日，信陵君哈哈大笑，说人质公子如嬴异人者，异数也！异人在平原君酒宴上兴致勃勃地说到春日踏青，平原君当即欣然拍案：“二月踏青放歌，公子可与国人同游，品我雄强赵风也。倘有中意女子野合，可破例城外露营一宿！”此言一出，举座哄然大笑……

一切都出乎意料地顺利，吕不韦心下反而不能平静了。

正月末这一夜，吕不韦几次从梦中惊醒，心头怦怦直跳，裹衣而起，在燎炉前盯着红幽幽的木炭转悠起来。是高兴得心潮难平么？不是！吕不韦清楚地记得，这种心悸生平只有一次，那是田单火牛阵大破燕军的前夕，他乘大海船亲自押送猛火油与油脂松木的那一路。若说当年还掺着几分初经大事的紧张恐惧，目下这件大事却已经是绸缪已久处之泰然，还能是紧张恐惧么？不是！吕不韦从来不凭神秘兮兮的邪说断事，却也隐隐约约地相信魂灵深处的警示——心象异常，必有异事！如此说来，谋划中有漏洞？

怔怔凝视着发白的木炭火反反复复地斟酌分解着每一个细节，吕不韦依然莫衷一是。窗外霜雾弥漫，细微的唰唰声弥漫天地如同万千春蚕在吞桑吐丝。突然，眼前燎炉“啪！”地弹起一个爆花，一片带着火星的炭灰打上额头，烫得吕不韦一个激灵，心头猛然一道闪亮——芈亓！最可能出事的环节！如此一个不伦不类的人物在邯郸大张旗鼓地挥霍一秋一冬，以平原君信陵君之老谋深算竟不能觉察？再想回来，若你吕不韦是平原君，觉察了这天大秘密又当如何处置？

吕不韦心头猛然一颤。

正在此时，一阵急骤的马蹄声敲打着冻土在峡谷中如战鼓雷鸣。庭院战马尚在嘶鸣喷鼻，越剑无已经裹挟着一阵寒风冲了进来："先生，出大事了！暮色时分，芈亓带着一个胡女，与几个士子模样的醉汉出了胡寓，至今未归！我等三人已经秘密打探了三个时辰，还是没有踪迹！"

一阵冰冷倏忽漫过身心，吕不韦骤然生出了一阵身临悬崖绝境的眩晕。他牙关狠狠一咬，挺直了摇晃的身躯，心头豁然明亮——平原君也一直在示形作伪以静制动，眼看芈亓要拔脚回秦，悄然收网了！"不用找了，人在平原君府。"吕不韦向越剑无摆手一笑，随即低声吩咐几句，两人匆匆大步出了庭院。

此时的平原君府邸，灯火通明弦歌声声。

依照久远的习俗，正月年节的最后一日是要聚酒大宴的。"年"是一个蕴涵深远的最大节候，过法也极是漫长讲究：腊月便开始敬天敬地向天地禀报年来祈祷，"年"初是举家欢乐享受天伦，随后几日渐渐延及族人亲戚，"年"中（后世称为元宵节）社火，弥漫村社乡里一团红火，"年"末则是宾朋大聚。年末之重要在于窝冬之期真正结束，春日耕耘真正来临，最后聚得一日共勉痛饮就此开元，显得分外不同寻常。还在"年"初之时，平原君约定了与信陵君并一班名士在自家府邸年末聚饮。客居他乡的信陵君无心此等应酬，推辞笑道："你那府邸官事忙乱，要聚饮到我破园来。"平原君神秘地一笑："还是我那里，聚饮事小，教你看一出滑稽戏。"信陵君淡淡一笑浑没在意。

年末这日雨雪纷纷，午后有高车驶到信陵君府邸门前，却是平原君门客总管毛遂亲自驾车来接。信陵君不好拂意，知会一班门客名士相跟了去。进得平原君府邸，最大的第二进庭院全部搭起了牛皮帐篷，三百多张大案密匝匝摆开，百余盏红丝风灯悬吊一圈，照得大帐院一片通红。身处帐中，天外雨丝雪花摇曳飞舞，帐内酒香弥漫冠带满座，别有一番况味。待信陵君与门客名士就座，平原君高声宣布开鼎。酒过三巡，天色黑了下来。正在司礼高声宣呼舞乐登场之际，平原君一扯邻座信陵君衣襟眼神示意，信陵君起身跟着出了庭院大帐。

绕过一片冰封雪雕的大池，是第三进书房。两人落座，侍女捧来滚烫飘香的煮茶。信陵君品茶不说话，分明是要看神秘兮兮的平原君如何抖开滑稽戏的秘密。平原君却是笃定，对信陵君狡黠一笑，啪啪两掌。

掌声方落，一股醺醺酒气裹着一个肥胖的皮裘黄巾人从大屏后摇了出来，摆得几摆，黄巾人终于飘手飘脚地坐到了旁边一张案前，一阵大喘气道："快！快送我回胡寓云庐了。云庐！晓得无？否则，有，有你两老匹夫好看了！"平原君突然拍案："芈亓！实在说话，你入邯郸意欲何为？借醉隐瞒无甚好处！"黄衣人猛然一个激灵："你，你等何人？这是甚个所在了？"平原君微微冷笑："老夫平原君赵胜。座上大宾，赫赫信陵君魏无忌。你还想如何？"

突然，芈亓肥厚的嘴巴张得酒爵一般："你？不怕秦国了！"

"长平大战都没怕，怕个老之将死的嬴稷么？"平原君哈哈大笑间突兀变脸，"若得不信，老夫立即将你这楚秦肥子塞进虎笼，扒出五脏六腑，看老秦王却能如何？"

芈亓骤然失色，忙不迭扑地拜倒不断叩头："不能不能了！两公子大名如雷贯耳，只是此事重大，委实不能泄露，晓得无？唯求两君明鉴了！"

平原君学着芈亓的楚音揶揄笑道："晓得了晓得了，只你对我说我不对别个说自不会泄露了，晓得无？"

"晓得了晓得了。"芈亓呵呵笑着，"我对你说你不对别个说，便不会泄露了。真是！我如何想勿到此番道理了？"

一语未了，信陵君忍俊不禁，噗的一声将一口茶喷得满案水珠。平原君浑然无觉只淡淡一笑："那便说了，说晚了我就对别个说了。"芈亓忙不迭摇手道："不可不可万万不可，对别个一说岂不泄露了？"平原君笑道："你说我便不说，你不说我便说，晓得无了？""晓得晓得，我说我说了！"芈亓哭丧着脸喘息一声，"不！先来一大桶凉茶再说，我心烤在燎炉上，冒火了！"平原君呵呵笑道："心烧没事了，才说得利落了。

说完了再茶，凉茶还得热茶晾凉不是了？”“也是了。”芈亓转着混沌的眼珠呵呵笑着，“说了无妨，实在也不是大事了。秦王立嬴异人为太子嫡子，秘不示外了。华阳夫人怕日久生变，急欲使异人早日回秦。华月夫人派我做密使，前来襄助吕不韦，要公子早日离赵回秦了。”

“吕不韦与此事何干？”一直沉默的信陵君突兀一问。

“不晓得了！老姐姐只说找到吕不韦便是大功，其他也没说了。”

“你见了嬴异人几次？他要如何离赵？”信陵君又追一句。

“谁见过嬴异人了！”芈亓嚷嚷着，“我是按图索骥，他却没踪迹了！能找见公子，我赖在邯郸吃这西北风了！你不说我还想不起了，你说了我要问了！你，你，说！赵国将公子藏在何处了？你敢杀他了？说，说了！”

“坐了坐了。”平原君轻轻一推踉跄打圈指点呼喝的芈亓，宽大的皮裘裹着黄巾醉汉颓然跌到案前。平原君跟着笑问：“既没找见嬴异人，你为何要走了？”

“你你你甚都要问了？”芈亓骤然红了脸吭哧起来，“我为特使，不得回国复命了？再再再说，好了好了说也无妨了！我得了两个女宝，要不走你抢了我找谁去了！”

“两夫人如何选得你做密使了？”

“不晓得么？”芈亓得意地笑了，“入秦芈氏中，我芈亓最周全干练了！”

见信陵君一副厌恶神情，平原君硬生生憋住了笑意一挥手，大屏后出来两个壮汉将醉醺醺的芈亓架了出去。芈亓回头嘶哑着嗓子兀自嚷嚷着：“记住了不能对别个说了，说了便是泄露了！凉茶凉茶，你不作数了！”

厅中一片寂然。平原君看看信陵君冷峻沉思的白发黑脸，想笑也笑不出来了，思忖片刻问：“如何处置？君兄可有对策？”信陵君突然拍案，倏忽一脸杀气：“扣下嬴异人！斩首吕不韦奸商！”“好！”平原君一拍掌哈哈大笑，“英雄所见略同！六国命运又有转机也！”信陵君长嘘一声笑道：“你是有备而出，好自为之也。只不要走了吕不韦。嬴异人只是个鞭下陀螺而已，对山东六国还有用。”平原君点头一笑，回身挥手召过站在书房入口的府邸总管吩咐道：“家老亲驾我车去子楚府邸，代我邀他来府聚饮，说信陵君要与他切磋兵法。”家老匆匆出厅，平原君对着门厅一拍掌道：“将军请进。”随着话音，厅外嗵嗵脚步，旋即砸进来一个须发雪白皮甲胡服的老将：“末将赵狄，已等候将令多时！”平原君肃然拱手道：“老将军，今日要务干系重大，许成不许败，方请准赵王调来将军。老将军乃赵国王族谋勇双全之骁将，定可当得大任！”赵狄赳赳挺身：“平原君但下军令，末将万无一失！”平原君从袖中抽出一支灿然发光却比寻常令箭短得许多的金令箭举起道：“老将军带精锐骑士三千，赶赴武安至滏口陉的各条要道，设置关卡严加盘查！若遇不持我令强行过关者，当即拘拿。拘拿不能，格杀勿论！老将军，放走一人一马，你我提头去见赵王！”赵狄慷慨拱手，“嗨！”的一声嗵嗵砸将出去。

“主书。”平原君轻轻一声，一名红衣文吏已经站在了面前。

“你持我丞相官文前往邯郸将军府传令：自明日卯时起，邯郸各门立即戒严盘查；将吕不韦图影张挂，遇得此人立即拘拿！”

“为何不从今夜开始？”见书吏出厅，信陵君问了一句。

“我反复思谋，心中有底也。”平原君悠然一笑，“一则，我数月未动，此时秘密拘拿芈亓，吕不韦毫无觉察，断不致今夜漏网；二则，今夜适逢年末，国人昼夜出入城门川流不息，毕竟不是起战，年末夜大军森煞多有不便。”

“半年前吕不韦就住在城外了。”

“可嬴异人一直在邯郸城里，”平原君笑了，“没有嬴异人，吕不韦单独逃走值得几何？此中轻重，此等奸商自己有数。君兄多虑也。”

“赵国如此笃定，无忌夫复何言？”信陵君淡淡一笑站了起来，“方才韶乐奏得极妙，一个女乐工竟能操得编钟，我要再领略一番。”“哎呀，一个女乐工你倒是上心也！”平原君哈哈大笑一阵突然低声问，“嬴异人来了你不在好么？此人身价已涨，不能少了礼仪。”信陵君又是淡淡一笑：“年末之夜，小民也是围炉聚饮，况乎异人？先前未约，夜半请人，不会来也。”“你我相请，庶子岂敢不来！”平原君觉得信陵君话味有异，红着脸嚷了一句。信陵君毫无争辩之意，还是淡淡笑道："也是。来了派人知会一声，我奉陪。"说罢径自出门没入了纷飞雨雪。

吕不韦两骑飞驰邯郸，进得西门时丑时更鼓刚刚打响。

一进西门，吕不韦将马匹交给了越剑无，吩咐他在最靠近城门的一家相熟客栈喂马等候，自己徒步匆匆地冒着风雪到了嬴异人的新宅。西门素来是邯郸的城防要害，靠近西门的民宅商铺都是赵军战死官兵的遗属，叫做止戈坊。每遇战事紧急或大搜罪犯，这止戈坊都是赵军极少光顾的地带。吕不韦之所以赞同西门老总事的选择，将嬴异人的新宅安置在这片外表极为寻常的民宅区，除了出城西去便捷，是芈亓与黑冰台很难找到此处。对平原君的理由却是："公子好兵，止戈坊与信陵君府邸后园相邻，能多多拜会修习。"吕不韦记得，当初平原君连问也没问便大笑着答应了，如今想来，老谋深算的平原君分明是将计就计。所幸的是，经过西门老总事以种种义举名义的疏通，止戈坊的国人们对这位贵公子非但不再冷眼相对，反而是一片颂声处处给以方便。越剑无能在夜半之时进入客栈喂马刷马等候望风，自是这日渐疏通的功效。

匆匆走进一条小巷，几个醉汉笑着叫着迎面摇摇晃晃撞来。吕不韦知道这是毛公示形于黑冰台的酒徒疑兵，说声我有急事找毛公，拨开几人挤了过去。几个酒徒倒是明白，一听是找毛公，立即笑闹着转悠到巷口去了。吕不韦匆匆走到小巷最深处一座不显眼的石门前，正要敲门，石门已轰隆拉开，毛公正一头出来与吕不韦撞个满怀。

"吕公？嘿嘿，巧！"

"毛公？是巧！薛公可在？"

"老夫觉得不对也！"毛公一把将吕不韦扯进门后喘息着，"方才，平原君突兀派人来邀公子聚酒谈兵。老夫汗毛一奓！你说怪也不怪？"

"公子去了么？"吕不韦声音很低，又急又快。

"嘿嘿，能去么？我与薛公挡了驾，说明日三人专程拜会。"

"天意也！"吕不韦长嘘一声，吩咐站在门后的自己的昔日执事目下的异人府总管，"立即关闭前门，打开两道偏门等候；知会仆役人等立即收拾好马匹，衔枚裹蹄，不要车辆，半个时辰内收手待命！快去！”总管嗨的一声关了石门，转身大步匆匆去了。吕不韦转身一拉毛公，边走边说，到得第三进庭院，说得毛公已经是额头冒汗连骂平原君阴鸷老鸟竟使得老夫吃跌。到得红灯高照的门厅已经是满脸涨红，一脚踹开大门冷着脸撞了进去。

“毛公！吃醉了？”正在与薛公及几位名士谈笑斗酒的嬴异人惊讶起身，“你不是有事走了么？”薛公极是机警，一看毛公从来没有过的肃杀黑红脸心知有异，掷开酒爵过来要扯毛公到僻静处说话。毛公不理会，竹杖当当敲打着门框一拱手喊道：“老夫失礼！老夫被几个老赌徒纠缠上了，要借公子府邸赌它一夜！诸位请作速离开，免得赌鬼酒徒脏污碍眼！”厅中一阵惊愕沉默，嬴异人正要发作，十多个名士已相互看看嘴角带着轻蔑的冷笑纷纷走了。

眼看一干人等出了庭院被总管领走，吕不韦从阴影处大步进厅，对沉着脸喘息的嬴异人与薛公低声一句：“情势危急，我等须立即离开赵国，迟则生变！立即收拾，半个时辰后出门！”

“甚甚甚甚也！”嬴异人惊讶莫名黑着脸霍地起身，急得分说不清，“甚是甚呀，出了甚事？好端端逃命么！吕公吕公，你甚时怕成如此模样？当真咄咄怪事！”

“正是逃命！”吕不韦一声低喝，素来满面春风的脸膛一副肃杀，“陡变之时无暇多说，除非嬴异人要客死他邦！这里不用你管，快去教夫人收拾。”

“哎呀吕公！”嬴异人大急，“她她她，她已有三月身孕，如此逃法不是要她命么？我不走！我陪她！要死一起死！！”

“公子听我说。”吕不韦冷冰冰站在对面，“赵姬之事我有安置，自不能教公子未来长子连同亲娘毙命于不测路途。只是她须得与你先行分开，各自平安后自能聚合。”

“冰天雪地，你，你要她去何处？！”

“嬴异人！”薛公早已经理会得危机迫在眉睫，第一次厉声喝出嬴异人名讳，“吕公商旅沧桑数十年，重然诺明大义素不负人，你竟疑心！赵姬是谁？你不清楚么！吕公能不妥善安置？身为王孙公子未来国命所系，紧要处如此颟顸，我等有眼无珠也！”嬴异人顿时愣怔默然，脸色铁青喉头一哽，一口鲜血竟“哇！”地喷了出来！毛公抢步上前，一颗大如黑枣的物事利落塞进了嬴异人口中。倏忽之间，嬴异人睁开眼睛霍然起身大步匆匆地走了。薛公说声老夫去看，便跟了出去。

毛公一拉吕不韦低声道：“我那是方士急救奇药，入口即化，大约管得两个时辰。这里还有两颗，你带了应急。不借外力，我看这小子撑持不住。”吕不韦想也没想道：“你手法娴熟，何须我带着？”“你也懵懂！”毛公点着竹杖，“老夫与薛公不能走也！”“岂能不走！”吕不韦大急，“我等一走，平原君要找替罪羊，老哥哥岂非坐以待毙！”“嘿嘿，你老兄弟事中迷！”毛公当当点杖，口中炒豆般快捷，“一是我俩老迈不善骑乘太累赘！二是邯郸需要善后，省得你另派干员护送赵姬！三是老夫两人有信陵君交谊，死不了！还有个四日后告你！再说客套，拿着药！”陡然之间，吕不韦热泪盈眶，对着毛公深深一躬。

此时，厅外一片匆匆脚步，嬴异人拉着赵姬与薛公一道走了进来。异人已经是一身黑色劲装外罩翻毛皮袍手持短剑，显然准备上路。赵姬火红长裙雪白皮裘，面色通红腰身初现，灯光之下倍显丰腴明艳。自各个大婚，吕不韦始终没有再见这位赵姬。此刻，心中那个奔放美丽的少女一夜之间陡然变成了一个风韵无限的少妇，心头不禁怦然大动，几乎脱口喊出卓昭小妹。突然一个激灵，吕不韦死死咬紧牙关，终是平息了心绪。然而，他却无论如何当面叫不出赵姬这个名字，稍一沉吟平静利落地吩咐道：“夫人与老仆侍女留下，由毛公薛公安置。我带几名干员与公子离赵入秦，目下便走。”

“夫人……”嬴异人哽咽一声猛然抱住了赵姬，“你要受苦也！”

“丧气！”赵姬红着脸推开了一双臂膊，点着嬴异人额头，“大事听吕公，万无一失，记住了？”异人噙着泪水殷殷点头。赵姬又回过身来，对着吕不韦略显艰难地深深一躬，一句话不说走了。毛公点杖笑道：“嘿嘿，生离死别一般。走！我老兄弟送你等出门。”

趁着纷纷雨雪茫茫夜色，吕不韦越剑无与两名在异人府做事的精干执事共嬴异人五骑，出了熙熙攘攘的邯郸西门，飞驰西北方向的武安官道。这是吕不韦早早谋划好的一条万不得已时的密逃路线——出武安要塞，过滏口陉峡谷，穿越上党再东南直下安邑渡河入秦。这是一条经过反复踏勘揣摩的路线。其间要害在三：其一，邯郸经武安抵滏口陉只有二百余里。秦昭王两次攻赵大败后上党复归赵国，赵军在滏口陉至邯郸间已经不再严密设防盘查，吕不韦遴选的北胡骏马一个多时辰可飞跃这段赵国本土。其二，上党虽名归赵国，然却只十万步军驻守，不可能做到所有要道隘口都有防守；吕不韦曾派出一个驮货马队探路，全部走无人防守的隘口要道，三日穿越上党没有遇见一个赵军。其三，秦军虽退出河东郡，但魏韩两国也无力无心派出大军驻守这随时有可能丢失的老本土，只在名义上设官理民，关防盘查几乎完全放弃；出得上党一进河东，渡河没有障碍。吕不韦警觉即动，走得虽然仓促且又是雨雪交加，但也有一样优势：人少马快没有任何拖累，天色大亮霜雾消散前至少还有三个时辰，完全可悄然越过滏口陉进入上党。只要进入上党山地，平原君纵然派军追赶，在纵横交错的峡谷山道中也是无能为力。

五骑越过仓谷溪谷口，前行二十里便要进入武安防区。马队刚刚进入一片黑黝黝的胡杨林，斜刺里马蹄奔腾，遥遥传来一声长喝：“前方虎口！勒马慢行——！”

“勒马！”吕不韦低喝一声，五骑未及停稳，斜刺马队已经风驰电掣般隆隆卷到面前。微微雪光之下，但见人人黑铁面具坐下战马皮甲裹住头身，手中战刀一片青光，威猛森森一片杀气。吕不韦惊讶喘息着尚未开口，当先一骑已经铁塔般矗在了身前：“吕公！情势有变，武安道已经重兵把守张网以待，快随我来！”吕不韦冷冷道：“荆云，你我有约：你当率诸位义士东入齐国。”“吕公，我等任侠操守无须多说！快走！”黑铁塔面具后的声音带着尖锐的嗡嗡振响。吕不韦却没有动：“荆云，你如何知道我此番行踪？”铁塔面具嗡嗡又起，口气严厉果决：“吕公！大义当前，琐事何论！除非吕公自毁大计，否则不要争执！”说罢不等吕不韦说话转身便是威严不容辩驳的军令，“吕公五骑居中，越剑无率十八骑护卫！主力马队各成锥形三骑阵，四周散开拱卫！哨三骑前行三里探路，吴钩九骑断后！沿途但以兽鸣为号，不得出声！起马！”

一阵隆隆如雷的马蹄翻滚，吕不韦五骑不由分说被卷进了马队，狂飙般卷出了密林山冈，没入了雨雪交加的沉沉夜幕。

六　长歌当哭兮　大义何殇

黎明时分宾客散去，平原君方才疲惫上榻，一觉醒来满室白亮，不禁一惊，连忙下榻来到廊下，却见北风呼啸大雪飞扬夜来雨雪交加的开春征候竟陡然转向。回来再看铜壶滴漏，那支竹针正正地指着午时。喊来侍女问可曾有过军报？侍女回说没有。平原君吩咐备汤沐浴。热水泡得一时，换上已经被丰腴的侍寝侍女在怀中焐得温热馨香的轻软细麻布短装，再披上一件绒毛足有三寸的白狐裘，平原君方才精神抖擞地坐在燎炉旁开始用餐。虽然已经年逾花甲，平原君赵胜却是老当益壮雄风不减当年，每饭必大吞一只肥羊腿六张厚胡饼三升老赵酒。今日静候佳音，平原君分外舒心，兴冲冲将专职侍饭的金发胡女拥入怀中折腾一番而后不亦乐乎开吃。

“主君，赵狄老将军急报！”主书急匆匆进了膳室。

“念。”平原君捧着肥大的羊腿头也没抬。

“我军如令张网，日夜无获。斥候探察：一马队于清晨雪雾中越过漳水，进入阏与谷口，快捷隐秘不似商旅，末将疑为吕不韦逃赵！请令定夺。”

当啷一声大响，肥羊腿砸在了铜鼎盖上。平原君一把推开偎在大腿上的金发胡女，霍然起身厉声连串喝令：“传令赵狄：当即飞骑插往晋阳官道守住阏与谷出口！无论何人骑队不许越过晋阳！百骑立赴仓谷溪，庄中人等一体拘拿！胡马飞骑整装待命！”三道军令出口，主书“嗨！”的一声转身便走，却与大步进门的门客总管毛遂撞个满怀。毛遂前来禀报，仓谷溪庄园与嬴异人宅第都是空无一人，谷口猎户说昨夜多有马蹄声，吕不韦与嬴异人肯定已经逃走。

“岂有此理！”一声怒喝，平原君骤然变色。

方才还心怀侥幸，他要等待仓谷溪有回音后再做决断，以免落得临事慌乱的笑柄。尤其是信陵君在邯郸，每出大事，士林国人总拿信陵君与平原君比对，进而滔滔不绝地议论战国四大公子的种种短长。自己若处处落得口碑下风，在山东六国会失了人望。四大公子以邦交合纵抗秦共保成名，若没了六国共同认可的声望，在赵国根基也会跟着松动，平原君如何能不上心？可巧信陵君昨日有言，问他何不今夜开始？他回答得那般笃定，其实是从心里一直蔑视着这个吕不韦。一个与他多年交接兵器买卖从来都是满面春风言不涉政只会算计钱财得失的商人，能有几多处置大事的军国才能？卷进邦交政事无非不自量力而已。唯其如此，平原君对吕不韦从来都是给足面子而不做实交。给足面子者，赵国需要此等兵器大商也。不做实交者，王族贵胄与俗流商贾不可同日而语也。虽说早早便盯上了芈亓疑上了嬴异人吕不韦，可他偏偏就是不收网。他要尽情戏弄这一班不知天高地厚的谋政者，要教秦国将这对儿蠢公子蠢商人的身价抬得天一般高时，再亮出他平原君赵胜手中的囚笼钥匙，你纵天般价，也须得向我赵国来讨个活人回去。火候不到，嬴异人不是太子嫡子，囚禁他杀死他徒然种恶招来天下骂名，还给秦国留下了一个随时都可以起兵发难的借口。平原君非常清楚，嬴异人渐渐现出储君人选之势，赵国便不能肆无忌惮地杀剐了之。此中要害，在于借既定的囚居人质之便恰到好处地要挟秦国，不失时机地订立永久盟约，确保赵国不受威胁。可嬴稷这个老匹夫太过狡诈，硬生生将个王孙人质撂在赵国不理不睬，让赵国无处着力。要与此等老枭斗法，自要耐得性子。你不理我也不理，是只死老虎也要“质”在赵国，直到这死老虎变成有价值的“王”老虎。人质本意，原是以王子王孙为质押，保证出质之国不犯受质之国，若有进犯，受质国可名正言顺地处死人质。当年秦国为了麻痹赵国也为了破开山东合纵，派出嫡王孙身份的公子异人到赵国做人质。可不到几年，秦国便与赵国展开了一场旷古未有的长平大血战。照天下公理，赵国杀死嬴异人天经地义。可赵国没杀。因由是平原君力主不杀。

后来的事实证实了平原君的洞察烛照——唯其不杀人质，秦国失义于天下而有所顾忌，列国合纵抗秦则成大义之举，如此可保奄奄一息的赵国喘息过来。

平原君的深谋远虑获得了山东六国有识之士的衷心拥戴，一时与信陵君成为抗秦中流砥柱。十多年之间，平原君最充分地利用了这只人质死虎——允准吕不韦之请，许嬴异人不出邯郸以自由身交游走动；赞同信陵君推波助澜，使嬴异人成为“名士”而不动声色；秘密探知了吕不韦居赵入秦之动机而浑然不觉。平原君等待的，正是嬴异人成为秦国关注的重要人物。终于等来了这个时日，秦赵邦交也出现了微妙的转化：秦赵两国的商旅之路开了，秦军不再咄咄逼人地袭击上党骚扰赵国了。恰在此时芈亓入赵，平原君本能地预感到与秦国邦交大战的时机到了。此时此刻，却突然消失了两个要命人物，匪夷所思也！

“胡马飞骑！老夫亲追！”瞬间愣怔平原君铁青着脸一声大喝。

飞扬的大雪陡然收刹，半掩红日从厚厚的浓云缝隙向茫茫雪原洒出刺眼的光芒。红色胡服马队隆隆雷鸣般扑出邯郸西门，风驰电掣直向西北官道。这是平原君的护卫亲军，天下赫赫大名的胡马飞骑。骑士两百，人皆精壮猛士马皆雄骏无匹，人手一口赵武灵王创制的四尺长厚背战刀，一张王弓一壶二十支铁镞长箭一把精铁打造的近战短剑；每骑士配置两匹战马轮换骑乘，长途奔袭追击最是快捷迅猛无与伦比。平原君久事纵横，常在列国间奔走急务，行止第一要务便是一个快字。这支马队成军三十年，骑士战马已经更换了三代，人马尽皆年轻力壮，中原大地之内任你艰险崎岖从来都是电闪雷鸣朝发夕至。今日大举出动，声势自是惊人，引得邯郸国人争相追出城来引颈观望，眼见皑皑白雪中火焰般马队弥天烧去，处处一片惊叹。

一接赵狄军报，平原君料到吕不韦是要出阏与峡谷，经晋阳[1]外山道进入秦国的河西军离石要塞[2]。就实而论，在此之前平原君确实想

[1] 晋阳，今日太原，战国时秦赵拉锯交相占领，秦昭王缩势后赵国控制晋阳。

[2] 离石要塞，战国秦军要塞，属秦国河西守军设防，故要塞设在黄河东岸，却称河西军离石要塞。

不到吕不韦会走如此一条险狭路径。他的预料是，即或吕不韦要逃，也会走武安滏口陉上党，从河东入秦一线。吕不韦是商人，这条路径虽然远了些，但却是商旅道所熟悉的路径，尤其是得到吕不韦曾经两次派马队走这条路运货入秦的密报后，平原君更加确信无疑。派赵狄率三千精锐骑兵守住武安之滏口陉的各处要隘，为的正是要在上党之前的赵国老本土布下罗网，以防吕不韦万一出逃。而今，吕不韦非但抢占得半夜先机逃走，而且走了这条只有大将之才方能想到的路径，委实是平原君所无法预料的。盖因此路阏与谷横亘当前，素来险狭车马难行，在马服君赵奢血战胜秦之后，其险名更是昭著天下。商旅运货虽也图近便，终是要车马牛易行货物安全，从来不走这条车不能方轨马不能并行人入其中如同洞穴的险道。只有将兵轻骑奔袭者，才以此路为上选。根本原因只有一个——阏与谷人马过多反而施展不开，但有一支精锐马队冲破阻拦，此路是入秦之最近便道。当年秦将胡伤从阏与谷攻赵，为的便是以迅雷不及掩耳之势逼近邯郸；马服君轻兵奔袭阏与谷死战截杀秦军，为的也是这咽喉地带最能出奇制胜。这个吕不韦竟能从此路出逃，足见其有兵家将才。毛遂急报之后平原君骤然清醒，目下已到最要紧关头，再蔑视这个吕不韦只怕多年绸缪的保赵大计要功亏一篑。亲自率领自己的胡马飞骑追击，是一定要在晋阳之前拦截住两个要犯。

荆云马队出了仓谷溪一路西北飞驰，晨曦初露时到了阏与谷口。

秦赵为敌后，阏与谷成为与滏口陉及武安并列的三大要塞。之所以成为要塞，在于它是邯郸与晋阳之间的最便捷通道。秦国从河西的离石要塞出兵越过晋阳东来，若阏与失守，一日可抵达邯郸城下。唯其如此，阏与谷出口（北）城堡始终驻扎着五千长于防守的重甲步兵；中段一道石砌长城飞架两山，有三千配备大型弩机的弓箭营驻防；入口（南）城堡则只有两千轻骑兵驻守，一千谷内，一千谷外。这是赵奢在阏与之战后提出的三段防守谋略，当年的赵惠文王欣然赞同，从此成为阏与要塞的防守传统。

吕不韦久闻阏与要塞壁垒森严，一路只疑惑这百人马队如何冲杀得过去。担心是担心，吕不韦始终没有问得一句。他熟知荆云的将才谋略，自己聒噪絮叨只能徒乱军心，当此最危急关头，放手随他调遣才是最明智的抉择。

大雪飞扬迷离，天地一片混沌。吕不韦突然听得马队中一声低喝，所有战马倏忽间变成了从容小跑。前队哨探同时飞出一骑冲向皑皑高山，举着一支粲然生光的金令箭遥遥高喊："平原君令箭！百骑队急赴晋阳要务——"喊声未落，人马踪影淹没在了茫茫雪雾之中。片刻之间，半山中一声响亮的铜锣接着是一吼："马队过——"

飞越山口时，吕不韦才在蒙蒙晨曦中恍然注意到身边马队一色胡服皮甲，与赵军一般无二，心头不禁猛然一热。荆云既能将平原君的金令箭打出且经过了赵军辨认，必然是有备而来。如此一想，自己的行踪消息与诸般谋划荆云也是早早留心了。既然如此，荆云为何不说给自己？蠢也！心念一闪，吕不韦暗自骂了自己一句。荆云若是先说了，其时胸有成算且与马队有遣散之约的自己能接受么？

纷乱思绪之中，马队进了天下闻名的阏与"鼠穴"。马服君赵奢将阏与峡谷叫做鼠穴，实在是名副其实。两山绵延夹峙，谷底一线迂回曲折，时有突出岩石磕磕绊绊的羊肠小道，两边山坡陡峭林木苍莽怪石嶙峋洞窟散乱密布，任你车马入谷，只能一线独行。然则，这支马队却是奇特，不见任何命令也没有骑士下马，一进谷口马队便悄然成了单骑衔尾，蹄声沓沓从容走马，所有的路障都被极为灵巧地躲了过去。便是吕不韦嬴异人两骑，在马队越剑无用一支长杆恰到好处的指点下也走得十分顺畅。走到中段飞长城下已经是将近午时，飞扬的大雪将峡谷捂罩得温暖寂静，竟使吕不韦生出一种奇特的欣慰来。交验令箭之时马队停息了片刻，还是没有任何命令，所有的骑士都打开了挎在马颈下的草料布袋，在战马的呱呱咀嚼中，骑士们也解下马奶子皮囊与干牛肉，无声而快速地完成了中途战饭。吕不韦是后来才想起这次战饭情景的：骑士与战马都单列兀立不动，谁看谁都是背影，谁也看不见谁。多少年之后，每当想到峡谷大雪中的那一尊尊红色背影，他的心都是一次猛烈的颤抖。

越过中段飞长城，谷道稍见宽阔，马队立即变成了时而两骑并行时而单骑成列的小跑，前后游动交错如流云飞雪，哪怕是几步几丈的极短的宽路也被最充分地利用着。不消一个时辰，马队通过了最北的出口城堡又翻过了一座不很高的山头。前面是最后一座孤立原野的高山，翻过山头下到坡底便是宽阔的晋阳官道。以这支马队的雄健脚力放马飞驰，天黑时分抵达离石要塞该当是万无一失。

一声长嘘尚未吐尽，身后山谷隐隐一阵沉雷滚动，方才已经见亮的天色蓦然间彤云四合昏暗幽幽。春雷暴雪，异数也！在吕不韦一闪念之间，马队中陡然传出一声低喝："赵军飞骑队！越剑无三骑护人脱身！马队埋伏截杀！"吕不韦尚在愣怔之中，坐下骏马已经闪电般飞向最后山头。

一进阏与谷口，平原君便知道了前行金令箭赵军必定是吕不韦的马队乔装，一时不及申斥守将，只大喝一声追，飞骑队鱼贯进入了峡谷羊肠道。到得中段飞长城，入口守将带着一千骑士从后赶来，平原君恼怒呵斥："人多何用！要的是能追上！回去！"出谷之时，北口守将又要带重甲步军两千随同追击。平原君更是怒火中烧，喝骂一声蠢龟追兔，一鞭抽得守将一个趔趄飞马去了。追进谷外山头，盘旋山道的前行马队已经隐约可见，平原君一声长嘘心头顿时松泛，战刀一举传下军令："咬住敌骑，出山截杀！"

平原君虽非名将，然自少年时起驰骋沙场，对赵国诸要塞地形熟悉不说，对骑兵战法之精要也是深得要领。阏与谷外过得两山是平坦的丘陵山塬，他的胡马飞骑比吕不韦马队多得一倍，速度更是无与伦比，在如此最利于驰骋的地形中包抄对方活擒吕不韦嬴异人当是十拿九稳。若在最后一座山中包围截杀，对方逃跑无望而做困兽之斗，结局反倒难料。到得山塬地带，对方要竭力逃脱而不会死命拼杀，他的马队便会淋漓尽致地发挥优势捕获猎物。说到底，吕不韦马队纵然在商旅中出类拔萃，然与他的沙场铁骑相比实是不堪一击。目下吕不韦马队的身影已在眼前晃荡，还怕他逃脱么？

眼看进入了山谷深处，斥候飞骑一马来报：前行马队突然遁形不见了踪迹！平原君立马高坡瞭望，果然只见满山皑皑白雪，盘山道上没有了红色马队！眼见天色幽暗彤云四合暴雪将至，平原君断然下令：“快马出山！咬住后随时截杀！他若隐藏山中，我只出山守住要道，凭暴雪困死冻死这班贼匹夫！”

不料在暴风雪到来之前，胡马飞骑在山腰半道遭遇了诡异的伏击。

这段山路奇特之极。一座突兀巨岩从山腰横空而出恍如鹰钩当头山龟腾飞，其势恰成一个切断两山的突出山嘴。一条不足一丈宽的石板道在凌空山崖下盘着巨石山嘴突然一个转折。山嘴遮绝了两边视线，双方共同可见者，只有那可容三五骑的一方凌空弯角。凌空山嘴下是深不见底的峡谷深渊。依着路面宽度，寻常车辆大可通过，便是战马骑士，三四骑并辔而过也是从容。胡马飞骑接了平原君将令要快速出山，骑尉高声号令：“三骑并行，战马衔尾，尽速通过山嘴弯道！”前行斥候三骑闻令即出，在六马沓沓绕弯的刹那之间，一阵惨嚎一片嘶鸣震荡山谷，三名骑士六匹战马树叶般飘向了茫茫峡谷！

“敌手伏击！停——！”骑尉一声大吼，马队齐刷刷止步。

平原君闻声来到前队，看得一眼山势冷笑下令：“备用马匹退后，三骑接踵冲杀，其余骑士箭雨疾射山坡掩护！”骑尉跃上山坡一方大石喝令：“马队退后百步！三骑连环冲杀！预备——杀——”当先三骑高举战刀飞马杀出，后队骑士弯弓齐射箭雨立即封住了山嘴高坡。喊杀之中平原君来到后队，低声下令五十名骑士下马徒步爬上山坡，绕过山嘴袭击对方背后。平原君也跳下战马带着两名护卫徒步上山，要在高处鸟瞰战况临机决断。两名护卫武士匆忙找到一处堪堪立足的山石，平原君上来两边一看却不禁大吃一惊——右手自己的马队不断冲杀，左手山坳却不见人马踪迹。饶是如此，胡马飞骑却是连连倒地已经有十余骑跌进了峡谷深渊。心头一闪，平原君大喝停止，立即下令已经上山的徒步骑士缒下山崖前后夹攻。

过得片时，山崖下一声震荡山谷的虎啸。一徒步骑士气喘吁吁上山禀报说，山嘴那边根本没有敌骑，只有七八架装好的弩机与一堆当道的乱石。平原君快步下山一看，只见乱石已经被搬开，弩机也正在拆卸。

骑尉报说已经有四拨十二骑被弩机射中跌入深谷。平原君大皱眉头："既无人操持，这弩机如何发箭？"骑尉说弓弩是机发，敌骑在山嘴依次绷了四道白亮的牛筋绳，大雪白光下谁也没在意，马队冲到牛筋绳便带动机关连发三箭。平原君听得又气又笑，当即喝令："三骑前行清道，全数上马追击，务必在暴风雪前包抄截杀！"胡马飞骑已经被这种不齿于骑士的宵小手段激怒，闻得将令人人愤激，发一声喊呼啸着掠过了山嘴。

一过山嘴道路渐宽，马队奔驰愈发加快。眼看前哨三骑已经飞过了山口，前队十骑飞驰进入了山口。恰在此时，半山腰隆隆沉雷大作。胡马飞骑们还没分清是否暴雪前的雷声，前队十骑已被凌空翻滚的滚木擂石砸得人仰马翻，收刹不住的后续十骑也被砸得四散闪避，隆隆涌来的主力顿时层层叠叠挤在了狭窄的山道。居中的平原君来不及叫声散开，山腰箭雨已经呼啸泼来。骑士们大怒，前队吼叫着挥舞战刀拨打飞矢，后队喝骂着一齐弯弓对射。片刻之间，又有十多骑轰然倒地。平原君大怒，正要喊出死战冲杀山口的命令，陡然却见山口山腰箭雨消失滚木擂石也没了动静，心下一亮举起战刀高喊："缓兵之计！敌骑业已逃遁！冲出山口截杀！"

一声震荡山谷的怒吼，疯狂的胡马飞骑飓风般卷出了山口。此时，雷声大作彤云翻滚大风裹着大雪密匝匝压下，冬日暮色顿时变成了茫茫白夜。平原君嘶声大喊："两翼展开！包抄追击！"话音落点，红色马队骤然分成两队展开，如两条火龙般搅进了风雪大作的无边雪原。赵国骑士最是善于在寻常人不辨南北的茫茫草原奔驰激战，目下这疾风暴雪的混沌天地对于这支胡马飞骑可谓正得其所，不失方向不减速度两马轮换，只向着晋阳方向全力追击。

大约半个时辰，胡马飞骑终于在一片丘陵谷地中渐渐咬住了又渐渐超出了同样顶风冒雪风驰电掣如同火焰般燃烧的逃遁马队。飞骑队中陡地一声虎啸，两条火龙隆隆聚合，搅着漫天风雪包住了一路戏弄他们的敌手。雪亮的战刀翻飞狂舞，一场惨烈的殊死拼杀就此展开。

平原君立马山坡看得片时，不禁大为惊讶。这支与赵军马队制式完全相同的马队，战法与赵军飞骑迥然相异，竟是秦军骑士的三骑锥。三骑锥战法乃白起独创，通行秦军骑兵以来大见成效，其要害是将战国骑兵通行的“十骑一战”[1]减低到了“三骑一战”，骑兵作战的变化能力大为改观。盖骑兵冲杀之基本方式为散兵格斗，无论双方参战骑士规模多大，最终都是展开格杀，不可能像步军那样结阵而战。然这种格杀又不是完全孤立的武士决斗格杀，而是每骑之前后左右随时都可能出现敌骑突袭的战场格杀。唯其如此，骑士之间需要协同配合，既掩护同伴不遭突袭又可以放手搏杀，便成为战场骑兵的最佳作战方式。十骑虽然已经很精悍，然在烟尘弥漫杀声震天流矢飞舞刀剑交错的战场，还是难以做到精妙配合。减至三骑配合，是将骑士能够及时驰突关照的范围定在了恰如其分的程度，格杀之流动配合大见流畅。以三骑锥为格杀最小单元，白起又创建了一整套“三”字制骑兵战法：三个三骑锥加一个灵活策应的什长便是十骑，三锥相互协同格杀，十骑便能自成小战场；如此向上，三十一百，三百一千，三千一万，三万十万，广阔战场上的骑兵军团可成收发自如进退流畅格杀协力的铁流劲旅。若非如此，长平大战中秦军以等量兵力死死困住剽悍的赵军不能突围便成为匪夷所思的神话了。

三骑锥之奥妙，在于马队越小越见威力。荆云马队面对倍我之敌，非但丝毫不见左右支绌，风雪战场反倒是个难分难解之局。酣战之中，突闻谷地一声雕鸣，各“锥”为战的荆云马队一声大吼，人各亮出一口短柄铁斧，左斧迎面猛磕敌手战刀，右手战刀便猛力砍杀过去。片刻之间，赵军有多骑落马，形势陡然为之一变！

风雪山坡上的平原君没有慌乱。以胡马飞骑的战力，纵突然吃得一亏也会迅速恢复过来，无论如何赵军马队还有一百余人，而对方只有六七十骑了，何怕死战？只是方才这一变，平原君心中突然闪过一个疑惑——这支马队不借此良机突围竟还是原地死死拼杀，莫非吕不韦已经逃走？心念一闪，平原君借着雪光突然看见血红雪白的马队纠缠中总是闪烁跳动着两颗黑点。凝神观望，果见两骑士臂膊上各裹一幅黑布，人马腾挪也显然有些不大灵动。平原君心中陡然一亮，对身边两名护卫武

---

[1] 十骑一战，即十骑士为一个基本作战单元。

士低吼一声："看准黑布人，射其下马，冲阵抢出！"两武士嗨的一声援弓搭箭，但闻隐约尖啸穿过风雪，两个黑点倏忽消失。与此同时，两武士飞骑直下冲入阵中要抢射翻之人。千钧一发之际，被赵军死死缠住的马队却突然从不同方向飞出几把铁斧，砍瓜切菜般将飞来两骑的人头马头连根切去，纵是战场亦煞是森然。

"死战冲阵！擒杀黑布人！赏万金——"平原君终于忍无可忍了。

赵军骑士精神大振，呐喊一声纷纷换马死命冲入战圈杀了上来。此时，被困马队又是一变，分明已经被射翻落马的黑布人不见了踪迹，拼杀骑士中也再没有了那两个腾挪不便的笨拙者，剩余四五十骑围成一个相互呼应的大圈子又厮杀起来。

看得片刻，平原君又疑惑了。这支马队分明已经是人马力竭，有几人已经在步战了，为何依然毫无突围之象？两黑布人若果然是吕不韦嬴异人，莫非他们还要与马队同死？可分明曾经有过突围的一线生机，为何还要同死？突然之间，平原君心中又是一亮，夹杂着被屡次捉弄的怒火一声大吼："脱身战场！追杀吕不韦——！"一马冲下山坡率先顺着汾水河谷向东南飞驰而去。

如此一来形势陡变！竭力脱身的胡马飞骑变成了"逃亡"者，竭力死战的荆云马队变成了"追击"者，翻翻滚滚在风雪弥漫中纠缠着厮杀着奔驰着。荆云马队的战马纵然同样雄骏，也比不得胡马飞骑的两马轮换。一日一夜兼程奔驰又经过两个多时辰的生死血战，等闲战马骑士早已经是脱力而死了。饶是如此，荆云马队竟能神奇地死命尾追纠缠，偶有骑士杀得赵军立即飞上赵军马背向前追杀，全然没有了三骑锥的阵形呼应。也正是因了如此战法，平原君马队虽然不能全数全速向前追击，荆云马队的骑士也在一个个迅速减少。大约一个时辰，到得出汾水河谷距离石要塞只有百余里时，尾追赵军的荆云马队终于销声匿迹了。

平原君马队已经只有二十余骑，然脚力却是未减。出了汾水河谷风雪稍减，转折西来的赵军马队依稀看见了前方几骑影影绰绰的飞驰身影。平原君大吼一声飞马，马队骤然发力在雪原上包抄过来。正在此时，前行两骑突然回身兀立不动，只听低沉的噗噗之声连响，当先几骑赵军突然落马！平原君怒喝一声放箭，赵军马队引弓齐射，当道两骑立即被扎成了红刺猬轰然倒地。可是，在赵军旋风般卷上来的时刻，两具红刺猬却突然从雪地上凌空飞起，死死扑住了最前两骑！突闻两声凄厉的号叫，两骑士竟被四只铁钳般的大手活活扼死。

“骑尉——！”平原君嘶声一吼轰然倒撞下马。赵军骑士也骤然勒马，被这匪夷所思的恐怖袭击震慑得一片默然。这个亲军骑尉是老将军赵狄的幼子，也是平原君最为器重的族侄，其所以未入军为将而做了亲军骑尉，实是平原君为了历练这个王族英才。骑士们都知道，他们的骑尉来日必是赵军大将。如今突然遭此横祸，一时愣怔不知所措。正在此时，前方沉雷隐隐，风雪之中隐约可见黑色马队从离石要塞方向遍地压来，前行两骑也不见了踪迹。突然之间斥候哨骑一声惊呼：“蒙字大旗！秦军铁骑到了！”

平原君已经醒转，一挥手惨然笑了：“回军。”

秦军铁骑也不追赶，听任红色马队隆隆东去。马队到得晋阳郊野已经是次日清晨，正要进城歇息休整，平原君却突然下马指着几具尸体下令：“打开他等面具。”几名骑士下马将几具尸体的青铜面具撬开，连同平原君在内所有人都惊得轻轻“呵”了一声，情不自禁地倒退了一步——几具尸体的大脸自双眼以下全部挤成了一团，晨曦之下分外的狰狞可怖。

“自毁面容！”一个骑士惊叫了一声。

“所有尸体面具全都打开。”平原君冰冷漠然地伫立着。

散落雪原与赵军骑士尸体交错纠缠的尸体被一具具剥离拖来，又一具具打开了面具。晋阳城外河谷共三十三具尸体，当面具一张一张被打开，狰狞可怖而又无法辨认的肉团脸一张一张显露出来，骑士们不禁连连呕吐。

平原君冷峻苍老的脸上涌出了两行泪水，大袖一拭回身低声吩咐道：“晓谕晋阳令，全数收拾沿途尸体，两相剥离，面具尸体送离石秦军大营。”说罢踽踽独行，径自步履蹒跚地绕着尸体唏嘘感慨不能自已。人怀必死之心，此等侠士举世无匹矣！能使百余侠士舍生取义者，诚大英雄也！赵胜门客三千，然有几人当得烈士？吕不韦呵吕不韦，你一介商旅竟有如此结交死士之能，而老夫却懵懂不得知，呜呼！此情何伤矣人何以堪！

吕不韦蓦然睁开双眼，看见的是一副宽阔黝黑连鬓大胡须的脸膛。

“荆云？荆云何在！”一声惊呼吕不韦坐了起来又软瘫在了军榻。

“吕公，我是前将军蒙武。”军榻边的大胡须俯身低声道，“公子已经醒来，正在用饭，吕公也当喝得一盆羊汤暖和振作些许，医士还要换药疗伤。你已经昏睡两天两夜了。”吕不韦又挣扎坐起：“将军，我，我要见荆云……”蒙武默然片刻向左右一挥手：“抬吕公出帐。”两边军士抬起军榻，蒙武护持着出了大帐。

暴风雪已经过去，暮色残阳照得一片银白世界。军榻周围的所有人都沉默着，脚下咯吱咯吱的踩雪声特别刺耳。行得半里许，来到军营内的一片避风洼地，蒙武俯身扶起吕不韦，手臂一指喉头咕的一声大响，背过了身去。吕不韦猛然跳下军榻，踉踉跄跄一阵扑跌，骤然无声地倒在厚厚的雪窝之中。老医士一阵忙乱，面色苍白如雪的吕不韦终于长长地吼出一声：“荆云！吕不韦何忍独生也——”捶胸顿足放声痛哭，又跌跌撞撞地爬进了洼地……白雪皑皑的山坳里整齐摆放着十排麻布遮盖的尸体，一座丈余高的无字黑石巍然矗立，四周山坡密匝匝站满了黑松林一般的秦军骑士。没有蒙武军令，没有官佐相呼，自尸体运来，三千骑士已经自发地在这里守候了一天一夜。军旗猎猎，战马悲鸣，山谷中死一般的沉寂。

吕不韦颤抖着双手揭开了头前第一幅麻布，大嚎一声扑到了冷冰冰的尸体身上……良久醒来，吕不韦披散着长发挥舞着绵袍大袖一声震动山谷的呼啸——呜呼！烈士死难兮，我心沦丧。长歌当哭兮，大义何殇。荆云等我……一头撞上了那方黑色墓石。

三日之后，吕不韦再次醒来时，已经是身在离石要塞了。当嬴异人第一次小心翼翼地来探望他时，惊得大叫一声跌倒在地——斜倚军榻的吕不韦苍白瘦削形同骷髅，一头白发散乱在肩两眼只直勾勾盯着虚空一脸茫然。嬴异人费力爬出帐外又爬进蒙武大帐，只说得一句："快！邯郸毛公……"哽得昏了过去。

当夜，两骑斥候飞往邯郸，蒙武铁骑也秘密拔营兼程南下了。

第七章 流火迷离

一 太庙勒石 捶拊以鞭王族

安国君嬴柱星夜赶回咸阳，迎接他的是一场极为尴尬的灾难。

家老紧急报信，说华阳华月两夫人被廷尉府拘拿，传闻罪名纷纭不清。嬴柱顿时急蒙了过去，及至蒙武匆匆赶来，依然愣怔不知所措。蒙武吩咐乱作一团的家老卫士侍女一体退下，啜着滚烫的酽茶陪着这位王族父辈人物默默地坐着。嬴柱浑然无觉，间或一声长嘘始终没有一句话。良久，蒙武一拱手道："小侄之见，君伯当回咸阳。"见安国君只是叹息不语，蒙武又道，"君伯虽奉王命，领小侄策应公子离赵。然据连番探报，公子不会在三月解冻之前贸然逃赵。君伯尽可南下，小侄留离石要塞策应足矣。"嬴柱突然开口："咄咄怪事！你说甚个因由？"蒙武思忖道："常理揣测，内眷获罪无非两途，不是受夫君株连，便是私干国事。如今君伯安然，夫人获罪可能与国事关涉。"嬴柱皱着眉头一副不愿意相信的神色："会否与楚国攻秦有关？"蒙武笑道："方才也是小侄冒昧揣测，实情难说。两夫人本是楚人，也难说没有此等可能。"蒙武谦和持重不做反驳，倒使嬴柱没有了罗列种种可能的兴致。“难矣哉！”默然片刻嬴柱长叹一声，“蒙武呵，我身负王命职司密行，何能擅离河西也！”蒙武一番沉吟，依旧是谦和地笑道：“依小侄之见，陡发如此大事，很可能有王命随后召君伯还都。君伯还是准备启程为好。”嬴柱正在沮丧地摇手摇头，帐外马蹄声疾，随之太子卫士分外响亮的报号声：“王命特使到——”

王命简单得只有一句话：“太子着即还都，原事交前将军蒙武。”嬴柱来不及赞赏蒙武，坐着那辆因他病体不能长途驰马而特制的轻便辒凉车兼程南下了。三日驰驱，到得咸阳正是午后。按照受命被召的法度，嬴柱没有先回太子府歇息，而是先径直奔王宫觐见。意料不到的是，老父王并没有召见他，只有老长史桓砾出来传了一句口命：着嬴柱到廷尉府会事。传命之后教他回府歇息。

头绪不明又受冷遇，嬴柱更不敢大意，当即出宫转车赶到了廷尉府。廷尉府坐落在商君大道的中段，毗邻当年的商君府。府邸不算高大雄阔，门前更非车水马龙，却有着一种简朴静穆的威严。嬴柱吩咐辒凉车停在车马场，自己徒步进了府邸径直来到书房等候老廷尉。这老廷尉有个咸阳官吏人人皆知的口碑，“冷面唯一堂”。“冷面”是说他从来不苟言笑。“唯一堂”则说他整日只在厅堂处置公务，从来没有人在书房见过他。嬴柱觉得两夫人事实在难堪，不想在厅堂与老廷尉见面，选择了在书房等候，宁可老廷尉下堂后再会事。一个粗手大脚的女仆煮好了酽茶匆匆去了。嬴柱一盏茶尚未啜毕，女仆又匆匆回来，说老廷尉请他到厅堂会事。嬴柱摇摇头一声叹息，站起来去了前院厅堂。

老廷尉正在与一班部属议事，见太子风尘仆仆入厅，礼见之后散了会议与太子单独会事。既入公堂，嬴柱只有依着法度办事，入座案前说得一句：“嬴柱奉命前来会事，只听老廷尉知会事宜。”便默然静待。老廷尉也没有任何寒暄，重重咳嗽一声道：“本廷尉奉命知会安国君：公子异人得密书立嫡，而密情无端泄露赵国，非但置公子于危境，且使秦国对赵邦交大陷不利；本廷尉奉命立案彻查，得人举发：华阳夫人华月夫人指使族弟芈亓，以私家密使入赵，擅自动用黑冰台并联络吕不韦，之后久居邯郸铺排淫糜，被赵国拘拿，供出国情隐秘；本廷尉依法拘拿两夫人下狱，目下正在讯问之中，供词恕不奉告。”老廷尉字正腔圆却平板得如同念诵判词一般，而后又是一声重重咳嗽，“今请与安国君会事，质询一则：安国君可曾对任一夫人提起过公子立嫡事宜？若未提起，安国君以为两夫人如何得知密书立嫡事？”

默然片刻，嬴柱字斟句酌道：“廷尉依法查案，本君自当据实陈述。然嬴柱兼程归来，不胜车马颠簸，心下已是混沌不堪。请容一夜歇息，神志清明而后回复质询。”

“可也。”老廷尉站起身来，“以明日日落为期，本廷尉等候回复。”说罢一拱手将嬴柱送出了厅堂，始终没有一句私话。

回到府邸，已是掌灯时分。嬴柱顾不上饥肠辘辘，立即唤来主书、家老并几个掌事仆役询问消息。各方一番凑集，事情终于有了大略眉目：事发之前三日，华阳夫人的贴身侍女梅树出府未归；三日后两夫人被同时拘拿，华阳夫人未做任何申辩，跟着廷尉吏走了；当晚廷尉府知会太子府，侍女梅树做举发证人，被廷尉府转居监护，太子府不得私相过问。主书曾以公事名义寻找华月夫人家老，力图得知真相，家老已经逃走不知踪迹。此后案情讯问之情形，府中上下无从知晓。

嬴柱听罢不得要领，只沉吟思谋着不说话。主书是个细致周密的中年人，见家老仆役们面面相觑莫衷一是，欲言又止。嬴柱心头一闪，吩咐几个掌事仆役各去应事，只留下家老主书两人说话。主书方才一拱手道：“在下冒昧一问，安国君是要救两夫人，还是听凭廷尉府依法论罪？”嬴柱皱起眉头道：“也要救得才是。”主书道：“在下以为此事有三处蹊跷不明：其一，华阳夫人素来不干政事，何以能背着安国君密谋如此重大之事？其二，两夫人有何途径，能得密书消息？其三，梅树为夫人贴身侍女，素来忠心不贰，何能突兀举发？此三事不明，施救无从着手。”所说三事，事事隐指华阳夫人可能受了华月夫人唆使。家老猛然醒悟，也立即接道：“老朽之见，华阳夫人八九冤屈，主君当设法为之鸣冤才是。”嬴柱思忖良久终是一声叹息：“难也！两人同罪，只救一人，如何着力？”主书便道：“此案要害，只在得知密书之途径。谁有密书途径，谁便是主谋主犯。以在下揣测，华阳夫人与王宫素无丝缕关联，断无先于安国君而得知密书之可能。”嬴柱不禁一惊：“噫！你如何晓得我知密书在两夫人之后？”“安国君明鉴，”主书一拱手，“在下主司公务，府中日每来往官身之人均有记载。日前，在下查阅了年来所有记载，以国事法度推之：半年前驷车庶长来府那日，华月夫人恰好先行入府；那日安国君于棠棣园先见华月夫人，后在书房密室会见驷车庶长；若驷车庶长是下达密书而来，华月夫人也必是先知密书而来；据此推断，不能排除华月夫人在饮酒叙谈之时，已经先行将密书告知了安国君。若此点属实，洗清华阳夫人不是难事。”

“依你之说，也可推断我得密书后回头告知了两夫人？”

“不能。”主书镇静如常地看着拉下脸的嬴柱，“若得如此，安国君必然要与两夫人共谋此事。一旦共谋，安国君至少绝不会赞同以芈亓为特使。更根本处，安国君在会见驷车庶长之后，与两夫人只有一夜之聚，天方黎明便被驷车庶长召去，此日暮色当即出咸阳北上河西。依照常理，如此重大谋划不能一夜急就。若安国君果真参与了谋划，在得领军接应公子的王命之后，也必会立即取消这一私行谋划。安国君北上而私行谋划照常进行，可知安国君对此事一无所知。一二三连环，无一便无二三，今无二三，也便无一。由此可知安国君并未将密诏告知两夫人。”

“如此说来，我可摆脱廷尉府追究？”

“周旋得当，自可摆脱。”

“呜呼哀哉！”嬴柱拍案长嘘一声，“酒饭上来，吃饱再说！”

主仆三人的这顿酒饭吃了大约半个时辰。因忌酒而不善饮酒的嬴柱破例饮了两爵，红着脸边咥边说议定了大体路子。散席之后嬴柱浑身如同散架一般，被两名侍女扶进浴房泡进热腾腾的大盆推拿按捏了又大约半个时辰，方才被抬上卧榻，头一靠枕鼾声大作。谁料夜半之时却莫名其妙地醒了过来，再也不能入睡，幽幽暗夜中两个夫人的影子总是在左右诡秘地晃悠。嬴柱索性裹着大被坐起，也不点灯，只盯着红毡地上一片冰冷的月光发着愣怔，心头只突突跳动着一个个狂乱飞舞的大字——飞来劫难，你能躲过么？

据实而论，嬴柱实在难以预料这件突发罪案的牵连深浅。华月夫人事先知道了密书，且先于驷车庶长透露给他是事实，他拿到密书后炫耀地摆在了两夫人面前也是事实。那个胡天胡地的秋夜里，两个狂放的女人将他侍奉得如醉如痴昂奋不能自已，除了忘情的大呼小叫与语无伦次的粗话脏话以及后来总在眼前晃动的两具雪白肉体，他已经完全记不清楚自己应过甚事说过甚话了。回想起来，那天夜里两姐妹高兴得忘乎所以，常常情不自禁地趴在他身上咯咯直笑，吞吐把玩着他总在说一件他自己也很乐意听的事情，他连连点头说好，两姐妹咯咯长笑争相向他献媚。目下想来，除了那件当日刚刚从不同途径得到消息且与每个人都息息相关的大事，还能有甚事喋喋不休？可是，自己连连点头的究竟是一件甚事？若果真两姐妹说要派私家特使入赵襄助异人回秦，如何自己连一丝一毫的记忆都没留下？若不是此事，还能有甚事要自己点头？他朦胧记得，两女人一个骑在他脸上一个趴在他身上一齐呻吟着娇笑着拍打着要他说话，他被丰滑肉体堵住的大嘴巴只能闷声嗷嗷呜呜，两个女人一时笑瘫在了他身上。那时候能是甚事？若果然此事，为何非得他点头答应？纵是儿子在他毫不知情时突兀归来，身为父亲他能不高兴？那么，便是……对了对了！嬴柱心头猛然一颤一闪——芈亓入赵，要凭太子府令牌才能在丞相府官市署取得通关书令！

如此说来，自己岂能逃脱罪责？

然则，晚来主书一席拆解也是振振有词。若自己以“当日发病昏迷不省人事”对应廷尉质询，留给廷尉的很可能便是如主书一般的推理，自己很可能逃过一劫。可是，若两夫人要减轻自己罪责，一口咬定此事得安国君首肯，自己却如何辩解？细想起来，这两个女人他实在把不准，肉身亲昵放浪得刻骨铭心须臾不能离开，心头却总好像云雾遮掩不晓得深浅。她们时常背着他抱做一团神秘兮兮地唧咕，见他来了咯咯笑着分开缠上来侍奉得他没有一句发问的机会。依常人之心忖度，两夫人皆无儿子，靠的是他这个太子，无论如何不当有陷他于不利境地的密谋。然则，翻过去再想，关心则乱，两夫人眼看后继有望，难保不会做出事与愿违的蠢事；目下入狱，更难保不为了自保连带出他这个王储以图减轻罪责。

果然如此，他当如何？

最佳之策，当然是周旋得两夫人无罪，同时保住自己。若在山东六国，对于一个太子这实在是一件轻而易举的小事。可这是秦国，如此想法简直荒诞得异想天开！违法论罪，这在秦国是无可变更的法治国情，除非老父王力行特赦，如此泄密重罪想一体逃脱无异于痴人说梦。事已至此，必须有人为泄密事件及其带来的严重后果承担罪责。为今之计，能保住自己已经是万幸了，何能再希图救出两位夫人？华阳华月啊，非嬴柱不救，实不能救也……

清晨卯时，酣睡中的嬴柱被侍女唤醒，说家老令她进来禀报纲成君蔡泽在正厅等候。嬴柱猛然坐起穿好衣裳匆匆洗漱完毕大步赶到了正厅，迎面一长躬："纲成君想杀我也。"蔡泽大笑着连忙也是一躬："三月未见，不想安国君成谦谦君子也。"嬴柱顾不得寒暄应酬，一把拉住蔡泽便走，到了书房掩上门又是一个长躬："纲成君救我！"蔡泽扶住嬴柱惊讶道："安国君何事惊慌？"嬴柱连连顿足："两夫人被拘拿，嬴柱岂能不受牵连？老父王火急召我却不见我，大势危矣！"蔡泽恍然大悟，目光连闪间长长地"啊——"了一声，悠然一笑道："安国君啊，有道是人到事中迷，果不其然也。""你说甚？"嬴柱一脸懵懂惊愕，"你你你说我迷？你说我迷！我如何迷果真迷么！"蔡泽不禁笑得前仰后合："也也也！安国君，老夫未及早膳赶来点卯，肚腹空空，不教人咥笑得饱么？"

"好说好说。"嬴柱拉开门一声大喊，"酒饭！快！"

片刻间酒饭上来，蔡泽入座埋头吃喝。嬴柱不吃不说话，一边看着蔡泽一边从自己座案不断往蔡泽身边一蹭一蹭凑来，迫切之相如同狗看着主人乞求骨头一般。蔡泽从容吃得一阵终是不忍，搁下象牙箸笑道："安国君如此待客，老夫如何咥得？来！坐了说话。"嬴柱迷瞪着双眼浑然不觉："不不不！纲成君只管咥我也咥，咥罢再说不迟。"蔡泽的公鸭嗓呱呱笑道："罢了罢了，来，坐回去听老夫说！"见嬴柱只痴痴盯着自己，蔡泽蓦然大觉局促，霍地起身离座一躬："君将为万乘之尊，安得如此惶惶乱象？请君入座，老夫自有话说。"嬴柱一个激灵方才恍然一笑，不及站起双手撑地猛然挪动大屁股退了回去："你只说！"

蔡泽这才落座一笑："安国君，此事看似危局，实则十之八九无事也。"

"如何如何？何能无事？甚个根由？"

"其一，吕不韦已知芈亓出事，做好了周密谋划。其二，公子之老内侍老侍女与吕不韦新妻并商社执事，已经在年前安然回到咸阳。其三，老夫得信，公子与吕不韦已经离开了邯郸，只要路途不遭意外，当可安然返国。"

"这？这与两夫人之事何干？"嬴柱依然一片混沌。

"君不闻釜底抽薪乎？"

"啊，啊，啊——"嬴柱终于明白了一些。

"另则，两夫人事安国君未尝预闻，本无危局，亦无须忧虑。"

"我未尝预闻么？"嬴柱不期然惊愕一句又连忙改口，"对对对，我未预闻。"

"是否预闻不凭君说，乃老夫推断之事实。"蔡泽梆梆叩着大案，"若你预闻，两夫人自会供出；两夫人未供，可证你未尝预闻。不是么？"

"你你你，你如何晓得两夫人未供？"

"两夫人若已供出，安国君去廷尉府只怕不是会事了。"

"是也！"嬴柱长嘘一声，自己如何连如此简单的道理也迷了心窍？以老父王执法如山的铁石心肠，但有两夫人供词，自己能不连带下狱？老廷尉会事问的正是自己是否预闻，若两夫人供了还会那般依法质询么？还不早将供词撂出教我招认了？对也对也！两夫人甚也没说！骤然之间，一丝愧疚漫上嬴柱心头，不禁恳切拱手，"纲成君，两夫人乃先祖宣太后族孙，孤身无后，唯靠嬴柱照应，敢请援手一救！"

"救？救哪个？"蔡泽白眉猛然一耸，"此案必得一人承担罪责，周旋得当，或可解脱一人。两人得救，只怕难于上天也。"

默然良久，嬴柱一声叹息："呜呼！但得一人，夫复何言？"

"安国君存得此心，老夫便有一策。"见嬴柱又急急凑到面前，蔡泽低声说了起来。嬴柱边听边点头，脸上荡开了一片近日难得的笑容。

蔡泽一走，嬴柱闭门大睡到午后方才起来，自觉神气清爽了许多，啜得几盏滚烫的酽茶驾着轺车去了廷尉府。公堂相对老廷尉素无闲话，径直请安国君如实回复昨日质询。嬴柱回得极是简洁：离开咸阳之前从没有对两夫人透露过密书，两夫人从何途径得密书消息，也无从得知，不敢冒昧揣测。老廷尉请他在书吏录写的竹简后手书了官爵名号，平板板一拱手道："会事完毕。安国君听候判词。"嬴柱一点头告辞出门，奔王城而来。

长史桓砾正在王书房外厅归置官员上书，按轻重缓急排出先后次序，选出最紧要者在老秦王午眠之后立即呈进。埋头之时却闻案前微风，一只黑色木匣已经摆在了案头。桓砾一抬头，见正殿老内侍已经踩着厚厚的红地毡悄无声息地站在了面前，淡淡笑道："老寺公又要给人加塞？"老内侍红了脸，一边摇头一边低声道："看好也，太子紧急上书，莫非你老哥哥敢不接么？"桓砾一怔，撂下手头书简打开了黑漆木匣，揭开了覆盖匣面的红绫，一个更小的古铜匣显了出来，匣面上赫然太子府的黑鹰徽。按照公文呈送法度：太子上书长史无权打开，必须立即呈送秦王。桓砾抬手啪地盖上木匣捧起："老寺公知会太子，上书已经呈送，请候回音。"见老内侍无声地摇了出去，桓砾捧着木匣进了书房内厅。

春回之季，久卧病榻的秦昭王气色渐渐见好，听桓砾高声大气地禀报完毕，淡淡一笑："老夫听得见，忒大声。开启太子书，你念。"

"老臣明白！"桓砾心下一热，不禁一声哽咽。

近年来老秦王风瘫在榻，非但耳背重听，连说话也是咕哝不清了。无奈之下，桓砾与给事中（内侍总管）物色了一个极为聪敏可靠的少年内侍进了内书房，职事只有一个：终日守候秦王卧榻做"传书侍者"。每有重臣对事，少年内侍跪伏榻侧头靠王枕听老秦王咕哝说话，而后转身复述给臣下。几次下来，王族元老与蔡泽等几位重臣大为不安，如此传音断事，但有差错后果不堪设想。桓砾更是紧张莫名，每次对事都汗流浃背如同噩梦——不管是老秦王果然晚年昏聩，还是少年内侍传音出错，只要一两件国事断得荒诞不经，自己这个长年居于宫闱中枢执掌机密的长史与老给事中必然会成为"狼狈为奸蒙蔽王听"的奸佞小人，而被朝野唾骂遗臭万年。反复思虑，桓砾与老给事中秘密计议筹谋，对少年内侍施行了“矐刑”，以防这个渐渐长大的内侍生出非分野心。

那是一种秘密刑罚：将新鲜热马尿倾于密封木桶，将人头塞进锁定熏蒸，直到马尿没了气息；反复几次，人便睁眼失明——双目如常而不可见物。几十年后，名动天下的乐师高渐离因行刺秦始皇被判腰斩，秦始皇看重高渐离击筑才艺而特赦之，然又必须依法给予处罚，便对高渐离用了这种矐刑，从而使这种刑罚见诸史书。这是后话。

听着少年内侍沉闷的呜咽，桓砾在行刑密室里捶胸顿足地咒骂自己。老给事中看他几于癫狂，揶揄地嘲笑他“谋忠又谋正，卖矛又卖盾”，笑罢再也不请他监刑了。去年入冬之后，原本机敏聪慧清秀可人的少年内侍倏忽变得呆滞木讷，虽传言依然无差，然那对似乎依然明亮的双眸却终日无神地空望着前方，黯淡的两颊总是挂着一丝细亮的泪线，直看得桓砾心头发颤。虽然他已经请准秦王对少年家人族人做了赐爵厚赏，可每次看见这个默默跪伏在王榻一侧的少年，便生出一种难以名状的伤痛。年关之后春气大起，老秦王渐渐见好，今日竟能大体清晰地说话了，他如何不如释重负热泪纵横？

“好好念也……”秦昭王沙哑的声音慈和得像哄慰小儿。

“哎。”桓砾答应一声，拭去老泪启开铜匣展开竹简咳嗽一声诵读起来，“儿臣嬴柱顿首：得奉王命立异人为嫡，不胜感喟欣慰，恒念父王洞察深远。然，一事不敢妄断，请父王训示定夺：异人生母夏姬出身微贱，粗疏不足以为儿臣正妻；儿臣妻华阳夫人违法获罪，而今下狱，夫人爵被夺，依法已非儿臣之妻；如此儿臣无妻，诸子亦无正母，嫡子异人归来之日，若无正母在位示教似有不妥；此事该当如何处置，儿臣委实无策，恳请父王定夺示下。”收拢竹简，桓砾补了一句，“太子书完。”

一直靠着大枕闭目凝神的秦昭王良久默然，突兀道：“长史以为此事如何？”

“老臣……”桓砾一阵沉吟正要说话，秦昭王一拍榻栏：“宣嬴柱。”

正在候见偏殿呆看屋檐铁马的嬴柱，被老内侍带进深邃幽暗的王书房内厅，进门扑拜在地高声道：“春来阳生，儿臣祝父王康泰。”秦昭王淡淡一笑：“礼数倒是学得周全。坐了。”听得王榻苍老的说话声，嬴柱不禁大是惊愕，接连又是扑地一拜："呜呼！天佑我秦，父王复聪，儿臣心感之至！"秦昭王白如霜雪的长眉皱成了一团，沟壑纵横的老脸却平静如水，轻轻一抬手道："坐了回话。廷尉府会事如何？"嬴柱膝行到榻侧案前肃然挺身跪坐，将会事经过简洁说了一遍，末了归总一句："两夫人之谋，儿臣未尝与闻，唯听廷尉府依法处置。"秦昭王道："你若廷尉，此案如何裁决？"嬴柱毫不犹豫接道："坐实凭证，依律判之，首犯当腰斩。"片刻默然，秦昭王道："你若秦王，自觉能否特赦？"

"……"嬴柱顿时吭哧不敢接口。

"今日上书，要再次大婚？"秦昭王又淡淡地追了一句。

"……"嬴柱还是吭哧不敢接口。

"嬴柱啊，"秦昭王拍着榻栏粗重地叹息了一声，"既为国君，当有公心。无公心者，无以掌公器也。汝纵有所谋，亦当以法为本。秦之富强，根基在法。法固国固，法乱国溃。自古至今，君乱法而国能安者，未尝闻也！君非执法之臣，却是护法之本。自来乱法，自君伊始。君不乱法而世有良民，君若乱法则民溃千里。《书》云：王言如丝，其出如纶。诚所谓也！汝今储君，终为国君，何能以家室之心，图谋国法网开一面？汝纵无能，只守着秦法岿然不动，以待嬴氏后来之明君，尚不失守成之功矣！汝本平庸，却时生乱法之心，无异于自毁根基。果真如此，秦人嬴氏安能大出于天下？惜乎惜乎！秦人将亡于你我父子也！"一字一顿，铿锵沙哑的嗓音在大厅嗡嗡回响，沧海桑田在缓慢坚实地荡荡弥漫，骤然收刹之下，大厅中一片寂然。

"君上……太子……太医！"匆忙录写的桓砾蓦然抬头，才发现不知何时秦昭王已经坐了起来，脸泛红潮额头大汗淋漓雪白须发散乱张开，俨然一头行将猛扑的雄狮。一直低头受训的嬴柱，已涕泪纵横面色苍白地软瘫在了案前。

老太医一阵忙乱，绽开心劲的秦昭王已经疲惫地昏睡了过去，苏醒过来的嬴柱呆坐着发怔。良久，嬴柱扶案站起，对着王榻深深一躬踽踽去了。

蔡泽正在太子府书房等候，见嬴柱一副茫然的模样不禁笑道："安国君失魂也，要否寻个方士来？”嬴柱极是不耐地摇摇手：“纲成君好聒噪，害我无地自容也！”蔡泽惊讶地瞪起了那一对鼓鼓的燕山环眼：“如何如何？碰了钉子么？”“钉子？是刀是剑！剜心剔骨！”嬴柱红着脸啪啪拍案，“面对父王那番训斥，我只恨不能钻到地缝去。纲成君啊，嬴柱完了，完了……”说着伏案大哭。蔡泽大是难堪，过来摇着嬴柱肩膀急促道：“安国君说个明白！若果真累你吃罪，老夫立即进宫自承撺掇教唆之罪，与你无涉！”嬴柱止了哭声叹息几声，将父王的训示一句句背来，末了又是放声痛哭。

“安国君，蔡泽先贺你也。酒来！”蔡泽手舞足蹈公鸭嗓一阵嘎嘎大笑。

“你！失心疯？”嬴柱一惊，回身要喊太医。

“且慢且慢！”蔡泽嘎嘎笑着坐在了对面连连拍案，“老夫只候在这里，若今夜明朝没有佳音，蔡泽从此不再谋事！酒来也！”

嬴柱看蔡泽如此笃定全然不似笑闹，心下虽将信将疑，却也当真唤来侍女摆置小宴，心不在焉地应酬着蔡泽饮了起来。未得三巡天色已黑，嬴柱正在思谋如何找个理由送走蔡泽自己好思谋对策，庭院突兀一声高宣：“王命特使到！安国君接书——”嬴柱陡然一个激灵，翻身爬起带倒酒案哗啦大响只不管不顾跌跌撞撞出了书房，在厅廊下却与悠悠老内侍撞个满怀，两人一齐倒地。

“呜呼哀哉！安国君生龙活虎也。”老内侍勉力笑着捡起了地上的木匣。

“老寺公，惭愧惭愧……”嬴柱脸色涨得红布一般。

“安国君自个看了。”老内侍双手捧过木匣殷殷低声笑道，“若非你紧急上书，此书今朝已发了。老夫告辞。”一拱手摇了出去。

“大灯！快！”嬴柱一边急促吩咐，一边已经打开了木匣将竹简展开，两盏明亮的风灯下两行清晰大字：

王命：夫人获罪，不及株连。安国君嬴柱可持此命前往廷尉府狱，探视其妻华阳夫人，以安家政。

嬴柱大步回到书房，将竹简往蔡泽手中一塞，人只站在旁边呼呼直喘：“老寺公说，我若不上书，此书今朝便发了。”蔡泽打开竹简扫得一眼一声长嘘：“呜呼哀哉！老夫险些弄巧成拙也。”站起身一拱手告辞。“且慢且慢！”嬴柱连忙拉住了蔡泽衣襟，“纲成君莫如此说，只要得此王书，吃一顿训斥也是值当。你只说，我果然无事了？”“安国君真是！”蔡泽有些哭笑不得，“倘若有事，老王能如此痛切一番？今日之训，大有深意也！”嬴柱大惑不解：“有何深意？我只听得胆战心惊。”蔡泽正色道：“安国君胆战心惊者，老王辞色也。老夫揣度秦王本意，似在为王族立规，非但要见诸国史，且不日会昭著朝野。左右事完，老夫去也。”摇着鸭步忙不迭匆匆走了。

嬴柱放下心来，好容易安稳睡得一夜，次日清晨乘辎车到了廷尉府。老廷尉一见王书，唤来典狱丞带着嬴柱去了城西北的官狱。秦国法度：郡县皆有官狱，只关押那些未曾结案定罪的犯人与轻罪处罚劳役的刑徒；一经审理定罪，一律送往云阳国狱关押。依当世阴阳五行之说：法从水性阴平，从金性肃杀，北方属水西方属金。故官狱多建于城西北民居寥落处，咸阳亦不例外，只是比郡县官狱大出许多而已。在官狱的高大石墙外停了辎车，嬴柱跟着典狱丞徒步进了幽暗的石门，曲曲折折来到一座孤零零的石条大屋前。典狱丞唤来狱吏打开硕大的铜锁，虚手一请，守在了门口。嬴柱进屋，眼前突兀一黑，一股湿淋淋的霉味迎面扑来，不禁一阵响亮的咳嗽喷嚏。

“夫君……”角落木榻的一个身影扑过来抱住嬴柱放声大哭。

“夫人受苦了……”嬴柱手足无措地抚慰着华阳夫人，凑在女人已经变得黏糊糊的耳根气声道，“莫哭莫哭，说话要紧。你如何招认？老姐姐说甚了？”

“我甚也没说。阿姐一口揽了过去，说一切都是她的谋划……”

“要犯分审，你如何晓得？”

“阿姐囚在隔室。前日她五更敲墙，从砖缝里塞过来一方薄竹片。”华阳夫人伏在嬴柱怀中，悄悄从显然不再丰腴的胸前摸出了一片指甲般薄厚巴掌般大小的竹片，哽咽着凑近到嬴柱眼前。幽暗的微光下，一行针刺的血字红得蹦蹦跳动——万事推我，万莫乱说！

嬴柱一声哽咽，大手一握从女人手心将竹片抹在了自己掌中，猛然捶胸顿足大声哭了起来："呜呼夫人！家无主母，嬴柱无妻，天磨我也！夫人清白，国法无私，但忍得几日，我妻定能洗冤归家！嗷嚎嚎——痛杀人也！"

"嬴柱！"突然隔墙女声的狂乱吼叫，"你妻清白！我有罪么！枉为姐妹骨肉，你夫妇好狠心也！老娘今日偏要翻供，任事都是你妻所做！教你清白！教你清白！"

"芈氏大胆！"狱吏高声呵斥着走到门前，"不怕罪加一等么！"

"法不阿贵，老娘怕你太子不成！"女人只是跳脚嘶吼，浑不理睬狱吏呵斥。

"大胆芈氏！"嬴柱沉着脸大踏步出来，径直走到隔间囚室门前怒声斥责，"国法当前，容得你胡扯乱攀！姑且念你与夫人同族姐妹，今日不做计较。你只明说何事未了，嬴柱以德报怨！"

女人一阵咯咯长笑："我只想你了，想你来这里陪我。"

"痴疯子！"嬴柱怒喝一声，转身对典狱丞高声大气道，"待她醒时说给她听：她的家人家事本君料理，教她安心伏法。"说罢大踏步走了。

回到府邸，嬴柱浑身散架倒在卧榻，再也没有力气爬起来了。

日暮时主书来报说，已经密查清楚：目下王宫谒者[1]芈椋是华月夫人的族叔，当年跟随宣太后入秦，一直在魏冄属下做主书吏；魏冄被贬黜之时，此人得秦昭王信任，留宫补了谒者王稽的职爵；此次正是向驷车庶长传送密书的芈椋向华月夫人透露的消息。嬴柱有气无力地问了一句："如此，又能如何？"主书惊讶道："安国君自当会事廷尉府，指实华月夫人与芈椋勾连犯法，方能救得华阳夫人也。"嬴柱喘息着坐了起来："王族以护法为天职。你知会家老并府中人等，从此任何人不得过问此事。芈椋之事万莫外泄，只听廷尉府查处裁决。"说罢对一脸茫然的主书疲惫地挥挥手闭上了眼睛。

---

[1] 谒者，战国秦官，职掌传送官府文书。

莫名其妙地，嬴柱病了。半个月闭门不出茶饭不思，只有气无力地躺卧病榻，似乎连说话的力气也没有了。老太医几番望闻问切，除了嬴柱自己再熟悉不过的阴虚阳亢脾胃不和心悸虚汗等几样老病，无论如何也揣摩不出这种有（症）状无（病）因的“病”究为何物，只有先开了几剂养心安神温补药，而后立即报请太医令定夺。储君得无名怪疾，太医令何敢怠慢，当即上书老秦王，主张请齐东方士施治。谁料秦昭王却只冷冷一笑，咕哝了一句谁也不敢当做口书传给太子的话：“人无生心，何如早死？秦岂无后乎！”撂过太医令上书不置可否。

转瞬冰消河开，启耕大典在即。

自秦昭王风瘫在榻，近年来的启耕大典都是太子嬴柱代王典礼，而今太子卧病，启耕大典该何人主持？在国人纷纷揣测之时，王宫颁下了一则令朝野振奋而又忐忑不安的王书：秦王将亲自驾临启耕大典，大典之后举行新春朝会，再于太庙勒石！且不说启耕大典由高寿久病的老秦王亲自主持已经令朝野国人振奋不已，更有多年中断的新春朝会与闻所未闻而又无从揣测的太庙勒石两件大事，老秦人的激奋之心顿时提到了嗓子眼——秦国要出大事了！

消息传到太子府，嬴柱坐不住了。老父王以风瘫之躯勃勃大举三礼，他这个已过天命之年的老太子能安卧病榻？果真如此，不说老父王有无心劲再度罢黜太子，只那遍及朝野的侧目而视与非议唾沫也足以使人无疾而终，其时自己何颜面对国人面对天下。素来遇事左顾右盼的嬴柱，这次不与任何人商议，夜半披衣而起振笔上书，力请代父王主持三礼，否则自请废黜。书简连夜呈送王宫，嬴柱守着燎炉拥着皮裘坐等回音。眼看春寒料峭中天色大亮红日高挂，一辆辎车才嘎吱嘎吱到了府门。老内侍带来的口书只有两句话：“本王振事，与汝无涉。汝病能否参礼，自己斟酌。”

第一次，一股冰冷的寒气弥漫了嬴柱全身。

那领无价貂裘滑落到燎炉燃起熊熊明火，他依然木呆呆地站着。

二月初十，咸阳国人倾城出动。

拥过横跨滚滚清波的白石大桥，在渭水南岸的祭天台四周，万千老秦人观看了盛大的启耕大典。嬴柱四更即起，沐浴冠带，鸡鸣时分出了咸阳南门过了渭水白石桥，于朦胧河雾中第一个守候在了进入大典祭台的道口。红日初升，当须发霜雪的老父王被内侍们抬下青铜王车时，嬴柱无地自容了，一声哽咽热泪纵横地扑拜在了车前。老父王拍了一下座榻横栏，随行在侧的桓砾前出两步高声道："秦王口书：太子代行大典，本王监礼可矣！"嬴柱陡然振作，对着老父王深深一躬，驾轻就熟地开始了诸般礼仪。祭天地祈年、宣读祭文、扶犁启耕、犒赏耕牛、巡视百户耕耘、授爵先年勤作善耕的有功农户。马不停蹄地奔波到春日西斜夕阳晚照，才结束了这最是劳人的大典。张着巨大青铜伞盖的王车辚辚归城，秦昭王坐正身躯向道边国人肃然三拱，行拜托万民大礼时，欢腾之声骤然弥漫四野。嬴柱禁不住又一次热泪盈眶了。

次日清晨，接着新春朝会。

朝会者，聚国中大臣共同议决国事也。依着传统，这种朝会一年多则两三次，至少一次。这一次是启耕大典之后的新春朝会。自秦昭王风瘫以来，秦国已经多年没有朝会了。这次远召郡县大员近聚咸阳百官而行新春朝会，实在是振奋朝野的非常之举。清晨卯时之前，所有有资格参加朝会的官员都冠带整齐地候在了正殿外的两座偏殿大厅。相熟交好者低声询问议论几句，问得最多的话是："足下以为今日朝会当首决何事？"答得最多也最明确的话是："伐交逼赵，迎还公子。"嗡嗡低语中卯时三声钟鸣，正殿大门隆隆打开。官员们依着爵次络绎出厅，踩着厚厚的红地毡踏上了三十六级蓝田玉砌成的宽大台阶，鱼贯进入了久违的大殿。

谁也没有料到的是，被抬上大殿的秦昭王一句话不说，进入王座只一摆手。长史桓砾开始宣读近日尚未发出的几卷王书，唯一稍能引起朝臣关注者，是前将军蒙武被升爵一级，调任离石要塞做守关副将。宣读王书是将已决之事通告朝臣，并非征询商讨，朝臣们听了便是听了，谁也无须说话，只一心等待那个真正要"会议"的轴心话题。谁知接着又是纲成君蔡泽向朝臣知会李冰平息蜀地水患的功绩，桓砾再度宣读了一卷王书：蜀郡守李冰爵封右庶长，兼领巴郡，授“五千”兵符，得调驻蜀秦军随时讨伐苗蛮之乱。此事原是朝臣皆知，自然也不会有任何异议，人们依然在等待那个“会议”话题。

谁知等来的却是老秦王淡淡的四个字：“移朝太庙。”

太庙勒石虽是已经预先通告的大礼之一，然则谁也没有真正将这件事放在新春朝会之上。盖勒石者，无一不是念功念德以传久远。而太庙勒石，自然是念兹念祖追昔抚今。老秦王高寿久病，忆旧念祖也是老人常情，太庙勒石也是垂暮之年的题中应有之意，作为开春大礼也不会有谁非议铺排过甚。然则，朝会无“会”，便行此等“虚举”，眼看是将太庙勒石看做了最重大的国事，朝臣们心下便有些不以为然。战国之风奔放少迂腐，臣下耿耿言事蔚然成习，当下一班资深老臣先行站起诘难：“秦王多年未曾朝会，念王老病之身，臣等无意责之。今日既有朝会，便当会议迫在眉睫之国事，何能因勒石太庙而疏于国家大朝？”领头说话者便是那个“冷面唯一堂”老廷尉。

秦昭王只有一句话：“今日朝会在太庙。勒石之后，卿等再行会议。”

如此一说，只是个先后次序之事，朝臣们再无人异议，鱼贯出宫各登轺车浩浩荡荡地到了太庙。太庙在王城之内北面的一座小山之下，松柏苍郁殿阁层叠恍如一座城堡。第三进的中央大殿供奉着秦人嬴氏王族的历代国君的木像，香烟缭绕肃穆静谧。秦昭王车驾当先而行，到得巍巍石坊前停了车马，被六名内侍用一张形同王座的特制坐榻抬着进了太庙。随后官员们得到的命令是：“本王已代群臣祭拜，彼等无得停留，直入大殿庭院。”朝臣们不禁一阵惊愕。

太庙者，邦国社稷也。如此重地任是国君亲临，也须前殿祭拜方能进入中央正殿庭院，等闲臣子不奉王书则根本不得进入太庙。如今既来，如何能“无得停留直入大殿庭院”？虽是惊愕疑惑，然终究只是一件关乎礼仪的事。在“礼崩乐坏”的战国之世，在蔑视王道礼治的秦国朝臣心目中，如秦昭王这般越老越见强悍的国君能下如此书令，必然有着比礼仪更重要的因由，走便是了，说甚！

一条石板道将大殿庭院分作了东西两片柏林。朝臣们从石板道络绎进入庭院，见东首柏林空地中一柱红绫覆盖的两丈大石巍然耸立，碑前三牲列案香烟缭绕，秦昭王的坐榻已经落定在大殿与柏林之间。兼职司礼大臣的老太庙令将朝臣们分派成两方站立：王族臣子一方，非王族臣子一方。历来按文武成方按爵次列队的传统规矩今日竟被破了，臣子们又是一阵惊讶迷惑。

“太庙勒石大礼！乐起——”

老太庙令一声号令，大殿高台下的两方乐队骤然轰鸣，宏大昂扬的乐声顿时弥漫了柏林弥漫了太庙。蔡泽听得明白，这乐声不是各国王室在大典通行的《韶乐》，而是秦风中的《黄鸟》，心中不禁一动，左右一瞅朝臣们也是眉头大皱，便知今日勒石必非寻常。《黄鸟》是春秋时期风靡秦国朝野的一首歌谣，是老秦人追思为秦穆公殉葬的子车氏三良臣而传唱的挽歌。至于战国，《黄鸟》依然是秦国朝野最熟悉的悼亡歌。然终因此歌隐隐包含了对秦穆公杀贤而导致衰败的谴责，从来不会在礼仪场合被当做开礼之乐。更有甚者，今日勒石在太庙，太庙大殿的正中位置供奉着赫赫穆公，开乐《黄鸟》，老秦王要做甚？

“老臣有话！”乐声未到一半，王族队首的老驷车庶长嬴贲大踏步到了秦昭王坐榻前，“今日太庙大礼，如此乐声暗含讥讽伤及先祖，是为司礼失察。臣请重奏大乐开礼，后治太庙令之罪！”话方落点，王族大臣们一声呼应：“臣等赞同老驷车之见！”蔡泽注意到，只有默然肃立的太子嬴柱没有开口。

“我王有书。”未等迷惑观望的非王族臣子们出声，秦昭王身边的长史桓砾哗啦展开了一卷竹简，一字一顿地高声念诵，“王道礼乐之论，多文过饰非之颂。不开责己求实之风，何能固我根基？昔年孝公之《求贤令》，历数先祖失政之过，方能脱秦人之愚昧，开千古大变之先河。祖先之过不能及，今人之失不能议，君何以正？国何以强？卿等毋做迂腐之论，当襄助本王立万世规矩也！”

“我王明察，臣等赞同！”蔡泽目光一扫，非王族大臣们异口同声地一片呼喝。王族大臣们一阵寂然，终是默默认了。

“大乐重行——”太庙令悠然一喝，忧伤悲怆的《黄鸟》重新荡开。大臣们已经从显然是事先准备好的王书中嗅到了一种异乎寻常的气息——老秦王精心谋划有备而来，责穆公而扬孝公，这太庙勒石必然大有文章，一切都只能等到勒石揭开之后再说了。人同此心心同此理，太庙柏林中一片前所未有的肃穆。

“太子代王揭碑——”

冠带整齐的嬴柱肃然上前，双手搭住红绫两角轻轻一抖，那幅殷红的丝绫滑落到了石座的大石基上——凛凛青石历历白字赫然眼前。随着太庙令一声“太子诵读碑文”的司礼令，嬴柱对着大碑肃然一躬，高声诵读起来。朝臣们的目光随着嬴柱的诵读声盯着石文移动，那一个个深嵌大石的白色大字似一颗颗铁钉砸得人心头噗噗作响！

秦王嬴稷　勒石昭著　法为国本　君为国首　本首之道
变异相存　国之富强　根基唯法　法固国固　法乱国溃
自来乱法　自君伊始　君乱法度　国必亡焉　法乱国安
未尝闻也　诚为此故　告我子孙　嬴氏王族　唯大护法
法度肖然　万世可期　坏我秦法　非我族类　乱法之君
非我子孙　凡我王族　恒念此石　一年一诵　惕厉自省
乱法之君　人人得诛　生不赦罪　死不入庙　安亡必戒
毋行可悔　戒之戒之　言不可追　立此铁则　世代不移

嬴柱高声诵读着，满面通红，汗水涔涔。

苍苍柏林一片肃然，朝臣们粗重的喘息声清晰可闻。无论是因何而发，无论是因谁而起，痛切深彻的石文都像长鞭抽打着每个人的魂灵。直到嬴柱念罢最后一个字，朝臣们还是肃然默然地伫立着，连大典礼仪惯常呼喊的秦王万岁也忘记了。

二　塞上春寒　心变情异

三月初，渭水草滩搭起了一个巨大的刑场，咸阳国人大为惊奇。

秦法虽严，然真正的大刑杀只有商鞅变法之初与秦惠王即位初期根除世族复辟势力的有数几次。从秦惠王中期到秦昭王晚期，秦之刑杀形式逐渐回复到了古老的传统——每年一次，秋季决刑。百年下来，渭水草滩的大刑场已经变成了国人记忆中的一片落叶，除了春日踏青时凭吊讲古，很少有人提及祖上所经历过的肃杀岁月了。如今正在热气腾腾的春耕踏青之时，渭水草滩陡起刑场，国人不禁一个激灵！人们几乎不约而同地想起了当年大刑杀的两个征候：渭水草滩与开春时节。可是，也没听说有甚株连大罪案生出，杀何等罪犯用得着如此铺排？口舌流淌的议论最后沉淀为一个传闻：老秦王行将就木之前要清算旧账，大杀有可能危及王室的不轨人犯，为身后太子清道！在传闻由咸阳的巷闾市井弥漫村社山野时，两丈见方的内史书令[1]张挂到了咸阳四门城墙，赫然告知国人：春刑将决王族高爵人犯，许国人观之，以彰法度。此令一出，国中哗然。人们自觉官府书令验证了口舌传闻，果真如此，秦国还能安宁么？

施刑那日，农夫歇耕作坊停工商市关闭，整个咸阳倾城而出拥向了刑场。加上闻讯赶来的邻近各县庶民，几里宽的渭水草滩人山人海。然而结果却大大出乎人们所料，斩决的只有一个王族公子遗孀——华月夫人。尽管这个女人也算王族也算高爵，但在老秦人心目中，她却只是个仅仅进入宫廷的楚国女闲人，纵然犯罪，杀了也便杀了，如此大铺排实在是白耽搁一天好日头也。但是，当老廷尉在行刑之后奉命诵读了老秦王的太庙勒石文后，万千人众渐渐地鸦雀无声了，只有掠过原野的河风抖得大旗小旗啪啪作响。陡然之间，幽谷般的沉默被漫山遍野的声浪淹没：“秦王万岁！”“秦法万岁！”“护我秦法！万世不移！”种种呼声春

[1] 内史，秦国官职，掌京师军政；书令，官府公文通称，可张挂者即后来的告示。

雷一般轰鸣起来。

暮色时分，当漫无边际的人海在夕阳之下流向咸阳四门时，一首古老的歌谣在人海中轰轰嗡嗡地弥漫开来：“南山汉桑，北山胡杨。我有君子，邦国之光。愿此君子，万寿无疆。”绵长的歌声浪涛般此起彼伏，老秦人如饮醇酒手之舞之足之蹈之。这一日的踏青观刑，酿成了日后永远不能磨灭的美好记忆。

春刑次日，华阳夫人被无罪开释了。

嬴柱本当驾车接人，想想还是派家老去了。

晚来小宴为夫人压惊，嬴柱蓦然觉得再熟悉不过的妻子变得陌生了。华阳夫人谈笑风生目光流盼，频频与夫君把爵对饮，说了许多闻所未闻的趣事乐事，与素来娇痴羞怯只蜗居在甘棠园小心侍奉的那个可人女子判若两人。嬴柱说，没有亲接夫人心下过意不去。华阳夫人咯咯笑着，连说没事没事何足挂齿。嬴柱说阿姐就刑深为惋惜。华阳夫人笑说生死在天，阿姐将世事看得明白，死得不懵懂便值了。嬴柱说太庙勒石震动朝野，日后我等得谨慎小心才是。华阳夫人点头笑应，只要不犯法小心个甚来，该当如何还是如何，放不开手脚，没事反倒被人看做有事一般，晓得无？见夫人不像疯癫之态，嬴柱心下稍安，却总是觉得没了那种熟悉的诱人风韵，打不起精神抚慰夫人。华阳夫人浑然无事，将笑吟吟红扑扑的脸膛埋进了嬴柱胸前，一展细柔的腰肢将他背进了寝室。

甘棠香弥漫的春夜里，嬴柱又一次感到了这个熟悉女人的陌生新鲜。她火辣辣地侍奉他折腾他，精力用之不竭，花式层出不穷，全然不是那个软绵绵娇生生静待他用罢方士药酒之后扑在她身上大逞雄风的细腰楚女了。酒意朦胧的嬴柱蓦地一个闪念——女人在一身两用，奋力重演着夫君最为痴心的三人嬉戏！陡然之间嬴柱热泪盈眶，紧紧抱住了热汗淋淋的赤裸身子，一口咬住了面前雪白的胸脯。女人浑身颤抖一阵咯咯长笑一阵呶呶哽咽，猛然喊出一声阿姐，一时放声大哭……

春寒料峭的鸡鸣时分，嬴柱没有呼唤侍女，自己下榻悄悄地给沉睡的妻子仔细裹好了丝绵大被，轻轻掩上了寝室房门，草草梳洗到了中院正厅。太庙勒石对他的震撼太大了。第一次直面因自己不肖而引起的前所未有的重大国事勒石，嬴柱实在是寝食难安。一柱将永世流传的太庙刻石，非但是王族子孙的耻辱，更是自己这个储君的耻辱。除非自己奋发惕厉登上君位后以皇皇政绩证实自己并非不肖，这种刻于青史立于朝野万众皆知的口碑耻辱永远无法洗刷。要洗刷耻辱，第一步便是不能在太子位随波逐流再生事端。面对老而弥辣的铁面父王，再也不能让“庸常无断”这四个字钉在自己身上了。自太庙勒石回来，嬴柱开始了闻鸡即起三更入睡的勤奋生涯，一个月下来虽说清瘦了许多，却也自觉精神矍铄，另有一种未曾经受过的新鲜。首先看在嬴柱眼中者，是府中风气为之大变。素来慵懒松懈卯时还不开中门的太子府，忽然变成了天色蒙蒙的寅时三刻便灯火大亮，中门隆隆大开，仆役侍女洒扫庭除一片忙碌，连大门前归属官府净街人洒扫的长街与车马场也打扫收拾得整齐利落一派光鲜精神。每日清晨必得巡街的咸阳内史大是赞赏，立即书令知会城内所有官署大加褒扬。各官署立即闻风向善，争相振作门庭，一时传为佳话。

“禀报安国君，一应公文齐备。”

看着主书备妥的卷宗笔墨，煮茶侍女捧来的滚热酽茶，嬴柱也不说话，坐进案前开始了忙碌。太子府公文虽然不多，除了王宫长史发来的必须办理的王书，多是些太子傅太史令太庙令驷车庶长府等一班相关官署的知会书简。多少年来，除了老父王王书，嬴柱历来不看那些仅仅是教他知道一番的知会公文。太庙勒石之后，嬴柱非但是每有书简必看，且每看必有批书。不管送来的书简是否需要他的批书，也不管这种批书是否有用，嬴柱都一丝不苟地认真批书，心下只将这批书公文当做他未来为君的磨炼。不想一段时日之后，每日清晨坐在书案前便油然生出一种肃穆，心下大为感慨，愈发地认真起来。

“禀报安国君，纲成君请见。”

“快请。”嬴柱抬头搁笔起身，利落地迎到了门厅廊下。

“君别三日，刮目相看矣！”摇到庭院的蔡泽老远拱着手嘎嘎笑了。

“朽木不堪雕，纲成君何须谬奖也。”

“老夫没那般乐趣。”蔡泽摇头感慨，“人有生心，夫复何言？老秦王神明也！”

“纲成君，父王又批说我么？”嬴柱心头猛然一紧。

“多疑成癖安国君也！”蔡泽嘎嘎一笑，“有大事，进去说。”

入厅坐定，不待嬴柱发问蔡泽念诵了一句：“奉秦王密书，安国君纲成君当即赶赴离石，礼迎吕不韦还都。”惊愕之下嬴柱不禁冒出一句：“没有异人么？”蔡泽故作神秘地摇摇头：“但奉王命，只此一句。”嬴柱不禁又是一问：“吕不韦能驻离石，为何回不得咸阳？你我亲迎，礼数何其大也！”蔡泽肃然道：“老秦王口书：吕不韦生死之功，两君代本王相机礼迎，不得怠慢。”末了一笑，“你我礼数还大么？”嬴柱略一思忖道：“你只说何时北上！”蔡泽笑道：“安国君若无不便，今日正午如何？”嬴柱啪地一拍案：“国事当先，有何不便？一个时辰后走！”“好！”蔡泽嘎嘎大笑，“老夫车马北阪等候。”起身一拱去了。

三月十五，正是离石要塞开营的日子。

开营者，大军解除冬日坚壁而恢复防区巡查之谓也。这是秦国西北四郡（陇西、北地、上郡、九原）驻军的统一法度，其军中意义如同京师民治开春之时的启耕大典。每年从第一场大雪开始，冰天雪地的西北四郡驻军便进入了冬营之期。城堡要塞深沟高垒，村社庶民坚壁清野，除非紧急军情与密令军务，大军不会开出营垒。来春三月，陇西山地与河西高原虽然依旧是极目无边的黄色天地，但昼夜鼓荡的浩浩春风已经使残雪消融河冰初解，漫山遍野的胡杨林脱尽了枯黄的叶子从树干渗透出晶亮朦胧的绿来。再有半月一月，阴山草原与大漠深处的匈奴胡骑便可以展蹄南下劫掠中原了。正是这种天候之差，使毗邻北疆的秦赵燕三国有了一个共同的军制：三月中开营，厉兵秣马以备胡骑南下。

战国之世，秦国关隘要塞有四处最为要害，老秦人称为“驻军四塞”。其一函谷关，其二武关，其三离石，其四九原。而四塞之中真正驻扎精锐主力者，唯有函谷关与离石要塞。所谓精锐主力，一是兵种齐全骑步俱有，二是大型兵器配备整齐，三是久战沙场之师。此中根本因由，在于防守之敌不同与地形不同。函谷关面对中原魏韩两大战国以及随时可能结成合纵的六国盟军，自然是重中之重。武关主要防楚且地处山隘，只驻扎两万步卒。九原防守匈奴，只驻扎三万轻装骑兵与五千弓弩兵。离石要塞正当河西高原中段，隔着峡谷大河与东北的晋阳遥遥相望，面对战国后期最强大的赵国，驻军便与函谷关等同：最精锐的三万铁骑、两万重甲步兵、五千军营工匠（工兵），各种大型兵器一应俱全。就实而论，函谷关是秦国东大门，离石要塞是秦国事实上的北大门。两处主将也历来都是秦军名将。目下的函谷关守将是老将桓龁，离石守将是老将王陵。蒙武以前军主将之职被调任离石要塞副将，爵位相同却被看做升迁，原因便在于大军战将悉听统帅调遣，而重兵要塞之主将则要独当一面，是显然的方面统帅。

蒙武马队重新赶回离石要塞之日，正逢开营大操演，军营中杀声震天战马嘶鸣一片热气腾腾。蒙武立即进入中军幕府参见主将王陵，交接罢诸般军务，又低声对王陵说得一阵。左臂还挎着夹板的老将军只一挥手："该去！东南步军营，不用我说你也认得出来。"

蒙武一拱手出了幕府，匆匆来寻吕不韦大帐。

离开咸阳时，年轻的蒙武被破例宣召入宫。坐榻拥枕的秦昭王听他仔细讲述了接应公子异人的经过与百人马队一路死战的惨烈情形，不禁悚然动容。蒙武清楚地看到，老秦王雪白的头颅微微颤抖，喘息声粗重得如同风啸，一双白眉耸动的老眼晶亮地闪烁着泪光。良久默然，老秦王枯瘦如柴的大手拍着榻栏一字一顿道："其一，异人暂居吕庄，不许回太子府归宗；其二，蒙武随带太医北上救治，一俟吕不韦伤愈，立即护送还都；其三，诸般事体皆以你名，不言王命。余事本王另做处置。"蒙武一时多有不明，却终是鼓着勇气只说了自己最上心的一件事："公子与末将同年，南归后暂住末将处心神颇安。吕公未归，居于吕庄多有不便。末将之见，公子当回太子府先举认祖归宗之礼，侍奉父母膝下，以慰其颠沛之心。我王明察。""蒙武差矣！"老秦王冷冷一笑，"情法同理，王子士子岂有二致？吕不韦破家舍生，老秦人岂能薄情？臣不负国，王不负臣，此大道也！今吕氏伤病未愈，异人先行归宗，宁伤天下烈士之心乎！"

蒙武大汗淋漓地走了，直到宫外心头还怦怦直跳。

虽然没有直然责难，老秦王的告诫却显然暗含着对自己处置方式的不满。不管有多少理由，弃重伤重病的吕不韦于苦寒之地而将嬴异人先行护送回来，实在是有些草率了。若非老秦王处置老到，再依着自己的想法教嬴异人先行回归太子府认祖归宗，当真是陷秦国王室于不义了。蒙武清楚地知道，自秦孝公开创了向东方各国求贤变法的先例，秦国在王室垂范之下生成了一种弥漫朝野的尊奉山东名士的习俗规矩。久而久之，天下有了秦国敬士的口碑。纵是那些最蔑视秦国的儒家人物，也不得不说一句："秦虽蛮夷，敬贤尚可也！"吕不韦乃天下大商名士，在山东六国广有结交，若仅仅是为了弃商谋官，只怕在齐赵楚魏几个大国都可轻而易举地做个上大夫之类的显荣高爵。然则，吕不韦终是为了一个秦国公子破家舍财结交死士这次又几乎身首异处，说到底，还不是看重秦国的清明强盛？对于秦国，还有何等物事比士子舍命亲秦更为宝贵？秦国要的正是天下归心，尤其是士子归心，你蒙武为何就没有想到这一层！将嬴异人秘密护送回咸阳，又秘密安置在自家府邸，不使异人与先期离赵归秦的吕氏商社人等通联消息，目下看来更是伤及吕氏家人的不妥之举。蒙武啊蒙武，你是上将军蒙骜之子，自己也凭着战功做了前军主将，目下被委以离石副将之职，实际上是要你接替老将王陵了。老秦王将独当一面的抗赵大任交付于你，你却在大事上如此懵懂，身为大将只知就事论事，何其惭愧也！

回到府邸，蒙武对正在摆弄秦筝哼唱秦风的嬴异人三言两语说了进宫经过，也不管这位昔日同窗如何嘟哝，亲自驾车连夜将异人送到了渭水南岸的吕庄。先行离赵归来的一班执事、仆役及异人在赵国的老内侍老侍女，回到咸阳对吕不韦消息一无所知，终日惶惶不安，乍见异人，凄惶得放声哭成了一片。西门老总事更是捶胸顿足，坚执要随蒙武北上照拂主东。嬴异人颇是不耐地呵斥道："哭甚吵甚！谁个不烦？吕公又没死，聒噪！"皱着眉头不再说话。

这次蒙武大有耐心，见劝阻不住，欣然答应带西门老总事北上。老总事顿时破涕为笑，带着蒙武去见夫人。令蒙武惊讶的是，这位天人般的新夫人听说吕不韦伤病留在河西，只闪动着明亮的眸子紧咬着红润的嘴唇盯住他甚话不说，良久默然，终是低声一句："多谢将军消息。"径直出厅去了。在那瞬息之间，机警的蒙武从那对闪亮的眸子中看到了警觉看到了疑惑，心头不禁猛然一颤。

蒙武给吕庄执事们留下了一千金，不管西门老总事如何推托，都没能拒绝真诚和善而又执拗得寸步不让的年轻将军。回府途中，蒙武又顺道拜访了内史官署，请这位执掌咸阳军政的王族大臣向吕庄派出百人轻骑队昼夜巡视。蒙武一出示老秦王的特使密书，老内史甚也没说派马队出城了。

蒙武马队兼程北上，堪堪将近高奴[1]，却见马队之前有一辆黑篷辎车辚辚疾驶。在马队越过辎车的刹那之间，西门老总事惊讶地噫了一声。并骑飞驰的蒙武心中突然一亮，立即低声吩咐一名军吏带三骑士换上便装跟随辎车。马队抵达阳周要塞时，一便装骑士飞马赶来禀报：黑篷辎车在高奴遭遇守军盘查，得知车中女子自称赵女，无秦人照身帖，经军吏担保已经过关；辎车昼夜驰驱不吃不喝，军吏担心车中女子出事，派特急快马请令定夺。西门老总事恍然大悟："夫人也！定然无差！"蒙武立即下令马队扎营等候，与老总事亲带十骑返程接应。次日清晨，终于在洛水东岸的土长城下看到了烟尘鼓荡的辎车与远远尾随的骑士。蒙武飞马迎上凌空跃起，硬生生在黄尘飞扬的原野勒住了没有驭手任性狂奔的两匹烈马。当老总事颤巍巍拉开车窗帘布时，一声嘶哑的哽咽滑倒在了车旁。情急之下，蒙武一把撕开车帘，惊讶得不知所措——车中一片血红，飞溅车厢的鲜血与散乱纠缠的红裙裹着一张苍白如雪的面孔，分明死人一般。

"谁懂医道？快！"

便装军吏飞步赶来，猛然一声惊呼："身孕血崩！快请太医！"

蒙武大惊，回头一声断喝："人安军榻！原地守候！我接太医！"翻身跃上那匹雄骏的战马风驰电掣而去……

[1] 高奴，战国时秦国河西要塞，今陕西延安。

蒙武至今还在后怕的是，假若没有那名随行太医，这位颠簸驰驱三昼夜而流身血崩的新夫人当真是死活难料。假若这位夫人死了，他有何颜面再见这位有功于秦的商旅义士？如今果然要见吕不韦了，蒙武心头难以自抑地翻翻滚滚。

吕不韦的大帐在小城堡的东南角。

走过连绵成片的军帐区，第一眼看见的是一杆随风鼓荡的与主将旗帜同样高低大小但却没有姓字的黑底白边大纛旗，旗下一圈高大厚实的马粪墙，墙外一圈人各三兵（长矛、长剑、弓弩）的重甲武士。踏着残雪走进马粪墙，一座浑圆大帐孤独矗立，一层显然是连缀起来的巨大丝绵被披挂在牛皮帐篷外，帐口钉着一张厚实得连盘旋呼啸的寒风也奈何不得的翻毛皮包木门，看去活似一座鼓鼓囊囊的灰土堆。直到帐口，蒙武也听不见帐中任何动静。若不是帐顶那口冒着袅袅轻烟的竹管烟囱，谁也不会相信这毫无声息的“土堆”中会有人。蒙武看得出，在冰天雪地的高原军营之中，这座大帐的保暖之工是绝无仅有的。主将王陵的幕府虽则宽敞，但那冷硬粗糙的青砖地，厚实却又漏风的石条墙，以及铁甲锵锵的进出将士，无论如何也无法做到如此的严丝合缝，也无论如何使人想不到“温适舒坦”四个字。

“王陵，终是父辈老将也！”蒙武不禁大为感慨。

那天日暮，匆忙将吕不韦用军榻抬进了离石城堡，只简略地对王陵留下了急赴邯郸请毛公的叮嘱，蒙武便率部护送嬴异人星夜南下了。在蒙武心中，自己奉命北来的使命只有一个，那便是接应护送公子回秦，公子但有意外，自己便是死罪！在吕不韦突然失心变颜而嬴异人又惊得六神无主时，蒙武全然没有想到如何周全处置。说到底，根由在于缺少历练没有洞察之能。王陵对此事原本一无所知，却偏偏能在他离开之后克尽全力，非但派出精干斥候兼程入赵请来了毛公，且亲自率领三千步卒刨雪搜山寻觅千年灵芝，以致滚沟跌成了骨折。若非老将军极尽所能地满足毛公之请，岂能挽回吕不韦垂危的性命？若是奉命之下，蒙武自认也能做得周全利落。然则，王陵恰恰是在既未奉命又不知情之时，以无可挑剔的诸般作为顾全了秦国敬士的大规矩，此中隐含的仅仅是精明干练么？非也非也。在秦国的年轻将军中，蒙武以“承乃父缜密沉稳，而精明干练过之”著称，若非如此，老太子嬴柱岂能选他来做这件扑朔迷离无定数的大事？然则两厢比较，你不得不服膺王陵老将军的过人之处。细想起来，在昔日武安君白起的秦军老将中，堪与王陵相比者不乏其人，父亲蒙骜不消说，王龁、桓龁、胡伤、嬴豹等都是。他们的战场之才虽各有千秋，然却都有一个共同处：身为大将而顾及国体，每结贤士必彬彬敬之，与山东六国士子们咕哝不休的“虎狼秦风”大异其趣。后来，六国士子们每每私相揶揄，西也东也，虎狼之风究竟何在？对秦国的攻讦之辞也越来越没有了颜色。何以如此？也许是这些老将军比蒙武一代更深地咀嚼了山东六国鄙视秦国的创痛，也更直接地经历了敬士带来的益处，人人衷心认同先祖孝公开创的求贤之风。蒙武一代，则淡漠了这种“天下”之心，以致见士而不知重，见重而不明其道……

“啪！”沉闷清晰的敲棋声打断了蒙武的思绪。

吕不韦与毛公正在对弈。

案前一座硕大的木炭火燎炉，大帐被烘得分外暖和。茶女静静地侍奉着拙朴的陶炉陶壶，俄而起身在厚厚的地毡上飘忽来去，全然没有声息。缭绕大帐的酽茶香气中，只有淡漠的敲棋声散漫无序地起落着。两颗白头隔案相对，恍若深山林泉间的世外高人。一颗白头边打下棋子边摇晃着散乱虬结的雪白头颅高声吟诵：“且夫水之积也不厚，则其负大舟也无力。覆杯水于坳堂之上，则芥为之舟；置杯焉而胶，水浅而舟大也。风之积也不厚，则负其大翼也无力。故九万里，则风斯在下矣！而后乃今培风；背负青天而莫之夭阏者，而后乃今将图南也……”

“风也飞也，你是鲲鹏么？”对面白头不耐地嘟哝。

蒙武一片懵懂，老人如此认真地念诵这不着边际的宏文究有何用？对面白头人为何又如此沮丧不耐？听得片刻，两位白头人依旧散漫敲棋时而念诵，蒙武终于走上前去深深一躬：“末将蒙武，见过吕公。”

背对帐口的白头蓦然转过来打量一眼，又转过身去：“吕公，将军见礼。”

“啊啊——将军？”盯着棋盘的白头抬了起来，望着一身泥土的铁甲大汉，一脸茫然地笑了，“好，王陵将军来也，请入座。”

“嘿嘿，输得糊涂了！”白发散乱的老人竹杖啪啪敲着大案，“蒙武将军！老小都分不出来，罚饮三爵！”

“嚷嚷甚？输了棋撒气，出息也。”

“哎哎哎！究竟谁个输了？老夫能输混沌人！”

“啊——想起来也，我输我输。”白头吕不韦伸着懒腰长长打了个哈欠一阵大笑，“输了好，输了好，输了好呵！”眼泪鼻涕一涌而出，只是不管不顾地兀自长笑。毛公霍然站起，竹杖啪啪打着棋盘：“吕不韦！你枉称棋冠，败在老夫之手，不想赢回去么！”大笑声戛然而止，吕不韦扶案站了起来，茫然盯着烘烘燎炉嘟哝着：“输了输了，还能赢回来？”毛公红着脸陡然一声大喝：“吕不韦！想不想再来！不想再来永世狗熊！”吕不韦回身点头茫然笑着：“好好好，再来再来，输光光怕甚？”毛公却又突然嘿嘿一笑，过来扶住吕不韦坐到案前：“老兄弟，礼客为先，会完将军，再来不迟。”说罢回身对蒙武一瞥，笑吟吟坐在了吕不韦身旁。

“王陵将军见我何事？”吕不韦淡漠地笑着。

“末将蒙武，受命任离石副将，临行受异人公子之托，特来拜会。”

“啊啊啊，蒙武。”吕不韦茫然地应着。

“嬴异人小子何在？”毛公突然拍案，“不会走路么！”

“禀报吕公，”蒙武肃然躬身，“异人公子与公同逃同战，负伤六处，回咸阳后先在末将府下卧榻疗伤，稍见好转坚执住到了城南吕庄；得知末将北上赴任，公子请得秦中名医扁鹊弟子与末将一同前来为公医治；另则，公子专门致书吕公。”蒙武从皮袋中取出铜管捧上，却被黑着脸的毛公截了过去。

吕不韦目光蓦然一闪：“将军是说，公子没有回太子府？”

“吕公明察。”蒙武又是肃然躬身，“末将护送公子回秦，本当立即禀报太子，然公子却坚执要末将说他留在了离石疗伤，不教父母知晓他回到了咸阳。末将问其故，公子答说：吕公性命之忧，异人安可独享富贵哉！念及同年同窗情谊，末将成全了公子心意，只对秦王与太子复命说，吕公与公子已经接应回秦，皆在离石疗伤。是故公子一直未曾拜会父母。”

吕不韦默默点头，淡漠木然的脸膛第一次漾出了一片舒展的笑容。毛公恰恰抬头将一方羊皮纸啪地拍到案上：“好！小子尚算有心也！”吕不韦瞥得一眼羊皮纸喟然一叹，一句话不说只默默点头。

蒙武去了，大帐中一片沉寂。吕不韦轻轻一声叹息又是悠然一笑：“毛公啊，异人能有此番心意，不韦虽死足矣！”正在飞快眨眼的毛公突然拍案一阵大笑：“呜呼哀哉！你老兄弟没看出此中蹊跷么？”吕不韦堪堪舒展的脸膛倏忽一片阴沉：“老哥哥是说，异人有假？”毛公神秘兮兮地一笑：“嘿嘿，假中有真，真中有假，小假大真，真假交混，妙哉妙哉！”吕不韦心绪陡然低落，又是一副茫然神色：“输了，赔了，而已，何须惊怪？”“错也错也！”毛公连连拍案，“谁输了赔了？大赢也！你混沌还有个底么？”“好好好你说，我好了好了！”吕不韦突然焦躁起来，直瞪瞪看着毛公。

“嘿嘿，嚷不嚷都没跑，终归大好事也！”毛公也直瞪瞪盯住吕不韦双眼，“你可听好，其一，那位秦国的扁鹊弟子早做了太医令，嬴异人小子刚回咸阳，请得来么？其二，这封皮书之笔法近乎嬴异人，却决然不是嬴异人。莫忘了，老夫可是那小子老师也！其三，异人果真深明大义，如何能弃公先去？既弃公先去，如何能突兀回到吕庄？其四，这个蒙武可是秦军有为大将，纵是敬公而拘谨，也不当满面忧思欲言又止……呜呼哀哉！你老兄弟究竟进耳朵没有也！”

吕不韦两眼发直默然不语，良久突然拍案：“说！四假可证何事？”

“天也！老兄弟终是醒了，醒了！”毛公挥着竹杖手舞足蹈地在帐中胡乱蹦了两圈，呼呼喘息着大盘腿坐下压低了声音，“老夫不会看错：假后有真！”见吕不韦只目光烁烁不说话，毛公掰着指头连珠开说，“不奉王命太医令不能北来，此其一。无得授意，不会有人为那小子代笔，纵然有人代笔，以蒙武将军之持重也不会自承信使，此其二。小子原本未回吕庄，便是不想回吕庄，不想回而能居住蒙氏府邸，必是蒙武赞同。

两人一致又能突兀搬回吕庄，绝非那小子与蒙武忽然转向，必是上意所迫，此其三。蒙武对吕公敬重有加却又心事重重欲言又止，除却歉疚之心，背后必有隐情，此其四。凡此等等，可见背后总有上手操持。上手者何人？不是太子便是秦王！老夫看秦国老太子平庸，隐身而操此事者，必是老秦王嬴稷！你老兄弟说，是也不是？”

良久默然，吕不韦淡淡漠漠地笑了：“秦有今日，天意也？人事也？”

“没劲道！不与老夫大饮两爵？”毛公黑着脸嘟哝一句。

“我，我只酸困，想睡，睡……”喃喃未了，吕不韦软软倒卧在了地毡上。

“小女子出来！”毛公嘿嘿笑着用竹杖敲了一下棋盘，对刚刚掀开后帐帘布的侍女板着脸低声吩咐，“扶吕公进帐，扒去衣物使之安卧。记住守在帐口，不许任何人任何动静叫醒惊醒吕公！”健壮的侍女答应一声抱起吕不韦进了后帐，毛公对悄无声息的煮茶女一挥竹杖做个鬼脸匆匆出帐去了。

帐中鼾声大起……吕不韦忽然化作北溟之鱼，鲲鹏飘游茫茫苍穹，翼若垂天之云，扶摇直上九万里，俄而又化鸿毛一羽，背负青天随风遨游苍苍尘寰便在眼底，蓬间雀叽叽喳喳议论着溪边蜩鸠嘟嘟囔囔嘲笑着，忽见日月大出而爝火不息，大光小光洒遍天地尘寰，鸿毛一羽飘飘忽不知所终，俄而出得云翳，天边山岳突兀化为云端大字——无己无功无名，鲲鹏鸿毛蓬间雀溪边蜩鸠山岳白云沧海大地忽然交融成一片漫无边际的混沌世界……

三月前的风雪血战之后，吕不韦的铁石心志突然崩溃了。

当毛公冒着漫天大雪赶到离石要塞时，吕不韦正躺在冰冷空旷的中军幕府奄奄待毙。毛公对王陵大发脾气。王陵赔着笑脸解说历来军营规矩：冻伤者需以寒凉缓解，不能骤然暖帐，何敢慢待功臣义士？毛公连连呵斥行伍粗疏不解心医。王陵始终不回一句。毛公没了脾气，立即转请设置暖帐救人。王陵一声令下，军士在顿饭辰光筑起了一座马粪墙包双层牛皮再加连缀丝绵被的密闭暖帐。毛公有备而来，立即将重金聘请的齐国方士邀入暖帐施法，一番运功运气再加神秘丹丸救心，面色铁青白发散乱形同骷髅的吕不韦神奇地醒了过来。

次日，毛公打发了方士，开始了自己的培本固元疗法。听说要千年灵芝安神救心，王陵二话不说亲率三千步卒入山，一连十日，终于在大雪覆盖的深山密林刨到了一株极为罕见的古灵芝。毛公高兴得嘿嘿直笑，对着王陵一个大拜叩头，惊得白发老将军顾不得臂膊骨折连连对拜。为滚沟负伤的王陵正骨之后，毛公终日守着吕不韦形影不离了。一月之后吕不韦渐渐清醒，茫然的眼神空洞无处着落，但总算是能够听话说话了。

一番揣摩，毛公开始了他的攻心救心法。

王陵依着吩咐，抬来了血战仅存的马队剑士越剑无。

身负十三处刀箭重伤的越剑无，被王陵安置在另帐独居。然越剑无不吃不喝更坚执拒绝治伤，见医者入帐便要咬舌自尽。直至毛公到来，越剑无才冷冷说了四个字："我等吕公。"不再开口。毛公也只一句话："吕公死活，尽在越义士也！君自思量。"腾腾去了。从那一日开始，越剑无才开始了疗伤进食，虽经一月依然不能下榻。被抬进来的越剑无一见枯树白发的吕不韦，一声吕公便放声痛哭。原本茫然枯坐的吕不韦噫的一声惊叫踉跄扑来，抱住越剑无哭作了一团。毛公冷眼旁观，吕不韦捶胸顿足地哭喊着："剑无剑无，不该瞒我当初！早知你等义士备死，吕不韦何能有此蠢举也！任侠烈士去矣，吕不韦虽九死不能赎罪啊！"

越剑无却蓦然打住，拭去泪水一拱手道："吕公之言差矣！剑无所哭者，公之失魂失形也，非我等剑士也。任侠剑士生于天地，不求碌碌苟活，唯求死得其所！吕公谋事存志节，待士有大义，我等人怀必死之心，非仅图报吕公，更求名扬天下！若吕公耿耿不能释怀，视我等之死为一己罪责，岂非玷污我等任侠求死之风？此番心境，原非剑无私撰。吕公请看，剑无可曾背错一字？"话方慷慨，越剑无已经刷地撕开胸前，扯下一方血迹斑斑的羊皮递过。吕不韦颤抖着双手接过，不忍卒睹。毛公接过一看，薄韧的白羊皮上血字历历，分明与越剑无所念一字不差，下方赫然一片已经变黑的斑斑印记，无疑是百名剑士的手印指印！

"吕公，确是荆云义士手笔。"

吕不韦双手接过抚在胸前，对着越剑无深深一躬。

“今日事毕，剑无去也。”在这刹那之间，挺身跪坐军榻的越剑无将一口短剑猛然插入了肚腹，一股鲜血喷溅大帐与吕不韦白衣之上，越剑无平和地笑着，“吕公，你非侠者，不能轻生求死，珍重……”

那一夜，吕不韦抱着越剑无冰冷的尸体坐到天亮，虽然一句话没说，旁边的毛公却看到了吕不韦苍白的脸膛有了一丝红晕。直到三日后将越剑无安葬到了马队剑士的谷地，吕不韦才扶着毛公的肩膀长叹了一声：“学无止境，吕不韦自认知人，不想竟如此无知也！”

自那日起，毛公开始了与吕不韦的对弈。在淡漠茫然的棋盘敲打中，毛公向吕不韦点点滴滴地叙说了各方事变：薛公没能赶来，老哥哥护送赵姬到天卓庄去了；虽说平原君并未大张旗鼓地拘拿“事秦党”，但却在暗地里搜寻嬴异人留下的妻子；薛公以为，只有将赵姬送回卓氏故里并恢复“卓昭”本名，在民多胡风嫁娶寻常的赵国，平原君才无法追究这笔秦妻账；目下料想已经安置妥当，邯郸该当无事了。嬴异人小子伤得不能动弹，又发热，他请蒙武将这小子送回了咸阳，想必开春之后这小子便要来接你回秦了。西门老总事也捎来了消息，吕庄上下人等都好，陈渲日夜祈盼只等着你吕公归来入政。总之统之，只要你吕不韦平安无事，结结实实的一件大事便做成了。

但是，无论毛公如何喋喋不休地絮叨，吕不韦都茫茫然心不在焉。毛公清楚吕不韦心结，每日敲着棋子曼声吟诵庄子的《逍遥游》，每念到“若夫乘天地之正，御六气之辨，以游无穷者，彼且恶乎待哉！故曰：至人无己，神人无功，圣人无名。”抑扬顿挫反复吟诵，常常引得吕不韦木然盯着他也不由自主地跟着念诵起来。

念归念，说归说，吕不韦终是没有真正地清醒振作过来。毛公颓丧了。也许，他只能将吕不韦送到这一步，吕不韦能否恢复雄风，只有天意了。那晚，毛公将一卷密封的羊皮纸书简交给了那位终日默默却诚实可信的茶女，叮嘱待吕不韦真正清醒时交给他。便在他陪着吕不韦下最后一局棋的时候，蒙武来了。

毛公看到了一线显然的光亮！果然，吕不韦松心了。

像一只苍老狡黠的土拨鼠，毛公连日出没在冰雪军营之间，旬日之后才回到了吕不韦的保暖大帐。吕不韦已经清醒过来，面色红润了，脸膛也荡出了久违的微笑，见毛公风尘仆仆满面脏污却又神秘兮兮地溜进帐来，不禁一阵哈哈大笑："老哥哥也！通了通了！原是不韦求人太切，凡事以义责人。人皆义士，何有世事矣！"

毛公惊讶地瞪着一双老眼，提着竹杖绕着吕不韦直转圈子，突然站定嚷了起来："羊肉酒饭！咥饱肚子再说！前心后心没得分，饿死老夫也！"吕不韦看得乐不可支，转身连呼酒肉饭上齐，坐在对案饶有兴味地看着毛公大举饕餮。

"当真？"毛公撂下割肉刀突兀抬头。

"当真。"吕不韦坦然点头。

"其理何在？"毛公第一次没了嘿嘿笑声。

"权力公器之道，自有法度准则。"吕不韦平和的面容又弥漫出往昔的一团春风，"以义行之，则公器化为私道。不韦执拗于'义本'，原是以风尘商旅之道求权力公器之道。不容些许负义之行，于公器之道实为偏执。以此心入仕途，终将大毁也。异人离我回秦，于义于情有差，而于法度无碍。不韦耿耿不能释怀，犹鲲鹏未得大风，不能高天远观也！"

"嘿嘿，有进境，好！"毛公啪地摔下擦拭油嘴的帛巾，"老兄弟，若是猝然丧子，你会如何？能如这般撑持过去么？"

"老哥哥此说，不知所云也。"吕不韦自嘲地笑了，"生平无女运，先妻十载尚无一子一女。邯郸欲妻，又被天夺。只怕是应得一句老话，财旺人亏，子女还在糊涂国也！"

"嘿嘿，只怕未必。你目下没有娶妻么？"

"你说陈渲？"吕不韦目光骤然一亮又释然摇头，"原是不得已，笑谈耳耳。"

"是也是也，笑谈罢了。"毛公嘿嘿一阵站起身摇到帐外，拖进一只口袋用竹杖指点着，"明日开始一月之内，老夫要你这白头变黑！看好这药！否则啊，嘿嘿，你我老兄弟便负了人心也。"

吕不韦大笑："老哥哥自己须发如雪，倒是来医我这白头？"

"嘿嘿，懵懂！"毛公悠然甩着白头，"老夫年逾花甲，你几多大？

白当其年为老，白不当年为病。老不可医，病可医。晓得无？”

“好好好，晓得晓得。无非吃药，随你也。”吕不韦一阵笑声未了，软倒在榻大放鼾声。毛公唤来侍女一阵叮嘱，又点着竹杖摇出了暖帐。

倏忽之间河冻消开春风变暖，新叶勃发的胡杨林绿蓬蓬覆盖了沟壑纵横的莽莽高原。四月中开始，吕不韦的一头白发眼看着日复一日地变黑，到了五月来临，形同白发骷髅的吕不韦又变成了一团和煦春风的洒脱士子。从来没见过昔日吕不韦风采的王陵蒙武应毛公之邀踏进久违的马粪墙圈时，远远看见帐外迎候的丰神士子，恍若隔世，惊讶得连连感叹！庆贺小宴上，得意的毛公矜持地点着竹杖宣布了对吕不韦的解禁令，来者不拒地与每个颂扬者劝饮者接踵痛饮，宴席未散已酩酊大醉了。

安置好毛公，王陵恭敬地邀吕不韦到幕府商议南下回秦事宜，将吕不韦请上了一辆军营罕见的青铜轺车。蒙武亲自驾车，驶向了小城堡外的河谷军营。夕阳晚照之下，冬日血战逃亡的冰雪天地已经是万绿覆盖辽阔山塬，吕不韦极目四望，不禁万千感慨。入得军营深处，但见营帐连绵旗幡猎猎炊烟袅袅战马萧萧，勃勃生机令人怦然心动。蓦然之间，轺车驶过营区进入了一片幽静的谷地，吕不韦心头顿时迷惑——主将幕府如何能在这里？

“东公——”一声苍老的哭喊，一个白发老人踉踉跄跄地扑了过来。

“西门老爹！”吕不韦飞身下车，跪地抱住了跌倒的老人。

“东公……”老人哭声摇着吕不韦臂膊，“夫人等你，她苦也！”

“夫人？”惊愕的吕不韦恍然醒悟，“你说是她，她也来了？”

“老朽粗疏，害东公大事也！”老人捶胸顿足断断续续叙说了经过，只抹着眼泪反复絮叨，“我只说夫人在庄，谁想她能自家北上？老朽何其蠢也！”

“西门老爹莫得自责。这是上天罚我，不韦认了。”吕不韦扶起老人，目光痴痴盯着前方洼地的马粪高墙与黑色帐篷，突然拔脚飞步大跑了过去。

一模一样的马粪墙，一模一样的丝绵被帐，这里却清幽孤寂得令人心颤。吕不韦突然止步，心跳得怦怦大响，眼前一黑扒着马粪墙软了下去……倏忽醒来，眼前一片红光！吕不韦屏住气息睁开眼睛，一个红裙女子拥在身旁，裙裾正搭在自己脸上，一双温热细腻的手灵巧地婆娑在胸膛，雪白的胸脯与脖颈在蒙蒙红光之中分外润泽丰腴。

“陈渲！”吕不韦霍然坐起将女子揽在了怀中。

“夫君……”陈渲滚烫的泪水洒满了吕不韦的胸膛。

这一夜，两人都没有睡意，裹着大被拥着燎炉挑着铜灯直坐到东方发白，娓娓侃侃缠缠绵绵，一番磨难使两人都生出一种咀嚼不尽言说不清的再生心境。陈渲说，若非蒙武随带太医，她便暴亡中途了；若非西门老总事着意寻来毛公对她施行固本培元疗法，她也恢复不了元气；她没能侍奉夫君倒添了诸多累赘，实在是心有愧疚。吕不韦抚慰说，你怀了一次身孕，是吕门最大功臣，我还没有想过自己会有儿子，值乎值乎愧疚甚来！陈渲抚着吕不韦蓄起的胡须说，夫君变了，柔和的圆脸变成了棱角分明的方砖，不怒自威我却不怕。吕不韦拍打着陈渲丰腴的身段说，我妻也变了，一个原本身轻如燕纤细窈窕做掌上舞的少女，倏忽变做了一个珠圆玉润的可人少妇，真是我妻了。陈渲红着脸笑说，她原本以为自己不会生子，少女时的舞技磨炼太严苛了，直到仓谷溪吕不韦强使她初经人事，她才第一次来了女红；此次历经大变，知道了自己能够身孕，她高兴得浑身发抖，日后要给吕不韦多多生一群儿子女儿，哪怕变成一只丑陋的老母鸡。吕不韦哈哈大笑说教你生，猛然将陈渲压在了大被中，两人滚作一团笑作一团尽皆大汗淋漓气喘吁吁。吕不韦说，天道有常人事不测，欲求不成，不求反就，他无论如何没想到已有婚约的卓昭嫁给了异人，而买来应对异人的陈渲却成了他妻，目下想来竟是颠倒得有趣。陈渲说，其实她第一眼就看出了其中奥妙：那位公子以死心求卓昭，卓昭则是犹可犹不可并不执一，主人属意卓昭却也并非不可变更；她则第一次便不喜欢那位公子，而喜欢买她的主人。吕不韦大奇，舞女耶巫女耶？你个小女子有先知之能？陈渲说，公子痴情却没有义根，卓昭美艳却无志节，主人秉性坚实情心渊深，非等闲心志所能体察激荡，她只喜欢主人这等深情之士。吕不韦摇头说，既然喜欢主人，为何要闭门辞世？陈渲说，嫁出卓昭后主人不能自拔，我怕主人送我重回绿楼，宁在主人身边死去。吕不韦紧紧抱住了陈渲低声耳语，我要你你也没想拒绝，可是？陈渲大红着脸说，若非主人强为，便是等闲武士也近不得我身。吕不韦促狭笑道，可你已经奄奄一息了，拒绝得何人？陈渲娇嗔说，我若病体不能护身，绿楼生涯岂有处子清白？甚法偏不说！吕不韦又是哈哈大笑，命数命数，你个小女子天生是我妻奴也，纵藏身绿楼，也被主人挖了来！陈渲娇笑着叫了一声好主人，猛然将吕不韦扑倒，贪婪地喘息起来……

次日过午，洼地一片车马辚辚之声。毛公与西门老总事陪着蒙武亲带三车百骑来迎接护送吕不韦夫妇回归离石城。吕不韦与陈渲携手迎出马粪墙，对着三人逐一躬身大拜，蒙武与老总事手足无措，逗得毛公手舞足蹈不亦乐乎。陈渲执意敬了每人一大碗自酿的马奶酒，才许蒙武下令拆帐装车。夕阳暮色时分，车马辚辚出了洼地，出了军营。到得离石城下，却见两人立马以待遥遥拱手："吕公别来无恙乎！"

"纲成君？安国君？"吕不韦惊讶得几乎不相信自己的眼睛。

"正是老夫不差！我等恭候大驾月余矣！"蔡泽尚在嘎嘎大笑，嬴柱已经当先下马，远远迎着吕不韦轺车深深一躬。吕不韦连忙整衣下车肃然一拜："不韦尺寸辛劳，何敢当安国君如此大礼也。"嬴柱抢步过来扶住吕不韦道："公存我子，功在社稷，安得不拜？公但上车。"说罢顺势将吕不韦扶上轺车，回身牵住马缰一招手，"吕公稳坐。"一圈马缰便徒步牵马进城。离开洼地帐篷时，吕不韦已经坚执谢绝了蒙武驾车，如今自己夫妇双双坐于伞盖之下，却教太子牵马前行，不禁大为不安，本当跃身下车，却见旁行蔡泽连连摇手，只好叹息一声了事。

三　别辞难矣　聚散何堪

南风吹拂田野泛黄的五月，蒙武要亲自护送吕不韦南下了。

安国君嬴柱与纲成君蔡泽已经先行回秦。因由是吕不韦的一句话："如此声势朝野侧目，不韦何以面对秦国父老？两君不先，我无颜归秦也！”蔡泽嬴柱此时才掂出老秦王口书中“相机”二字的意味，商议一番，不胜感慨地先行回秦了。两人离去之后，吕不韦每日五更即起拉着陈渲跑马练剑，旬日之后自觉精力体力大见好转，方才赞同了王陵蒙武的月末南下以避路途酷暑的主张。

行程一定，吕不韦立即派出快马信使去请薛公。三日之后，薛公安然抵达离石要塞。当晚，王陵蒙武在中军幕府摆开了盛大的饯行军宴。粗豪奔放的秦军将领们举着大碗川流不息地与吕不韦五人痛饮，到得三更，虽然马奶酒温热劲爽如邯郸甘醪一般，五位大宾依然是醺醺大醉地被军士们抬回了帐篷。

直到次日午后，吕不韦帐篷方才有了动静。陈渲直为自己的醉酒酣睡过意不去，吕不韦却笑道：“睡得好也！你不是饮得多，七八碗而已，是你尚未完全复原。若不大睡一番，如何熬得路途颠簸？”两人正在说话，毛公点着竹杖摇了进来当头一拱手道：“夫人呵，老夫要借吕公一晚，特请恩准也。”陈渲红了脸连忙一礼：“恩公笑谈，原是我北来多有搅扰，何敢当恩公一请？你等议事，我到旁帐去。”说罢便走。“错也错也。”毛公竹杖一伸拦住陈渲，“老夫邀吕公山河口品茶，不在大帐，你自方便。”吕不韦原本想明日将要上路，毛公薛公年事已高，今晚不再搅扰。目下见毛公郑重其事，霍然起身笑道：“正当月中，山河口明月定是看得。夫人，随后送三桶酒来。”毛公又是一伸竹杖：“吕公且慢。老夫倒是好酒，只薛公已经说定今日只品茶，酒免了也罢。”“也好！”吕不韦回身对陈渲一笑，“教茶女到山口去。”毛公嘿嘿笑了：“何时忒般多事？薛公已经先到山口了，用你铺排？人去便了。”拉着吕不韦出了大帐。

出得离石城堡东门，是赫赫大名的山河口。

离石城两山夹峙，城东山口正对大河。山口东侧高冈上立着一座粗朴的石亭，石亭下一座大石刻着斗大的三个字——秦河塞，大石背面是十六个大字：收我河西，雪我国耻，变法功业，斯世永存！老人们说，这是当年商君收复河西之后的勒石铭文，“秦河塞”是商君亲书，背面颂辞是秦孝公的褒奖令。因了常有国人游客来石前凭吊，上郡郡守请准秦王，将大石亭内外修葺一番，大石亭外另建两座茅亭供凭吊游客打尖歇息。时下五月大忙，往来游客绝迹，山河口分外的空旷辽阔。吕不韦与毛公赶到时正是初夜，一轮明月挂上蓝汪汪的山口，深邃的峡谷中河涛隐隐如雷，一道铁索大板吊桥飞过幽幽太虚般的大峡谷挽住了河东群山融进了茫茫河汉，两岸军灯如繁星在天遥遥相望，谷风习习万木森森刁斗声声马鸣萧萧，塞上月夜如梦如幻。

"吕公，对岸百里之外便是赵国了。"薛公遥遥指着河东苍茫难辨的沉沉高原，"长平大战之前，对岸军营可是赵军红旗也。"

"嘿嘿，东南是魏国。"毛公狠狠点着竹杖，"只可惜魏国王族无能！丢了河西竟连安邑也不要了。若是……嗨！不说也罢！"

"不韦小邦之民，无可忧心了。"吕不韦淡淡一笑。

"嘿嘿，将入大邦而生天下之心，老兄弟鱼龙之化也！"毛公显然不高兴了。

"山河变色，君子伤怀。"吕不韦喟然一叹，"然则，春秋之世诸侯千余，战国之世邦国三十余，归并统合之势，何曾以君子情怀而变易也！不韦不如两位老哥哥学问渊深，久为商旅奔走列国，对天下苦难稍多体察。以不韦观之，华夏激荡五百年，终将一统山河。天下不一，战国不休。两公皆洞察幽微之士，尚对邦国疆土之消长耿耿不能释怀，入秦新政难矣哉！"

"错错错也！"毛公连点竹杖，"入秦归入秦，老夫终是魏人！不许想之念之么？"

"但说故国，此公便硬。"薛公无奈地笑了，"匹夫遭罪而爱国，毛公一奇也。不用睬他，来，这是老夫自家炒的春茶，尝尝如何？"说着拉起吕不韦进了茅亭，从茶炉上提起陶壶注茶，娴熟利落不输茶女。随着热气蒸腾扑开，茶香顿时弥漫了山口茅亭。

"好茶也！"吕不韦大耸着鼻头，"莫急，逢泽芒砀茶！可是？"

"评鉴品物，无出吕公之右，佩服。"

"嘿嘿，不就是一鼻子看中了你的甘醪么？老夫不信邪！"毛公摇进茅亭端起茶盅咕的大吸一口，烫得丢下陶盅哈气连连，见薛公吕不韦哈哈大笑，点着竹杖嚷道，"老夫偏认是巨野山泽茶！你能品出泥土腥浓淡来么？”

“毛公考校，何敢逃遁？”吕不韦悠然一笑，“所谓评鉴品尝，无非经多见广善加揣摩而已，岂有他哉！孔子若不周游列国遍考各国典籍，如何能辨认出上古防风氏尸骨？逢泽巨野两大泽，一西一东相隔五百余里，虽同为上古大河改道遗留之积水，然历经数千年沉积，自成不同水土。巨野山泽汪洋，多有山溪活水注入，苇草茫茫山水激荡多雾少阳，水气清甜山土红黏，茶树肥硕而茶叶有幽幽清香。逢泽虽与芒砀山相连，却无活水注入，历经沉淀而水质黏厚，四野之土多有咸湿卤碱之气，是故茶树瘦高而茶叶劲韧，茶木之香中有隐隐厚苦，且最是经煮，与巨野茶之清香甘甜大异其趣也。老哥哥果真品尝不出？”

“嘿嘿，老夫饮来，天下茶叶一个味，只河水最好！”

“呜呼哀哉！”薛公连连拍案，“老夫亲采亲炒容易么？暴殄天物也！大煞风景也！”

吕不韦不亦乐乎：“毛公倒是不差也，煮茶以河水最佳！九原河水为上河，离石河水为中河，大梁河水为下河，也是各有千秋！”

“着啊着啊！还是老夫高明！没有河水，何来茶香？”毛公红着脸嚷嚷起来。

薛公吕不韦同声大笑，毛公也嘿嘿笑了起来，抓过案上一块酱牛肉就着滚烫的酽茶大嚼起来。薛公看得眉头直是一耸一耸，苦笑着摇摇头与吕不韦品啜起来。饮得几盅，薛公轻轻叹息一声：“遥想当年，吕公不期走进甘醪薛，恍如梦中矣！”吕不韦慨然笑道：“三五年沧海桑田，使我二十年商旅黯然失色，政道之难可见一斑也！若非两公襄助，吕不韦岂有今日？入得秦国，我等富贵荣辱一体，定然做他几件大事。”薛公思忖道：“公之入秦，任重道远。自老秦王到异人公子，吕公要周旋三代，可谓难矣！目下情势，异人虽为公之根基，然有老太子嬴柱与老秦王在前，公便须得有勾践十年生聚之韧力耐力，且戒躁动之心。”吕不韦悚然警悟：“薛公金石之言。不韦轻言躁动，惭愧也！”薛公摇摇手笑道：“今日邀公到此，原是要说几件想到之事，却与吕公方才之言无涉，公但听下去便了。”吕不韦笑道：“来日方长，随时可说，今夜不妨赏月品茶，塞上月夜难得也。”薛公摇头一叹：“垂垂老矣！不说过后便忘了，还是想起便说的好。”吕不韦依稀看见薛公眼中泪光闪烁，不禁慨然拍案：“薛公但说！不韦洗耳恭听。”

薛公品啜着醇酽的逢泽茶，对吕不韦侃侃说开。薛公以为，目下秦国以老秦王为第一枢要。据各方征候，老秦王大约还有三五年寿期。历来古训是暮政多变，唯有把准老秦王的一贯政风，方能从容应对。几年来，薛公多方搜求典籍传闻，对这位老秦王做了一番仔细揣摩，断言秦王嬴稷的为政秉性是：“唯法无情，杀伐决断之锋锐，为历代秦王之最。”薛公意味深长地说了两个故事：

秦昭王三十八年，秦军在阏与首次败于赵军。宣太后一身承决断失误之罪自裁谢国，实际决断国事的丞相魏冄却沉默避罪。正在盛年的嬴稷郁闷无以排解，病了。秦中百姓闻之，许多农户买来黄牛杀了祭天，祈祷秦王早日康复。秦王病愈，百姓又买牛宰杀以塞祷[1]。王宫护军将（郎中）阎遏、公孙述到函谷关军务途中多次看到，回到咸阳晋见时当头兴冲冲一句：“我王德过尧舜！旷古明君！”秦昭王陡闻如此颂词惊讶莫名，顿时沉下脸问：“两位所言何谓也？”两人绘声绘色地将百姓为秦王买牛祈祷塞祷的见闻说了一遍，末了又是一番赞颂：“尧舜为君，未闻百姓为之祈祷也。今我王卧病百姓祈祷，病愈百姓塞祷，王得民之爱心过于尧舜！”秦昭王阴沉着脸默然沉思，良久突然拍案：“下书各郡县彻查里[2]社，核实祈祷者并里正、邻长姓名报来。”王书下，郡县邻里莫不以为将获厚赏，当即逐一登录星夜上报。三日后，一道王书飞赴郡县：凡买牛祈祷塞祷之民户，各罚铜甲两副！所在邻里之里正邻长各罚上好铁甲两副！后有非法祈祷者罪加三等！此令一出，举国皆惊，报信的两位郎中更是羞愧难言。后来，秦昭王章台避暑时心绪颇好，随行护卫的阎遏便问秦王：“百姓为我王祈祷塞祷，王不奖掖反予惩罚，末将委实不明。”秦昭王顿时敛去了笑容：“身为郎中，如此懵懂乎！百姓祈祷塞祷，

[1] 塞祷，古礼之一，就是实现当初祈祷时对上天许诺的报酬，后世谓之“还愿”。

[2] 里，秦国村制单位，五家为邻，五邻为里，一里二十五家。后世所谓邻里，即缩语也。

固爱我也！然秦法无此律条，若本王以仁爱心许之，相沿成习，人人以法外之行邀功，法度何在？国法不立，乱亡之道也。何如去仁爱罚祈祷，而归于大治！”

长平大战次年，秦中三县大旱而生饥荒。丞相范雎上书：请开王室五处山泽园林，准许饥荒者进入王室五苑，采集山果野菜以活民。秦昭王断然拒绝，一席话说得范雎哑口无言：“我秦法铁则，有功而赏，有罪而诛。若开五苑，百姓有功无功者俱各得之，有功者何荣？无功者何羞？与其发五苑而乱，不如弃五苑而治！应侯莫做此想也。”后来，秦昭王开官仓“赏救”有功之民，硬是不发无功庶民一丝一缕，秦人莫不为之悚然动容。

这便是秦昭王，铁心行法敢与天地民心一争，宁落无情之名，不做乱法之君。

秦昭王一生，多遇不世雄才。宣太后芈氏、穰侯魏冄、武安君白起、应侯范雎，哪一个不是亘古罕见的强势人物？君强臣强，政见多有摩擦而秦国却始终没有内乱。薛公以为此中根本因由，在秦昭王对权、法、术三者炉火纯青的融合。尤其是罢黜魏冄、赐死白起、软解范雎三件事，件件在他国都可能酿成巨大灾祸，尤其是白起之死几乎是一场惊涛骇浪，偏偏在秦国却安然无事，不亦怪哉！此中根基，在秦昭王总是依法行权，步步有法度为据，敢于扫灭任何违法强势。白起三违王命，大敌当前，却因秦昭王一次错断而执拗到底，拒不率军应敌，若是寻常君王，可能是无所措手足了。秦昭王却断然下书，处死了秦国长城一般的天下战神，又许厚葬广祭以安民心。此中胆识何其了得！及至晚年，秦国国势大跌，强臣大才凋零，秦昭王当真成了孤家寡人。当此之时，这位老王潜心蛰伏以静制动，但求政事依法度运转，而不求重振雄风，竟能在十多年间使秦国风波不生，何尝不是天下奇闻？开春以来，诛杀华月夫人，太庙勒石护法，凡此等等，一则老秦王政风秉性使然，一则也是后继平庸的无奈之举也。

“明此老王，刻刻在心，秦国事可为也。”薛公归总一句。

“薛公拆解，明心醒志，永生不忘也！”吕不韦大是惊叹，一躬之下见毛公眯缝着老眼一脸神秘，转身一拱手，“敢问毛公，入秦何以应对？”

“嘿嘿，老夫没那番细发絮叨。”毛公霍然站起点着竹杖，“你只记得十二字，‘秦法在前，只宜事功，不宜事学。’保你无事！”

“事学？”吕不韦始而迷惑既而释然一笑，“若做官不成，事学也是一途。”

“错也！罢官事学，要老夫饶舌？”

“毛公以为不韦非事学之才？”

“嘿嘿，日后自家揣摩去了。”毛公摇晃着硕大的白头，显然不愿多说。

“好！我记得便是。”吕不韦回头笑道，“薛公方才说老秦王只有三五年光景，据何论断？占星术么？”

“人过七十，老病不久。”薛公只淡淡一笑。

“天机不可泄露。老哥哥能说给你么？”毛公神秘兮兮地套用一句占星家的成语，吕不韦与薛公大笑起来。看看月到中天，吕不韦慨然道：“我车带来三桶老酒，不若搬来饮了，醉别河西！”毛公当即喊一声好跳了起来：“半日饮茶，鸟淡鸟淡！我来搬酒！”“老兄弟少安毋躁。”薛公沉沉一句，见毛公沮丧地站住，起身点着竹杖笑了，“吕公莫非要改明日行期？”吕不韦道：“三桶老酒而已，何能误了行期？”薛公摇头道：“好酒老夫也带了，只一坛。要得痛饮，我等回仓谷溪。”吕不韦未及答话毛公嚷嚷起来：“好啊好啊只我蠢，竟听话没带酒来！一桶便一桶强如鸟淡茶！我去拿也！”连跑带颠打开薛公车厢又是一阵嚷嚷，“分明一坛如何说一桶，糊涂糊涂！”抱起一只陶坛颠了回来。

薛公已经摆开了三只大碗，毛公撕开坛口罩布拔开坛口泥封咕咚咚倒酒，堪堪三碗滴酒皆无，不禁哭笑不得：“哟哟哟！我说你甘醪薛如何这般促狭，只会做小碗买卖么？活活馋杀人也！”薛公哈哈大笑：“买卖不赔便好，大小碗何干？来！一人一碗！”

“真想与两位老哥哥重回仓谷溪也。”吕不韦笑了。

薛公举起了酒碗：“今日一饮，醉别河西！”

毛公举起了酒碗：“此酒金贵，老兄弟趁心趁意！”

吕不韦举起了酒碗：“好！醉别河西！咸阳再饮！”

叮当一声三碗相碰，三人咕咚咚一气饮干。毛公嘿嘿一笑点着竹杖摇出了茅亭，仰天对月长叹："醉别河西矣！东望仓谷！他年他乡兮，魂兮归来——！"薛公笑道："一碗便醉，三桶还有行期么？"吕不韦释然点头："薛公说得是。走，回去睡他两个时辰。"

明月西沉，车声辚辚，三人谁也不再说话。回到离石城堡，薛公毛公下车对着吕不韦深深一躬，径自回自己帐篷去了。吕不韦一路思忖今日夜谈，一拱手也回了帐篷。

次日寅末，一轮红日初上山巅，茫茫山塬在遥相呼应的牛角号中苏醒了。吕不韦帐前早已经车马齐备，想到两公年长昨夜晚歇，直到卯时三刻蒙武前来会马，吕不韦才吩咐西门老总事去请薛公毛公。片刻之间，西门老总事匆匆赶回，绕过蒙武走到吕不韦身边低声道："禀报东公：事有蹊跷，两公不在帐中，案上有一书简。"说着从大袖中拿出了一只铜管。吕不韦心头猛然一跳，连忙启开铜管抽出羊皮纸，不禁愣怔了——

吕公台鉴：老朽两人不能随公南去，至为憾事。遇公至今，感公大义高才，快慰平生也！老朽魏人，不当入秦，非为卑秦，实为念魏矣！故国孱弱，士民凋零，我等逃赵之士欲谋重振魏风，成败在天，但尽人事耳。酒后不忍辞，未与公酣畅痛饮，唯留他年之念也。薛毛顿首。

啪的一鞭，吕不韦快马飞出了营区。

山河口的清晨一片空寂，金色阳光鼓荡着幽幽峡谷巍巍吊桥，辽阔无垠的河东苍茫茫与天相接。是伞盖轺车还是胡杨白云悠悠飘进了深邃的碧蓝，恍然化作两张扑朔迷离的笑脸，又骤然消失在明净澄澈的黄色山塬……

吕不韦痴痴伫立着，一任河风拍面热泪纵横。

四　执一不二　正心跬步

蔡泽很是郁闷，入伏深居简出，终日在燕园轻衣散发卧石独饮。

入秦十年一事无成，身居高位无处着力，蔡泽不明白如何一步步滑落到了如此境地。当年初入秦国，一席说辞逼范雎去国，就任秦相天下瞩目，何等风采。然蔡泽终究是计然派名士，做大官是为了做大事，绝不会空落落吊只金印晃荡作罢。可在老秦王暮政之期为相，蔡泽却总是在云雾里飘荡，身不着地心不探底。老秦王巡视关中，自己提出了“明法、整田、重河渠”的富秦策，老秦王是欣然允准了的，可在清查府库赋税稍增之后，最大的关中河渠工程却被搁置了。老秦王只有淡淡一句话：“李冰入蜀治水需举国支撑，秦中稍缓可也。”然李冰治蜀大见功效之后，老秦王又将蔡泽相职交安国君嬴柱代署，封给蔡泽一个纲成君高爵专一处置太子立嫡事，关中河渠石沉大海了。蔡泽大惑不解，却也无可奈何。立嫡完了又是北上河西，吕不韦没接得成功，回到咸阳又成了待事散官。虽说还是可以过问相府政事，终是自觉无聊不愿介入。蔡泽百思不得其解，以老秦王之明锐，如何连丞相府事权都弄得如此模糊不清？如何将自己这样的相才重臣变成了一事一办的特使有一搭没一搭地用着？屡次想向秦王上书请事，好教老秦王清醒，可仔细一想，十几年来秦国还确实没有什么越过他的军国大事，主动请事岂非自讨无趣？也屡次想辞秦而去到他国施展，可一想到山东六国更是死气沉沉，连信陵君那般大才都被逼得久居他国而不能任事，况且他这等无根士子？如此下去，不说与商鞅相比，便是与张仪魏冄范雎相比也是不能了，只怕最终只能与甘茂这般无功弱相比肩了。仔细一想，连甘茂也比不得。甘茂无大才却有大运，一身兼将相大权位极人臣，风云战场纵横宫闱何事没有经过？自己这般不死不活平庸无奇的闲人生涯能比得甘茂了？

“知我者谓我心忧，不知我者谓我何求！”蔡泽不禁一声长叹。

“驾言出游，以写我忧。”林中传来谐谑的吟诵。

“唐举么？出来！”蔡泽摇摇晃晃站起一阵大笑，“你再相我，是否闲死命也！”

林木大石后转出一人，怀抱一个小圆木桶悠然笑了：“尝闻劳死，今却有人闲死，命数之奇，唐举焉能尽知也。”

“吕不韦？呜呼哀哉！想死老夫也！”

“何如醉死好？”吕不韦拍打着红木桶，“纲成君好口福，百年兰陵！”

蔡泽煞有介事地接过木桶拍拍嗅嗅：“啧啧啧！楚人有百年佳酿？”

“计然名家不知楚地物产，纲成君也算一奇。”吕不韦坐到树下光可鉴人的大青石板上，悠然一笑，“楚人立国八百余年，生计风华向来自成一体，与中原争高下。只怕楚熊部族以山果酿酒时，殷商西周还只有粟米酒也。谚云：楚人好饮，宁为酒战。楚宣王为天下盟主，号令列国以美酒为贡，赵国主酒吏以次充好，楚国大举起兵讨伐赵国，明说只要五百桶赵国老酒。你说，天下为酒大战者，舍楚其谁？楚人能没有好酒？”

“说得好没用，老夫先尝了再说。”蔡泽半醉半醒地嘟哝着扒拉酒桶铜箍，却无处下手，更来一连串嘟哝，“甚鸟桶？没有泥封没有木盖，混沌物事如何装得进酒了？没准是个岭南光葫芦老椰子！”

“老椰子光葫芦一个样么？”吕不韦笑着接过精致的红木桶，一边开启一边指点，“中原酒坛用泥封，楚人酒桶用木封。纲成君且看：最外面一层木盖，旋转即开；封闭桶口者是软木塞，头小尾大，长途运送颠簸激荡则更见密实；用这把铜旋锥旋转嵌入软木，趁力拔起，开，开，开！”一语落点，只听“嘭嗡！”一声大软木塞离桶，一阵酒香顿时弥漫林下。

“噫——好香也！”蔡泽耸着鼻头大是惊叹连忙捧过一只大碗，“快来快来！”

吕不韦屏住气息悬空高斟，但见殷红一线黏滑似油，入得白陶碗一汪澄澈嫣红清亮无比。“琥珀珠玉，何忍饮也！”蔡泽惊叹端详如鉴赏珍宝，不期舌尖小啜，猛然一个激灵咕咚咕咚两大口饮干，咂摸回味良久蓦然长嘘一声，“有得此物，天下焉得一个酒字！”

“人各所好，此酒合纲成君脾胃也。”吕不韦笑道，“就实说，各擅胜场而已。赵酒雄强，秦酒清冽，燕酒厚热，齐酒醇爽，魏酒甘美，一方水土一方口味罢了。”

“呜呼哀哉！先生倒是海纳百川也。”蔡泽的公鸭嗓嘎嘎大笑。

“酒之于我，商旅辨物而已，原不如好饮者痴情执一。”吕不韦谦和地微笑着，“纲成君但喜此酒，不韦可每月供得一桶，多则无可搜寻了。”

“你说甚？每月一桶？”蔡泽朦胧的老眼骤然睁开啪啪连拍石板，“好好好！老夫此生足矣！但有此酒，束之高阁鸟事！”

“万物之道，皆有波峰浪谷。”吕不韦应得一句适可而止，微笑地看着面红耳赤酒意醺醺的蔡泽。

“啊！对也对也！你几时回来？路途顺当么？”蔡泽恍然大悟。

吕不韦哈哈大笑：“呀！你接我回得咸阳，忘记了？”

“老夫没醉！”

“只不烂醉便好。”吕不韦见蔡泽神态确实有五七分清醒，侃侃说了一遍回来的情形。一个月前，蒙武带两百马队护送吕不韦一行安然回到咸阳。抵达北阪松林塬时，驷车庶长府一位郎官专车传令：吕不韦身涉王族事务，可按郡守县令入京礼遇住进驿馆，以便官事。吕不韦笑问若有宅邸可否自决？属官答曰可。吕不韦告辞蒙武绕城而过，回到了渭水之南的新庄园。无所事事的嬴异人高兴得无以言说，当晚与吕不韦饮酒叙谈直到四更。依着嬴异人主张，吕不韦当在次日立即拜会太子府，商定他认祖归宗日期。吕不韦却劝异人莫得心躁，只管养息复原便是。次日，吕不韦摆布庄中事务：属于家计的事务一律交夫人陈渲掌管，西门老总事只管外事；吕氏商社的一班老执事也同样分成两班，善处内者归陈渲，善处外者归西门老总事，其余仆役侍女人等则由陈渲与老总事商议分配。不消三五日，庄园内外整肃洁净秩序井然，庄园上下对夫人心悦诚服。吕不韦第一次有了家的感觉，心下舒坦，埋头书房读起了《商君书》。嬴异人心下惴惴却又无所事事，整日徜徉在园林中痴痴弹弄秦筝，谁也不去理睬。

旬日头上，安国君府派家老送来一札，请吕不韦过府叙旧。吕不韦如约前往，安国君没有着太子冠带，也没有在国事厅接待，而是夫妇设家宴待客。席间安国君嬴柱除了再三表示谢意与劝饮，很少说话，倒是华阳夫人关切地将子楚情形问了个备细。暮色时分吕不韦告辞，嬴柱执意送到府门看着吕不韦登车远去方才回身。此后两旬，没了动静。

“你也急了？”蔡泽嘎嘎一笑，似乎有些幸灾乐祸。

吕不韦淡淡一笑：“我来找你对弈，不高兴么？”

“啊哈！当真不要老夫指点？”

“成事在天。不韦只将人交给太子便是，他不急我急甚来？”

“蠢也！那是太子的事么？太子做得主，能等得一月？”

“便是老秦王也一般，听其自然。”

“嘿！你吕不韦沉得住气也！”蔡泽颇是神秘地压低了声音，“想在秦国立足，老夫给你支个法子。你要走了，老夫好酒不就没了？”吕不韦大笑道：“四海之内，不韦只要活着，少不得你纲成君好酒，有没有你那法子一个样。”“错！老夫偏说！”蔡泽忽地从大石板上滑到了吕不韦身边，喷着浓郁的酒气，“我等都是山东士子，不相互援手成何体统？老夫明说，借着老秦王尚能决事，立即上书请见，请老秦王直接下书，使异人公子认祖归宗，大行加冠正名礼，明其嫡王孙身份！”

“迟早之事，如此急吼吼好么？”吕不韦淡淡一笑。

“蠢也！”蔡泽拍着石板，“迟早之事那是嬴异人！你却如何？不想自家全身之策？公子可拖，你不可拖！如今公子心急，你正好推出他前头出面，老秦王岂能不准？可你吕不韦却反而劝公子莫急，当真怪矣哉！”

“顺其自然，不能全身了？”

“不能！”蔡泽呼呼大喘，“老秦王高年风瘫，命悬游丝，纵能保得几年性命，可谁能保得他始终清醒？你不在老秦王生前立定根基，若其一朝归去，安国君那肥软肩头撑得秦国强臣猛士？其时……咳！口滑口滑，不说也罢！”

“我没听见，纲成君再说一遍。”

“好啊！没听见好，没听见好！”蔡泽嘎嘎笑了起来。

“来，摆棋如何？”

“好！摆棋！”

浓阴之下微风轻拂，悠长的蝉鸣中棋子打得啪啪脆响。一局未了，蔡泽横卧石板大放鼾声。吕不韦笑了笑起身，唤来远处大树下的童仆照料蔡泽，悠然去了。

嬴异人散漫地抚弄着秦筝，心下烦躁沮丧极了。

“我生多难矣！我欲何求？”轰然秦筝伴着一声吟唱，嬴异人不禁热泪纵横。生身于卑贱侍女，孩童时他便觉到一种异样的冰冷。府中师吏对他的严厉似乎总是夹杂着轻蔑，侍女内侍们对他的粗疏中也似乎总是流露着轻慢。少年之期好容易遇到了志趣相投的蒙武，却被突然派去赵国做人质。十多年苦难屈辱的人质生涯，几乎彻底泯灭了他对生的乐趣，那时候，他最为憎恨的是这王子之身，无数次地对天发誓，来生再也不做王族子孙！偏在此时，吕不韦撞了出来，他懵懵懂懂成了王孙名士，锦衣玉食地过上了在秦国也没有享受过的风光岁月。正在他亢奋地品咂这梦幻般的荣耀，全副身心要与吕不韦建不世功业之时，胡杨林的那个夜晚，上天又突如其来地将一个神秘知音砸到了他的心弦。眼看神女无望身心即将崩溃，赵姬却又神奇地成了他的新婚妻子。与赵姬成婚，嬴异人第一次真正尝到了人的生趣，第一次知道了女人美妙，前所未有地沉浸在一种极为新鲜的激情与享受之中。赵姬是个拿得起放得下如火焰般热烈奔放的女子，非但没有因为与吕不韦的“兄妹情谊”而对他有稍微的淡漠，反而对他“宁失王孙，不失佳人”的心志如醉如痴。在两人忘情地燃烧之时，吕不韦却突然将他们生生分开。那一刻，嬴异人又一次对自己的王孙之身生出莫名憎恨。离赵回秦，身中三剑四箭而大难不死，上天总该折磨人尽也。谁料回到咸阳，又被冷冰冰撂在这郊野孤庄无人理睬，连蒙武这个少年至交都不敢留他。匆匆搬到吕不韦新庄，还是没有理睬他。太子是他父亲，老秦王是他大父，他们都不知道自己回到了咸阳？断无可能！如此说来，他们是有意遗忘自己了。王族无情，宫廷无义，自古皆然，夫复何言？上天啊上天，你将嬴异人倏忽寒冰倏忽烈火地反复煎熬，却终归如此抛开，无聊之至，不觉可笑么？

在轰轰然散漫无序的秦筝中，嬴异人的心彻底冰冷了。渐渐地，一切物事都从心田消失，唯有美艳的赵姬鲜活地向他娇笑着。嬴异人清楚地记得，他与赵姬在邯郸度过了短短四十三个昼夜零一日再零三个时辰，只吃了三十八顿饭，其余时光都挥洒在了那座庭院的每个角落，铭心刻骨至此尽矣！每每心念及此，嬴异人都是无可名状地怦然心动。纵是在开肉剥出箭头的疗伤之时，只要赵姬面影在眼前一闪，心中便会漫过一层强烈的暖流，一切伤痛都消失得无影无踪……

夕阳西下，嬴异人抱起秦筝，木然走出了池边柳林，走进了自己的小庭院，片刻之后，提着马鞭背着长剑一身便装一头散发，大步出了幽静的院门。

“敢问公子要去何处？”迎面而来的西门老总事大是惊愕。

“西门老爹，我被拘禁了么？”

“公子哪里话来？老朽前来知会，吕公要与公子议事。岂有他哉！”

“事已至此，议得何来？”嬴异人冷冰冰一句便走。

“老朽得罪，公子不能。”素来平和安详的西门老人一步跨前，当头一躬，“公子身为嫡王孙，蒙武将军以官身交公子于吕庄，若不辞而去，吕公何以向秦国说话？”

“老西门岂有此理！”

“公子有失唐突，老朽却不能失职。”

“你！你有何职？一个老奴罢了！让道！”

“公子纵然杀了老朽，也不能不辞而去。”老人不温不火却也寸步不让。

嬴异人面色铁青突然一声怒喝：“吕不韦！你藏到哪里去了——！”

“谁在说吕不韦藏了？”林外一声熟悉的笑语，本色麻布长衣的吕不韦已经到了面前，打量着嬴异人装束不禁又气又笑，“公子成何体统，要做侠士游么？”

“我不要体统！我要去赵国！找赵姬！”嬴异人颓然坐倒在地哽咽起来。

默然良久，吕不韦走过去低声道：“公子进去说话，林下蚊虫多也。”

嬴异人抹着眼泪默默进了庭院，坐在厅中木呆呆不说话。那个跟随嬴异人二十多年的老侍女闻声赶来却不知所措。吕不韦摆手示意，老侍女轻步出厅守在了廊下。吕不韦回身一拱手道："公子已经生死劫难，但请明告，为何大功告成之时突生此等鲁莽举动？"嬴异人冷冷道："自欺可也，何须欺人？这也叫大功告成？回秦无人理睬，父母如弃敝屣！"吕不韦恍然，长嘘一声肃然一躬："公子如是想，不韦之过也。原以为经此生死大劫，公子已是心志深沉见识大增，必能明察目下情势，洗练浮躁心绪，是以未能与公子多做盘桓彻谈，尚请公子见谅。"嬴异人面红过耳，搓着大手嘟哝道："何敢怪公？我是耐不得这般清冷，更怕没人理睬，活似当年做人质一般……"

"公子居吕庄而感孤寂，不韦之过也。今日你我煮茶消夜。"吕不韦心头已然雪亮，连日沉心书房思虑长远，却忽视了嬴异人耐不得清冷孤寂的恒久心病，日后永远不能忘记这个关节！思忖间对廊下老侍女一招手，"老阿姐，拿上好茶叶来煮！看你茶工如何？"

老侍女对吕不韦最是景仰，闻言忙不迭作礼，笑应一句不消说得，轻快利落地进了正厅。片刻茶香弥漫，吕不韦一耸鼻头惊讶道："噫！香得炒面糊一般，甚茶？"老侍女殷勤笑答："蒙武将军送公子的，说是胡茶。"吕不韦叹羡笑道："呀！茶饮南北，还当真没品过胡茶也，回头我向蒙武将军讨个路数，买它一车回来。"心不在焉的嬴异人陡地振作，恍然大悟般连连挥手："快拿胡茶！全送吕公！我喝甚茶都一个样，暴殄天物！"神情异乎寻常地兴奋。吕不韦笑道："一桶便了，全数岂不掠人之美？"嬴异人慨然拍案："吕公何解我心矣！异人只恨这胡茶不是河山社稷！"吕不韦肃然拱手道："此乃咸阳，不是邯郸，公子慎言。"嬴异人眼中泪光闪烁，喟然一叹："异人一生多受嗟来之食，几曾有物送人也！吕公能将未婚之妻忍痛割爱，成我痴心，此等大德，何物堪报？"

"公子差矣！"吕不韦倏忽变色，"赵姬乃我义妹，岂有他哉！"

"情事之间，公却迂腐也！"嬴异人罕见地抹着泪水大笑起来，"秦人赵人皆出戎狄胡风习，男女之情愫无羁绊，唯爱而已。婚约之言，只中原士人看得忒重罢了。当日异人已经看出，赵姬与吕公并不相宜。赵姬多情不羁，吕公业心持重，纵是婚配亦两厢心苦。否则，异人纵是痴心钟情于知音，也不会与公争爱！窈窕淑女，君子好逑。异人当日舍生求婚于吕公，非不知公与赵姬婚约也，而在看准吕公赵姬不相宜也。然天下多有此等人物，明知不相宜亦死不松手，生生酿得万千悲情。公之明锐，在于知心见性，不为浅情所迷，亦未为婚约诺言所牵绊。痛则痛矣，却是两全！唯公有此等大明，异人方心悦诚服，决意追随也！时至今日，异人不敢相瞒：此前吕公之于我心，政商合谋之一宗买卖耳，成则成矣，于后却是难料也；自与赵姬婚配，异人不止一次对天发誓：此生若得负公，生生天诛地灭！”

嘭噗一声闷响，茶盅跌碎草席，滚烫的茶汁将吕不韦的白衣溅得血红。

“先生烫伤！”抱来茶桶的老侍女惊叫一声，连忙伏身擦拭。

吕不韦浑然不知所在，听任老侍女摆弄着。嬴异人的率性剖白像一阵突如其来的风暴深深震撼了他。应当说，这位王孙公子对男女情事的眼光与见识，是吕不韦远远没有预料到的，今日骤然喷涌，当真令他惊愕不已。在吕不韦看来，嬴异人不惜丢弃大业而痴情求婚，除了因胡杨林梦幻对歌而生出的知音倾慕之情，便是不知道他与卓昭的婚约实情，而相信卓昭只是他的义妹。如今看来，嬴异人非但知道实情而且见微知著，连他自己好容易才理得清楚的与卓昭之间的心隔也是洞若观火，实在令他有些难以言说的滋味儿。倘若当初果真回应了火热的卓昭而与她未婚先居，此事将何以了之？依嬴异人说法，若不是“夺情”成功而对他心悦诚服，两人之间便只是一宗于后难料的买卖而已。果真如此，卓昭反倒成了吕不韦与嬴异人真正结为一体的热胶？自己的深远谋划倒是凭着一个女子才变得真正坚实起来？上天晦暝，如此令人啼笑皆非也！一时之间百味俱在，吕不韦回不过神来。然值得庆幸的是，嬴异人信誓旦旦，终生不会负他，长远谋划总是不会无端岔道了。说到底，目下还是大事当紧。

心念及此，吕不韦回过神来笑了笑：“此事已过，公子日后莫再提说。我只是不明：公子既信得不韦，如何却这般没有耐心？”

“没有赵姬，回到秦国我也只是个弃儿……”

“非也。”吕不韦长嘘一声摇摇头，“公子念情，表象也。根基所在，是对回秦大局失了信心。大事绝望者，唯情而生死也。若是公子已经认祖归宗冠带加身，纵然念妻，亦非此等凄绝之象。公子参详，可是此理？”见嬴异人长叹一声默默点头，吕不韦笑了，“恕我直言，公子虽秦国王孙，对乃祖乃父以至秦国政风，却不甚了了。长此以往，即或身居秦宫，公子之心依然还是赵国人质，与秦国秦政，与父母之邦，依然陌生如同路人，何以担得大任执得公器？”

“说甚？我对秦国陌生？”嬴异人的笑有着分明的揶揄。

“我且问你，毛公薛公何以没有入秦？”

“你回咸阳时说，我师随后入秦。”

“不。他们永生不会来秦了。”

“甚甚甚？永生不会来秦？我却不信！”

吕不韦也不分辩，只从邀薛公来河西说起，备细叙说了山河口话别之夜薛公毛公的说法，尤其是两人对老秦王为政禀性的剖析更说得点滴不漏，直说到纲成君蔡泽的郁闷与目下秦国秦政的种种“乱象”。嬴异人听得惊愕愣怔，良久默然。

“两公不入秦，公子以为根由何在？”吕不韦终于入了正题。

“谋划故国大事，也是名士常心。”

“纲成君身居高位而无所适从，根由何在？”

“名士谋功业。无事徒居高位，任谁都会彷徨郁闷。”

“国中种种乱象，公子如何说法？”

“雄主暮政，鲜有不乱。大父风瘫，岂能整肃？”

“公子差矣！”吕不韦意味深长地摇头一笑，“三答皆人云亦云，远未深思也。”

“三答皆错？我却不服！”嬴异人论战之心陡起，“先说两公，除非留书所说不是实情，断无另外根由！”

“两公留书非关虚实，只是宜与不宜也。”吕不韦轻轻叹息一声，“毛薛之心，其实便是山东士子之心：对秦法心怀顾忌，深恐丧失自由之身。自来山东名士少入秦，商鞅变法前如此，是因了秦国贫穷孱弱野蛮少文，或情有可原。商鞅变法后，秦国风华富庶不让山东，强盛清明则远过之，然却依然如此，根由何在？便在‘惮法’二字！秦法严明，重耕战，赏事功，举国唯法是从；然拘禁言论，士流难得汪洋恣肆，除非大功居国而能言事，在野则言权尽灭。如此情势，一班士人但无绝世大才必能建功，辄怀忌惮，不敢入秦。薛公毛公者，坎坷之士不拘形迹，放言成性，不通军旅，入秦纵做你我之谋士门客，亦不得尽情施展其奇谋之能矣！盖秦国法网恢恢，凡事皆有法式，他国能出奇制胜之谋，在秦国则大半无用。士无用则无聊，何堪居之？譬如公子，短暂寂寥尚且不能忍耐，况乎年年岁岁也！”

“也是。”嬴异人恍然点头，“吕公一说，我明白了过来，邯郸遇公之后实在舒畅，士林汪洋，交游论战，比在咸阳舒畅多矣！”

吕不韦道：“然秦国终是秦国，执一者整肃，自有另外一番气象。”

“好！此事我服。再说纲成君，能有甚根由？”

“纲成君之事，来日再说不迟。”吕不韦笑了，“目下我只问公子：听得毛公薛公故事，你我回秦后谋略该当如何？”

“愿公教我。”嬴异人恭恭敬敬地一拜。

“公子请起。”吕不韦大袖一扶，“公子少学，以何开篇？”

“自荀子出，秦国蒙学以《劝学》开篇。”

“积土成山，风雨兴焉。”吕不韦点头吟诵一句。

嬴异人一字一顿地念了起来：“积水成渊，蛟龙生焉。积善成德，而神明自得，圣心备焉。故不积跬步，无以至千里；不积小流，无以成江海。骐骥一跃，不能十步；驽马十驾，功在不舍。锲而舍之，朽木不折；锲而不舍，金石可镂。蚓无爪牙之利，筋骨之强，上食埃土，下饮黄泉，用心一也。蟹六跪而二螯，非蛇鳝之穴无可寄托者，用心躁也。是故无冥冥之志者，无昭昭之名；无惛惛之事者，无赫赫之功。故君子结于一也……”

“好！”吕不韦拍案，“这节，公子可悟得其中精义？”

“执一不二，沉心去躁。”

“在秦国，这个一字何指？”

“……”

“在你我，这个心字何意？”

“……”

嬴异人木然良久，不禁又是一躬：“愿公教我。”

吕不韦郑重道：“荀子《劝学》，大谋略也！自与毛公薛公河西话别，不韦反复思忖，你我回秦谋略只是八个字：执一不二，正心跬步。这个一，是秦国法度。凡你我看事做事，只刻刻以法度衡量，断不至错也。这个心，是步步为营不图侥幸。连同公子，目下秦国是一王两储三代国君，及公子执掌公器，十年二十年未可料也。如此漫漫长途，心浮气躁，可能随时铸成大错，非步步踏实不能走到最后。虽则如此，秦国后继大势已明，只要公子沉住心气，事无不成！”

嬴异人紧紧咬着嘴唇，双眼直愣愣盯着窗外黑沉沉的夜空，心头却在轰轰作响，赵姬啊赵姬，你等着我，嬴异人一定用隆重的王后礼仪接你回来。

五　丰京废墟的远古洞窟

嬴柱正捧着一卷竹简发愣，鼻端飘来一阵撩人心神的异香。

“整日窝书房，晓得多辛苦了。”一双玉臂柔柔地抱了过来。嬴柱拍拍胸前那双细巧的手一声叹息：“老之将至，其言昏矣！你说父王这王书我如何揣摩不透？”身后女子吃吃笑道：“不晓得夫人可以看么？”嬴柱不禁一笑，伸手将女子揽了过来用竹简轻轻拍着她脸庞：“牢狱一回规矩了？考校考校你，看了。”顺手将竹简插进了女子雪白鼓胀的胸脯。女子一阵咯咯娇笑：“亵渎王命也，晓得无？”嬴柱两手伸进女子胸衣揉弄笑道：“食色性也，与王道何干？快看！看不出名堂受罚！”

华阳夫人咯咯笑着从胸前抽出竹简展开，眼光一扫跳了起来拍手笑叫：“如此好事为何不说？该受罚！”嬴柱沮丧地一笑：“立嫡事早明，有甚说头？”“早明早明，好你个蠢也！”华阳夫人将竹简连连点着嬴柱玉冠，“那是密书，这是明书！那是驷车庶长行事，这是父母行事！那是遥遥无期，这是秋分便行！你当真掂量不得轻重了？”嬴柱不耐地撸过啪啪敲在头上的竹简哗啦展开：“有甚不同？一个样！你只说，这句‘该当处置者早日绸缪，当密则密’所指何来？”

“晓得了？听我说。”华阳夫人偎到嬴柱身边笑了，“夫君明察：秋分给子楚行加冠大礼，距今尚有两月，老父王定然是提前知会夫君了。知会之意，自然是要你我先做预备了。而当密则密，一则是莫得大肆铺排声张，二则么，对了，定然是不要先行知会子楚与吕不韦。”

“笑谈！”嬴柱连连摇头，“父王很是看重吕不韦，晓得了？”

“老父王暮政，本来就不依常规行事，晓得了？”

“好好好，那你再说‘该当处置者早日绸缪’何意？”

“这我却明白，早想对你提说又怕你说我找事，晓得了？”华阳夫人破例地没有了经常挂在脸上的娇憨笑容，“敢问夫君，原本立嫡何子？”

“公子傒呵。”

“傒儿目下何在？”

“问得多余。不在府中修习么？”

“子楚立嫡加冠，必得回府居住。以傒儿之浮躁乖戾，年又居长……”

“夫人是说，父王所指处置绸缪者便是此事？”

“我想得多日，府中唯此事须得预为绸缪，除此无他了。”

默然一阵，嬴柱长嘘一声颓然靠在长案扯起了长长的鼾声。华阳夫人悄悄起身从书房大屏后拿来一领布袍给嬴柱轻轻盖好，无声地飘了出去。日色西斜，嬴柱醒了过来抹抹嘴角湿漉漉的口涎，饮了一大盅凉茶，出了书房径自向后园的双林苑去了，直到三更时分方才回到了书房。

五更鸡鸣，一车一马出了咸阳东门辚辚直向函谷关。

上将军蒙骜对嬴柱父子的突然到来很是惊诧。秦国法度：太子不奉王命不得入军。嬴柱是老太子了，又与蒙骜有通家之好，突兀入军不怕涉嫌违法么？虽则如是想，蒙骜毕竟久经沧海，当即在狭窄简朴的中军幕府摆下了洗尘军宴，四面帐门大开，虽说山谷凉风习习穿堂，伏暑燠热之气一扫而去，可甲士军吏身影历历可见，宴席情形也尽人皆知。

"安国君如何知道老夫在函谷关？"一爵洗尘酒后蒙骜高声大气地笑了。

"不在蓝田大营，上将军能去何处？"嬴柱也是高声大气地笑着。

"安国君若去峭山狩猎，老夫许你三百弓马。"

"既非狩猎，亦非出使。嬴柱此来，本是王命也。"

"早说也！"蒙骜哈哈大笑着回身一挥手，"军吏甲士退帐，敛上幕府！"

"不需不需，我受不得燠热闷气，如此正好。"

"也好！若不关涉机密，安国君尽说无妨。"

"这是六子傒，老将军可还记得？"

"自然记得也。只是多年不见，公子更显凛凛之气了。"

"此子好武，我欲送他军旅历练，老将军以为如何？"

"入军何消说得！"蒙骜慨然一句又目光一闪，"记得公子傒曾因功得簪袅[1]爵，依照法度，可直做千夫将，或移做军吏，不知安国君与公子何意？"

未等嬴柱开口，嬴傒霍然起身一躬："禀报上将军：嬴傒爵位并非战功得来，今入军旅，愿效当年白起先例，直入行伍军卒，凭斩首之功晋升！"

"好志气！"蒙骜拍案赞叹，立即高声唤来中军司马吩咐，"依法登录嬴傒军籍，隐去王族名分，分发函谷关将军麾下，即刻办理！"

"嗨！"中军司马挺身一应回头赳赳高声道，"公子军中姓名，秦傒！若无他事，即刻随我去函谷关将军幕府。"

"嗨！"嬴傒赳赳应得一声回身大步出帐。

"且慢！"嬴柱一招手站了起来走到帐口，解下黑色绣金斗篷默默地给儿子披在了肩头，又解下腰中一口短剑塞在了儿子手中。嬴傒觉察到了父亲的双手微微颤抖，斑白的两鬓顷刻间苍老了许多，心头不禁猛烈地一跳。瞬间犹豫，嬴傒咬着牙关回过神来笑道："父亲，这般物事军卒

---

[1] 簪袅，别称"谋人"，秦国第三级军功爵。秦爵第二十级最高。

不宜。”又给父亲系上了斗篷挎好了短剑，深深一躬，“君父老矣，善自珍重！”猛然回头大步赳赳地去了。

“……”嬴柱一个趔趄，却被身后的蒙骜恰到好处地扶住了。

“说起王族送子，还得算先祖惠文王硬气也。”蒙骜只慨然一句打住了。

嬴柱长嘘一声：“骜兄，我心苦矣！无由得说……”

这一夜，蒙骜与嬴柱在山风习习的石亭下说到了天亮。两人虽交谊日久，促膝晤谈的机会却是极少。此次机会名正言顺，两人皆无顾忌，说起来滔滔不绝。嬴柱从来相信这位缜密沉稳的老将军，当年将嬴异人交给蒙府与蒙武同窗共读，而今又将嬴傒交到蒙骜军中历练，咀嚼个中滋味，一时不胜唏嘘。蒙骜遇战阵军事缜密多思，遇人交却又豪爽坦诚，听嬴柱唏嘘诉说大笑连连，说嬴柱这太子做得最轻松也最辛苦，轻松者强君在前，辛苦者不得心法也。嬴柱第一次听蒙骜感言国事，便问何谓不得心法？蒙骜说，远观者清，不得心法便是卖矛卖盾犹豫彷徨自家煎熬；要得心法只十二个字，自顾做事，子孙名位顺其自然。嬴柱听过许多人谋划开导，但要他对子孙顺其自然者，还只有蒙骜，一时不禁大是感慨，送嬴傒入军的伤怀之情减轻了许多，兴致勃勃地问起了蒙骜的军争谋划，是否要重新与六国开打了？蒙骜一阵沉吟而后反问，安国君若是秉政，军争大略将如何摆布？嬴柱顿时吭哧嗫嚅，父王如日中天，秉政之事从来没想过。蒙骜叹息一声，终究还是忍不住直言责难，既为邦国储君，当光明正大地思谋国事，老王纵是万岁亦终有谢世之日，若嬴氏子孙尽如安国君之心，秦国岂非下坡路也！嬴柱自感惭愧，坦诚地向蒙骜请教。蒙骜说得老实，目下蜀巴两郡已成富庶之地，秦国已经缓过劲来，他谋划在三年之内新成军二十万,五年内再成军二十万，使秦国总兵力恢复到长平大战前的六十万。

蒙骜啪啪拍着粗大的军案：“老王歇兵，一则是等待邦国恢复元气，一则是等待盛年新君。若非如此，大军成势如何按兵不动？不争而预争，风瘫而绸缪身后，老王圣明也！”嬴柱大是惊讶：“老将军是奉命扩军？”蒙骜神秘兮兮地摇头一笑：“老夫何曾奉命扩军？说的是谋划，谋划！”

“啊——”嬴柱恍然大笑，“明白明白，只是谋划，只是谋划也！”

笑声中曙光初现，辽阔的桃林高地已经是淡淡霞红。趁着清晨凉爽，嬴柱与白发苍苍的蒙骜告别了。素来乘车上路呼呼大睡的嬴柱这次却无论如何也没了睡意，一路看着绿沉沉的原野车马行人川流不息的官道，嬴柱扎扎实实地嗅到了秦国土地上蒸腾而起的勃勃生机，多日郁闷的心绪第一次舒畅了明亮了。

天中明月，池中碧水，石板上一张草席，砖灶中一笼驱蚊青烟。吕不韦正在后园消夜，突然听见一阵急促的脚步声，刚刚从草席坐起，西门老总事已经到了身边。

“东公，莫胡有音信了！”老西门微微颤抖着来了。

“莫胡！甚音信？”吕不韦倏地站了起来。

西门老总事急促道：“暮时一黑犬入庄，嗖嗖四处搜嗅。仆役四围驱赶，黑犬却如灵猿一般躲闪逃开。老朽得报前去，黑犬不知从何处蹿出围着老朽四下直嗅，嗅得片刻便蹲伏老朽面前呜呜低吼，前爪直打脖子。老朽一端详，黑犬颈毛中隐隐一道细绳，大胆伸手触摸，黑犬一动不动。老朽在黑犬颈下长毛中一阵摸索，摸得一根皮绳绑着一支寸许长小指般粗细的竹管，解下打开一看，只有一行小字：初更随墨獒丰京谷口。我叫一声墨獒，黑犬倏地立了起来，便知是送信人派这只灵獒前来带路。老朽猜测不出何事，决意先行试探再报东公。天黑之后，老朽带了一个武仆撑了一只小舟，去了丰京口，谁知却是小莫胡……”

“先说人在何处？”吕不韦拍着大芭蕉扇有些不耐。

“老朽未敢贸然教她回来，人还在丰京口。”

“走！接她回来。”

“东公，华月夫人被刑杀，秦法连坐，这这这好么？”

“当初送莫胡给华月夫人便是错，不接回来更错！莫胡又不是芈氏老族人，秦法连坐，还能坐了仆役？吕不韦若连归来义仆也不敢收留，担待何在！”吕不韦边说边走，几句话说罢已经到了后园门边。

“东公莫走了，轻舟在园池码头。”

“倒是蒙了。”吕不韦兀自嘟哝一句，跟着西门老总事便走。

这座新庄建在渭水南岸的山塬之下，外边看去平淡无奇，实则大有奥妙。最特异处便是出行通道隐秘便捷，人车马舟皆可从任何角落直出庄园。后园水池虽只有二十多亩水面，却是水深三丈，经过一条极是隐秘的山洞暗渠直通渭水。吕不韦的轻舟有四名强壮水手，园池山洞不张帆也是轻快如陆车。从一片林木苇草中进得渭水，轻舟鼓起了一面白帆，借着风力向上游破浪而来。大约半个时辰进得丰京谷水口，明月之下山林幢幢峡谷幽幽，往昔三面山头专门给夜舟指航的风灯全然没有了。

站在船头的西门老总事啪啪啪连拍三掌，叫了声墨獒。片刻沉寂，山坡林木中一阵轻微刷啦声，一双绿幽幽的眼睛骤然闪烁在岸边黝黑的山岩。西门老总事吩咐一声靠岸，小船轻盈地荡了过去。西门老总事吩咐水手原地等候，头前带着吕不韦上了岸边山道。硕大威猛的墨獒正昂头蹲伏道中，见两人上岸扭头飞蹿出去。西门老总事低声道：“墨獒去报信了，只怕走不到‘王道’门便有人来了。”

“丰京谷还有人？”吕不韦不禁有些惊讶。

“几个伤残老仆与当初买来的胡女无处可去，莫胡领着他等狩猎采集度日。”

“莫胡原本胡女，倒是有担待也。”

正在说话间，王道废墟城门在朦胧月色下巍然矗立眼前。吕不韦油然想起第一次在这里与风姿绰约的华月夫人相见，不禁一声叹息。正在此时，一条黑影从废墟城门中倏地扑出，两人一惊之间，黑影已经蹲伏在吕不韦脚下，绿幽幽的光芒夹着哈哈喘息，石雕般一动不动。两人未及开口，废墟城门中又倏地飘出一团红影扑在了吕不韦身上！

“先生……”

“莫胡，苦了你也！”吕不韦轻轻拍着怀中簌簌颤抖的肩头。

“莫胡误事，当受惩罚！”红影猛然扑拜在地。

“哪里话来？”吕不韦扶起莫胡笑了，“华月夫人自触秦法，谁却管得了她？”

“不。”莫胡连连摇头，“若是我在，定然有信给先生，如何能使那颟顸使者入邯郸而先生还不明就里？荆云大哥与马队义士如何能去？先生何能九死一生……”

“岂有此理！”吕不韦一声呵斥，“颟顸者坏事，我纵事先知晓便能免祸么！从今日始不许如此想头！要说有罪，吕不韦第一个。我不谋事，荆云马队义士何能惨死？”

“先生莫伤心，我错了……”莫胡泣不成声。

“莫胡呵，你是荆云大哥的义妹，从今后是我吕不韦的亲妹。走，跟我回家。”

莫胡没有动。吕不韦恍然笑道：“你个小头领莫担心，丰京口的胡女仆役全回去，伤残者养其终生，健旺者做事，西门老爹正愁新庄没有人手也。”

“先生……”莫胡哽咽了。

“还有事么？”吕不韦亲昵地抚摩着莫胡的散乱长发。

“先生容留那些兄弟姐妹，莫胡深感大恩。只是，莫胡不能回去……”

“莫胡！这是为何？”吕不韦大是惊讶。

“先生！”莫胡一声哭喊，猛然转身风也似的去了。

西门老总事大皱眉头：“莫胡忒煞怪！与老朽也是在这里会面片刻便去。噫！墨獒没走？”蹲伏的黑犬胸腔中发出一阵低沉的呜呜，站起来摇着沉重粗大的尾巴，又低头舔着吕不韦的脚面。吕不韦不禁悚然动容，轻轻一拍黑犬硕大的头：“墨獒，你领路，我等去找莫胡姑娘。”话方落点，眼前一道黑影噌地蹿出，边走边回头，曲曲折折地将吕不韦两人领到了一座黑黝黝的山洞前。“汪汪汪！”三声大叫，墨獒箭一般蹿了进去。

片刻之间，一盏风灯挂在了洞口，四名女子抬着两口大棕箱走了出来，为首者对吕不韦深深一躬：“莫胡姐姐说，这两口大棕箱交给先生，请先生恕她不归之罪。”

“敢问小姐姐，莫胡姑娘可是叮嘱你等随我而去？”

“是。可我等不能随先生留秦。”

“却是为何？”

“莫胡姐姐要回阴山草原，我等决意护送莫胡姐姐。”

“且慢且慢。”西门老总事摇摇手，“莫胡剑术骑术俱佳，要得护送么？”

女子顿时默然，相互看看却没了话说。吕不韦大是起疑，挥手断然道：“老夫要见莫胡姑娘！”说罢大步便走。几个女子满脸通红，连忙抢在洞口前拦住扑地拜倒：“先生不能！莫胡姐姐有苦难言，乞先生体察！”吕不韦生气道：“莫胡是我送出，有苦也是因我而起，我岂能不管？姑娘让开！”正在此时，一道黑影从洞中忽地蹿出，墨獒对着女子汪汪两声，回头一口咬住了吕不韦衣襟便扯。吕不韦说声走，墨獒回身进洞撒腿去了。四女无奈，举着风灯跟了进来。

这座山洞宽阔深邃而又曲折无规则，两壁时有各式小洞嵌入山体，显然是天然洞窟又做了人工修葺。洞中脚地角落随处可见各色腐朽的木桶，隐隐弥漫出一种似酒非酒的香气。吕不韦猜测，此洞很可能是当年西周王室的酒窖。如此一座大洞小洞反复交错的洞窟，若非灵异的墨獒搜嗅领道，吕不韦纵是进来也无所适从。走得片刻，墨獒回头一望，嗖地钻进了左手一座小洞。吕不韦疾步跟进，幽幽烛光下朦胧可见洞角草席上一片红影，走近端详，吕不韦不禁大为震惊！一个红裙女子缩做一团瑟瑟颤抖，脸上一副淡黄色的竹皮面具，散乱长发中显出的耳鬓之际白得毫无血色……

“莫胡！”吕不韦惊叫一声，伏身抱起女子回头便走，嗡嗡话音不断在山洞回响，“西门老爹留下善后，立即将丰京口遗留人等送回新庄，若有未了之事，当即妥善处置。我先轻舟回庄医治莫胡！”

蒙蒙曙色之中，轻舟飞进了新庄后园的大池。吕不韦将莫胡抱进自己的庭院，吩咐仆役人等不许对任何人提及今夜之事，而后立即唤来正在洒扫庭除的陈渲匆匆说了经过。陈渲端详片刻道：“此女……久伤未治又多居阴湿之地，气血两亏神志昏迷。我先给她灌下一碗灵芝汤再沐浴更衣，夫君只管请来名医便了。”

吕不韦指指莫胡头上的面具道：“夫人若是有底，最好不请太医。”

“我修过女医，已经瞧出了几分奥秘，该当无差。”陈渲红着脸一笑，“那你去忙了，只派个懂药的执事听我吩咐便可，若无异常，晚来当有起色。”

吕不韦忐忑不安地去了，坐在书房神不守舍。素来沉稳谦逊的陈渲说得三分便有十分，用不着担心。吕不韦心下激荡难平者，是对莫胡的境遇及其可能牵涉的种种未知人事的秘密。莫胡是荆云举荐到身边的，莫胡既然已经知道了荆云一班义士的惨烈，她的面具与荆云烈士们的面具是否关联？蓦然想到原本可以不死但却义无反顾剖腹自裁的越剑无，吕不韦心头一阵剧烈震颤。西门老爹当初说，莫胡是荆云的义妹，便难保不是爱着荆云的情人，也难保不是荆云马队某个义士的胞妹，她若也要随荆云而去，吕不韦何以面对隐身毁容全部惨死的任侠烈士？不！莫胡绝不能死！

午后时分，西门老总事满头大汗来报：丰京谷统共十六名遗留仆役，全数乘船回到新庄；只有那只墨獒守着华月夫人的墓园不走，谁也劝说不动；一个胡女说，若是莫胡在，也许能将它领走，华月夫人死后，墨獒只听莫胡一个人号令。

“西门老爹，丰京谷之事莫对任何人提起。”

“老朽明白。”

“荆云可曾说起过莫胡与他？”

老西门摇摇头：“荆云义士只有一句话：先生得此女，堪托生死。”

“老爹想想，莫胡可与哪位义士长相相似？”

老西门思忖一阵又摇摇头：“马队义士无人有真面目，委实看不出也。”

“华月夫人机谋颇多，老爹还是带几个人将丰京谷仔细踏勘一遍。”

“好！老朽今夜便去。”

倏忽暮色降临晚霞照窗，一使女来报说夫人有请。吕不韦起身便走，匆匆来到起居庭院，等候在廊下的陈渲将他领进了一间四面帷帐的小房。卧榻悬着白色纱帐，隐隐可见帐中安卧的纤细身影。陈渲低声道：“人已然无事，只怕要昏睡一两日了。”吕不韦道：“如此帷帐四布，不怕热出新病么？”陈渲红着脸一笑：“你知道甚来？回房说。”拉着吕不韦到了自家寝室。

陈渲说，这个莫胡姑娘有半年前的旧伤，然目下之险是分娩血溃，若非及时带回，只怕此刻已没命了。那副竹面具已经摘去，脸上并无破损之象，只发现鬓角发际处有一片秦半两大的烙印，大腿根刺有两个似字非字似图非图的青色印记，教人触目惊心。陈渲幽幽唏嘘，说她记得陈楚两国多有大商贵胄给自己的女奴烙印刺记，可这莫胡姑娘是阴山胡女，何以竟有此等烙身印记？

“夫人能记得印记图形么？”吕不韦脸色铁青。

“发际处分辨不清，腿根处记得。”陈渲蘸着茶水在案上画了起来。

“猗氏！古籀文！”

“猗氏？是楚国巨商猗顿氏么？”

“对！”吕不韦咬牙切齿，“这个部族素有恶癖，决然无差！”

“那分明是说，莫胡曾经是猗顿族的女奴。”

吕不韦一阵思忖：“荆云义士曾经在齐国刑徒营做苦役，会否在那里结识了吴越囚犯，逃出后受托救走了莫胡？说不清，还是等她醒来慢慢再问。”

“我看，当紧是寻找那个孩童，她分娩刚刚两日……”

“呀！糊涂！”吕不韦一跺脚拔腿便走，来到大池边却见轻舟已去，吩咐另来一只平日进咸阳运货的小船，跳上去说声丰京谷便下令开船。货船笨重，逆流上溯一个时辰方到丰京谷口。正要弃舟登岸，却闻山道脚步匆匆，西门老总事抱着一个包袱正迎面而来。

“老爹所抱何物？”

“一个弃婴！还活着，火炭一般滚烫！我正要轻舟先送回庄。”

“好极好极！我便抱回，你踏勘完后回来再说。”说罢接过包袱跳上轻舟，四名水手八桨荡起，小船箭一般顺流直下。

回到新庄，吕不韦立即将婴儿抱给了正在守候的陈渲。陈渲又惊又喜，忙不迭给嘴唇已经青紫的婴儿针灸灌药，片刻间婴儿哇的一声哭叫，两人才高兴得笑了起来。陈渲又是一番清理呵护，忙碌得不亦乐乎。看着妻子手忙脚乱却又兴奋得咯咯直笑，吕不韦眼前油然浮现出卓昭身影，她若是她，会如此么？

夜半时分，西门老总事归来说，查遍了丰京谷人能进去走动的所有废墟洞窟与华月夫人的庭院，没有发现可疑物事，只是这丰京谷太大，最好是莫胡伤病痊愈后再带人仔细搜寻，盲目寻去只怕是一月两月也没有眉目。吕不韦笑着摆手连呼天意，说找回了这个婴儿，其余物事与我何干，不用劳神费力，只催西门老总事说如何找到这个婴儿的。

西门老总事说，这个婴儿发现得颇是稀奇。他带着两个胡女正要去华月夫人常去消暑的一个山洞查找，却见一道黑影闪电般掠进那座酒窖洞窟。有个胡女叫得一声墨獒，另个胡女说她看见墨獒好似叼着一只活物。老西门心下一动，带着两个胡女提着风灯进了大洞。两个胡女边走边喊，墨獒墨獒，你在哪里？快出来呵。洞中却是毫无动静。老西门猛然想起这只神异墨獒送信时对他的气味似乎很熟悉也很信任，站在洞中高声道，墨獒出来，老夫是莫胡派来的，你看护的物事我等不会动的。如此说得三遍，一道黑影倏地从一个小洞钻了出来，蹲伏在老西门脚下低沉地呜呜着。老西门从皮袋中拿出吕不韦从洞中抱走莫胡时丢在草席上的一方汗巾，墨獒黑黝黝的大鼻子一耸，站起来摇了摇尾巴向大洞深处走去。老西门跟进一座小洞，不禁大是惊奇！小洞脚地铺着一层厚厚的茅草，一个全身红紫斑斑的婴儿赤身裸体躺在一方脏污的小棉被上，旁边卧着一只奶头胀鼓鼓的野羊。墙角处有一辆已经变做朽木形状却依稀可见的接轴古车，黑糊糊的车身还有溅上去的点点血迹。一时间，三个人都愣怔了。

“墨獒，弃婴还活着！你义犬也！”老西门大是赞叹。

墨獒粗大的尾巴动也不动，只淡漠地瞅了瞅老总事。

一个细心的胡女叫了起来：“野羊两奶鼓胀，婴儿没吃奶！”

“墨獒，野羊奶终究难养活人，老夫抱走他如何？”

墨獒猛然一扯老西门手中的汗巾，汪汪两声大叫。老西门心头一亮，摇摇汗巾指指婴儿：“墨獒，他是她的婴儿么？”墨獒又是汪汪两声。刹那之间老西门不禁老泪纵横，紧紧抱住了硕大的狗头：“墨獒啊墨獒，老夫定然将他抱回去交给她，养活他！你，也跟老夫去了。”墨獒的大头蹭了蹭老西门胸膛，绿幽幽的大眼中湿漉漉一片，摇摇尾巴再也不做声了。

老西门说，墨獒直跟着他走到谷口，听见吕不韦说话才回身跑了。

临走时他们不见墨獒，找到了华月夫人墓园。墨獒果然孤零零地蜷在墓碑前，绿幽幽的大眼一片汪汪，任谁劝说也不起身。吕不韦听得万般感慨，良久默然无语。

三日后，莫胡终于完全清醒了过来，脸膛也重新泛出了红晕。

这日午后，吕不韦吩咐西门老总事守在内庄门口，任何人来访只说自己进咸阳城去了，安顿妥当与陈渲一起到了后园僻静的病室。靠在卧榻大枕的莫胡一见吕不韦泪水盈眶，挣扎着要起来行礼。吕不韦连忙上前摁住笑道："今日只说说闲话，姑娘要多礼，我只有走了。"陈渲也过来笑道："姑娘只管靠着说话，一切有我。"说着话拉开帷帐打开窗户煮好酽茶，又捧来一盅汤药教莫胡喝下，方才笑道："你等说话，我唤小茵子来照料，我还有事忙了。"说罢唤进一个伶俐女童匆匆去了。见莫胡只噙着眼泪哽咽，吕不韦笑道："莫胡呵，莫歉疚。我说过，你是我胞妹。做嫂者，照拂小姑病榻有何不可了？"莫胡哽咽道："先生高义大德，莫胡不配。"吕不韦幽幽叹息一声："难矣哉！若是姑娘别有隐情，不韦自不勉强。若说配与不配，姑娘却是言重了。上天生人，原本一等，若非世道不平，何有个高低贵贱？荆云大哥与马队义士哪个没有非人经历，可他们都是吕不韦的生死至交，情同骨肉，何论配与不配？"莫胡一阵默然，蓦然抬头，说起了她被先生送人后的经历。

莫胡说，自她到了丰京谷，便做了华月夫人的内事家老。华月夫人有个族人在王室书房做书吏，职司王书缮刻。华月夫人因而预先得知嬴异人立嫡密书。这是莫胡后来才知道的。华月夫人与华阳夫人密商谋划，是华月夫人有意告知莫胡，并教莫胡设法告知吕不韦预先绸缪。可派自己族弟为"特使"赶赴邯郸，华月夫人却瞒过了莫胡。当莫胡正要发出信鸽时，却偶然从一个贴身侍女的口中知道了"特使"一事，顿时心生疑惑，对华月夫人的虚虚实实难判真假，深恐错报消息坏了大事，决意亲自北上说个备细。

正在此时，华月夫人却派莫胡带着六名精干仆役冬日南下，来春办理三件大事：一是在吴越采炒震泽春茶；二是去荆山置办楚国式样的玉具珠宝，并用荆山玉为子楚打磨三套铭文玉佩；最要紧的一件事，是按照华阳夫人的图样，采买正宗楚丝，在郢都给子楚缝制地道的四季袍服冠带各六套。华月夫人反复叮嘱，这是她与华阳夫人给子楚归秦预备的赏赐大礼，于吕公也是光彩之事，非莫胡不能办好。莫胡不好推托，在腊月末启程了。轻舟一发，莫胡与仆役们约好二月十五在震泽最大茶场会面，而后立即单骑飞驰兼程赶赴邯郸。其时吕不韦与西门老总事恰好不在仓谷溪，行程紧迫的莫胡赶到了马队营地找到了荆云。住得三日，仓谷溪仍是空空荡荡，莫胡只好将诸事说给荆云匆匆南下了。二月与仆役们会齐，三月底春茶装舟北运，莫胡去了荆山，玉具珠宝定好又去郢都。一等事体往返办完，已经到了六月酷暑天，回到咸阳已经是七月底了。丰京谷的凄凉使莫胡大为震惊，本欲立即寻觅吕不韦，但遗留姐妹们的惨状却使她不忍猝然离去。

"此等大变，莫胡实在没有想到……"

"莫胡呵，往事过矣！不说也罢。"吕不韦长叹一声，"我只想问得一事，你可说便说，不可说便不说，且莫为难。你是分娩之身，那个婴儿，可是荆云大哥之后？"

蓦然之间莫胡如被电击，喉头咕噜一响颓然倒在了榻上。陈渲恰好赶到，轻柔娴熟地一阵施救，莫胡哇的一声哭喊出来："先生！我儿还在么？"吕不韦一个眼色，陈渲轻步飘出，片刻抱来了一个火红的襁褓笑吟吟递到榻前。莫胡瑟瑟颤抖着抱过婴儿，看着襁褓中红润酣睡的小脸，疯痴般颠弄着襁褓又哭又笑。陈渲一边温婉劝慰，一边接过襁褓给婴儿把尿喂药，莫胡这才渐渐平静下来。

莫胡说，她一家都是楚国巨商猗顿氏买来的奴隶。父母是猗顿商社的海船苦役，在她八岁那年双双殁于海风沉船。小小的她被猗顿氏的一位公子看中，要收她做烙印的侍榻女奴。她说，只要公子带船出海捞回她父母的遗骸安葬，她便烙印入室，否则宁死不做烙印女奴。两年过去，那位公子并未出海，却见她长成了亭亭玉立的少女，便在一个漆黑的夜晚给她灌了迷药，给她烙了女奴印记。便在她痛不欲生不吃不喝只要饿死自己的时日，也是一个漆黑的夜晚，一个功夫神奇的黑衣蒙面人破门而入，连杀三名看守剑士斩断铁链将她救了出去。这个蒙面人将她带到了陈城郊野的一片密林营地，给她看了父母出海前给一个义商留下的刻画竹筒。那片竹筒上画着一个除了她绝不会是别人的小女孩，旁边画着一片草地一匹奔驰的黑马；又带她到隐秘的山坳看了一座奇形怪状的黄土堆，说这便是她父母的安葬地，只因没有救她出来，所以简陋葬埋，只等救出她后辨认而后重新安葬。清明时节打开了坟墓，启开了薄片棺木，父母尸身非但没有腐烂，反倒是大睁着两眼如活人一般。莫胡哭得死去活来，生生要跳进墓坑与父母同去，若非那个蒙面人死死抱住又多方救治，她即或当时不死回来也哭死了。

一个月后，她被那位大哥专程送到了阴山草原，托付给一个林胡族头领，要头领请一个中原士子教她认字读书，说好她长大了来接她。那个头领叫来了他的一群女儿，板着脸对女儿们说，他又有了一个新女儿，谁敢欺侮她就杀了谁！从此，她在草原开始了骑马读书看牛羊的生活，快乐逍遥中却总觉得空落落的。五年后，那个蒙面人果然来了，问她愿不愿意跟他到中原去。她没说一句话扑到蒙面人怀里哭了。后来，她知道了这个蒙面人叫荆云，密林马队的骑士们都叫他大哥。她心甘情愿地为他们洗衣做饭，又跟着轮流进炊房当值的骑士修习剑术。荆云也是每月一次一日进炊房造饭，与她渐渐便相熟了起来。荆云说她有灵气，埋汰在炊房忒可惜，坚执教她单帐居住，只教骑士们认字读书。很快，莫胡明白了这是一支护商马队，最多的事是四出探听道路消息，最大的事是护送商队不被抢劫。莫胡不甘整日坐帐读书教书，寻找种种借口到荆云帐篷帮他料理杂事，实在没事便跟着斥候骑士们出去探路。她灵慧聪颖，各国各地的文字话语一学便会，竟成了马队骑士们人人钟爱的小“通人”。

后来，她随着马队到了邯郸郊野的密林营地。有一次，荆云问她愿不愿意给他景仰的一个高士做贴身女仆？莫胡只说了一句话：“大哥教我做事，不须问我愿不愿意。”半月后，她跟着一个白发苍苍的老人到了邯郸胡寓……离开荆云，莫胡蓦然觉得自己深深爱慕着那个始终蒙面的荆云大哥。从丰京谷南下的时日，她心神不宁，总有一种不祥的预感，觉得自己再也见不到荆云大哥了。北上临别之日，心潮实在不能自已，她终于从空荡荡的仓谷溪飞马冲进了密林营地。那一夜，她缠着荆云终夜饮酒，两人说了许许多多的话，边饮边说，荆云终于醉了。她几乎没有丝毫犹豫羞怯，从容脱去了自己与荆云的全身衣物，紧紧抱着荆云钻进了大被之中……

“天意也！荆云义士有后了！”吕不韦喜极而泣跳了起来。

“莫胡呵，你儿子该有个好名字也！”陈渲咯咯笑了起来。

“请先生赐个名了。”莫胡红着脸低了头。

“不不不！莫胡自己起！父母命名，善莫大焉！”

莫胡思忖一阵低声道：“我生他时，那个洞中有辆接轴古车，就叫荆轲如何？”

“荆轲！好！荆轲！”吕不韦拍案大叫。

襁褓中的婴儿哇的一声大哭，响亮得屋中嗡嗡震响不绝。陈渲惊讶笑道：“哟！这小子哭声厉得紧！晓得无，准是个硬种儿了！”三人一齐大笑起来。

六　冠礼之夜的两代储君

仲秋时节，一道王书突然降临新庄，合府上下立即忙碌起来。

王书说的是：秋分之日，公子异人于太庙行加冠大礼，一应先礼着吕府操持。王书是老长史桓砾亲自前来颁读的。接书人指定的是公子嬴异人与义商吕不韦。王书宣读完毕，老长史寒暄几句，留下了太庙一班礼仪属官去了。当晚，吕不韦与西门老总事并陈渲莫胡一道，商议庄园人手房屋的摆布。四人都是理事能者，说得一阵铺排妥当：吕不韦只管照料公子的三日沐浴斋戒大礼，太庙礼仪官员的饮食起居由老西门带原商社的几名执事处置，一干本庄仆役与事务尽交陈渲莫胡。

议罢正要散去，莫胡老大不高兴地嘟哝道：“今日这王书将先生指称为‘义商’，忒煞怪也。人说君心难测，老秦王当真连那墨鰲也不如了。”

吕不韦不禁笑道："莫胡能听王书了，好！西门老爹，你以为今日事如何？"老西门思忖道："老朽以为，今日事名实不符有些蹊跷，然从实在处揣摩，还是情势大好。""情势大好？说说了。"吕不韦饶有兴致。老西门笑道："依着寻常法度，我庄尚是民居，便是咸阳内史府派一名书吏前来传令，也算得国人望族的礼遇了。即或涉及王族公子而须得秦王下书，派一名内侍前来颁书也都是破例了。今日颁书之人，却是极少出面的老长史，听说此人是老秦王暮年最信任的实权大臣。最要紧处，公子加冠大礼前不回太子府，留在我庄由东公主持前礼，太庙官员只是操持事务。此中用意老朽也看得不透，只从实处说，老秦王对东公是王族大臣之礼遇。义商两字，若照法度说也是实情，东公毕竟还，还没做大臣。老朽冒昧，东公明察了。"素来寡言的老西门说完这前所未有的长篇大论，额头涔涔汗水。

"说得好！老爹大有见识也！"

吕不韦拍案赞叹转而笑了，"莫胡这一抱怨，倒是要叮嘱几句：要告诫庄中上下人等，日后莫得私下议论国政，更不得抱怨国君，有话只对我说可也。记住，这是秦国，不是山东六国。"莫胡红着脸肃然一躬道："先生叮嘱，铭刻在心！"西门老总事也连连点头："该当该当，明日老朽便给执事仆役们立下这条规矩。"

次日，吕不韦新庄开始了加冠礼的礼前忙碌。

远古之时，华夏各部族有各种形式的"成丁礼"。就实说，便是在男子女子长到一定年龄且已具备了正常身体、学会了基本生存技能时，氏族以特定的礼仪承认这个男子或女子成为氏族正式成员，是谓"成人"。进入礼制发达的西周，成丁礼化为天下第一大礼——士冠礼。其时所谓士，是享有国人资格的所有男女。士冠礼，是给长大成人的男子加冠女子盘发插笄，从而认定其成人身份的礼仪。因其涉及天下每一生灵，故被视为天下第一礼。春秋以至战国，礼仪大大简化，各国亦多有不同，然士冠礼却大体沿袭了古老的传统，只是因被加冠人身份不同而繁简程度有差异罢了。嬴异人是王族子孙，更是已经确定的太子嫡子，虽已年过三十，然因少年为质曾提前大礼（秦人二十一岁加冠），这再次补办的士冠礼便成了秦国王室正式承认其身份的第一道礼仪，自然是分外郑重。

实质而言，士冠礼不是家礼，而是公礼。公者，乡社亭里也，氏族邦国也。也就是说，士冠礼是群体承认个体的礼仪，而不是家长承认子女的礼仪。唯其如此，士冠礼不由得家长动议，也不由得家长主持，家长与加冠者一样都是士冠礼中的嘉宾与当事人；以加冠者身份不同，士冠礼分别由有德行的乡老、族长以至国君或特定大臣动议主持。

士冠礼是庄重的成人礼仪，其操持过程也是分外讲究的。士冠礼分为两大礼程，第一程是预礼，第二程是正礼。预礼即正式加冠前以礼仪规定的程式做好准备事务，大要环节为：

筮日：以占卜确定冠礼日期。

筮宾：在参礼宾客中占卜确定一人为正宾。

约期：商定冠礼开始的具体时辰。

戒宾：邀请正宾与所有赞冠宾客。

设洗：加冠者礼前沐浴与当日特定梳洗。

第二程是正礼，即加冠之日的礼仪程式，完整的次序是十项：

陈服器：清晨开始陈设礼器、祭物与相应服饰。

迎赞者入庙：加冠者家长迎宾客进入家庙。

三加冠：始加布冠，意为冠者具备衣食之能；二加皮冠，皮冠亦称武冠，意为冠者具备基本武技；三加爵冠，爵冠亦称文冠，意为冠者基本具备知书达理之能；三冠连加的礼意在于激励冠者由卑而尊不断进取，是谓“三加弥尊，谕其志也！”

宾醴冠者：正宾为加冠者赐酒祝贺。

冠者见母：加冠者正式拜见礼仪确定的母亲，未必是生母。

宾赐表字：正宾为加冠者赐以本名之外供寻常称呼的称谓，这个称谓叫做“表字”，以与父母所取名区别。加冠之后“表字”代“名”，只有父母国君可呼其本名，礼意在于崇敬父母为冠者所取之名。是谓“冠而字之，敬其名也！”这一程式到春秋时已经少见，战国以至秦、西汉，世事风雷激荡，这种一人两称的繁琐程式已经大体消失，或以变通形式取代，人多以本名现世。诸如苏秦因是洛阳人而承袭周礼，加冠时取表字“季子”者，已经很是罕见。东汉伊始，士绅贵胄的尊儒礼之风渐盛，本名外取字的古礼重新恢复，一时蔚为风习。这是后话。

见家人：加冠者以成人身份正式礼见所有长幼家人。

见尊长：加冠者以成人身份正式拜见乡老族长大夫或国君。

醴宾：主家宴请参礼宾客。

送宾归俎：送走宾客后，从陈设祭物的礼器（俎）中取出三牲干肉，按宾客人数分割成若干份，这便是“俎肉”，而后派家人将俎肉送到所有宾客家中，其礼意在于使所有的宾客都与加冠者同享上天赐予的恩德。至此，士冠礼完成。

两大礼程之外，尚有一个极为重要的部分要在预礼阶段熟悉，那便是各个环节的法定礼辞与动作程式。所有参与冠礼者，都必须事先熟悉这些礼辞，熟悉所有与己相关的动作程式，以在轮到自己参礼时言行准确如仪。譬如最要紧的“三加”之礼：第一次加缁布冠，授冠者须得右手持冠后，左手执冠前，双手捧冠高诵：“令月吉日，始加元服[1]！弃尔幼志，顺尔成德！寿考唯祺，介尔景福！”第二次加皮冠，要等受冠者卸去缁布冠并重新梳发后，授冠者以同前动作执冠高诵：“吉月令辰，乃申尔服！敬尔威仪，淑慎尔德！眉寿万年，永受胡福！”第三次加象征文事的爵冠，授冠者须得高诵：“以岁之正，以月之令，咸加尔服！兄弟俱在，以成厥德！黄耇无疆，受天之庆！”正宾向受冠者赐酒祝贺时须得高诵：“甘醴唯厚，嘉荐令芳！拜受祭之，以定尔祥！承天之休，寿考不忘！”德行主持者为受冠者赐表字时须得高诵：“礼仪既备，令月吉日，昭告尔字！爰字孔嘉，髦士攸宜！宜之于嘏，永受保之，曰伯某甫！[2]”如此等等繁琐细致，一有差池非但越矩违礼，且累及加冠者终生受人讥讽，是以司礼者都须得是精熟礼仪的德行之士。春秋时期的孔子声名大作，很大程度得益于他对各种繁琐古礼的精通。战国之世尽管

---

[1] 元服，元，头也首也，元服，头首之服，即冠。

[2] 伯某甫，此处为礼仪规定的代用语。古人排行，长子为伯，依次为仲、叔、季。伯某甫是一个不确定的表字，伯为排行，某为某个具体字，甫为对男子的尊称；第一字可以加冠者排行取代。

礼仪大大简化，然特殊人物的特殊礼仪也是不能草率的。

嬴异人的士冠礼正是如此。

秦昭王的加冠王书吕不韦事前并不知晓，旬日之间要预备好诸般礼前事务，便在熟悉古礼的太庙令也非易事，何况吕不韦一个商人。但是，吕不韦却没有丝毫难色而坦然奉书。照实说，吕不韦原本是处置繁难事务的罕见大才，二十余年大商生涯从来没有出过调度铺排之失。以西门老总事为首的几个商社老执事个个更是理事能手，陈渲莫胡也都是多经沧桑的女中奇能之士，士冠礼尽管繁杂细致且为商旅之士所陌生，却也难不住这班能事之才。一经商定大略，各方揣摩规矩之后井井有条的铺排开来，旬日之内竟是诸般妥当毫无差错，连专门前来襄助的太庙令一班属员也大为惊叹。

秋分这日，清晨分外晴朗，深邃碧蓝的天空挂着一轮嫣红和煦的太阳，可谓是秋高气爽。卯时首刻，一队骑士吏员护卫着一辆青铜轺车辚辚出了新吕庄北门，整肃地上了横跨渭水的白石长桥，不疾不徐地进了咸阳南门，从中央王街北上，终于进了王城最深处的太庙。

王城在整个大咸阳的中央正北。王城北城墙的背后是一片数百亩的王室园林，园林北面才是真正的咸阳北城墙。出得北门三里之遥，突兀拔起一道林木苍茫的高地，这是闻名天下的咸阳北阪。太庙坐落在王城北端园林的最高处，四面松柏森森终年常青，秦式宫殿的短飞檐从茫茫绿色中大斜伸出，远处看去直是靠着北阪高地巍巍矗立的天上城阙。这太庙虽只有一座主殿，不似王宫那般层层叠叠，然整体布局却是宏大简约深邃肃穆，任谁到此也会油然生出敬畏之心。

一过王城宫殿区进入苍苍园林百步，迎面是两柱黑色巨石立成的禁门。门内是太庙禁苑，任何人不奉王书不得入内。进得禁门百步，苍苍松柏与高达三丈的龟龙麟凤四灵石刻夹峙着一条十丈宽的黄土大道，尽头一座六丈高的蓝田玉石坊，正中镶嵌着“太庙”两个斗大的铜字。进了石坊，经过梯次三进庭院，便是巍巍然高踞于三十六级阶梯之上的太庙正殿。

当车马进入已经洒水净尘的黄土大道，遥遥一片冠带伫立在石坊之下。青铜轺车上的嬴异人低声问："前方一片何人？一个不识得。"车旁走马的吕不韦低声道："最前是公子父亲安国君，身后四人自东至西，分别是纲成君、驷车庶长、太庙令、太史令，其余人等皆太子府属员。你只记住父亲便是。"嬴异人目力颇好，远远看见为首冠带者胖大臃肿须发花白，与他少时离秦时的父亲判若两人，心头不期然一阵酸楚。

正午时分，"三加"礼成。待主持冠礼的驷车庶长赐嬴异人表字为"子楚"，太庙中一阵欢呼。吕不韦心下明白，这个表字只是变通之法而已。依照礼仪，表字是本名字意的彰显，不能与本名毫无关联。而"子楚"与"异人"恰恰风马牛不相及。这是他经过安国君嬴柱与老驷车庶长事先商议好的，为的是使异人在邯郸改的这个名字有名正言顺的依据，以使华阳夫人不至于说嬴异人在搪塞她。

表字确定，嬴异人饮了作为正宾的太庙令的贺酒，又郑重祭拜了祖先神位，冠礼车马辚辚出了太庙向太子府而来行见母礼仪。"见母"于平民冠礼原是简单，因其礼仪场所在家庙或族庙，受冠者只需将祭品中的干肉装入笾豆（形如豆状的竹器），提着下堂出东墙进入母亲的房屋拜见，献上干肉，母亲拜祭品而受之；冠者拜送母亲回房，母亲以成人礼回拜儿子，至此见母礼成。然对于嬴异人这般王子，冠礼在太庙进行而女子不入太庙，自然变通为回府见母。

车马驶入府前广场停稳，预先已经肃立等候在门厅外的太庙司仪一声高诵："冠者子楚回府见母——！"青铜轺车中的嬴异人被一名太庙令属员以赞冠者身份扶下车来，在赞冠者导引下肃然进府。太子嬴柱以主人身份礼请驷车庶长、太庙令与吕不韦等进入正厅饮茶歇息等候。

华阳夫人早已经做了精心准备，事先从甘棠园搬到了方便礼仪的第三进东厢大屋。听得府门外车马喧呼之声，华阳夫人早早站在了东屋大窗下。片刻之间，一人挽着笾豆进了庭院，一身土黄色楚服，头上一顶四寸黑玉冠，身材适中面色黧黑步履沉稳端正，除了秦人特有的细长眼睛与略显瘦削，堪称得英挺厚重。"此子强于乃父，天意也！"华阳夫人一声长嘘，软倒在了厚厚的地毡上。

"冠者子楚，拜谒母亲——！"太庙赞冠吏一声高诵。

华阳夫人端正了一番自己的头饰玉佩，在侍女搀扶下款款跨过门槛到了廊下，对着阶下庭院中跪地低头双手捧举笾豆俎肉的嬴异人，极是优雅地躬身一拜，口中柔和念诵道：“咸加尔服，我子成人。子今敬母，母以子福。”念罢，双手从嬴异人头顶拿过笾豆，轻轻一拍嬴异人肩头，楚语柔声笑道，“子楚，苦了你也。晚间娘与你说话，兄弟姊妹也晚来见礼，晓得无？”嬴异人叩头一拜肃然起身诵道：“承天之庆，子楚加冠。自今以降，孝悌立身。恭送母亲！”接着低头低声一句，“子楚晓得了，谢过母亲。”华阳夫人微微一笑，端正矜持地躬身回拜了两拜，亲切低语一句：“当心风寒，秋风凉了。”被侍女搀扶着转身进厅中去了。

“夫人侠拜，见母礼成——！”

侠拜者，夫妻间女子两拜之谓也。周礼：凡女子于丈夫行礼，女子拜两次，丈夫回拜一次，此谓侠拜。士冠礼中母亲以侠拜礼对加冠儿子，礼意表示母亲对加冠成人的儿子如对夫君一般礼仪。见母之后，冠礼车马辚辚进入王城，进行这次士冠礼的最要紧一项——见尊长。

远观王城，今日如常。然车马鱼贯进入巍峨的宫城石门，立即发现了车马广场与正殿区域的异常：两队斧钺仪仗整肃排列，一副六丈宽六寸厚的红地毡使通往正殿的三十六级蓝田玉台阶在秋日的夕阳下一片灿烂。更令人惊诧的是，殿口平台上的两只大鼎燃起了粗大的烟柱，在车马场遥遥看去，竟似紫烟袅袅如天上宫阙。一时间，非但嬴异人惊愕，连经常出入王宫的太子嬴柱与驷车庶长也大感意外。依着法度礼仪，非朝会与大典，正殿前大鼎不能举香。今日除了太子嫡子嬴异人加冠，国中并无礼仪大典，这大鼎举香仪仗红毡便分外有了一种庄重肃穆。

“冠者嬴异人觐见！赞冠大宾随同上殿——”

正在众人惊愕之际，三声长呼鼓荡回响，迭次从殿中传到高阶平台再传到殿阶，整个车马广场都被内侍们这种久经训练的尖亮声浪覆盖了。随着声浪，一名年轻内侍将嬴异人等领上了红地毡，及至高阶尽头，白发苍苍的内侍大老恰恰摇到了平台口，将参礼者们默默领进了大殿。这时，吕不韦才蓦然一阵猛然心跳。老秦王有可能在加冠之日召见异人，这是吕不韦能够预料到的。然则，老秦王会在正殿以坐殿大礼召见，却是大大出乎吕不韦意料之外的。老秦王以耄耋之年风瘫之身，已经多年不在大殿举行任何礼仪，今日竟能在王孙加冠之日亲自坐殿，其间意蕴实在大有揣摩处。更令吕不韦百味俱生处在于，他设想过种种晋见老秦王的情景，甚至想到过老秦王死前不会召见他，他将终生与这位使山东六国蒙受摧毁性劫难的雷电之君不能相见，唯独没有设想过会在咸阳正殿以大宾之身晋见老秦王……

“异人么？近前来，大父看看！”方入大殿，各人尚未以在冠礼中的各自身份行礼参见，殿中响起了苍老沙哑的笑声，一切礼仪都被这突如其来的随意湮没了。太庙令与驷车庶长眼神一交，分别向嬴柱吕不韦示意就座等待。

“大父！”嬴异人一声哽咽，大步上了王台。

“尚可尚可。”秦昭王眯缝起白眉下的一双老眼打量着肃然挺立的王孙，不禁一声叹息，“磨难成人也。子为人质二十余年，难矣哉！”

“大父当年质燕，于战乱中九死一生！异人小苦，不敢当磨难二字！”

“未逢战乱，未必小苦也！”秦昭王慨然一叹，“大父当年为质，尚有娘亲照拂。孙儿少年孤身，于强敌异邦居如囚犯，国无音书，家无亲情，衣食无着，逃生无门，便是庶民，亦为磨难，况乎王孙公子矣！”

“大父……”嬴异人扑地拜倒，不禁放声痛哭。

大殿中一片默然一片哽咽，眼见秦昭王两道雪白的长眉耸起，吕不韦心下不禁一跳。只怕嬴异人这临机动情要坏大事。正在忐忑之间，却见秦昭王长嘘一声亲切慈和地笑了：“异人呵，抬起头来，这厢入座，拭去眼泪，听大父几句老话。”嬴异人哭声立止肃然跪坐进王座右下长案，秦昭王苍老平和的声音在大殿回荡起来，“磨难成人，磨难毁人，成于强毅心志，毁于乖戾猥琐。子今脱难归宗，当以儒家孟子大师之言铭刻在心，将昔日磨难做天磨斯人待之。莫得将所受折磨刻刻咀嚼，不期然生出愤世之心。果真如此，嬴氏不幸也，家国不幸也！”

“大父教诲，孙儿永生不忘！”

“好！回头将你的质赵札记静心整理一番，大父可是要教人念来听也。”

“孙儿谨记在心。边读书边整理，刻写成卷上呈大父批点。”

秦昭王点了点头，目光瞄向殿中：“不韦先生来了么？”

吕不韦从最后排的大案站起肃然一躬：“濮阳商贾吕不韦参见秦王！”

“先生大宾，恕老夫身残不能还礼，敢请近前就座说话。”

立即有一名内侍将吕不韦导引到王台左下的长案前，恰在秦昭王左下六尺处与嬴异人遥遥相对。吕不韦就座抬头拱手行礼，恰与老秦王凝视的目光相对，顿时感觉到一股平和而又肃杀的深邃目光笼罩住了心神，素来沉稳的他心头竟是一震。

“先生于嬴氏有大功，老夫不敢言谢。”

“不韦不期而遇公子，稍有襄助，原是图谋与秦通商之私心，不敢居功。”

“先生坦诚不伪，君子之风也！”秦昭王拍案喟然一叹，“然先生因异人之故，于商旅业已耽延多年，索性在秦国做官如何？”

“不韦愧不敢当。”

“先生过谦了。从小官做起如何？”

“但能做事，我心足矣。”

“宣书。”秦昭王淡淡一笑，目光一闪瞌睡般眯缝了过去。

坐在王案左后侧的老长史桓砾站了起来，打开一卷念道：“秦王书命：义商吕不韦有大功于秦国王室，今任吕不韦上卿之职，襄助丞相总领国政，爵位待定。”

“异人谢过大父！”嬴异人兴奋难抑，作礼拜谢之后却见大殿中一片默然，对面吕不韦也是安坐不动，不禁愣怔了。正在此时，秦昭王睁开老眼笑了：“先生不接王书，可是有说？”“秦王明鉴。”吕不韦离案站起肃然一个拱手礼，“在下一介布衣商旅，图谋入秦经商，原本是看重秦国法度严明，商事诚信过于山东。唯其如此，商事耽延之后在下亦愿在秦国效力。然则，秦为法治大国，以事功为官爵依据。依秦国法度：不韦襄助公子，只对安国君府有些许功劳，而非对邦国有功，不当以高官显爵赐封。在下不畏高位，然却不想位非其功，是以不敢奉书，秦王明察。”秦昭王枯瘦的手指叩着书案悠然一笑：“先生之说也是一理也。然先生亦自认对太子府有功，做右太子傅如何？”吕不韦还是肃然一拱：

“太子傅为国家大臣，并非太子府属官，在下不敢奉书。”

“先生何其狂狷也！”嬴异人心头大跳，额头渗出了涔涔细汗。他虽久离秦国，却也知道大父老王的冷峻肃杀，吕不韦两次辞官且振振有词地驳回大父，非但自毁，且必然累及父亲与自己，当真是疯了！不行，我要说话！要以“期盼先生教诲”为名，替他接下太子傅。

“坦荡率直，先生有秦人之风也！”正在此时，秦昭王罕见地哈哈大笑起来，“先生便说，老夫该如何封赏于你？”

“在下愿从做事开始，修习秦法，以图日后事功而居高位。”

“好！先生可人也！”秦昭王慨然拍案，“本王书令：吕不韦为太子府丞，俸禄由王室府库支付。散……”一语未罢颓然卧案，一双长长的白眉顿时拉成了细长的缝隙，粗重的鼾声跟着在大殿荡开。

一班人出得王宫，天色已经全黑。依着士冠礼程式，接下来是最后一项，醴宾。但当太子嬴柱以礼相邀时，纲成君蔡泽却亮着公鸭嗓嘎嘎笑了：“安国君，老夫肚肠早瘪了也！冠礼可变通，还是各人自家回去咥饭实在。醴宾免了，俎肉回头送来便是！”几位大臣异口同声相和，嬴柱父子为难起来。吕不韦见状过来拱手笑道：“不韦方才已经受命做了太子府丞，此事听我如何？”嬴柱如释重负恍然点头：“对呀！我竟糊涂了，听先生处置便是！”吕不韦回身笑道：“诸位大人劳碌一日，冠礼醴宾只有干肉，还要如礼如仪地诸般讲究，如何咥得实在？大人们回府歇息用饭，俎肉由不韦亲自恭送上门。”蔡泽揶揄笑道：“好好好，吕不韦这太子府丞倒是做得像模像样也。告辞！”回身登车去了。老驷车庶长却沉着脸瞪了蔡泽一眼，回头一拱手道：“今日大殿拜官之事，实出老夫意料之外。望先生实言相告，何以不做上卿太子傅？”

“老庶长以为吕不韦大殿之言是虚？”

“虚不虚先生自知。老夫只是觉得委屈了先生。”

“老庶长恕我直言。”吕不韦肃然拱手，“在下决意入秦，是要在秦国站稳根基。不韦愿效白起事功得爵之风范，而不想以人得官。除此无他意。”

“好！当得秦人！老夫心安矣！”老驷车庶长高声赞叹一句，回身一拍嬴异人肩头，“子楚啊，小子有命，好自为之！”回身去了。

吕不韦正要拱手告辞，嬴柱却摁住吕不韦双手笑了：“先生已是自家人，忍心弃我父子独去么？”吕不韦笑道：“在下无他意，只是想依法度从三日后开始理事。”“不！”嬴柱压着吕不韦双手不容辩驳，“法不禁善。先生当自即刻掌事！走，你我同车回府！”不由分说拉起吕不韦上了青铜轺车。

太子府灯火通明中门大开，见嬴异人车马归来，门厅内外一声整齐地高诵：“恭贺公子冠礼大成！”吕不韦被嬴柱父子前后夹着进了正厅。灯烛之下宴席齐备，华阳夫人冠带玉佩礼服锦绣正在厅中肃然等候，见吕不韦入厅，过来行了两拜之礼：“先生功德，善莫大焉，嬴芈氏没齿不忘。”吕不韦连忙躬身一拜：“在下些许寸功，何敢当夫人拜谢？不韦已经是太子府丞，日后听候夫人差遣。”“如何如何太子府丞？晓得勿搞错了！”华阳夫人一连声嚷嚷，见夫君嬴柱连连眼神示意，回头高声大气一挥手，“府中上下人等都给我听好了：勿管先生何职何官，日后只许称先生做先生，不许叫府丞！谁但越矩，重重责罚！晓得无！”内外仆役侍女“嗨”的一声应命，华阳夫人这才回身恭敬笑道，“先生请！今日庆贺我子加冠，先生便是大宾，当为首座了。”吕不韦正要辞谢，见嬴柱连连摇手，无可奈何地笑笑，被华阳夫人亲自领到了东首与今日冠者嬴异人并排正座，嬴柱与华阳夫人却在西面两座主位陪了。

饮得三爵，嬴异人肃然起身正式拜见了父母。华阳夫人拭着泪水吩咐侍女捧来了一只铜匣，亲自打开取出一方晶莹的黑玉笑道：“子楚啊，这是奉书之日你父与母亲刻就的立嫡信符。左半归你，右半明日交王宫长史典藏了。”

“母亲！”嬴异人跪地再拜，双手颤巍巍接过玉符，端详着这只鹰形玉符上自己的生辰刻字、父母名讳与太子府徽记，不禁热泪盈眶。但为王子王孙，每人都有一方如此这般的身份玉符。所不同者，所有庶子玉符的右符都由家族做档保存，只向掌管王族事务的驷车庶长府报知登记即可；各家族嫡子的右符则须交驷车庶长府专档典藏；唯独太子嫡子的右符必须交由王室典籍密存，任何人不奉王书不得查看。这嫡子信符是他永远的血统身份，是将他与生母的血肉关联割开的法刀，如同烙在奴隶脸庞的火印一般永远不能磨灭。

“子楚啊，莫愣怔了。这厢才是母亲为你备下的冠日大礼，快来看了！”

嬴异人恍然抬头，这才看见华阳夫人正站在案后两口大棕箱旁向他招手，连忙起身走过去又是一躬：“子楚谢过母亲。”华阳夫人笑道：“忒多礼毋晓得累了？过来，打开，拿开苫布！”灯光之下锦缎灿烂珠玉夺目，嬴异人顿时手足无措。华阳夫人指点道：“这是四季楚服八套，连带八副荆山玉佩，都是正宗楚锦楚工了。来，穿上秋服，教你父亲与先生品评一番了！”说话间一个眼神，两名侍女从箱中捧出了秋服。华阳夫人同时利落地为嬴异人除去了上下通黑的冠日礼服，两侍女立即过来给嬴异人换上了一件土黄色的楚袍，挂上了一套晶莹温润的玉佩，大厅中顿时鲜亮起来。

“好！”吕不韦拊掌赞叹，“楚服楚玉，公子神气大增也！”

“果然鲜亮精神！不枉……”嬴柱突然打住了。

华阳夫人骤然红了眼眶道：“阿姐在天有灵，今日当安息也！”回头一抹泪水又笑了，“子楚晓得无？我拎得清，楚服虽好，做不得常服，咸阳终归是秦国，我儿终究是秦人了。只要子楚心里当真有我这个母亲，我也便知足了。”一番话说得珠圆玉润，眼中泪水却断线似的扑簌簌掉了出来。嬴异人看得心酸，躬身一拜慨然道：“子楚认祖归宗，自当尊天地礼法而克尽人道。若对母亲稍有不敬，天诛地灭！”华阳夫人带着泪水咯咯笑道：“好了好了，有心便好，何须当真一般了。来，我儿敬先生一爵！”拉住嬴异人到了吕不韦面前。

这场家宴直到三更方散。嬴柱要请吕不韦到书房夜谈，吕不韦坚执告辞，说三日后再来当值。嬴柱笑道：“理个甚事？先生莫将府丞当真，有事便来，没事多多歇息，日后有得大事做！”吕不韦笑笑也不回说，辞别登车去了。嬴柱送出大门回来，全然没有睡意，对华阳夫人叮嘱几句，将嬴异人唤进了书房。

“异人呵，今日大礼你做何想？为父很想知道。”

嬴柱靠着坐榻大枕，啜着滚烫的酽茶，打量着熟悉而又陌生的儿子，开始了二十余年来父子之间的第一次对话。嬴异人显然有些拘谨，思忖斟酌道："冠礼之隆，异人实在没有想到。父亲苦心，儿没齿不忘。"嬴柱摇头笑道："冠礼事是你大父亲定，并非为父安排。你质赵之时已经提前加冠，原本无须后补加冠大礼。你大父这般铺排，实在是用心良苦，你可揣摩出一二？"嬴异人一阵思忖终是摇头。"秦国之难，此其时也！"嬴柱长叹一声坐了起来，"大父之心，在于借你再次加冠大礼向天下、向朝野昭示：秦国社稷后继有人也！依着寻常法度，太子尚未即位，嫡王孙无须早早确定，更无须大肆铺排其冠礼。你大父所以如此，全在为父这个太子……"嬴柱哽咽一声，见儿子不知所措的模样，摇摇手示意他无须紧张，喘息一阵又平静开口，"为父身患先天暗疾，难说哪一日会撒手归去。你，才是秦国真正的储君。明白么？"

"父亲！"嬴异人难耐酸楚，不禁扑地拜倒哭出声来。

"起来起来。"嬴柱淡淡一笑，"秦自孝公以降，历经惠王、武王、大父四任三代雄强君主，方得大出天下。你大父之后，王子虽多，不见雄才。你伯父与为父先后两任太子，都是羸弱多病之身，以致你伯父病死于出使途中。为父虽挺到了今日，心下却是清楚，我时日无多矣！死生有命，寿数在天，为父不恨己身短寿，生平唯有一憾。"

"父亲何憾？儿一力当之！"

"为父终生之憾：身后诸子无雄强之才也。"

"父亲明察，"嬴异人顿时羞愧低头，"儿确是中才，有愧立嫡承统。"

"你中才倒是事实。然你秉性尚算平和，亦无乖戾之气，守成可也。"嬴柱又是一阵喘息，"为父要叮嘱你者，自今而后要预谋两事：一是寻觅强臣辅佐；二是务须留下一个出类拔萃的儿子！否则，弱过三代，秦国要衰微了。"

"强臣之选，父亲以为吕不韦如何？"嬴异人精神陡然一振。

"试玉之期，尚待后察。"嬴柱啜着酽茶恢复了平静，"你大父曾密书黑冰台，备细查勘了吕不韦，以为此人弃商助你，显然是要图谋入政。秦国渴求大才，然大才须是正才，如商君如张仪如范雎，益多益善也！

若是只求高官而不务实干，抑或虽有小才而无正性，譬如甘茂身兼将相权极一时，却促成武王轻躁灭周而横死洛阳，此等人为害也烈。吕不韦究竟何等人才，你大父显然并未吃准。今日大殿三封两改，你不觉其中奥妙么？”

“父亲是说，大父在试探先生？”

“为君难矣！”嬴柱喟然一叹，“求才须防伪劣，庙堂须防奸邪，雷电杀伐，春雨秋风，法度权断，机谋节操，缺一破国丧庙也。难乎难乎，不亦难哉！”

“父亲明彻如此，如何要灭自家……”

“明彻？你说为父明彻么？”嬴柱一阵大笑，“异人啊，记住了，当国莫怀旁观之心。为父时而能说得几句明彻之言，根由便是没有当事之志，而宁怀旁观之心也。隔岸观火，纵然说得几句中的之言，又有何用？”

嬴异人低头思忖。嬴柱喘息不语。良久默然中，父子两人谁也没有看谁，眼眶却都是湿漉漉的。绵绵秋雨已经在黎明最黑暗的时刻刷刷落下，城头刁斗和着雄鸡长鸣回旋在茫茫雨雾之中。嬴异人终于站了起来，将父亲背回了甘棠苑，对着始终在灯下等候父亲的母亲深深一躬，转身大踏步去了。

第八章 风雨如晦

一　天人乱象　三策应对

秦昭王五十六年五月，一场老霖雨将秦川没进了茫茫阴霾之中。

老霖雨者，绵绵长雨也。《左传》云："凡雨，三日以往为霖。"自古以来，秦川之地多有风调雨顺，然春夏之交与秋冬之交每每总有几日霖雨。若是时节得当，这老霖雨可成天赐佳雨。譬如三月八月的末旬霖，恰逢春耕秋收方罢麦谷播种已了，几日霖雨自是妙极。然若时节不当，老霖雨又是大大的灾异。今岁一进五月，天便燠[1]得出奇。风不吹树不摇四野山川寂静呆滞得石雕陶俑一般，唯有烘烘热浪裹着渭水的蒸腾湿气漫将过来，田间耕夫坊间工匠，官署宫殿的大臣吏员，终日皆是一身黏糊糊汗水，动辄气喘如牛，闷得一颗心总在胸口突突跳。老秦人将这种怪诞天候叫做"天魇"，说是上天被噩梦镇魇得没了气息。在老秦人惴

[1] 燠，热或暖。今音读 yù，古音读 òu。秦地古方言将闷热叫做"燠"（òu）。《诗·唐风·无衣》："不如子之衣，安且燠兮！"

惴不安心惊肉跳的当口，初旬末夜的三更时分，天际乌云密布，刷啦啦的雨幕笼罩秦川。从此一发不可收拾，停停下下下下停停日日夜夜地直扯到六月初才收住了淅淅沥沥的雨声。云开日出之际，渭水变成了滔滔巨川，关中变成了一片汪洋，遍野金黄的麦浪在白茫茫的水雾中变成了绿森森野荒荒的草苗，村社房倒屋塌，场院千疮百孔，极目四野，无边萧疏。冷冰冰的六月，关中老秦人纷纷将秋冬时节的皮袍绵袍布夹袍胡乱上身，一边从破损的粮囤中挖出残存的豆芽一般的陈年五谷填充辘辘饥肠，一边默默聚向村社祠堂或里中最大的场院，勒紧鞶带期盼着从泥水中趟回来的亭长里正带回官府的应灾政令，尽快带领他们离村救荒。

秦法治灾不赈灾。这是老秦人都知道的法程规矩。但有天灾，王室官府从来不会打开官仓发放五谷救济饥民，也不会开放王室园林准许饥民狩猎采摘。其法理是：无偿发粮即国家赏赐，而灾民无功获赏，为国家立功之士会被人看轻，民人事功之心会轻淡。自秦孝公商鞅变法之后，秦国历经惠王、武王、昭王三君，都牢牢恪守了这一法令。

虽则如此，绝不意味着秦国对异常灾害无动于衷。对于灾害，秦法的主旨是“治”。所谓“治”，是在灾害发生之时，官府立即颁发应对政令，而后由灾区的亭长里正们带领民众族人到未曾受灾的山林中狩猎自救，或到官府指定的生地垦荒自救，使民经过辛苦劳作而度过饥荒灾难，避免民因不劳获食而成惰性。治灾之要义，是民人不得私相逃荒而致民力流失，须在官府政令之下由乡官率领实施。否则，连坐法令会使邻里族人一体同罪。法度虽然严厉，老秦人凛然遵守毫无怨言。此中根基在于两条：其一是秦法公平，法不阿贵，老百姓乐见贵胄官吏与他们一体同法；其二是官府敬事，政令快捷，对天灾人祸之应对历来都是全力以赴。当世秦川谚云：“治灾苦，食果腹。赈灾谄，受活散[1]。”说的正是这治灾比赈灾长人志气，使人精气神奋发不散，如同治病之苦口良药。

依着商鞅变法后百余年的法度规矩，每遇灾异，官署吏员会立即捧

[1] 谄，秦地古方言，流传至今，意为舒坦。受活，秦地及北方古方言，流传至今，为古语“受用”之转，意为享受、得益。《周礼·天官·大府》：“颁其货于受藏之府，颁其贿于受用之府。”

着书令驰进村社星夜部署治灾生计，根本无需乡官们来回奔波。然则，今岁如此涝灾，吏员非但不见踪迹，亭长里正们泥水奔波郡县官署，掌事官员们也是手足无措，只愁眉苦脸一句话：“诸位父老但等两日，官府书令只在迟早也。”

出事了！

老秦人终于不约而同地生出了一种不祥预感，尽管秦法不许妄议国事，各种传闻还是在市井巷闾山乡村社悄悄流传开来。人们当头想起的，是老霖雨中流传的一支童谣：“东南风止，鹑首天哭，太白失舍，缩三盈一。”这支童谣的后两句隐秘晦涩得谁也不解其意，然仅是显然已经应验的前两句，已经足以听得老秦人心惊肉跳了。这头两句说的是五月初那阵子天魇无风，最终引来了一个月的老霖雨。按照星象分野，“鹑首”是雍州秦地，“鹑首天哭”自然是秦国老霖成灾。后两句虽然难解其意，老秦人却确信不疑地知道说的是秦国之事，而且十之八九不是好事。太白星是接近太阳的大星，属西方，主肃杀之秋。太白星出现之后（即进入某地视野），运行二百四十日隐没，其间经过在二十八宿中的十八宿（舍）的停留；若该当出某舍而不出，该当入某舍而不入，谓之“失舍”，是运行失常。太白失舍，所主方向有极大忧患。有通晓星象的士子说，老霖雨前太白曾经隐没三日又短暂出现一夜，而后至今不见太白出入，这是失舍。至于“缩三盈一”，却是众说纷纭。有人说这是指秦孝公以来的国运盈缩。有人说这是日后的事情，天机岂能预泄？有人说童谣无欺，只怕恰恰要应在眼前。说者听者各执一词，谁也说不透谁也不服谁，却都不约而同地以为不是好事，秦国要熬煎了。在人们压着嗓门为童谣天象争辩不休的时候，一个更为惊人的消息在立秋这日传遍了朝野：陇西天崩地裂，山陵倒溃，死人无算！天崩者，陨石雨也。地裂者，大地震也。山陵倒溃者，高山洪水与泥石流也。陇西原是老秦人立国之前的根基之地，而关中则是老秦人立国后的腹心之地，如今根本与腹心同时突遭毁灭性大灾异，老秦人委实震惊了，市井村社顿时一片沉寂。大劫难结结实实地发生在眼前，任谁也不用揣摩吉凶预兆了，人们再也无心争辩甚个童谣天象，只铁青着脸默默等待着那个谁也无法预料而谁都有着隐隐预感的更大噩梦。

谜底终于揭晓。

六月初三黎明，洒扫庭除的市人最先看见一辆辆麻衣轺车急如星火般驶出王城，飞出咸阳四门。接着，王城城垣立起了三丈多高的巨大白幡。到得卯时太阳挂上东方山巅，一队队斧钺甲兵护卫着一个个宣令吏开到了咸阳四大城门，张挂起盖着咸阳内史鲜红大印的白布书令——

老秦王薨了！

令人诧异的是，咸阳大都反倒是异常的平静了。国人非但没有大放悲声，反是长长地出了一口气活泛了过来。灾异应验了，事情明白了，人们反而不慌了。蜗居噤声的国人出门了，歇业三月的民市店铺悄悄开张了，乡野农夫也匆匆进城了，咸阳四门的进出人群昼夜川流不息。一时间粟谷布帛盐巴的价格悄然大涨，三五日间出现了亘古罕见的大闷市。噩梦终于揭晓了。被灾异饥荒流言折磨得几近窒息的庶民们的心却踏实了。老秦王崩逝固然事大，然辘辘饥肠总要填充，倒塌的房屋总要修葺，淤泥封死的土地总要翻开，来年的生计总要着手操持，荒了夏不能再荒了秋，庶民百姓总要过日子才是。官府要行国丧大礼，显然是顾不得治灾救荒了，老百姓若再闷声扛去，岂非饿着肚子等死？人同此心，心同此理，素来厚重守法的老秦人第一次不再等待官府政令，我行我素地自救了。

大闷市一开，山东六国商贾聚集的尚商坊当即热闹起来。

依着战国邦交惯例，外国商贾不受所在国国丧大礼的束缚，原本可以径自开市。然秦为天下第一强国，动辄寻衅攻打山东，在秦的六国商人们历来分外谨慎，生怕给本国招来兵灾大祸。唯其如此，在秦国灾异频仍的几个月里，尚商坊的六国商贾们都淡漠以对，不收市也不张市，只坐等上门者交易。如今谜底揭晓，六国视同天煞星一般的老秦王死了，秦国百姓不顾国丧大礼而竞相涌市，出现了天下罕见的大闷市，六国商人如何不大喜过望。各国商社根本无须商议，立即打出“救灾义卖”的幌旗，不约而同地压低物价大贱卖，并破例开了早已消亡的以物易物的老市，将潮水般涌进咸阳的老秦饥民从秦商民市一举吸引了过来，卷起了更大声势的抢购互易大闵市。

消息传入王城，正在服丧的老太子嬴柱大为惊愕。

一番思忖，嬴柱当即召来咸阳内史[1]并大田令、太仓令、大内丞、少内丞、邦司空、廷尉、官市丞等一班相关大臣紧急商议应对之策，同时从太子府召来嬴异人听议。谁知议得三个时辰，依旧莫衷一是。内史嬴腾主张，立即捕拿乱民交廷尉依法问罪。冷面老廷尉直摇白头，说此次饥民闵市实属异常，不背法不悖理，若大举捕拿只怕后果难料，只宜交各经济官署合力处置为上。一班经济大臣议论两分，大田太仓大内少内四位大臣认定，官仓钱粮物法定不赈灾，只能移民进南山垦荒自救。邦司空与官市却认为此举远水不解近渴，目下不妨以静制动，听任秦人疯购于尚商坊，权且当做六国代秦赈灾，以度一时艰危。此论一出，内史嬴腾立即愤然高声："甚个味道！听任秦人疯购，大秦颜面何在！宁可大开官市，低价抛出官仓货物，也不能教六国坏了我民心！"执掌仓储的太仓令冷冷笑道："内史说得何其轻松？且不说国仓无法承受，纵是有如山存货，低价抛出实与违法赈灾无异，乱法之罪谁来担承？"

眼看纷争不休，老长史桓砾走过来在嬴柱耳边轻声说了几句。嬴柱恍然拍案："懵懂也！如何忘了这两位？诸位且回各司其职，异人留宫听议。"转身对老内侍一招手，"立即召纲成君与先生入宫，我在东书房等候。"

片刻之后，正在忙碌操持国丧的蔡泽匆匆赶到了王宫。接吕不韦的辎车却空着回来了。老内侍回报说，先生三月以来很少到太子府当值，今日倒是来了，点过卯出门一直未归，他已留言太子府，一俟先生回府立即送进王宫。

"既然如此，先请纲成君对策了。"嬴柱回身对蔡泽肃然拱手。

"目下之乱象，老臣深以为忧！"蔡泽铁青着脸色愤激慷慨，公鸭嗓嘎嘎回荡，"自古以来，不许赈灾之国法未尝闻也！我计然派虽精研经邦济世之学，然对大灾之救，亦不能做无米之炊！老臣之见，目下国人板

[1] 内史，周官称谓，战国秦沿袭名称，执掌京师政事。

荡，唯以亘古王道解之：其一，即刻颁行特急王书，开秦川与南山二百里王室禁苑，许民狩猎采摘自救。其二，即刻打开秦川与陇西三座国仓，依郡县料民之数，定量发放粟谷：男丁百斤、女子八十斤、十六岁以下少年五十斤。如此数量之五谷辅以狩猎采摘，当可撑持到来年夏熟。其三，立即开镐仓发放麦种，令郡县吏员急入村社部署：庶民一半狩猎采摘以自救，一半开田秋播，决然不能荒了大田！其四，当即修法，立国府赈灾法颁行朝野，以安民心。如此四条，太子若能决而行之，秦国可安也！”

嬴柱长叹一声，良久默然。

蔡泽看看嬴柱踌躇沉吟的愁苦相，不禁一腔酸楚，无可奈何地长嘘一声：“太子已是事实秦王也！如此举棋不定，忍看国丧民乱乎！”嬴柱陡然浑身一震，正要拍案，一直凝神倾听的嬴异人突然开口道：“子楚以为此事委实太大，君父该当持重为是。纲成君之策与方才之议大同小异。其间难处依旧在三：一是太仓令说国仓粮货不足以支撑赈灾，不知纲成君对国仓存储量是否心中有数？二是公然赈灾违背百年秦法，若无妥善处置，只怕是饮鸩止渴，后患更大。三是仓促修法是否妥当？秦法稳定百余年，秦人对治灾不赈灾并无怨言。目下之乱，始于官府因大父弥留之际全力戒备，而未能及时治灾，并非不赈灾引起乱象。此间难处如何权衡，尚请纲成君三思才是。”

“公子之论大谬也！”蔡泽慨然拍案，“民乱始因，固为未全力治灾，然目下事实已耽延变化，陷于不赈灾便不能治灾之两难境地。公子做名家词义之辩，实非其时也！”

“且慢且慢。”嬴柱苦笑着摇摇手，“纲成君，秦国各仓究竟有几多粮货？”

蔡泽不禁愤然红脸：“主君明察：老臣不掌相权，如何查勘！”

一言落点，嬴柱顿时尴尬。蔡泽的相权早在几年前太子府立嫡时被父王下书交由他这个太子统摄。蔡泽居高爵而无实事，本来就愤懑不已牢骚不断。父王新丧威慑不在，蔡泽倚老卖老自然要找机会“提醒”，自己竟生生撞将上去，问出一个本该由自己回答的难题，实在是自讨无趣。

然当此危局，嬴柱自知不能斤斤计较，歉然苦笑道："无心之言，纲成君莫得上心。子楚，即刻召回太仓令问对。"

正在此时，老内侍走过来道："禀报主君：先生书房外候见。"

"我迎先生！"子楚陡然振作，霍然起身大步出了书房。

吕不韦匆匆走进，风尘仆仆汗水津津，一身厚重的国丧麻袍也是皱巴巴沾满了泥水脏污。蔡泽不禁大皱眉头："先生素来整肃，纵是无爵吏员，何当如此有失检点？"口吻之揶揄显然带有几分刻薄。吕不韦浑不在意，只接过子楚递过来的温茶大饮几口，坐进了蔡泽左下丈余的末位案前。嬴柱一指与蔡泽座案平行的子楚座案道："先生莫拘常礼，这厢入座。子楚另案。"吕不韦正要辞谢，却被子楚不由分说扶了过去。待吕不韦坐定，嬴柱关切问道："先生莫非来路翻车？要否太医诊治？"吕不韦拱手作礼道："谢过主君。三个月来，不韦走了秦川二十六县，又连日去尚商坊挤抢，些许脏汗而已，身子并无关碍。"嬴柱不禁悚然动容，拍案慨然一叹："举国惶惶，先生独能入乡查勘，难矣哉！若有应对良策，先生但说无妨，勿得任何禁忌。"

"国难当头，不韦自当言无不尽。"吕不韦回头对着蔡泽一拱手，"纲成君经济大家，愿先请教君之长策，不韦斟酌襄助补充可也。"虽然因国丧而没了脸上那一团春风的微笑，吕不韦的口吻却是柔和谦恭的，显然是要蔡泽明确地知道：吕不韦清楚自己尚是吏身，对纲成君这般高爵大臣是敬重的。

"老夫有甚长策，一番老论罢了。你若愿听，老夫再说一遍何妨。"蔡泽原本对吕不韦接受太子府丞这样的吏职大有不屑，此刻见吕不韦对他的敬重比白身商旅时还进了几分，心下颇觉受用，不禁也大度豪爽了起来，大咧咧一摆手，将自己的王道赈灾对策又说一遍，末了敲着长案加重语气道："三代无定法，国难当变通。若墨守成法而不开赈灾之例，秦国危矣！"

"难处在这修法赈灾，先生以为如何？"

"纲成君，恕不韦直言：目下最不能做的一件事，正是这修法赈灾。"吕不韦从嬴柱的殷切目光中看出了这位被灾异国丧折腾得疲惫不堪的新主的期盼所在，但他却没有回应这位新主，而是直截了当地面对蔡泽开了口。

“岂有此理！因由何在？”蔡泽顿时红了脸。

“不韦初入秦国，想多多揣摩秦人法令风习。适逢太子府事务井然有序而无需过问，不韦从四月游历秦川，直到老霖止息方回。”吕不韦平静得讲述故事一般，“据实而论，秦国灾情大体三等：关中西部之雍城、虢县、陈仓多山塬，涝灾稍轻，民失囤粮当在三四成上下；自郿县以东至栎阳以西，关中腹地平野受灾最重，民失囤粮当在七八成上下；关中东部之平舒、下邽、频阳并洛水诸县，受灾稍重，民失囤粮当在半数上下。陇西上邽地裂，死人两万余，然草场牲畜却无伤损，存活人口之生计已经由郡县大体安置妥当，并非大患。目下之危，唯在关中。关中之危，七八成在人心浮动，三两成在生计之忧。”

“笑谈！”蔡泽冷冰冰插断，“久雨久水，房倒屋塌，囤粮随波逐流，此乃常情！足下几成几成之算，何见得不是故弄玄虚？”

吕不韦依旧平静如常：“纲成君所言之常情不差，然秦人却有非常处。秦自孝公商君变法百余年，关中庶民尚耕尚战勤奋辛劳，纵是小户，存粮亦过三年。秦人之非常处，是经年备战之下生出的囤粮之法。秦人囤粮不在家居庭院，不在草席之囤，而在山洞石窖；山塬之民囤粮于石洞，平野之民囤粮于石窖；家中所囤者，半年粮也。此等藏粮风习，若非雨涝大灾时不韦跟随民人入山排水护粮，只怕也不知实情。”

“对也！”嬴柱恍然拍案，“如何这茬也忘了？洞窟藏粮，那是老秦人久战陇西，未进中原立国时的老规矩。没错！”

“既有此等牢靠囤粮，民心何以浮动？国人抢市岂非刁民寻衅？”

“不。人心惶惶乱象在即，是为不争事实。”吕不韦叩着书案，“然根本因由不在所余口粮几多，而在官府治灾滞后，庶民眼见秋播无望而大起惶惶！唯将根由分清，处置之法方能妥当。”

“足下是说，民非饥荒，唯地饥荒，不救民而救地？”

“民要救，地要救，国更要救。然救法须得对症，否则事与愿违。”

“好也好也。”嬴柱皱着眉头摇摇手，“纲成君对策已明，该先生倡明谋划了。”

“但凭主君，老臣洗耳恭听。”蔡泽冷冷一句捧起了茶盅。

“在下之见：今岁民乱乃多方纠葛而成，非纯然救灾可了，须一体治之方能见效。”吕不韦始终以吏身自称，平静的口吻中却蕴涵着坦然自信，“不韦谋划只有三句话：新主即位称王，官府治灾救地，商战救民安国。但做好三事，秦国可安也。”

“且一句句说来。”嬴柱大是困惑，“父王尚未安葬，如何能即位称王？”

“即位称王之要义，在于振奋朝野示强六国，不能以迂礼自缚。”

“称王，老夫却是赞同！”蔡泽陡然“啪！”地一拍案。

嬴柱惊得心头一颤，皱着眉头挖了蔡泽一眼，片刻默然，叹息一声道：“非常之时也，非常之法也。即位便即位，此事交纲成君筹划。”

“父亲明断！”嬴异人大为振奋，霍然起身走到吕不韦座前，“先生说不能修法赈灾，却要商战救民，定有甚个奥妙，盼能赐教。”

“公子谬奖也，说不得奥妙。”吕不韦一拱手道，“秦人之乱起于抢市，抢市之因在于山东商贾贱价抛物。贱价成市，并非六国商贾发兼爱之心代秦赈灾，而在图谋大榨秦人之市力。更要紧者，六国商贾随时可能陡然抬价。一旦贱市变贵市，愤愤秦人可能立时民变，杀戮外商捣毁尚商坊，如此必激怒山东六国愤然合纵，趁我国丧攻秦。”

“先生大是！”嬴柱不禁悚然动容，“索性关闭尚商坊！”

“商战商决。目下秦人需要六国商贾，强行关闭尚商坊，无赈饥民若逃国避荒，则更伤秦国长远大计。”吕不韦起身肃然一躬，“不韦请于半年之内暂领官市丞一职，与六国商贾一决商战之道。”

“好！先生出马，商战无忧！”嬴异人抢先一句，一瞄父亲却突然噤声了。嬴柱肃然起身整衣深深一躬：“先生救民安国，请受嬴柱一拜。”回身命一直在旁肃立的桓砾，“长史下书：一年之内，举凡秦国经济官署悉听先生密行号令，钱财物之调遣不受限数，违者视同上抗王命之罪！”吕不韦肃然一躬道：“主君信得不韦，不韦不胜感念。然太过彰显未必成事，不韦一不调遣国库钱财，二不掌诸多官署，只一个官市丞便可。”旁边蔡泽却嘎着公鸭嗓长长一叹："天公昏聩也！阴差阳错也！"嬴柱脸色不禁一沉："纲成君以为不妥么？"蔡泽兀自摇头晃脑地嗟叹："老夫终生欲操经济实权，却是脱不得徒有虚名之风光！某生分明志在政事，却总是脱不开个钱粮支付。谋事者不得事，谋政者不得政，奇哉怪哉！敢问我君，上天公道么？"嘎嘎公鸭嗓尚在回荡，偌大厅堂哄然爆出一声大笑，又一齐捂着嘴噤声。

走出门厅，吕不韦压着笑意低声道："若非国丧，得灌君几坛！"蔡泽哼哼一声冷笑："你心舒坦，老夫憋闷，恕不奉陪！"转身摇到自家车边去了。吕不韦顾不得理会，径自匆匆走出宫门上马去了。

二　咸阳大市爆发了惊心动魄的商战

三日之后，咸阳举行了隆重的新君即位大典，太子嬴柱即位称王，史称秦孝文王。

特急王书星夜颁行郡县山乡，晓谕国人"新王当承先王之志，力行秦法强国之道，凡我大秦臣民，皆当戮力同心勤奋治灾奉法耕战，勿得懈怠！"王书的最后一行是"邦国灾异，先王国葬延迟于秋种之后，大黼免行，民耕不服丧，国人体察之"。随着王书，非但郡县官吏匆匆赶赴关中受灾村社，便是咸阳国府的一班经济大臣，也在纲成君蔡泽统领下悉数赶赴郡县官署督导治灾。

王书官吏接踵而至，关中老秦人精神顿时一振。

谁都知道，天下万事国丧为大，更不说老秦王这般战国在位最长的明君英主薨去，理当更为隆其葬礼了。魏国那个魏惠王在位年数比老秦王还少着几年，丧葬大铺排惊动天下。其时魏国暴雪异灾，大雪深及牛眼，大梁不少城墙也被压垮，根本无法出葬。魏国新王（魏襄王）非但不思救灾，反而征发民众修筑栈道，要数万精锐的"魏武卒"轮流抬惠王灵柩进山。若非惠施冒险智谏，说天降大雪是先王思念大梁魂灵盘桓不去，该当留住先王灵柩待来春安葬，魏国庶民便要大大受苦了。两厢比较，秦国新王奋然即位行政，将国葬延迟到救田秋播之后，且将服丧官员大半差遣到山乡村社治灾，原本已经是开旷古之先例了。然更令老秦人暖心的是，民耕不服丧与大酺免行这两条。“民耕不服丧”，是秋播耕作期间百姓不用穿戴累赘的麻衣丧服。“大酺免行”，是免去了举国痛饮大咥以庆贺新王即位的大礼。大酺，原本是春秋之前的古礼。其时酒肉稀缺，寻常时日不得饮酒食肉，国有大喜之事，天子方才下书赏赐朝野臣民大吃大喝一顿，是为大酺。就实说，大酺之日天子只象征性地赏赐些许酒肉给诸侯。到得村社乡野，一片肉一碗酒也不会有了。然大酺既为国之大礼，庶民百姓又不能不行。于是，痛饮之酒与粮肉菜蔬便要村社自筹，实际是老百姓自家吃自家而已。战国之世大酺虽不再拘泥，然在新王即位这等大事上，各国大体上还是要国人大酺庆贺的，形式也依然与古礼无异，仍然是老百姓自家吃自家。如此一来，大灾之年若行大酺，百姓自是苦不堪言了。如今新王将这虽属虚应故事然却是即位大礼不可或缺的“赏赐”也给免了，分明是体恤村社灾后乏粮乏货，庶民岂能不思之念之。感奋之下，秦川庶民闻书即动，连夜举着火把下田开泥松土。次日清晨，各村社的牛车队便拉着凑集起来的各色土产拥向咸阳大市，要换回农具食盐与最要紧的麦粟菽[1]种子。

谁料这一夜之间，咸阳的尚商坊大市陡生波澜，粮价物价一夜飞涨，种子价更是惊人！昨日还是一皮一石粮，一钱一只铧，依着今日行情，一里凑集的百十张熟牛皮才能换回一石种子，五十枚秦半两钱才能买来一只铁铧头。

老秦人怒不可遏！叫骂奸商的喧嚣声浪淹没了整个尚商坊。不知谁个一声喊打，愤怒的人群潮水般爆发，飓风般卷进店铺货棚砸了起来。六国商社的东主与大执事们却一个也不闪面，只有小执事领着仆役们拼命关门收货，一时之间，十里尚商坊前所未有的大乱。

---

[1] 麦粟菽，麦，小麦与大麦；粟，谷子，脱壳后为小米；菽，黄豆。战国时都是关中主要的秋播作物。

正在此时，一阵低沉犀利的牛角号响彻大市，一队护市铁骑簇拥着一辆轺车直冲尚商坊的市令台下。立即有人高喊起来：“官市巡市了！举发六国奸商！”声声传开，愤怒的老秦人们轰隆隆卷了过来，高喊着：“奸商抬价！依律腰斩！”将市令台围得水泄不通。

号角又起，一个精瘦黝黑的中年人利落登上高台。人海一片惊天动地的声浪：“官市行我秦法！没收奸商！腰斩奸商！！”接连三声静军长号，人海才渐渐平息下来。精瘦黝黑的官市丞洪亮苍劲的声音回荡开来：“老秦人听了：没货腰斩，是秦法对秦商。六国商贾乃客商，不能以秦法治罪！这是商君老法，行之百年，我秦人不能乱法哄抢，更不能砸店伤人，但有违犯，依法严惩！”人海一片死寂，显然的愤怒化成了清晰可闻的粗重喘息，猛然有人高喊：“奸商坑秦！天理不容！法不行理行！”立即有人接喊：“甚个官市！新王救灾，容得你袒护六国奸商！”眼见人海骚动，精瘦官市丞连忙插断高喊：“商事商治！本官市得报：咸阳百家秦商联手，南市大开！种子农具六畜应有尽有，国人只到南市买货，莫误了抢种大事！”人群静得片刻，骤然山呼海啸般呐喊一声“万岁！”隆隆拥出尚商坊，拥向毗邻的咸阳南市。

咸阳南市，实际是秦市中最大的农市。

“南市”之名，是老都城栎阳时便有的。秦人感念商鞅变法时在栎阳南市徙木立信而开新法，在迁都咸阳之后，仍将这片坐落城南的大市叫做了南市。南市与商街不同，紧邻城墙，占地方五里，没有店铺而只有连绵不断的各种货棚，雨天可拆晴天可撑，牛羊马匹等六畜可直然轰赶到市内货棚下交易。虽是粗放，却最是适合农家交易，渐渐变成了与城内长街商家不同的农市。尚商坊在东南，南市在正南，中间隔着一片两百多亩地的树林。这片树林原本是南市的六畜交易地，六国大商们不耐其臊臭弥漫，屡次与秦国官市交涉。张仪为相时要连横破合纵，为了吸引六国商贾，下令将六畜交易地内移，原地种起了一大片苍苍林木，将南市与尚商坊隔开。秦法虽从来没有过不许六国商人进入南市的禁令，但六国商贾却因鄙视南市粗俗村臭，从来不入南市设棚。于是，这南市成了秦国农事商人与南下的林胡匈奴商人的集中地，以物易物的交易方式在这里大行其道大得其乐，活生生一幅远古交易图。老霖雨以来，胡地商人南下受阻，关中秦人陷于泥泞，南市货棚收敛，行市大为萧条，才将老秦农人逼进了平日极少涉足的尚商坊。如今听说南市大开，当真是大喜过望，丢下六国商贾潮水般涌进了南市。

今日南市大非寻常。人潮一近市门，便有官市吏员沿着人群来路飞步高喊：“粮货天天有！鱼贯进市！勿得挤撞！”老秦人奉公守法已成习俗，见官府吏员如此敬事宣法，更听说粮货天天有，蜂拥漫来的人海没了慌乱渐渐整肃起来，放慢脚步礼让老幼，缓慢有序地鱼贯进入了南市高大的石坊。石坊口又有吏员轮流高喊：“进市者依次买货，而后由南三门径直出城！给后来者腾地，勿得逛市逗留！”进得市内，各色货棚连绵回旋，一应农家物事如山堆积，铁铧头粗海盐便宜得与六国商贾大贱卖时一般价。更有两样令人心跳，那露天六畜市的胡地牛羊驮马一眼望不到尽头，斗大红字标明各色种子的粮柜满当当金灿灿晃人眼目。但凡农人，一搭眼便看出这等饱满干燥的颗粒决然是上好的种子。

市内每座货棚外都站着两个官市吏。一个吏员向不断进棚者每人发放一只盖着火漆印记的白色竹牌，一个吏员反复高声叮嘱：“官市有令：以白竹牌烙印为凭据，每人可进市三日！粮货足量，无须惊慌。”货棚内更是不同寻常，种子与粗盐两种人人必买者都是打好的粗麻包，种子百斤一包，粗盐五斤一包；犁铧耒锹镢等农具，则一律拴着一根便于携带的粗麻绳；进市者自己带来货换货的物事，则商家一律不还价，只按老秦人一口开价为准；以钱交易者，则无论钱之国别种类一律照收，若有家藏祖传之古钱，则以主人一口价以秦半两折算。如此等等，道道关口有疏导有法程，买卖流水般快捷顺当。暮色降临之时，南市人海已经消散，空荡荡的货棚只剩下了瘫软在地大喘气的官市吏员与商家执事。

“呜——”的一声牛角号，南市中央的市令台传来精瘦官市丞熟悉的洪亮号令：“白日当值者撤出！夜来当值者进市，清棚上货——”随着号令，白日吏员执事们拖着疲惫的双腿蹒跚挪出了各个货棚，聚集到南城墙根下几座冒着炊烟的帐篷去了。另有一队队精神抖擞的吏员执事从帐篷中拥出，提着风灯大步匆匆地散进各个货棚，清理白日狼藉，收拾修葺破损，叮叮当当一片忙碌。一弯新月刚刚挂上北阪林梢，队队牛车连绵不断地川流进市，火把风灯伴着隆隆车声，直是大战前的军营一般。

朦胧月色下，一辆垂帘辎车轻盈地飞进了南城墙下的帐篷区。

辎车在一座灯火通明的大帐前咣当刹住，车帘刚刚掀开，精瘦的官市丞匆匆大步到了车前一拱手道："吕公来得及时，在下正欲就教。"一身本色麻布长袍的吕不韦推开了官市丞要扶他下车的手，搭着车厢一步跳下笑道："足下倒是精明，我想暗自踏勘一番也不行了。"官市丞嘿嘿笑道："在下军辎营出身，车马声瞒不过我。吕公请！"

进得大帐，吕不韦见中间一张大案上两名吏员正在埋头拨着算柱清账，笑问一句："今日进账如何？亏了盈了？"官市丞顿时没了笑意，挺身拱手道："禀报吕公：今日亏十万钱上下。在下以为，当调出官市库金支撑，否则进货难以支付。"吕不韦从容坐进另案悠然一笑："开市首日亏十万，足下不能承受么？"官市丞连忙道："进货付钱是硬理，与在下能否承受无干。"吕不韦道："官市库金是国财，非山穷水尽不能动用。自今夜起，大宗进货暂不付钱。小宗进货，皆由西门老总事支付。"官市丞吭哧片刻红着脸道："恕在下直言：两法皆不可为。大宗不付钱不可，小宗私易更不可。此等经商，秦国官市未尝闻也。"吕不韦淡淡道："商事如战，足下如将，只依照将令行事，无须论是否。"官市丞将士般"嗨"的一声，又直刚刚拱手道："敢请吕公示下：明日物价几何？"吕不韦目光一闪笑道："足下也是老官商，以为该当几何？"官市丞昂昂挺胸道："今日已亏，明日当盈！在下以为明市当提价三成！老秦人与国府一心，断无怨言！"吕不韦一声叹息："可惜也！有足下这般官市，难怪秦国百年无大商。官商如此拘泥，能做得邦交大商战么？"官市丞一脸坦然道："商事非国本，能周流财货使民度日足矣！做忒大甚用？"吕不韦冷冷一笑："甚用？秦国若有大商，抑或官商能事，岂有尚商坊乱秦之事？若你等者，几时明白商战可救国，便是出息也。"官市丞顿时红了脸道："商贾奸诈，坑民为本。果能救国，耕战何用！"吕不韦不禁又气又笑拍案："呜呼哀哉！商海有鲲鹏，何足于一个小店东道哉！"官市丞终于不耐，一拱手道："吕公只说市价，在下不想争辩商道。"

"好！"吕不韦断然拍案，"明日落价三成，与尚商坊平齐！"

"岂有此理！"官市丞大急，"尚商坊今日猛涨，明日如何能猛跌？"

"只怕还要跌。你只记住：他跌我跌，始终低他一成价！"

"！"官市丞愣怔得大张着嘴巴说不出话来。

吕不韦走了。官市丞立即飞身上马急奔王城。嬴柱立即在前殿召见了擂鼓紧急求见的官市丞，然听得几句便沉下脸插断道："秦国市易，悉听先生决断，不得越过先生奏事。"说罢不待官市丞回话径自走了。官市丞沮丧之极，快快回到南市的临时官帐打起精神赶紧巡查接货情形，生怕明日过不得大关。大棚接货吏员兴冲冲回报说，今夜的大宗货主特意申明货金不收，两月之后一并结算，进货天天不断。小棚吏员也是满脸堆笑，说西门老总事当场兑钱六十万，言明借给官市，两月后要讨一分利。官市丞又惊又喜，虽一时说不清其中奥秘，却顿时对吕不韦心生敬佩，一挥手高声道："吕公有令：明日跌价三成！他跌我跌，始终低他一成！牛他一程！上货——"

南市的风灯火把彻夜未息，嗨哟嗨哟的号子声直到东方微明才平息下来。

次日清晨开市，果然情势大变。尚商坊六国大市一口气猛跌到南市物价的四成，各国商社的大小店铺纷纷张挂出"楚国上等稻种"、"齐国上等海盐"、"韩国精铁铧"、"魏国上等麦种"、"赵国上佳菽谷"、"燕国大麦黄粱"等等不一而足，旁边斗大红字的长幡显赫标明："平价六成，大跌四贱卖！"老秦人纵然厚道，也不禁对这些寻常大名赫赫无法企及的粮货佳品以如此贱价出售怦然心动。毕竟，买便宜物事不犯法，且当此艰难救灾之时，何乐而不为？人同此心，心同此理，尚商坊开市一个时辰，南市的人潮便哗啦啦流到了尚商坊。

六国商贾昨日被秦国官市大闪一跌，人人懊恼家家愤然。他们无论如何想不到，最不善经商的秦国官市竟敢以低价抢市，竟敢与山东大商群较量商战。六国战力不如秦，也是无可奈何，然六国商人是骄傲的，能进入秦国咸阳的六国商人更是骄傲的。他们非但家家都是累代经商实力雄厚的大商，且入秦掌事者个个都是应变能才，人人都有国事意识。秦国官市一搭手，尚商坊立即觉察出一个大好商战机会到了面前，若能趁此机会一举搅乱秦国或使秦国大大衰弱，岂非为饱受欺凌的山东六国除了虎狼之害？楚国大商猗顿氏的第六代公子立即出面邀集六国大商聚会商讨对策，大商们备细分析了情势，一致以为秦国之势两难：秦法不赈灾，不能无限度低价出货；秦国要救灾，得靠六国商旅周流粮货；目下秦国大开所有关隘通道，免去了关隘税金便是明证；只要全力运粮，在粮战上给秦国当头一击，必能在商战中为六国复仇。

“诸位同道，目下秦国朝无大才，野无大商，正是商战良机！”英气勃勃的猗顿公子奋然高声，“在下之谋划是：我等戮力同心，但能保得旬日粮货饱满，一俟秦国官市粮货不济，尚商坊当即猛涨，打他一个软肋闭气！其时秦人鼓噪，无能之新秦王与迂阔之蔡泽束手无策，六国趁势出兵，纵是不能灭秦，也当迫其城下立盟，安我六国，复我国恨家仇！”

“万岁！商战复仇！”六国大商们虽然谁也没想到一场原本寻常的买卖交易能骤然变为六国商战复仇，然经猗顿公子一番慷慨说辞，皆觉果真如此。山东六国哪国与秦国没有血战之仇？哪族没有战死者？血气鼓勇之下，自然是奋然同声地赞同了。

尚商坊一跌价，秦官市立即接到吕不韦密令：一应官市吏员悉数脱去冠带，换做商人常服当值；货棚挂起各小国商社与胡商的招牌望旗，物价再跌一成半！片刻之间南市景象大变，黑衣吏员踪迹皆无，货棚尽皆张挂起卫陈薛曹邹等小国商社的望旗，各色服饰的商家执事们纷纷冲出石坊追着离去的人群高喊：“秦人听了，秦国官商退市，货棚悉数盘给了新主！我等跌价四成半，足色粮货了——”

如此一喊，老秦人们先是惊愕，继而大觉坦然。直娘贼！有你等杀价济秦，秦国落得省点儿钱财粮货，官市退得好！爷爷只是两头跑，看你狗日的谁个先趴下！秦川庶民不少人原本尚有歉疚之心，不忍丢下本国官市去凑尚商坊，如今心结大开，奔走相告两市奔跑，专找那半成落价的便宜。消息风一般传开，关中老秦人大为兴奋，除了精壮男丁整田秋播，老幼女子络绎不绝地赶着牛车奔赴咸阳抢市。一时间秦川八百里牛马载道笑语喧哗日夜不绝，老秦人不亦乐乎。

商战大势一成，两市欲罢不能，索性开了夜市鏖战。三日三夜，粮货价格半成半成地跌到了平价的两成，直如赔本送货。在这个商家心头滴血的价口，双方整整咬住了一日一夜未动，谁也不跌不提地耗着。这当口撑的是存货，谁在此时因无货而收市，谁就会血本无归！毕竟，商家跌价的真正图谋是撑到谷底猛然提价，而后十倍百倍地捞回，谁肯甘心在赔出血本之后不等回收而呜呼哀哉！

吕不韦敢打这场大商战，除了自身尚有些许本钱，便在于两座坚实的背后靠山：齐国田氏与赵国卓氏。早在老霖雨初起之时，吕不韦未雨绸缪，派出西门老总事奔赴临淄，派出莫胡奔赴邯郸，分别与田氏家族与卓氏家族立好了协约：入秦货金暂欠，结市后利金两成。此时田单已逝，其爵位由长子一支承袭，其商事由田单的一个颇有才气的庶子承袭，与吕不韦素来交好。赵国卓氏则是老卓原的次子执掌商事。两方接信都是哈哈大笑，二话不说应承下来。商战一开，非但齐赵粮货络绎入秦，两方还分别联络了许多素有来往的胡商入秦，一并连牛羊六畜市也解决了。然齐赵毕竟路途遥远，尚商坊纵有自家商社也不能公然调货，撑到第四日眼看有些乏力不济了。按照嬴柱的书令，原本可以调动府库财货撑持。然则如此一来，这场商战在秦国朝野的地位便会大大降低，吕不韦的分量也会大减，更会引来日后无穷尽的吕氏是否假手国库变相赈灾以成私名的争辩，朝野信任何在？唯其如此，不到万不得已，吕不韦绝不会使秦国府库卷入这场商战。

这日夜半，坐镇南市的吕不韦一番思谋，突然问得一句："咸阳新庄存钱几多？"西门老总事张口便答："饼金五万，秦半两六十万，列国钱三十万。"吕不韦目光大亮，一拳砸到案上："全押上去！赌了！"西门老总事大惊："开赌？先生失心疯了！"吕不韦一阵大笑，低声耳语一阵，西门老总事不禁猛然拍掌："好谋略！老朽也赌了。"

吕不韦立即召来官市丞秘密部署，连夜分头行事。天色拂晓时分，万千年轻力壮的老百姓拥进了尚商坊大市，清一色现金现钱买货，动辄一车半车，似乎人人都是大户人家子弟。其时商家买卖，买主但有个住处，赊账便是常事，虽然最终绝大部分都能收回，老秦人更是一有钱主动了账；但商家还是最喜欢现金现钱现了账，如此自然有了对现钱交易的种种让利规矩。如今现钱买货者如潮涌来，纵不让利，想当场提价却是万万不能。依着古风，买主来时价若想当场猛提，便是“盗商”，买主非但可立时砸店杀商，同行还要指斥该商为害群之马。因了如此，六国大商们没高兴得顿饭时光，便觉察出了异味，那接踵而来的买主黑压压堵在门前，关门不能，提价不能，现时转移粮货更不能，万般无奈只有硬撑。可眼见全部搬上店面的压仓存货流水般装车，谁个不汗流浃背心惊胆战。到得午后时光，偌大尚商坊的存货被哗啦叮当的金钱一扫而光，六国商人们尽皆铁青着脸色愣怔在当街，直觉天旋地转……

“公子公子，秦人有诈！”一个黄衣执事冲进尚商坊大嚷。

“快说！”软瘫在地的猗顿公子有如神助般跳了起来。

“秦人现金买货，都运进南市入了各家货棚！”

“晓得了！”猗顿公子长长地嘘出一口粗气不禁咬牙切齿，“非秦人有诈，南市商人有诈！分明是小国商贾联手，雇了秦人现金清我！诸位说，是毋是！”

“有理！俺看还有秦国官市在后插手！”

“鸟！一群蚂蚁商也敢跟我等抗市，不中！”

“左右血本无归，公子只说如何整法！”

“中！俺等也来他个六国合纵，听盟主号令，掠他个空市！”

“听盟主号令！”尚商坊一声齐吼。

“好！蒙诸位信得猗顿氏，我做了这只头鸟！”猗顿公子慨然拱手环礼一圈，“我之主张：不管秦国官市插毋插手，终究不会上到台面。只要秦国官府不疯，商战终归是商战，我等便以商战方略对之。目下第一回合，我等输了。然则还有第二、第三回合，我等定然要赢！南市之法叫‘吞吐市战’，当年李悝在魏国施展过，使列国粮货洪水般流入魏市。此法根本，在于财力是毋是雄厚。我等尽天下大商，粮货没了钱财依然如山！诸位说，如何战法？”

“买空南市！回头提价！整！”

“彩——”一声轰然喝彩，尚商坊顿时活了过来。

不说六国大商一夜忙碌，只说次日清晨连绵牛车马队从咸阳四门涌进了南市，却惊愕地发现南市的所有货棚都张挂出“上品上价　高平价一倍”的大布幡旗，一夜之间从平价的两成猛涨到平价以上两成，整整涨了二十成的高价，也是秦法许可的粮价最高点。石坊外的牛车马队不禁愕然，徘徊相互观望举步不前。终于，一队牛车咣当咣当起步，义无反顾地驶进了高大的石坊。后面的牛车马队一阵彷徨，终于相继跟了上来，络绎不绝地进了南市。

正当秋高气爽之时，和煦明净宛如阳春的蓝天下，前所未有的零宗大买卖在咸阳南市喧嚣开来。各色买主接踵而至，各国金钱应有尽有，也是清一色的钱货两清车载马驮。因了南市终究是秦国官市直辖的治灾市，自这次开市便有入市者每次限量买粮货的法令。此后秦国官市虽则隐退，南市名义上成了小国商贾的货棚区，但其市易治灾的法度却始终未变。此法之下，买主不能一次性大宗买货，而只能一车半车的小宗买。饶是如此，南市货棚也架不住这牛车马队连绵无尽的买粮装货，堪堪撑到夕阳将落，南市大小货棚与六畜大市除了满柜金钱，尽皆空荡荡了无一物。

秋月朦胧，南城墙下的官市大帐灯火通明。

官市丞汇总了账目，两手捧着简册瑟瑟颤抖着禀报：粮货全部售尽，一日得金二十三万八千，列国钱两百三十六万五千三百二十一枚，扣除粮货本金，获利足足六倍！官市吏员们正要应声欢呼，却见吕不韦脸色阴沉得秋霜一般，不约而同地没了声气。

“诸位但说，南市该当如何应对？”吕不韦沉声问了一句。

“在下之见，经商获大利，买卖好做！”官市丞昂昂挺胸高声道，“目下无非两路：其一，不与六国鸟商纠缠，用获利金钱出函谷关大进粮货，气死那班贼商！其二，再吞他一次，饿死那班贼商。这是秦国！他尚商坊还敢疯涨不成！”

“足下差矣！”西门老总事大摇白头，“六国商旅同气连枝，关外各市早已防秦，纵然出关也是一个价，第一策不可行。再吞么，力有不及。

谁说六国商贾不敢在秦国涨价？你涨在先，人家涨在后，国府安能一事两理？金钱不济，第二策也不可行。”

“索性不理他。”一个老吏站了起来，“两市低价拉锯多日，左右秦人秋播也快完了，口粮冬货也差强够了。官市不理他，尚商坊要疯开高价，秦人只不买他粮货，他能奈何？挨到明年五月夏熟，他那陈粮敢不跌价！”

“不成不成。”西门老总事又是摇头，“自古粮货怕垄断[1]。此次商战之货，尽皆百姓日用之物，哪一日没有交易？农夫纵然有了种子与一两月口粮，咸阳市人如何度日？秦市没了粮货，咸阳国人只能听任尚商坊宰割，立时危局。”

吕不韦面无表情地转了两圈一挥手道：“诸位散了，容我思谋一番。”

官市丞没有走，过来低声问：“吕公，要么进宫，请发府库。”

“足下少安毋躁，五更进帐便是。”吕不韦一挥手径自去了。

进得后帐，吕不韦默默啜茶思忖，突然问：“尚商坊粮货几多？”

西门老总事一直捧着算柱肃立在旁，闻声即答：“两市周流之总量，减去连日卖出总量，目下流入尚商坊粮谷三百万斛[2]上下，各色农具六畜货物六十余万件；若以平价猛涨两倍计算，大体要饼金百万之数。”一口气所报数字直抵最终行动，这便是久经商海磨炼的西门老总事。

“连同家财，缺额几多？”

“缺额……”西门老总事第一次沉吟片刻开口，“五十万金上下。”

良久默然，吕不韦长嘘一声一拳砸到案上，茶盅咣当落地。五十万金，莫说任何一个商人，便是任何一个国家府库，如何能仓促筹集得起来？若是十年之前，但有旬日之期，吕不韦倒是不畏惧如此巨额运筹，然如今家财破尽，所余金钱昨日也一举投进了第一大吞，再有活钱便是真正的买米钱了，对如此巨额买卖无异杯水车薪耳。要做，唯一的出路

---

[1] 垄断，战国语词，语出《列子·汤问》、《孟子·公孙丑下》，原意为商人登高探望行情，以求获得大利。后引申为独占把持。

[2] 斛，战国容量单位，一斛十斗，各国大小不一，一斛大体在一百斤至三百斤上下。

是动用秦国府库。天意也！吕不韦当真要成于商败于商了……

“禀报先生，有人求见！”当值吏员似乎有些惊慌。

吕不韦顿时不耐：“甚叫有人求见，没个姓名么？”

“他，他蒙着面，不肯说，还不走。”

吕不韦目光一闪。西门老总事立即说声老朽去看，抱着算柱到了外帐，片刻之间，领着一个细瘦高挑青色斗篷青色毡帽青色面罩者矗在了灯下。

“在下吕不韦。敢问足下何事？”

青斗篷者一点头不说话，只两手递过一支细亮的泥封铜管。吕不韦双手接过。西门老总事立即递过开封窄刀。吕不韦划开泥封拧开铜管抽出一卷羊皮纸展开，眼前两行古籀文：“有金六十万入足下秦市，其利几何？”左下空白处一方流水般阳文烙印！吕不韦目光一亮心头猛然一颤，一拱手道：“足下是信主还是信使？可愿在此地说话？”青斗篷者纹丝不动只轻声两字：“无妨。”吕不韦一点头道：“我需先听信主一句：何以要入秦国险市？”青色斗篷道：“商道牟利，岂有他哉！”吕不韦道：“官市法度，信主投金当有来路。”青色斗篷道：“井盐之利取于秦，还于秦。算得来路么？”吕不韦恍然长嘘一声：“清夫人善莫大焉！”青色斗篷淡淡道：“足下既知清夫人，是成交了。”吕不韦点头道：“利金但凭吩咐。清夫人有无他求？”青色斗篷轻声冷笑：“足下果真明于商道。然信主偏偏无他图，信得信不得？”吕不韦淡淡一笑：“取于秦还于秦，信哉斯言！”青色斗篷者一点头道：“利金一成。三更首刻，丰京谷口等候交割。告辞。”转身出帐钻入一辆两匹大青马驾拉的青色辎车，风一般去了。

“这是……”西门老总事惊愕得说不出话来。

“回头再说。”吕不韦压低声音叮嘱，“西门老爹立即回庄，唤莫胡一起轻舟去丰京谷口等候。我带牛车队随后从山麓赶来。”西门老总事连忙道：“老朽之见，当带官市马队前往，以防万一！”吕不韦一摆手道：“突兀之事防不胜防，但凭天意。”西门老总事嗨的一声匆匆去了。

明月挂上中天，丰京谷口的茫茫碧水横出一道黝黑蜿蜒的山林剪影。

一只轻舟划过，点点桨声更显得天地幽幽。咸阳城楼隐隐传来三更刁斗时，一支几乎没有响动的牛车队沿着山麓驶进了谷口，对面山道一盏风灯悠悠飘来。风灯飘近牛车，领着一队黑衣人又飘进了山谷。黑衣人群在月光下忙碌穿梭大约顿饭时光，牛车队隆隆东去，泊在谷口码头的白帆轻舟也飞一般漂出了幽幽谷口，漂进了滔滔渭水。

次日清晨，尚商坊还带着昨日的喜庆醉意沉睡在朦胧霜雾之中，便被黑压压的人群牛车围了个水泄不通。依着秦国法度，尚商坊市门专由咸阳内史派出的一个百人甲士队护持市易；百人队驻扎于市门外两座大帐昼夜当值，除非尚商坊内发生盗劫或争执事端，甲士不得进入坊内大市；每日清晨卯时开市，卯时之前，买主不得进入石坊之内。今日卯时未到，各色人等牵马赶车络绎不绝地兴冲冲赶来，在秋霜晨雾中漫无边际。石坊口甲士反复呼喊今日歇市，汪洋人群大起喧嚣，呼喊着“治灾不开市，触犯秦法！”“六国奸商不开市！报官市马队冲开！”鼓噪起来，声浪越来越大。

终于，一个早起的山东商人发现了不妙，立即飞跑着沿街大喊起来：“不好了！秦人围市了！店铺开门！醒市了——”一阵大嚷，尚商坊骤然惊醒，立即手忙脚乱起来。随着喊声，石坊口甲士百夫长也飞步赶到尚商坊市令台前要找总事们说话，见各商社总事纷纷跑向楚国商社，也飞步赶了过来。

昨日大吞南市，尚商坊人心大快，依着山东六国的商道传统，夜来聚酒庆贺直到四更。六国商家一致认为，经此一口大吞，自家钱财虽填进大半，然将南市粮货一举清空更是大胜。粮货尽屯尚商坊，秦人灾后越冬只能指望尚商坊，其时涨价几何皆由我说。南市棚商要反吞翻市，至少须得百万巨金！不说此等小商财力原本薄弱，纵是加上秦国府库，仓促间也难以一次凑得如此巨额金钱，更不说冬期将至商贾冻账，能拿得出巨额金钱的六国大商皆在此地，小小南市到哪里凑钱？如此揣摩之下，六国大商们众口一词：纵有吞货之潮，也在明年夏熟之后，今冬明春，秦人只能任我天价宰割！说到涨价几何，却是众口纷纭，最后还是猗顿公子的“台阶涨法”得众人一口声赞同。所谓台阶涨法，是每日限货，每日一涨，低价少出货，春荒饥馑涨到十数倍价时最大量出货。末了猗顿公子呵呵笑道："我等要做仁义商贾！晓得无？明朝起先歇市一日，若有零星市人小宗零买，只平价即可。后日开市限货提价一成，一日一成，十日一倍，明春饥荒时涨到十余二十倍！晓得无？"

"晓得！"众人一口声喊了一句楚国话。

"公子神妙！老夫给老秦人来个慢火炖虎狼，中不中？"

"彩——"众人一声喝彩又跟声喊出魏国话，"中！慢火炖虎狼！"

四更散饮，大商们人人扯着沉重的鼾声进了梦乡。骤闻秦人围市，一时懵懂没了主见。前后忙乱的执事们见到主家张口只两问："开不开门？货价几何？"商贾们一时没了主张，又怕自家开市自家定价闪了同道，纷纷奔到楚国商社。猗顿公子刚刚被侍女从梦中唤醒，披散着长发裹着皮裘兀自愣怔，见商贾们纷纷拥来门厅，思忖片刻咬牙跺脚道："秦人正在灾中，不开市要惹得秦国官府出来。六倍价开市！拼了！"

"不中不中！秦法粮价不得高过平价一倍！六倍犯法也！"

"如何不中！昨夜还说明春涨到二百成！"

"天爷爷！那是台阶涨加春荒！今日何说？秦法无情也！"

"诸位少安毋躁。"猗顿公子冷冷道，"今日说辞，是与小国商贾轮番商战，与秦国无涉，不受秦法约束！诸位畏惧秦国，我猗顿氏不怕！"回身断然挥手，"执事听令：知会坊口甲士队开市！楚国商社打出望旗，六倍价！"说罢一裹皮裘噔噔去了。

"六倍便六倍！中！谁怕秦国虎狼了！"魏商陡然回转，嚷嚷着大步去了。

"同道护持！六倍何妨！俺不怕！谁怕了？"

"不怕！"众人一口声呼应了齐国商人的问话，匆匆回到了各自商社。

霜雾方散，日上三竿。官市丞带着马队隆隆赶来时，尚商坊已经开市了。眼见人马牛车潮水般涌进了近二十丈宽的石坊口，官市丞又带着马队隆隆卷了回去。尚商坊内顿时鼎沸起来，纵六横三的九条大街分隔出的十个坊区，人群川流人头攒动，与苏秦描述当年临淄大市的"车毂[1]击，人肩摩，连衽成帷，举袂成幕，挥汗成雨”直是有过之而无不及。各色秦人今日闻所未闻的阔绰，将店口价牌瞄得一眼咕哝一句黑得狠，指点喊出粗粮一石青盐十斤铁犁头三个等等名目，而后摇着钱袋抖出金钱眼也不眨。商贾们原想限货，卖到午后关市，可昨日吞回的粮货匆忙间都堆在店铺尚未库藏，汹汹人海岂容你中途收市？无奈只有硬撑，眼看着黄灿灿沉甸甸的各式金钱流水般进柜，心头直疼得大汗淋漓。

黄昏收市，尚商坊又吐得空空如也。秋风鼓着落叶飘过长街，乱市后的寂静如幽谷一般。六国商贾们大为沮丧，顾不得聚集商讨，纷纷先缩进店堂盘账。一番忙碌结算，一吞三吐，大多商家都亏了三四成本钱，谁家生意越大，谁便亏得越多。

“鸟！老夫不服！终不成蛇吞象了！”终于有人吼喝起来。

当商贾们又渐渐聚拢到楚国商社门前时，却见尚商坊独一无二的显赫铁门已经关闭，猗顿氏商社的铜字也从门额消失了。商贾们立时觉得一股寒气渗透了脊梁——猗顿氏亏倒灶了？惊讶之余，神色各异的商贾们进了庭院绕过影壁，却见正房前一排高车，仆役们正进进出出忙碌着装车，猗顿公子铁青着脸站在廊下，满庭院沉闷得没有一个人出声。商贾们这番算是真正看明白猗顿氏倒灶了要关张出秦了，一时大泄了底气，不禁瘫软在院中。

“中！赫赫猗顿氏原本也是泥熊一个，不经亏也！”

“魏兄好风凉。”猗顿公子提着一支金镶玉的马鞭沉着脸走下台阶冷冷一笑，“就实说，我猗顿氏这次商战亏了入秦六成本金，于猗顿氏总社本金只是三成而已，撑持得住。念得诸位曾经拥戴我为盟主，猗顿实言相告。此乃家父密书，请魏兄念给诸位。”说罢从皮袋中抽出一支铜管抬手抛了过来。

“中！”魏商接住铜管抽出一张羊皮纸，高声念诵起来，“斥候执事业已探明：密领咸阳官市者，吕不韦也！此人多经商战风浪，未尝一次败北，若非方起之时数年全力援齐抗燕，早成天下第一巨商。此人执秦

[1] 车毂，车轮中心用以插轴的圆木，亦做车轮代称。苏秦此语后演化为成语“毂击肩摩”。

市欲彰显功劳，必致六国商贾于死地，儿当关张离秦移商大梁，以避其锋芒……这，公子何不早说！”

“诸位不来，猗顿还当真不想说。”

“老夫不信邪！一个吕不韦能整死尚商坊？”燕商愤愤然站了起来。

“俺倒是听说过吕不韦。”齐国商社总事苦笑一声，“也是神，此人专能绝处逢生。当年田单将军眼看要困死孤城，派鲁仲连寻着了这吕不韦。嗨！从此一海船一海船的粮货兵器源源不断。否则啊，那即墨能在乐毅大军下撑得六年？此等人领市，我等没辙。”

“鸟！这老杀才如此能耐，奔秦国做个小官市？不信！”

“人各有志。”猗顿公子冷着脸道，“无论吕不韦图谋何在，只这商战与我等相关，无关其余，晓得无？实在说，猗顿倒是钦佩这个吕不韦。君子复仇，十年不晚。诸位若有心志，十年后再进咸阳与吕不韦一见高下。谁受不得这场屈辱，谁留下，猗顿恕不奉陪。”

商贾们谁也不作声了。但为大商，都是世代累积的资财，谁敢眼睁睁将祖宗基业拼个精光？连猗顿氏这等天下巨商都要避开吕不韦锋芒，谁还当真有心撑持下去？一时人人沮丧，满庭院默然。

“禀报公子！”一个执事气喘吁吁跑来，“有，有人求见！”

“求见？”猗顿公子皱起了眉头，“秦国官市吏？”

“不像。一、一个白头老人，不说名讳来路，只说要见公子！”

“也好。请他进来。”

片刻之间，一个须发雪白的老人从容进了庭院，对着众人周遭一拱：“在下吕氏商社总事老西门。见过公子，见过诸位总事。”不卑不亢不笑不怒却又是一团和气满面春风，一看便是老辣商士。

“吕氏商社自是吕不韦了。”猗顿公子顿时脸色铁青，“他还要如何？”

“公子明察。”老西门一拱手，“老朽奉命前来，是要知会诸位：吕公欲待与诸位聚饮言和，退回诸位本金，并奉送利金一成，了结这场突兀商战。”

“不中！输便输！吕不韦要羞辱我等么？”魏商总事愤然喊了起来。

“此公差矣！”老西门坦诚拱手道，“吕公所念：秦人突遭天灾，官府突逢国丧，朝野措手不及，迟于治灾以致生发乱象。吕公念及商道大义，恐秦人因商家囤积粮货而难以度灾秋种，故而督导南市与尚商坊周旋。如今秦人度灾有望，这场突兀商战亦该平息。吕公念及六国商贾入秦百年，周流财货有大功，请准秦王退还诸位亏损本金并送利一成，所求处在诸位莫得离秦，如常留秦经商可也。吕公有言：商道无国，唯与百姓生计相连，若囿于邦国成见，失了商家本色也。吕公愿以东道之身大宴诸位，以了此次恩怨，实无他意，愿诸公明察。”

一席话了，庭院中所有人都瞪大了眼睛不说话。若说开始六国商贾还有愤愤然戒备之心，此刻倒当真难辨真假了。这位白头老者说得入情入理，神态口吻丝毫没有战胜者颐指气使的骄横，显然不会是吕不韦乘胜羞辱尚商坊了。然则战胜者退还本金又奉利一成，这等事匪夷所思，谁又敢贸然相信？一时人皆狐疑，目光又齐刷刷瞄向了猗顿公子。

“老总事好说辞。吕不韦好器量。”猗顿公子拊掌大笑，“我猗顿氏认了！利金不要，本金收了，留在咸阳继续商道。诸位认不认？自家说！”

“俺看使得！”齐商总事高声道，“我等要离开秦国，原本是怕吕公将俺等作仇敌待之。如今吕公折节屈就，要结交俺等，俺等岂能不识人敬？”

“中！只是咸阳尚商坊要大宴吕公才是！”

“不消说得！人各有份，一起做东！”

“如此谢过诸位！”西门老总事团团一拱手，“老朽便去回复吕公，明日定聚宴日期。老朽告辞。”说罢从容而去。六国商贾们又是感慨又是迷惘，你看我我看你如噩梦醒来一般。黄昏时还在痛失河山，两个时辰月亮升起却又是失而复得，若非天意，岂有如此人生变幻？

夜半时分，吕不韦得到西门老总事回报，不禁长嘘一声，心中大石顿时落地。无论商战何等获胜，若百年尚商坊的六国商贾愤然离秦，咸阳的庶民生计便会大为艰涩。毕竟，秦人不善商事，粗放的南市远远不足以周流咸阳大都与数百万关中老秦人，一旦尚商坊散，今冬明春的度灾立时急难。其时无论做何说辞，朝野国人都会不期然将罪责归在吕不韦身上；纵然新秦王护持得一时无事，吕不韦在秦国朝野刚刚生成的些许声望一定是荡然无存，谈何后业？这种结局及应对，是吕不韦领着牛车队去丰京谷的路上想透的。那个神秘青衣人一露面，他便相信这场商战必胜无疑。下一个难题不是神秘青衣人，而是安定六国商人。他能料定的是，只要冬春度灾的大局稳定，朝野任何人都不会计较这场商战的利金多少。唯其如此，他便能放开手脚处置这个难题。毕竟，商家是以牟利为根本的。与西门老总事一番精打细算，吕不韦将全部利金做十成分为四块：秦国官市一成，神秘的清夫人两成，田氏卓氏各两成，尚商坊两成；剩余一成依西门老总事说法，该当留给自己以补空虚，因为吕氏商社的余金这次也全部填进了商战。可吕不韦却断然摇头，最后利金全部留着安抚尚商坊。吕氏累万金钱已去，何在此时小钱？

“六国商贾如此通达，老朽倒是没有料到。”西门老总事分外感慨。

“通达是通达。”吕不韦脸上浮现出熟悉的微笑，“目下想来，此间根本是秦国人口众多市力雄厚。我等处置之法倒是次要了。”

“老朽倒以为，先生处置才是根本，换做官市丞定然面目全非。”

“谢过老爹奖掖。”吕不韦大笑，“说到底，天意也！”

次日过午，西门老总事领着满载大箱的牛车队隆隆进了尚商坊。按照商社逐一退还本金并奉利金一成。六国商贾们感慨唏嘘坚执谢绝利金，西门老总事则反复拜请，商贾们无奈，最终只得收了。

立冬这日，乱市后的尚商坊修葺一新重新开市。各商社总事与资深商贾百余人齐聚尚商坊最大酒寓洞香春，大宴吕不韦与秦国官市一班吏员。席间六国商贾对吕不韦大是敬服，异口同声申明：他日吕公但有吩咐，万金不吝！吕不韦也是感慨万端，举爵逐席敬酒痛饮，不待散席醺醺大醉了……令吕不韦无法预料的是，数十年后他被贬黜洛阳闲居，六国大商名士感念他当年义举，竞相赶赴洛阳抚慰探视，车马塞道门庭若市，为自己召来了杀身大祸。这是后话。

秋日临窗，吕不韦方才酒醒，沐浴更衣后喝了一陶盆陈渲亲手炖的鱼羊汤，发了一通热汗，浑身顿时舒坦振作，蓦然想起一事，正要对陈渲说起，西门老总事匆匆来报说，秦王召他紧急入宫。

三　新王朝会波澜迭起

这是新秦王嬴柱的第一次朝会，整肃列座的大臣们充满了感奋与期待。

向例：新王即位当有图新大举，一则在赏赐朝臣中推出新一代权贵，二则提出振奋朝野的新国策。上代老国君在位期间愈长，朝野对继任新君的期望就愈大。若秦昭王这般老国君在位五十六年，长平大战后的几年坚执守成，风瘫后更是蛰伏深宫，对外偃旗息鼓，对内了无新政，朝野诸多事端纠葛渐渐已成积重难返之势，听之任之。无论有识之士入秦抑或在朝能臣将士，近十年皆无功业可言，辄怀扼腕叹息之心。若在衰颓之势的山东六国，此等风平浪静也许正好是朝野期盼的太平日月。然则这是秦国，朝野容不得这种长期无所事事的蛰伏。自秦孝公商君大变法之后，老秦人的耕战事功精神骤然勃发，百年之中已成深植朝野人心的风习。庶民唯恐无战功，朝臣唯恐无事做，但有大战新政，举国生机勃发。家有战死烈士则荣显，村族多耕战爵位人家则扬名，民多有牺牲而无怨无悔。正是因了此等风习精神，秦昭王才敢于诛杀抗命不出战的白起，秦军将士也才能最终体谅秦昭王而义无反顾地出关血战。此后三战大败，老秦子弟血流成河死伤三十余万，河东新地尽失，朝野却了无怨声，只咬牙将息以待再战复仇。这便是秦国。这便是秦人。如今老秦王死了，新王即位了，朝野瞩目所在与其说是赏赐臣民推出新贵，毋宁说是新政大举。

吕不韦第一次参与朝会，也是第一次进入冠戴济济一堂的咸阳正殿。

当老内侍长呼一声“太子府丞吕不韦入殿——”时，幽深大殿中一片齐刷刷目光骤然射来，其中蕴涵的种种意味使尚未跨进门槛的吕不韦倏忽之间如芒刺在背。就在这片刻之间，一顶六寸玉冠一领绣金斗篷的嬴异人迎到了殿口，肃然一躬，将吕不韦领到了东首文臣区的首座，自己则稳步登阶，肃立在王案的东侧下手。一路踩着厚厚的红毡走来，吕不韦已经完全坦然了。吏身而入君臣大朝，大臣们的惊讶猜忌是可以想见的，但无论如何，自己的为政生涯要开始了，此等枝节日后不难化解。

“新王临朝——”当值司礼大臣的老长史桓砾一声长宣，嬴柱从黑鹰大屏后走了出来，须发灰白的头上一顶黑锦天平冠，身着黑丝绣金大袍，腰间一条六寸宽的锦带上挎着一口铜锈斑驳的穆公剑，远远看去高大壮硕巍巍然如一尊铁塔，比做太子时的慵懒松散大有气象。

“恭贺新君！秦王万岁——”满座大臣一齐在座案前拜倒。

“君臣同贺，朝野日新。诸位大臣就座。”嬴柱依着最简礼仪答得一句，到长九尺宽六尺的王案前就座，喘息之声清晰可闻。

“新王宣政——”

嬴柱轻轻一叩王案道：“诸位大臣，纲成君动议朝会，虑及朝野国人思变之心，本王从之。然则大灾方平，国葬未行，内政头绪尚多。本王欲先立定朝班诸事，而后再言经外可也。”喘息片刻一摆手，“长史宣书。”

老桓砾从王案右后前出两步，哗啦展开一卷竹简高声念诵：“秦王嬴柱元年王书：先王遗命，华阳夫人芈氏贤能明慧，堪为王后。本王即位，秉承先王遗命，立芈氏为王后，赐号华阳后，统摄后宫，母仪秦国朝野——”

“恭贺华阳后新立！万岁！”殿中大臣依礼齐诵了一声，浑然没将此等题中应有之意放在心上。华阳夫人原本是秦王做太子时的正妻，不立王后倒是不可思议了。然则如此一件顺理成章的册封，新秦王还要抬出老秦王遗命，实在有蛇足之嫌，反倒使不少朝臣大觉蹊跷。

“秦王嬴柱元年王书——”老桓砾又打开了一卷竹简，“王子嬴异人才德兼备心志坚韧，曾得先王迭次首肯，亲定为本王嫡子，又王命为嬴异人补加冠大礼。今本王已过天命之年，立嬴异人为太子，书告朝野——”

又是题中应有之意。大臣们又是同声齐贺，只是对新王书言必提先王遗命大感不适，许多人皱起了眉头。自来新王即位是事实上的改朝换代，若事事照搬先王遗命，秦国岂不还要沉闷下去？新锐之士岂非没了功业之路？

眼见老桓砾又打开了一卷竹简，大臣们不禁目光一齐瞄准了纲成君蔡泽。依着新王朝会常例，册封王后太子之后必是立定丞相。蔡泽入秦做了一年丞相，便成了君爵清要，丞相府一直由老太子嬴柱署理；而今老太子成了新秦王，且素来是多病之身，丞相确实是要当即拜定的，否则国事无法大举，而丞相人选，自然是非计然派名家蔡泽莫属。拜相之后则是议政，议政首在丞相举纲，才思敏捷者已经在思谋蔡泽将抬出何等新政举措了。

老桓砾的声音回荡了起来："秦王嬴柱元年王书：数年以来，义商名士吕不韦对秦国屡有大功：先拔太子于险难困境，再救太子于赵军追击之下，结交义士牺牲净尽，累积巨财悉数谋国。方入秦国，坚辞先王高官赐封，执意以吏起步，以功业立身，志节风骨大得先王激赏。灾异国乱之时，先生妥谋应对三策，临危受命与六国商战，建治灾大功，朝野感念矣！唯念先生德才堪为人师，今拜吕不韦为太子左傅，晋爵左庶长——"

随着铿锵激昂的宣诵，吕不韦实在大出意料。他对今日被召入朝的因由只有一想，是嬴异人要他列席朝会熟悉秦国政务，请准父王召他入宫。进殿被嬴异人亲自导引到首座，他料定这是要他对朝会禀报商战经过，之后再参与朝会议政，首座仅仅表示对他以吏身入朝的特殊礼遇而已。唯其如此想，吕不韦心下一直在斟酌自己的对策说辞，及至老桓砾念出"吕不韦"三字才恍然醒悟。心念连番闪烁，吕不韦终于静下了心神——秦王父子不与自己商议而在隆重朝会突兀封官，又在王书中大肆彰显自己功劳，显然是非要自己拜领官爵不可，若再推辞，不合论功行赏的法度。看着王阶上嬴异人热切的眼神，吕不韦终于站起身来肃然拜倒，行了称臣谢王的大礼。

"恭贺太子傅！万岁！"一声道贺整齐响亮，反倒比立王后太子大有劲道。朝臣们对于吕不韦的功劳才具早已经多有耳闻，尤其对国人交口传扬的咸阳商战更是感慨良多。经济臣子们更是实在，直言不讳地说秦国有了这场商战大胜，才算真正比六国强大了！今日又经王书实匝匝宣示一番，纵是些许大臣对商贾入政不以为然，对吕不韦入秦传闻多有疑惑，也是无话可说。

"臣请朝议大政！"例贺声犹在绕梁，有一人从前座霍然起身，极为特异的嗓音嘎嘎回荡在殿堂，“新王朝会，首在议政。朝会向例，不行丞相以下之官爵封赏。我王即位初始，当以国政为先，官爵封赏但以常例可也，勿得破例荣显某官某爵，开朝会之恶例。”

纲成君蔡泽？举殿大臣不禁愕然失色。

三道王书一下，蔡泽如坐针毡。无论如何，这第三道王书该当是确定相权的，而目下相权又无论如何该当是他蔡泽的。没有相权，计然派治国术岂非又要流于空谈？今日朝会若在立王后立太子之后不封任何官爵，蔡泽尚可些许心安，毕竟相权依然未定。然第三道王书却是封吕不韦为太子左傅，他立时觉察到了一种隐隐逼近的威胁。实在说，蔡泽对吕不韦是赞赏的，也是乐于交往的，事实上吕不韦第一次进入太子府也是他举荐的，吕不韦建功立业而得高官他也以为是迟早之事；若是自己业已实实在在做了十年丞相而吕不韦出现在面前，他倒是真想举荐吕不韦做丞相，如同范雎当年毅然辞官而举荐他做丞相一般。然则此时吕不韦突兀跳出，且一举是朝会封定的太子傅，他无法坦然了。历来朝会只拜定丞相上将军，其余官爵都是下王书封赏，而今丞相未定却先封太子傅，岂不是意味着他重掌相权渺茫之极？心绪烦乱之下，蔡泽忍不住当殿愤然发作，直然指斥秦王开了恶例。

蔡泽全然没有想到，自己这种发作本身更是匪夷所思的恶例。无论朝会有几多成例，毕竟都是传统与规矩的程式而已，既非法令又不牵涉实际的贬黜升迁，新秦王纵然作为特例抬高了吕不韦的赏封礼遇，也不是全然不能为之，赏罚毕竟出于君王，何能如此声色俱厉地指斥新君？一时间莫说大臣们惊愕，新太子嬴异人犹感难堪，顿时红了脸便要说话。

“诸位少安毋躁。”嬴柱似乎不经意地叩了叩王案，平静如常地笑了，“忧国谋政，坦陈己见，纲成君诚可嘉也！”又对身后一招手淡淡道：“长史宣书。”

一听还有王书，举殿大出意外。寻常传闻都说这老太子孱弱少断，如何一朝做了秦王判若两人？看今日朝会各方无不出乎意料之情势，分明是有备而来，又分明是没有与任何一位大臣事前商讨，却能连出四道王书，岂非大有成算？尤其难能可贵者，面对蔡泽声色俱厉的指斥，新王一笑一赞了之，如此君王能是孱弱平庸之辈么？如此寻思，第四道王书必定大有文章，殿中静得幽谷一般。

“秦王嬴柱元年王书——”老桓砾的声音又回荡开来，“本王即位于多事之秋，国政繁剧，朝野思变。为锤炼储君治国之才，丞相府由太子异人兼领统摄，纲成君蔡泽居府常署政事，太子傅吕不韦襄助——”

话音落点，新太子嬴异人肃然一躬：“儿臣恭领王书！谢过父王！”

惊喜交加的蔡泽连忙跟上深深一躬：“臣蔡泽奉书！谢过我王信臣之恩！”

吕不韦这时才暗自长嘘一声，跟在蔡泽后面一躬谢王。大臣们都在瞩目于当日立为太子又当日统摄相权的赫赫异人与前倨后恭判若两人的纲成君蔡泽，没有人注意平静拜谢且没有任何特异说辞的吕不韦。朝会至此再无神秘蹊跷处，举殿大臣顿时轻松，同声齐诵一句：“恭贺我王朝会定国，开秦新政！”

依着朝会规矩，权力格局一旦确定，议政便成为可有可无可长可短的程式。毕竟邦国大政都是枢要大臣事先议定的，纵上朝会也是书告朝野的程式而已，百余人的朝会从来都不是真正议政的场合。更要紧之处在于，新王体弱多病且正在服丧之期是谁都知道的，朝会不能太长，纵有大事也不能都挤在朝会提出。唯其如此，大臣们才齐诵一声，算做默认朝会可以了结。新王只须说得一声“但有新政之议，诸臣上书言事”，朝会便可宣告结束。

正襟危坐半日，嬴柱本来已经疲惫，扫视大殿一眼正要开口，却见西区首座一人霍然站起跨前两步赳赳拱手：“老臣蒙骜，请言大政！”

“上将军言政，但说。”嬴柱勉力一笑，心头不禁一动。

“我王明察！”白发苍苍的老蒙骜慷慨激昂，“秦国自长平大战之后连败于六国三次，国土萎缩，闭关蜗居十有三年。今新王即位，一元复始，当思重振雄风！为开秦国新局，老臣以为我军当大举东出，纵不能次第灭国，亦当夺回河东、河内两郡。今日老臣请朝会议决：冬日即行国葬，来春许臣统兵三十万东出，大战六国，雪我国耻！”

举殿大臣顿时被老蒙骜苍劲雄迈的声音激荡起来，感奋与期待骤然勃发出雷鸣般的呼应："大战六国！雪我国耻！"蒙骜身后的将军们齐刷刷立起，铁甲斗篷犹如一片黑松林矗立殿堂。整个大殿除了蔡泽与吕不韦以及王阶上的新太子嬴异人与老长史桓砾四人，悉数大臣无不奋然高呼，其情势分明是只等新王拍案一决。疲惫朦胧的嬴柱心头陡然一紧，欲待开口，一时无所适从。朝会之前，唯一预闻朝会议题的大臣便是这老蒙骜。嬴柱与蒙氏交谊笃厚，与蒙骜素来言不藏心，事前召见为的正是叮嘱他切莫在第一次朝会上提起兴兵之议，兹事体大，需得国葬之后从长计议。老蒙骜则慷慨激昂地陈说了大军东出的方略谋划与种种胜机，力主以大军战胜之威振作朝野，为新王新政开创大局。对嬴柱的叮嘱，蒙骜没有异议，嬴柱也理所当然地以为老将军接受了。不想今日蒙骜在朝会末了突兀提出大战六国，鼓荡朝臣同声呼应，大有借朝堂公议声势迫使新王当殿决断之势。嬴柱纵然心下不快，也不能漠然置之，叩着王案一时沉吟不决。

"老臣不敢苟同上将军之议。"正在此时，蔡泽的公鸭嗓呷呷回荡起来，"我王明察：大战须得举国而动，备细筹划。何能但得动议，便仓促兴兵？秦军固得东出，国耻固得洗雪，朝野固然求战，然大灾未过国葬未行，大臣若以复仇开元之辞鼓荡朝议不谋而动，邦国何利，庶民何益？老臣之见：上将军动议不宜立决，当于国葬后再行商讨。"

"纲成君岂有此理！"老蒙骜怒火中烧，"甚叫仓促兴兵？甚叫鼓荡朝议？老夫为秦军东出谋划何止三五年！谋国不协力，专一无事生非，焉能居相摄国……"

"父王——"突兀一声尖叫打断了蒙骜的愤激虎吼，哄嗡争执的大殿顿时寂然无声。大臣们这才发现新王颓然倒案，新太子嬴异人抱着秦王哭喊不止。面色铁青的老桓砾与几个内侍乱作一团，匆匆赶来的两名老太医竟挨不到王案之前。蒙骜蔡泽大惊失色，率先向王座抢来。朝臣们也哄然一声惊呼围了上来，眼看着偌大正殿便要乱了方寸……

"两位止步！"吕不韦一个箭步跃上王阶，当头沉声一喝。蔡泽当即恍然，一把拉住蒙骜衣袖，同时回身喊了一声诸位止步。吕不韦转身跨上王台，扶住正在哭喊的嬴异人低声正色道："太子莫乱方寸，救治秦王要紧！”两手一用力将嬴异人扶开了新秦王，同时对挤挤挨挨乱作一团的内侍太医挥手厉声下令：“让开屏道！请王后上前！”众人哗啦从大屏前闪开，这才看见冠带散乱的华阳后紧锁眉头倚着大屏气喘吁吁，分明是匆匆赶来却被乱人挡在了圈外。清醒过来的老桓砾心头猛然一沉连忙一躬：“王后请！”华阳后没好气地一甩长袖到了王案前，一边伏身偎住嬴柱，一边从怀中摸出了两个晶莹陶瓶，右手捏着一个向嬴柱齿缝连连抖动，左手一个举到自己嘴边猛啜一口，而后低头将小嘴凑上嬴柱嘴唇猛然一鼓。只见嬴柱喉头一动，脸色渐渐和缓了过来。华阳后这才抬头扫视了一眼大汗淋漓的朝臣内侍，只对吕不韦轻轻颔首一下，蹲身将嬴柱揽在肩头背了起来。手足无措的老内侍一见王后劳力，向几名少年内侍一挥手，内侍们要抢步上前效力。

“且慢！”吕不韦一步跨出低声喝住，“王后救治之法，勿得搅扰。”

眼见华阳后袅娜摇去，殿堂一片粗重的喘息，大臣们不约而同地瘫在了厚厚的红毡上，木着脸你看我我看你，谁也没心思说话了。老蒙骜指指蔡泽，蔡泽点点老蒙骜，相对无声地摇头苦笑着，泪水不期然涌上了沟壑纵横的老脸。

掌灯时分，吕不韦被一辆辎车秘密召入了王城。

嬴柱在东书房密室接见了吕不韦，华阳后在旁煮茶，室中连侍女也没有一个。灯下看去，嬴柱气色竟比日间朝会时还要好些，吕不韦当头一躬：“王体痊愈，臣心安也。”嬴柱招手示意吕不韦坐到身边案前，指指已经摆就的茶盅，叹息一声摇头苦笑道：“无奈出此下策也。我若不发病，这朝会如何了结？”华阳后娇嗔道：“你倒有心弄险！晓得无？若不是先生派人急报于我，只怕今日当真出事了。”吕不韦道：“然则倒是神效。否则上将军与纲成君当真失和，国事大大艰难。”嬴柱又是一声叹息：“国无良相，终是乱局矣！”默默啜茶不再说话了。华阳后起身笑道：“晓得你有法度，我去也。先生放心说话，我在外室。”说罢飘然出了密室，身后厚重的木门悄无声息地闭合了。

“先生且看。”嬴柱从案下暗箱中拿出了一只铜匣推了过来。吕不韦接过一看，铜匣锁已打开，匣面赫然两个红字：密件！掀开匣盖拿出一卷展开，一瞄题头精神一振。

蜀郡守李冰启：老臣奉命料商业已完毕。巴蜀两郡共计商贾一万三千六百余，蜀郡十居其八。巴商多营木材兽皮鱼类与各色珍禽山货，殊无大利。蜀商经营繁多，几比关中，然大商巨贾极少，唯一商财货难以计量。此人号清夫人，民人呼之寡妇清，以遗孀之身掌持家事，始开商贾，以大船通商楚国，着力经营井盐丹砂象牙珠宝三十余年，人皆云累财无数。清夫人从无违法经商之事，于官府关税市税按期如数缴纳，然却从不与官府私相来往，亦不在蜀地常居。是故，仓促间无从知其财货虚实大数，容臣后查。 臣李冰秦王元年立冬顿首。

“蜀郡有如此奇商，臣始料未及也。”吕不韦不禁慨然一叹。

“若非先生预料确当，我如何想到下书蜀郡料商？”嬴柱微微一笑，“先生但说，如何赏赐这清夫人商战之功？”

“此事容臣思谋几日。”吕不韦沉吟着字斟句酌，“臣观其行踪心志，清夫人多有蹊跷处，绝非寻常商贾疏离官府之象。其利金臣已如数交付，赏赐不妨暂缓。容臣探清其虚实真相，而后定夺如何？”

“然也。”嬴柱一拍案，“第二事，将相之争如何处置？”

吕不韦思忖道：“上将军之议，纲成君之说，皆有道理。以秦国情势论，臣赞同纲成君主张，秦军不宜仓促东出。然朝议汹汹，国人思战，亦不可漠然置之。臣意：冬日先行国葬，其间我王与臣等可与上将军并纲成君从容商讨，悉数查勘府库军辎；若能有备而出自是最好，若府库军辎一时难以足量，则宁可推后。”

“先生愿领何事？”

“臣熟悉财货，可查勘府库军辎。”

“好！无论何说，总以府库军辎储量为准。”

“老将军耿介执拗，纲成君多有乖戾，臣无以助力，多有惭愧。”

“我知先生难矣！”嬴柱啜着热腾腾的酽茶慨然叹息了一声，“先生初入秦国，与将军无交，与老臣生疏，初任大臣难以周旋也。然则秦国只一样好处：任谁没有凭空得来的声望根基。我这老太子做了十几年，多次岌岌可危，说到底还是嬴柱没有功业。若非先王选无可选，嬴柱焉得今日王位？太子尚且如此，臣子可想而知。先生尽管放手做事，但有功业，虽天地难以埋没。”

“谢过我王体察！”吕不韦一声哽咽骤然伏地拜倒。

“先生哪里话来！”嬴柱一把扶住，与吕不韦四目相对喟然一叹，“天意也！我与异人虽骨肉父子，然几二十年天各一方，虽立其为太子，却无从督导。天赐先生于异人，嬴柱期先生远矣！”殷殷道来红了眼眶。

吕不韦不禁肃然一拱：“终臣一生，无敢有负秦国！”

霜雾之中隐隐传来一声雄鸡长鸣。嬴柱如释重负地长嘘一气颓然伏在了案上。华阳后悄无声息地飘了进来，对吕不韦笑着一点头，娴熟地背起嬴柱走了。吕不韦有些木然，站了起来默默跟着守候在门口的侍女走了。冬初的霜雾夹着渭水的湿气漫天落下，吕不韦的身影随着一盏摇曳的风灯飘忽起来，没进了咸阳的茫茫拂晓。

四　繁难国葬　学问腾挪

冬至。秦昭王的葬礼在寒冷的晚霞中收号了。

朝会次日，纲成君蔡泽奉特书总领国葬事务，兼署太史令、太庙令、驷车庶长、内史、太祝、行人[1]等相关六府。王书只字未提举兵东出事，只说“妥行国葬，以安朝野，为目下国政之要”。依次推去，举兵东出自然不是要务了。自己的主张能取代朝野汹汹拥戴的上将军蒙骜的动

[1] 内史，战国秦官，掌京师咸阳军政。太祝，战国秦官，掌祈祷礼仪。行人，战国秦官，掌邦交事务。

议，使蔡泽大为振奋，立即下令六府合署专司葬礼事务，当下大忙起来。

秦昭王薨去前后天崩地裂灾异不息，灵柩在太庙停了整整三个月有余。依着古老的风习，这是“异葬”。异葬者，非常之葬也，不吉之兆也。秦昭王死于六月炎夏，正应了一句古老的咒语：“恶死六月无可葬。”寻常人等若死六月，即或殷实之家富贵大族，连尸体至少停放三日的老礼都无从讲究，便得匆忙下葬。其间因由，在于炎夏酷热而民无冰室，尸体若居家过得三日三夜便会腐臭溃烂，死者难以全尸入殓。死不得全尸，是古人的最大忌讳，即或战场殒命的烈士遗体运回故乡安葬，族人家人也会千方百计地将残缺尸体续得浑全方才下葬。唯其如此，为顾全尸，酷暑之死无法讲究礼仪。然则，赫赫一代雄主的秦昭王，灵柩深藏冰窖，又恰逢连月老霖酷暑变做悲秋，尸身自然无事。然异葬终成事实，葬礼便处处得上应天数下合物议，方能破解不吉之兆，否则会引来列国嘲笑，且对朝野公议无法交代。如此异葬，便大大有了讲究。

第一件大事，议定老秦王之号。

号者，名称也。常人之号，姓名外加表字。对于国君，这个“号”不是姓名，而是谥号与庙号。谥号，是在国君死后依其生前行迹评定的称号，或褒或贬，以示盖棺论定。谥号制行于整个贵族层，国君谥号由朝会议定，大臣谥号由国君赐下。“谥者，行之迹也。号者，功之表也。是以大行受大名，细行受细名，行出于己，名生于人。”[1] 这是周礼大系中谥法的原本规矩。庙号，则是国君死后其灵位专室在太庙的序列称号，与行迹功业关涉不大，所依据者主要是辈分与灵位专室的位置。庙号制始于殷商，太甲庙号为太宗，太戊庙号为中宗，武丁庙号为高宗。无论是谥号还是庙号，都是国君死后的定位名称，人但呼其号，便是已逝国君。历经春秋数百年礼崩乐坏，战国之世的礼法已经大大简化，对国君之号的确定，看重朝野公议对国君业绩的褒贬，而轻忽国君在庙堂的辈次排列。风习之下，王号大多只有一个且很少拘泥形式，实际而论，大多是只有谥号而无庙号，如秦孝公齐威王魏惠王赵武灵王，等等。到了

[1] 见《逸周书·谥法解》。

秦国统一天下，秦始皇索性连谥号庙号一齐废止，只按国君代次从始皇帝而二世三世地排列下去。西汉立朝，重新恢复了谥号庙号制。流传到后来，谥号制愈来愈变形，以二三十字为“长谥”而专一颂扬帝王的丑剧迭出不穷，使原本体现天下公心而由公议褒贬国君的谥法不期然变成了匪夷所思的恶制。这是后话。

谥号对于葬礼之重要，在于时时处处须得提及，否则成无名之葬。

蔡泽知道，停丧治灾期间，老秦王的谥号已经由太史令会同六府提出，拟定一个“襄”字。襄者，高也，成也，辅助也。但还有一个更重要的字意，是驾车的上等辕马。“襄”与“骧”通，襄者骧也。《诗·郑风·大叔于田》云：“两服上襄，两骖雁行。”两服，中央驾辕两马。两骖，两边拉套马。上襄，则是上等好马。也就是说，襄为驾辕之良马。应该说，这个襄字与老秦王一生行迹尚算切合。老秦王前半生事实是与宣太后共同主政，虽处辅助之位，亦算得两马共辕；后半生亲政大战六国摧枯拉朽功业大成，驾辕之良马当之无愧。然细加揣摩，蔡泽总觉得这个“襄”字有缺。缺之一，无得彰显老秦王秉性功业之威烈；缺之二，无以破解“恶死”之凶兆，无以顺应异葬之异数。后一点最是要紧。

在书房将自己关了一夜，次日清晨蔡泽匆匆进宫。

“老臣之意，先王谥号可加一字。”蔡泽开门见山。

“纲成君欲加何字？”

“昭！一个‘昭’字。”

“昭？昭？”嬴柱一时有些困惑，“其意何在？”

“昭字四意！”蔡泽精神大作一口气说了下去，“其一，昭从日，大明之光威烈赫赫。其二，昭为彰明显扬，昭著天下。其三，昭为明辨事理，孟子云‘贤者以其昭昭，使人昭昭’，此之谓也。最后一处尤为切合，先王宗庙之室排序在左，正是‘昭’位！”

“噫——”嬴柱惊叹一声恍然拍案，“好！昭襄王！一个昭字大出神韵也！”

“老臣还拟了八字号辞，以合异葬之数。”

“说！”

"威烈昭彰，天下为襄！"

嬴柱双目大明，慨然一躬到底："纲成君奇才也，异葬郁结，自此解矣！"

谥号交付公议，朝臣们异口同声地拍案赞叹不绝，了无异议，蔡泽才名一朝鹊起。太庙令太史令两位老臣直是嗟叹："宗庙之说竟出杂学之士，未尝闻也！我等荒谬颟顸，愧执学问公器矣！"原来，以太庙灵室排序，始祖居中，其后分"昭穆"之位两列：二四六诸代父室在左（东），曰"昭"；三五七诸代子室在右（西），曰"穆"；秦王嬴稷为嬴氏嫡系传承第二十八代，其宗庙奉祀之灵室正居左昭位，自然切合一个昭字。此等讲究若由太庙令太史令等一班算国之臣提出，便是题中应有之意，任谁不会意外惊叹。然由蔡泽这等经济杂学之臣提出，大大出乎朝野意料，谁却能不赞叹？

谥号王书颁行朝野，昭襄王名号立即响彻秦国朝野。"威烈昭彰　天下为襄"的巨幅白幛一夜之间挂上了各郡县城池与咸阳城头，唤起了国人对这位威烈之王的种种思念。

第二件大事，是要在国葬王书中对秦昭襄王异葬有个圆满解说。

秦昭王恶死六月，在山东六国早已经是流言汹汹，哄哄然占据主流的是赵国说法：老嬴稷杀戮山东庶民两百余万，血腥太重，天罚恶死，秦国大衰！大梁人则咬着牙根幸灾乐祸地嘲讽：当年我魏惠王死逢亘古大雪，秦人骂老魏王异葬天罚！哼哼，今日如何？老秦王才是真正的异葬天罚！仅仅是六国笑骂还则罢了，偏偏关中老秦人也暗地里流传一说：老秦王冤杀武安君白起，三战大败于六国合纵，秦军惨死三十余万，六月之死岂非报应？曾有驷车庶长愤然上书，请治关中流言者死罪。嬴柱却苦笑连连："老王叔也，防民之口甚于防川，此时治流言，秦国要不要了？"说罢看也不看将一卷竹简烧了。这次特命蔡泽，新秦王专一叮嘱了一句："纲成君，此次本王书特意申明你兼署六府，非为蛇足，君自细加斟酌。"蔡泽当时便明白回复："老臣受命坐掌丞相府总摄百官，原不需申明兼署。我王之意，无非恐葬礼错失而已，是故令臣兼署六府一统葬礼。老臣无他，唯能调得天下众口也！"

谥号一定，蔡泽立即连夜召见六位大员，商讨国葬王书如何措辞。不想六人入座只异口同声一句话：“素闻纲成君学兼百家，我等但凭吩咐。”蔡泽淡淡一笑：“诸位要掂量老夫学问，也好，尚书笔录。”待尚书备好笔墨肃然就座，蔡泽已经晃着鸭步呷呷念诵了起来：

秦王嬴柱书告朝野：呜呼哀哉！先王故去，山河失色！号为昭襄，功业荡荡。薨于炎夏，威布阴阳！大秦居雍，上应太白，下为水德，太白主战，水德肃杀。王主秦政，威烈皇皇，大摧强赵，屡败六国，攻城掠地，震慑四方，执法如山，水德泱泱！炎夏风雷，王之天车，魂住三月，譬若文王，念我国人，魂萦故邦。生而伏暑，薨而大阳，昭襄天命，唯秦永昌！呜呼哀哉！恒念昭襄！

“好！”呷呷之声刚一收刹，六位大员不约而同地一声喊好。太史令摇着白头大是感叹：“天也！老夫此来原也备得一篇，听纲成君书文，愧杀人矣！”太庙令拍案高声道：“此文堪为昭襄王祭文。当勒石太庙，永为传诵！”驷车庶长当即接道：“此事好说，老夫奏请秦王！”蔡泽啜着茶，听几个素称铁面的老臣连番赞叹，心下大是舒畅，不禁呵呵笑道：“诸位既无异议，我等分头行事：老庶长持此文底进宫，呈秦王斟酌；秦王得准，立即颁行郡县，并交内史白幛誊抄，张挂咸阳四门；太祝与太史太庙，我等立即勘定陵墓并国葬之期；行人署将一应文告尽发六国，预闻葬礼。”

六位大臣一声应命，立即分头匆匆去了。次日清晨，特急王书飞骑颁行秦国郡县并张挂咸阳四门，国人争相围观诵读，学问士子纷纷慷慨解说，老秦人顿时恍然，心中疑云阴影烟消云散，不禁感慨万分。这秦昭襄王生也盛夏，死也盛夏，岂非明明白白一个大阳之王！死六月而逢老霖，天冷得要穿皮袍子，尸体竟安然无恙，这不是上天眷顾之意么？功业行迹生死应数，这是雄主天命，也是大秦国运。甚个恶死异葬，全然山东六国诅咒老秦，何其可恶也！

国人心结化开，蔡泽却皱起了眉头，为的是最大一件难事，确定墓葬地。

秦自立为诸侯，从陇西迁入关中，历代国君都葬在春秋老都城雍城一带，后世称为秦公大陵。战国之世，秦国的献公、悼武王两代国君也都回葬了雍城陵区。孝公、惠文王两君始葬咸阳郊野，却都是葬礼简朴，陵园狭小，且祭祀正宗皆在雍城。咸阳虽然也有宗庙，然却只有供奉先祖与历代国君的灵室，离陵墓甚远。老都雍城的陵墓区及其宗庙在王族与朝野国人心目中，自然比咸阳太庙要完整神圣许多。如此格局颇多不便，用老秦人话说，是“隔涩”。隔涩者，不顺畅也。首先的隔涩处是祭祀地以何为正宗？战国之世多骤发战事，祭祀告祖是大战之前之后不可或缺的仪式，加之时令节气灾异大政等诸般重大国事，国君大臣的祭祀几乎月月都会发生，若以雍城陵墓区宗庙为祭祀正宗，每遇祭祀驰驱数百里，自是大大不便。而若以咸阳宗庙为正宗，国君却只两代葬在咸阳，礼仪之隆自然比不上雍城。此等尴尬虽非兴亡大事，却也实实在在是个难题。秦自迁都咸阳，孝公惠王两代都曾想在咸阳城外的渭水南岸山塬建立宗庙，国君从此安葬咸阳渭南，以免不期祭祀之艰难。然终因战事多发，秦国尚未强大到滋生出天下终归秦土的普遍心志，老秦人终是以雍城为根基，国君葬于关中渭南的谋划难以成为定制，做到的只是将有此心志的孝公惠王安葬在了渭南。

秦昭王一代雄主，长期在位能从容行事，一心要为秦国一统天下奠定根基。除了力战山东摧毁六国实力，秦昭王晚年只思谋两件大事：一是稳定秦法做万世国本，二是消解老秦人素来以西土部族自居的马背之心。第一谋划之下，有了太庙勒石护法。第二谋划，秦昭王便想从国君东葬成为定制开始。此事看似虚笔，实际却是要为秦人树立一个精神界石，使秦人以天下为秦，而绝不仅仅以西部为秦。然此事终归要后人去做，自己无法强为。为此，秦昭王专一给太子嬴柱留下了一件遗书：“父死之时，若情势安定，或可葬于渭南，开秦陵东移之定制。”新君嬴柱将这一遗书郑重交给了蔡泽。蔡泽当即慨然应命，定要设法达成先王遗愿。

蔡泽却没有想到，今日一开口便遇到了“三太”的一致反对。

“纲成君轻言也！”太史令翘着山羊胡须当先开口，“先王虽有遗书，然根本处却在这情势如何。朝议所趋，人心所向，列国之势，都是改葬须得斟酌的情势。先王骤去，涝灾方息，秦国第一要务是安定，动不如静。昭襄王宗庙或可立于渭南，改葬之事万不可行！”

“宗庙东迁亦不可行！”太庙令立即赳赳接上，“亘古至今，墓庙两立未尝闻也！独我秦国竟能西墓而东庙，原本咄咄怪事！孝公惠王两代特例，不能做定制待之，昭襄王之葬岂能效法？老太祝，你做何说？”

满头霜雪的太祝从来寡言，沟壑纵横的古铜色老脸恰似他与之对话的神灵那般静穆，见太庙令敦促，方才字斟句酌道：“太祝掌邦国祭祀祈祷，献公东迁栎阳之后，宗庙祭祀一直东西两分。太祝府亦随之分为东西两署吏员，每逢祭祀诸多不便。据实而论，宗庙陵墓归一，最佳也。然老夫以为：自古宗庙循祖地，秦国宗庙陵墓当归一于雍城为上策。若迁关中，或利于事功，然却损于国运矣！”

“有损国运一说，可有依凭？”蔡泽立即追了一句。

“卜师钻龟而卦，其象不明，无可奉告。”

蔡泽默然思忖片刻道：“三位老太皆以为宗庙陵墓不宜东迁，我自当谨慎从事。然昭襄王遗愿也是凿凿在目，终归不能做过耳轻风。蔡泽敢问三太：若得何等情势出现，方可东葬昭襄王？”

三太一时语塞。蔡泽之言也有道理，作为奉命大臣，先王遗命不能置之不理。更有自古以来的习俗：葬地首从死者遗愿，死者但有遗言，后人若无非常理由皆应遵从。寻常庶民尚且如此，况乎一国之王？方才三人所说都是情势之理，而没有涉及死者遗愿。而如果改变死者遗愿，自然得有非同寻常的理由。反对理由三人方才已经说完，一时如何想得出非同寻常的东葬理由？蔡泽问话显然已经想到了这一点，所以问话是相反一个方向：此事有无回旋余地？要得怎样才能使昭襄王东葬？如果回答，事实上只有顺着完成死者遗愿的方向说话，若不作回答，显然有不敬先王遗命之嫌，三位老太一时沉吟起来。

“三位老太，此事尚可商榷。”蔡泽见三人无话，和缓笑道，“老太史之说，在国事情势不许。老太庙之说，在礼法成例不许。老太祝之说却是三分，一认东迁利于事功，二认当循祖地，三认卦象不吉。蔡泽总而言之：国事情势大体尚安，不足弃置先王遗愿。礼法成例祖地之说，于变法之世不足以服人。唯卦象一说尚可斟酌。蔡泽之意，若得卦象有他说可以禳解，先王东葬当无大碍，三位老太以为如何？”

“此法可行。”老太祝先点头认可。

“也好，先解了卦象再说。”太史令与太庙令也跟着点了头。

蔡泽顿时轻松，与三太约定次日会聚太庙参酌卦象，匆匆进宫去了。

嬴柱听完蔡泽禀报，心中喜忧参半，喜的是在丧葬大礼上的三个要害大臣还有转圜的余地，忧的是这莫名卦象究竟何意？战国之世虽不像春秋之世逢国事必得占卜，却也是大事必得求兆。所谓求兆，一是天象民谚童谣等天人变异，二是山川风云等各种征候变异，三便是占卜。前两种征兆可遇不可求，许多大事便要靠占卜预闻吉凶。先王丧葬为邦国礼仪之首，诸多环节都要占卜确定。太祝府的卜人署专司占卜，如今生出一个不明卦象，传之朝野岂非徒生不安？思忖再三，嬴柱提出要亲赴太庙听卜人解说卦象，蔡泽欣然赞同。

次日清晨，三太在太庙石坊口迎到新君与蔡泽车驾，辚辚进了太庙。

君臣在正殿拜祭之后，太庙令对太祝肃然一躬交出东道之职。老太祝肃然还礼，复从容前行，领着君臣几人徒步进了松柏林中的卜室。战国之世，各国王室占卜的职司程式大体都是三太共事：直接占卜的卜人隶属太祝府，国事占卜的地点却在太庙正殿，太史令则必须在场笔录入史；占卜之后的卦象，须得永久保存在由卜人掌管的太庙的卜室，供君主与相关大臣随时参酌。也就是说，太祝府职司占卜并卦象保存，太庙府职司占卜场所，太史府职司笔录监督。一事而三司，可见其时占卜之尊崇。

朝阳已在半天，卜室正厅却一片幽暗。装满各种卜材的高大木柜环绕墙壁，正中一口六尺高的青铜大鼎香火终日不息。绕过正厅大屏，再穿过头顶一片蓝天的幽深天井，进了一座静穆宽绰但却更为幽暗的石室，便是寻常臣子根本不能涉足的卦象藏室。室内三面石墙三面帷幕，中央一张香案，两列四盏铜人高灯、六张宽大书案，静谧如同山谷。

嬴柱君臣拜罢香案堪堪坐定，一个须发霜雪布衣竹冠的老人从深处过来肃然一躬，回身走到东墙下向胸前石壁一摁，一面可墙大的帷幕无声地滑开，整齐镶嵌在青石板上的一排排卦象赫然眼前。老人对着石板高墙又是肃然一躬，双手捧下头顶石板格中的一面龟甲，仔细卡进了一张与人等高的带底座的大木板。老人方得回身，已经有两名年轻吏员将木板抬到了大厅正中。

“卜人禀报秦王：此乃十月正日所得钻龟卦象。”老人用一根苍黄细亮的蓍草在三尺之外指点着裂纹奇特的龟板，“龟纹九条，间有交错，指向方位全然不明，无从判定吉凶也。卦象推前。秦王细加参酌。”随着卜人吩咐，两张大板同时推到了嬴柱案前。

嬴柱睁大了眼睛仔细端详，也看不出龟甲裂纹与曾经见过的龟卜卦象有何异同？不禁皱起了眉头：“三位老太学识渊博，可能看出此卦奥秘？”三颗白头一齐摇动，异口同声一句：“臣等多次揣摩，无从窥其堂奥。”

“纲成君以为如何？”

蔡泽端详已久，饶是杂学渊博且自认对易学揣摩甚深，然却对眼前这令人目眩的纹线看不出些许头绪来。大凡龟卜甲板，纹线最多三五条，大部分都只有一两条，其长短、曲直、指向及附带裂口，大体都有数千年传承的卜辞作为破解凭据，多识驳杂者往往都能看出几分究竟来。然则目下之龟板裂纹多达九条，长短不一且偶有交错与裂口，闻所未闻。蔡泽正在沉吟无话，却见老卜人盯着卦象嘴角抽搐了几次，心下猛然一亮，趋前深深一躬：“老卜人乃徒父[1]之后，累世掌卜，敢问可曾见过此等卦象？”蔡泽的谋划是，若老卜人也回说不知，便动议此卦作“乱卦不解”，如同“乱梦不占”一般。

“老朽遍查国藏卦象，此卦恰与春秋晋献公伐骊戎之卦象无二。”

老卜人一开口语出惊人，三太听得大皱眉头。蔡泽也是心下一沉，不想再问下去了。晋献公乃春秋多事之君，此等异卦现于他身焉能有吉

[1] 徒父，秦穆公时职任秦国卜师，以龟卜闻名诸侯。

兆？然素来只读医书而生疏于史迹的嬴柱却陡然振作拍案：“好！参卦也是一法。那副卦象可在卜室？”

老卜人一点头，两个年轻吏员从卜室深处推来了一方木板，中间卡着一片已经发黄的硕大龟甲。大板立定案前，君臣几人一齐注目，新老两片龟甲的裂纹确实一般无二。

“晋献公龟甲有解？”蔡泽立即追问了一句。

“其时史苏为晋国卜史[1]，学问玄远，实非我辈能及也！”老卜人慨然一叹旋即漠然，淡淡的语调回荡在幽暗的厅堂，说起了一个遥远的故事，“晋献公五年，晋欲出兵伐骊戎[2]。史苏大夫龟卜得此卦象，解为‘胜而不吉’。献公问，何谓胜而不吉？史苏对曰，‘挟以衔骨，齿牙为猾，主纹交捽，兆为主客交胜，是谓胜而不吉也。’秦王且看，此处是‘骨猾’卦象。”

顺着老卜人枯瘦的手指与细亮的蓍草，嬴柱君臣对龟甲板上的纹路终于看出了些许眉目：两条稍显粗大的纹线扶摇向上，中间突然横生出一个短而粗的裂口，裂口两端各有一块裂纹恍若人齿；两齿间又穿进一条短粗纹线，恍若人口衔骨；两条粗大纹线越过“人口”相交合，挽成了一个奇特的圆圈。

“后来应验否？”嬴柱不禁倒吸了一口凉气。

老卜人道：“晋献公不信，斥其以子矛攻子盾，遂发兵，攻陷骊戎，得骊姬姐弟还国。骊姬妖冶，献公立为夫人，生子奚齐，骊姬弟生子卓子。骊姬姐弟谋晋国大政，结奸佞离间公室，自此晋国内乱频生：太子申生为骊姬陷害，被迫自戕；诸公子尽遭横祸，唯公子重耳与夷吾出逃；献公在位二十六年死，奚齐继位遭朝野物议，权臣里克杀奚齐，卓子再继位，复被里克所杀；公子夷吾在齐秦两国护送下回晋即位，剿灭里克一党，然终为大乱之局；夷吾死后若非文公重耳复国，晋国灭矣！”

“这便是，交相胜，胜而不吉？”蔡泽铁青着脸。

---

[1] 卜史，春秋晋国占卜官。史苏，春秋晋国之卜史大夫，以此卦闻名诸侯。

[2] 骊戎，戎狄侵入中原后居住在关中骊山一带的部族。一云其地在山西晋城西南。

“晋胜一时，而国乱数十年杀戮不断，胜而吉乎？”

“卜人之意，本次龟卜也是胜而不吉？”嬴柱忐忑不安地追了一句。

“卦象同，老朽不敢欺瞒也。”

“果真胜而不吉，与国葬何意？”老太祝显然是要卜人说个明白。

“昭襄王改葬，或能国运勃兴，然预后不吉。”老卜人淡淡一句

蔡泽一瞄，见太史令太庙令一副打定主意不开口的模样，走过来对嬴柱耳语了几句。嬴柱站了起来说声今日到此，大袖一甩径自去了。出得太庙，嬴柱辎车直奔驷车庶长府。蔡泽随后赶到时，嬴柱与驷车庶长已经在相对啜茶了。

“敢问老庶长，两年前可是陪同昭襄王最后西巡？”蔡泽就座便问。

“录之国史，纲成君明知故问也。”

“国史载：其时昭襄王郊见上帝。不知可曾留有遗书？”

“纲成君何有此问？”老庶长不置可否。

“蔡泽推测当有遗书，无得有他。”

“主葬大臣既然过问，老夫实言相告：先王确曾留下金匮密书。”

“王叔何不早说？”皱着眉头的嬴柱有些不悦。

“先王遗命：葬时不问，此书不出，只听天意也。”

“金匮密书典藏何处？”

“依法典藏太史令府。”

“走！”嬴柱一拍案起身便走，君臣三驾高车辚辚驶向了太史令府邸。

老太史令刚刚从太庙回到府邸，听说秦王车驾已到府门，不禁大是惊愕，匆忙迎到中门。嬴柱直接一句：“老太史，本王要当即拜查金匮密书。”老太史令这才回过神来，肃然一躬道：“金匮密书为历代秦王密典，我王拜查，须得占卜吉日方可。”蔡泽接道：“孟冬之月，盛德在水，府库启藏皆宜，何有不吉之日也。”老太史令点头道：“纲成君说得也是。如此我王随老臣前来。”领着嬴柱君臣三人走过了一片水池又进了一片松林，眼前一片肃穆的高墙庭院，厚重笨拙的石门前矗立着一座丈余高的大碑，赫然四个大字——国史典库。

绕过影壁，一片可着庭院的大水池，石条砌就池岸，池中蓝汪汪清

水盈岸却没有任何花草，池边整齐排列着成百只大木桶；大水池的北东西三面全是石墙高房，整个庭院没有一棵树木，却弥漫着一股浓郁的异香。嬴柱皱着眉头道：“甚个味道？老太史，此乃王室典籍库，不能修葺得雅致些个？”老太史令顿时肃然：“秦王差矣！藏典须坚，防火防盗防虫蛀，是为第一要务。异香杀虫，池水防火，坚壁防盗，最不宜雅致也。”嬴柱有些脸红，不再说话，只默默跟着老太史令过了水池向北面六级高台上的大屋而来。

四名吏员合力拉开了城门一般厚重高大的铜包木门，跨过坚实粗大的门槛，便见屋顶高得足有寻常房屋的两倍，室内干燥温暖分外舒适，一座座四方“木屋”均匀分布在中央一片座案区前，寻常人实在看不出这里与典藏有甚瓜葛。

与在太庙一般，嬴柱君臣拜过香鼎，坐在案前肃然等候。老太史令带着两名吏员打开了最深处的一座“木屋”，搬出一只三尺高的铜匣抬了过来。铜匣盖缝处全部泥封，匣鼻吊着一把硕大的铜锁，钥匙眼也是赫然泥封；封泥上皆有清晰字迹：秦王嬴稷五十四年九月十三封典，匣面上四个拳头大的黑字——金匮密书！

金匮密书者，藏于金匮之绝密典籍也。此制开于西周的周公旦，流传于春秋战国。西周灭商后周武王大病不起，周公秘密祷告天地，自请身死以代武王；祷告之后将祷书藏于金匮密封存库，下令后世非王不得开启，以示诚不昭之于人；后来周成王听信流言，疑周公有异心，遂亲自开启金匮密书始知真相。金匮密书藏于重地，防范之要不在被人盗开，特异处在于寻常大臣不得擅开，所以无须使用机关器物，而是国王的皇皇泥封，但有新君查看，开启却是不难。

嬴柱起身，对着铜匣肃然三拜。老太史令用一把专用铜刀割开泥封，打开匣盖后退了三步。嬴柱颤抖着双手从匣中捧出了一方折叠的白绫，方一展开，几行大字赫然入目：

秋分出雍郊游，卧渭水之阳，梦见天帝。帝曰：嬴稷累矣，当眠秦中腹地而后安，雍城非汝寝地也！醒，白日皇皇，帝言犹在耳。

若开此书，天意葬我于咸阳也！

“纲成君……”嬴柱一言未了颓然软倒在案前。

“诸位莫慌。”蔡泽摇摇手，从怀中掏出一只瓷瓶倒出一粒酱色药丸喂入嬴柱口中，又接过吏员递过来的温开水喂得一口，嬴柱喉头咕咚一响片刻间鼾声大起。“纲成君有如此医道？”驷车庶长不禁大为惊讶。蔡泽喘着粗气连连摇手：“非也非也，这是吕不韦提醒我，华阳后给的药。这几日秦王劳累，不得不防。”说话间过得大约半个时辰，嬴柱打个哈欠醒了过来，指着案上白绫道：“先王郊见上帝，密书被我君臣开启，天意分明要昭襄王葬于秦中也！纲成君立召六府会商处置。”

“嗨！”蔡泽将军一般赳赳应命。

送嬴柱回宫后，蔡泽当即召六位大臣到丞相府议决。驷车庶长、咸阳内史与行人异口同声无异议。太史令也不再坚持情势说，申明只要朝野信服便可行。太庙令无可无不可，终归是点头赞同了。唯独老太祝咬定胜而不吉的卦象，坚执认为只有龟卜才是预知天命国运的“信法”，余皆不足为国运断。老驷车庶长三人当即愤然指斥太祝疑昭襄王郊见上帝，荒谬过甚，当交廷尉府论罪。老太祝冷冷一笑：“天命不足为人道也。老夫言尽于此，论罪下狱何足惧矣！”板着脸不再说话。太史令与太庙令只看着蔡泽一言不发。蔡泽本欲论说一番，然虑及一旦扯开越说越深反倒不妙，断然拍案道：“先王密书不期而发，秦王之意已决，我等只议如何实施，余皆搁置。天道幽微难测，一人孤见亦是常情，容当后议。”

这一决断既顾全了事务，又避免了难以争辩清楚的纠葛，六臣异口同声赞同。蔡泽立即作了部署：驷车庶长与咸阳内史筹划征发民力修建新陵，蔡泽领太史令草拟颁行金匮密书的国府文告，并筹划葬礼议程；太祝太庙勘定墓葬地，并卜定国葬日期；行人向山东列国发出国葬文书，并派斥候探察六国动静。部署完毕分头行事，蔡泽七人大忙起来。

次日，随着金匮密书与国府文告的颁行，秦昭襄王雍城郊见上帝的故事便在朝野秦人中流传开来，各种疑云与反对改葬的议论顿时烟消云散。老秦人终是相信了上帝，相信威烈老秦王东葬定然是秦国大出的吉兆。

老太祝奉命勘定墓地，大大为难起来。

华夏传统，自古有墓地择阴阳的礼法。《诗·大雅·公刘》便是一篇记载周人先祖公刘以阴阳法测定豳地为周人定居地的故事。有云："笃公刘，既溥既长。既景迺冈，相其阴阳，观其流泉，其君三单。度其隰原，彻田为粮。度其夕阳，豳居允荒。"商周时期，阴阳堪地法已经流播天下，举凡建造都邑城郭民居，抑或部族迁徙死者安葬，都要卜地卜宅，更讲究者还要卜邻——以阴阳法选择邻居。《左传·昭公三年》记载："非宅是卜，唯邻是卜。二三子，先卜邻矣！"春秋战国之世，阴阳法发展为诸子百家中的一个独立学派——阴阳家。所谓阴阳，原本是相地中的说法，阴为不向阳的暗面，水之南，山之北也；阳为日照之光明面，水之北，山之南也。及至《周易》出现，阴阳一词由单纯的明暗之喻扩展为万物之性，进而演化为"道"论基石，此所谓"一阴一阳之谓道"，"阴阳不测之谓神"，从而成为所有神秘学派的根基学说，自然也是相地的根基学说。如此流播，后世便将堪舆者称为"阴阳先生"。

然则，战国之世学术蓬勃兴旺，治学与实际操持已经有了区别，专一治学的名士往往未必是世俗践行的各种师家。譬如慎到是法家治学大师，却始终没有实际参与任何一国的变法实践；邹衍为战国阴阳家的治学大师，却不是真正操持相地的地理师或堪舆师。其时，相地的学问根基是"地理"说。《管子·形势解》云："上逆天道，下绝地理，故天不予时，地不生财。"《礼记·月令》云："毋变天之道，毋绝地之理，毋乱人之纪。"所谓地理，后世东汉的王充在《论衡·自纪篇》先给了解说："天有日月星辰谓之文，地有山川陵谷谓之理。"后有唐代孔颖达注文再解："地有山川原隰，各有条理，故称地理。"由此可见，地理者，地势之结构条理也。地理说虽可视为操作之学，毕竟其立足点尚是治学，而不是专一的世俗操作。于是，战国中后期有了专一的相地操作家，这便是堪舆师。堪者，天道也；舆者，地道也。所谓堪舆，合天地之道以断地势也。

战国最有名的堪舆师，恰恰是一个秦人。

此人号称青乌子，一部《青乌经》被天下堪舆师奉为相地经典，一旦得之便视为不传之秘。举凡天子诸侯豪士贵胄，但能得青乌子相地而葬，则是莫大慰藉。秦人风传，青乌子隐居南山，皓首青衣深居简出，无弟子亦无家室，更无人知其年岁，几是半神之人。然则，更令人啧啧称奇的是，这位半神半人的大师从来没有人能请动其出山，准确地说，是根本无从寻觅。多少大国之王生前都想请这青乌子相地造墓，偏偏都是无法探察其踪迹。魏惠王笃信阴阳之学，曾经封阴阳家邹衍为丞相，晚年更是殷殷不忘寻觅青乌子为其相地定墓，派出三百名精干斥候秘密进入秦国，将南山与毗邻的崤山、陕原、桃林高地搜寻三年，终归没能如愿。有时，青乌子又不请自到，但来只说一句："天意当出，不得不出也！"当年齐桓公田午死，几名堪舆师为三处墓地争执不下，一个皓首青衣者陡然现身，只一句"齐公葬阳龙，后必勃兴焉"！倏忽离去。堪舆师们恍然惊叹，再无一句争执。后来齐威王铁腕变法，齐国果然富强而称雄天下。齐人万般感慨，从此笃信阴阳，方士之风大盛，齐国成了战国方士的渊薮。

说到底，青乌子[1]之奇，在于他自己不来则任你踏破铁鞋也难觅踪迹。这便是老太祝的难处。秦有青乌子，太祝府的堪舆师便微不足道，不得青乌子相地，非但秦国朝野疑云重重，更要惹得列国一番嘲笑，然则要请得此人出山，实在是无从着手。

思忖间心念陡然一闪，老太祝立即吩咐卜人占卦，以确定青乌子方位。老卜人踌躇一阵，终是进了太庙卜室起卦钻龟。不想烧红的竹锥刚一触及龟甲，龟甲便"嘎"的一声裂为无数碎片。老卜人倏然变色，老太祝也是惊愕万分，对着卜室大鼎扑拜祈祷良久，心头兀自突突乱跳。然职司所在，相地大事总是不能耽延。老太祝与几个精干吏员再三商议，决意派府中主书与六名堪舆师带一班熟悉南山的吏员进山寻觅青乌子。正在行将上路之际，门吏匆匆来报说纲成君蔡泽到了。

---

[1] 青乌子被后世堪舆家奉为祖师，其所生时期有黄帝时、商周时、秦时三说。

老太祝立即赶到府门迎接，脸上一副无奈的苦笑。

“老太祝知道了青乌子所在？”蔡泽皱着眉头揶揄地笑着。

“唯尽人事也，岂有他哉！”

“可遇不可求者，听其自然便是上上章法。”蔡泽悠然一笑，“收回人马，但听老夫部署。”说罢径自进了厅堂。

“纲成君有应对之法，本祝谨受教。”老太祝肃然一躬。

“老太祝治学有术，人事失之古板也。”蔡泽不失时机地嘲笑了这个高傲的老人一句，叩着书案问，“府下几名堪舆师？”

“九名。”

“秦中可相之地几何？”

“王者之葬，大体五六处。”

“将九名堪舆师并全部吏员分作六队，大张旗鼓相地，争执愈多愈好。”

“这……期限在即，工匠三万朝夕等候，自起纷争如何收场？”

“你只如此去做，有事老夫担承。”

“嗨！”老太祝顿时踏实，精神陡然振作，当即召来所有吏员一番部署。一个时辰后，九队人马各自打着三丈高的白色大纛旗出了咸阳南门，匆匆赶赴渭水沿岸的山水胜地。老太祝敬事，也亲自带领一队进了渭水之南的山塬。

如是三日，这九队相地人马将整个关中搅得沸沸扬扬。时当冬闲，“为王相地”的白色大纛旗招来了四野三乡的万千人众终日围观。堪舆师们也不避讳，但有歧见径自高声嚷嚷，经好事者一番解说，围观人众自然也跟着七嘴八舌地争论不休。各种消息不断流淌，旬日之间，“国府相地大有争执”成了朝野皆知的明事。

终于，九队堪舆人马齐聚渭水南岸的阴乡樗里[1]，开始了会商议决。

一旦说开，九名堪舆师还当真是歧见百出争辩不休。整个秦川中东

---

[1] 阴乡，乡名，渭水之南为阴，即渭水南岸的一个乡。樗里，里，战国秦制对村的称谓，“樗”为里名；即一个叫做“樗”的里，后演化为姓，秦有樗里疾，时称樗里子，其故事见第二部《国命纵横》。

部的形胜之地被一一罗列，最后还是各有所长难分轩轾。有人说，东部桃林高地的潼山被山带河，为虎踞龙盘之象，昭襄王葬此秦必大兴。有人说，华山为飞龙之势，雁腾鹰举双翼飞张，其北麓为最佳王陵。有人说，骊山背依南山群峰，形势高远如仰天大壶吞吐大河，为腾龙四海之象，其势最佳。跟随老太祝的两个堪舆师却说，渭水之南，南山之北的麓口形势磅礴，脉理隐延如浮排铺毡，王葬最宜。然此说却遭到其余堪舆师的纷纷指斥，说渭南之地铺排无序，平野难聚天地之气，充其量是回龙之势，实在是下下之选。一时各执己见，争执得不可开交。

老太祝不禁大皱眉头。他原本看好这阴乡樗里的山塬形胜，此地紧邻章台，非但山清水秀，且更有未来“帝运”。惠文王时的上卿樗里疾通晓阴阳之学，生前将自己的墓地选在了这里，死时曾对家人言及：“我死后百年，当有天子之宫夹我墓。”百年后为天子宫室，岂非秦国帝运？当然，此时的老太祝不可能知道，百年之后的“夹墓天子宫室”已经是西汉长安的长乐宫与未央宫了。这是后话。老太祝召堪舆师们到这里会商，实则是想提醒堪舆师们关注此地。不想这几个堪舆师争得面红耳赤，却没有一个人提及面前这方山水。反复思忖，老太祝终究还是没有开口明说。自己毕竟不是堪舆家，这些“专学”之师高傲非常，个个自视通灵知天，相互尚且全然不服，如何能赞同他这等术非专攻的俗见？对于相地这等术有专攻之学，纵然自己是权力上司，也无法使这些“属吏”听命。说到底，这既是“专学”之特异使然，亦是战国自由争鸣的奔放风习使然。譬如那个专司占卜的老卜人，你若要在钻龟解卦中提出与他不同的见解，除非你当真是占卜大家且说得确实有理有据，否则纵是君王也难以使他改口。老太祝属下“专学”吏员甚多，很是熟悉此等吏员的秉性，所以从来不在“专学”们面前抒发己见，如此方统领得这些能才异士，若自己事事都有高明见识，只怕太祝府早已经乱成了一锅藿菜羹。然今日这等争执却教老太祝颇烦。历来相地最多半月之期，眼看已是十三日，相地声势铺排得惊天动地，非但没有引来青乌子，自己一班人马也是莫衷一是拿不出定见，此事如何收场？

时当日暮，帐中嚷嚷不休。老太祝心下烦乱挥手陡然一喝：“散议造饭！”

堪舆师们正在愣怔，帐外吏员连声惊呼：“山口！山口！”

众人闻声出帐，只见一人遥遥站在山口峰头，皓首青衣大袖飘飘，身披七彩晚霞隐隐然仙人一般。老太祝与堪舆师们顿时警悟，当即一齐拜倒高呼：“恳请青乌子赐教解惑！”

峰头传来沙哑苍劲的声音：“堪舆之术，顺天成人而已。若以汝等之心，天命国运尽在堪舆，天下何有正道也！”

老太祝额头汗水涔涔而下，遥遥一拜高声道：“我等愚鲁，容当自省。恳请青乌子指点秦王墓地，以解朝野疑惑，以安国人之心。”

“天意也！老夫只有了了这桩繁难。”峰头老人大袖擎着一支竹杖遥遥向天一画，“秦地多形胜，非一人能独占，因人因时因地耳。昭襄王背祖制而东迁，几为孤葬也。孤葬者，非于大山之下，必于广川之上。秦之南山乃昆仑东来，为中国三大干龙[1]之首。秦之渭水，注河入海，吞吐天地，向为天下广川。如此，南山之北渭水之南，大形胜也。然两处皆阴，须得阳势补之。”老人竹杖陡然直指东北，在晚霞中画出了一个大弧，“泾水渭水交汇处有芷塬盘踞，芷阳之地照大山而过广川，塬势光肥圆润势雄力足，平野铺展厚重万绿为盖，实是气脉灌注之佳穴也。泾水之南，渭水之北，芷塬之南，南山之北，两阴两阳，相济相生，合秦国之阴平水德，承干龙之大阳充盈，正当王者孤葬之地也。”

“敢问青乌子，既为孤葬，预后如何？”

“孤葬得势者，勃兴焉！”一语方罢，山口峰头的老人倏忽不见了踪迹。晚霞弥散，沉沉暮霭笼罩了苍黄的原野，众人痴痴站在旷野寒风之中，无一人说话。

次日清晨，老太祝将一卷刻写整齐的《青乌子相地辞》呈到了新君嬴柱的案头，并附上对国葬日期的占卜结果，又特意说明这是青乌子相地的最长说辞，实乃秦国之幸也。嬴柱看得兴致勃勃，特意在“孤葬得

[1] 干龙，古代地理学将横贯中国的三大山系定为中国地脉三大干龙，意为三条主干龙脉，昆仑秦岭一线为第一干龙。

势者勃兴焉”一句旁画了一道粗大的红杠，并当即下书蔡泽“依青乌子所相，于芷阳[1]修建墓室，依占卜吉日大行国葬。”

蔡泽接书，立即会同驷车庶长与咸阳内史，率领三万余徭役民众赶修墓地。其时君王墓葬远非后世皇帝那般宏大奢侈，只是规模较大的一座墓室外加地面一座陵园而已。祭祀宗庙则可葬后补建，无需同时动工。以战国风习，秦昭王陵墓成“中”字形，中央墓室合“九五”之数：长九百步，宽五十步；东墓道长三百步，宽六十步；西墓道长百步，宽二十步；墓深十丈，中央墓室分三级台阶达于正室；东墓道陈列殉葬臣僚与军阵陶俑，西墓道与南北两墓道陈列各种大型殉葬品；葬后地面起一座土山，是“陵”，陵外筑砌一圈石墙，石坊为门，便成一座陵园。与后世相比，如此工程远非浩大，但在战国之世却也是一等一的宏大陵墓了。秦人感念昭襄王大功，无分是否徭役之期，凡是田间无农活者一律拥来帮工，一座大墓陵园竟在月余之间建得停当。行人署依据老卜人卜定的葬期，向山东大小三十二个邦国一齐发出了国葬文告。秦王的国葬王书也同时颁行朝野，都城咸阳与各郡县当即大肆举哀。未及三日，秦国朝野淹没在一片白色汪洋之中。

冬至这日清晨，三万白甲铁骑隆隆开道，举国朝臣与王族男女护卫着秦昭襄王的灵柩缓缓地出了咸阳东门。东门外的沿途原野挤满了秦国民众，人们在清晨的寒风中肃然伫立，默默护送着这位大长秦人志气的威烈之王走向命运的尽头。从咸阳到芷阳的数十里大道原野上，白茫茫黑压压人群连绵不绝，各种香案祭品摆成了无边无际的长廊，老秦人捶胸顿足号啕长哭，伴着在风中断续呜咽的无数陶埙秦筝，弥漫出一种撼天动地的悲怆。

秦国灵柩大阵之后，是山东六国、周王室以及二十余诸侯国的各色与葬方阵逶迤尾随，连绵旌旗白幡长达三十余里。这次，山东六国都派出了极为隆重的与葬使团，或太子或丞相做特使，一色的“百乘”车队，一色的万骑马队。百乘战车拉着“贡”给秦昭襄王的殉葬礼品，万骑马

[1] 芷阳，史载秦昭王葬芷陵，芷，芷阳也，大约在今西安临潼区。

队则意味着与葬国对死者灵魂的隆重尊崇。在列国与葬使团中，韩国最为显赫。韩桓惠王亲自带领一班大臣入秦，下葬之前全副衰绖[1]，专程到秦昭王的宗庙灵位前隆重祭祀，今日自然也紧紧跟着秦昭王的灵车，引得列国特使人人侧目。

这是春秋战国之世最为讲究的邦交礼仪——会葬。

无论如何征战攻伐，但凡一国君主国葬，各国都要派出特使会葬，然隆重繁简程度却是因人因国大有不同。战国初期，赵武灵王为其父赵肃侯国葬，中原大小诸侯悉数会葬，秦楚燕齐魏五大国各出百车万骑，其余小国车骑不等。葬仪之日，邯郸郊野旌旗蔽日白幡如林人马萧萧，号为战国最大葬礼。此后百年不乏雄主谢世，如齐威王、秦惠王、楚威王、燕昭王、齐宣王、赵武灵王、赵惠文王，然此等会葬大礼却未曾再现。

说到底，时也势也。

秦昭王之前，七大战国尚在最后一波变法强国浪潮之中，攻杀征战互有胜负，内政功业各见短长，天下远未形成强弱定势。其时秦国与山东六国的合纵连横缠绕攻击势成水火，七国敌友倏忽无定，各国忙于实打实大争，邦交来往与征战恩怨盘根错节，谁也没精力应酬邦交虚礼，会葬礼仪自然也成虚文。然则经秦昭襄王五十六年，秦国横扫六国如卷席，一世奠定了一强对六弱的天下定势：先大败六国联军于河内；再将土地最广袤潜力最大的楚国一举击垮，夺取夷陵、攻占郢都、设置南郡，逼楚国仓皇北迁，最有回旋余地的一个大国终于成了二流战国；然后强攻老底子最雄厚的魏国，捎带侵消已经软成了一摊烂泥的韩国，一举夺取河东河内三十余城，设河东河内两郡，迫使魏国龟缩河南之地，终于也成了二流战国；期间燕齐两国六年兴亡大战，最终两败俱伤，一齐成了二流战国；最后，秦结举国之力与新崛起的最强大对手赵国大决，长平一战三年，摧毁赵军全部主力五十余万，牢牢占据上党天险，若非秦

[1] 衰绖，丧服。胸前六寸宽四寸长的麻布片为“衰”，结在头顶的麻绳为“首绖”，腰间麻绳为“腰绖”；丧服以麻布（衰）麻绳（绖）为主要标志，是故合称“衰绖”。

国君臣歧见致白起愤然罢兵，秦军完全可能一战灭了赵国。原本已经孱弱的赵国，经长平大战丢上党、失宜阳与野王，更是滑入了三流战国；至此，作为山东屏障的最强大赵国虽然依旧是山东最强，然却与秦国再也无法对等抗衡了。秦国虽然也在长平大战后三败于山东联军，但实力元气远未根本损伤。秦昭襄王晚年励精图治，巴蜀变成了秦国又一个“陆海”，财货民众已经更为殷实。天下有识之士都看得明白：若非秦国大军暂无一流名将担纲，秦昭王也痛感后继者乏力从而主动采取守势，山东六国当真岌岌可危了。

这便是秦昭襄王的一世沧桑，在位五十六年使天下混战局势剧烈倾斜——秦成超强大国，山东六国全部成为二三流战国。当此大势分明之际，山东六国一派颓然疲惫，隐隐然认了这个令人窝心的事实。然见秦国十余年不再攻伐，后继新君与新太子子楚也并非雄主气象，渐渐不约而同地认为秦国王霸之气已去，只要撑持得十数二十年，战国必将重回群雄并立的老格局。人同此心，心同此理，山东六国不期然生出了与秦结好之心。毕竟，与秦国之所以纠缠恶战百年，起因还是六国不接纳秦国为战国一员，蔑视秦国要瓜分秦国。如今，秦国已经无可阻挡地成了最强战国，也无可阻挡地融入了中原文明，明是不敌，又何须死死为敌？此等想头虽未明确形成国策，然六国已经在邦交之道中对秦国有了异乎寻常的敬重。明白了这番根底，六国隆重会葬秦昭襄王，便成题中应有之意了。

旬日之后，葬礼与一应周旋俱已完毕，六国特使们各各上路归国。行至函谷关外分道处，赵国特使司空马见楚国车马停在道边，锦绣斗篷苍苍白发的春申君正在笑吟吟向他招手，不禁大是惊喜，利落下车趋前一躬：“在下见过春申君！”

“老夫等候多时，假相[1]无须多礼了。”

“若君有暇，敢请露营共酒一醉！”

“噢呀，出关便饮却是不妥，日后再说了。”春申君摇摇手一声叹息，

---

[1] 假相，赵国官制，代理丞相。

“楚国多事之秋，老夫多年不曾涉足中原也！今见足下敦诚厚重，欲问两事，盼能实言相告了。”

“但凡不涉决策，在下知无不言。”

“平原君气象如何？”

“门庭若市，嘉宾周流不绝昼夜。”

“信陵君如何？”

“深居简出，饮酒论学，优游无状。”

春申君脸上没了一丝笑意，默然良久，从腰间佩袋中拿出了一支泥封铜管：“老夫想托假相带给信陵君一书，不知方便否？”

司空马双手接过铜管突然低声道：“秦国葬礼气象大非寻常，前辈可有觉察？”

“噢呀！老夫倒要请教了。”春申君老眼骤然一亮。

“如此国葬，秦军大将只有上将军蒙骜一人与礼，王龁王陵桓龁嬴豹张唐蒙武等一班战将，还有国尉司马梗，竟然均未与葬。更令人不解者，连那个从赵国脱逃的新太子傅吕不韦也没与葬。春申君但说，如此之多的文武高爵不与王葬，岂非咄咄怪事！”

“吾辈老矣！”原本漫不经心姑且听之的微笑一扫而去，春申君不觉紧紧皱起了眉头，喟然一叹忧心忡忡，“如此看去，六国纵是揖让，强秦却未必放手了。一旦刀兵再起，天下何以了结？”

司空马惊讶地盯着春申君，眼中期待的光焰倏忽熄灭，嘴角抽出一丝轻蔑的笑意：“前辈果然老矣！战国累世大争，刀兵如影随形，一时胜负何以灭了志气？秦国纵是再度东出，夫复何惧！败而再战，英雄也！一败涂地而成惊弓之鸟，何以立足战国！”

“后生可畏了。”春申君淡淡地赞叹了一句，对司空马的慷慨激昂以及对自己的讥讽不置可否，只一拱手道：“假相好自为之，后会有期。”说罢登上华贵的青铜轺车径自辚辚去了。年轻的司空马怔怔地望着黄色的车马远去，久久回不过神来。

五　箭方离弦　横摧长弓

春日踏青之时，蓝田大营骤然沸腾起来。

虽然在朝会遇到意料不到的反对，蒙骜始终没有放弃来春起兵的谋划。武安君白起时的秦军战无不胜攻无不克，他们一班老将自然也成了六国闻之变色的赫赫名将。然则白起死后，秦军却是连续三次大败，不得不缩回函谷关采取守势。此等奇耻大辱，非但一班老将怒火中烧，蒙骜更是耿耿于怀。毕竟蒙骜是上将军，无论按照秦国传统，还是按照秦国法度，连续三次大败的将军都是不赦之罪。虽说那三次大战都是王命强令出兵，兵败后没有问罪于任何一员大将，而是秦昭王向朝野颁行罪己书承担了全部战败之责，然败仗终究是将军们自己打的，心下却是何安？蒙骜记得很清楚，在武安君与秦昭王发生歧见之时，他们一班大将都是站在武安君一边的。但就心底里说，当时一班久经战阵的盛年老将都以为武安君是过分谨慎了。为此，他与王龁还私回咸阳专门劝了武安君一次，主张不要与王命对抗，只奉命出兵，以当时六国的涣散惊慌，获胜当毫无疑义。武安君却冷冰冰回道："战机在时不在势。战机一过，纵有强势亦无胜机。赵国已成哀兵，举国同心，唯求玉石俱焚，为将者岂能不察？"两人当时都没有说话。出得咸阳，王龁嘟哝了几句："甚说法？论兵还是论道？疏离战阵太久了。"蒙骜素以稳健缜密著称，与这位秦军头号猛将却是至交，当时虽没有呼应王龁，心下却并不以为王龁有错。蒙骜尚且如此，况乎一班驰骋征杀所向无敌的悍将？真正疏离战阵的秦昭王，更是以为秦军任何时候都可以对山东六国予取予夺。

正是因了庙堂君王与阵前大将的这种挥之不去的骄兵躁心，在武安君几次拒绝统兵出战时，秦昭王听从范雎举荐，派出了夸夸大言的郑安平将兵攻赵，结果是秦军三万锐士战死，郑安平率余部两万降赵。消息传来，举国哗然！秦军将士怒斥郑安平狗贼窝了秦军，发誓报仇雪耻。

此前，王陵慨然“被迫”出战猛攻赵国，结果是兵亡五校[1]，几乎无法回师。大败之后，将军们非但没有清醒，反倒是求战复仇之心更烈。王龁又“被迫”代王陵为将，率大军二十万再次攻赵，结果遭遇信陵君统领的五国救赵联军，导致秦军前所未有的惨重败绩。至此，一班老将羞愤难当，嗷嗷吼叫着要作最后血战。还得说秦昭王有过人处，三战败北顿时清醒，严令秦军只取守势再不许出战。渐渐平静下来的一班大将们痛定思痛，这才对武安君把握战机的洞察力与冷静明彻的秉性佩服得五体投地，再没有了轻躁之心。

虽则如此，秦军将士的复仇之心刻刻萦怀。

蒙骜与一班大将们对山东兵势开始了认真揣摩，默默地厉兵秣马，等待着复仇大战的时机。三年后，也就是秦昭王风瘫的前一年，蒙骜秘密上书请求对山东作试探性攻伐。旬日之后秦昭王秘密召见蒙骜，一言不发地听蒙骜将用兵方略陈述了整整一个时辰。秦昭王最后只说了三句话：“久不用兵，灭国人将士志气也。然目下不宜大战，只轻兵奔袭周与三晋可也。若擅动大军，休说老夫再度杀将。”蒙骜慨然应诺，秦昭王才颁发了出战王书。

连续五年之中，试探性攻伐大获成功。为了防止大将们轻躁冒进，蒙骜一律采取了奔袭战法：每战最多出兵五万，随军携带半月粮草，不配置辎重大营，一战即回函谷关。第一战，大将嬴摎统五万铁骑奔袭韩国，攻取阳城、负黍两座城池，全歼韩军步骑四万。第二战蒙骜亲自将兵，以王龁王陵两部精锐铁骑为主力长途奔袭赵国，旬日攻下二十三座县城，击杀赵军九万后迅速回师。恰在此时，周王室分封的西周公[2]不自量力，秘密联络残存的二十多个小诸侯国，要会兵伊阙[3]，切断函谷

[1] 校，战国军职，将之下，尉之上。

[2] 西周公，春秋周考王将其弟封于河南，史称西周公；西周两代后（惠公）又将其子封于巩地，史称东周或成周，后占据洛阳；战国中期东西两周分治周室王畿，周赧王“迁天子都”于西周地。此时西周国君为武公。

[3] 伊阙，周室洛阳北方的要塞。

关与新得阳城[1]之间的通道。蒙骜得报抢先出动，派嬴摎再次统兵五万突然进攻西周。兵临城下万弩齐发，这个西周公大为惊慌，立即出城顿首投降，献出三十六座小城邑与三万周人。这是第三战，异乎寻常的顺利。唯一的憾事，是散漫成性的三万老周人入秦后不堪耕战劳苦，竟于第二年大批东逃回东周，若非秦昭王严令不得阻拦追赶，这个东周焉能存到今日？第四战，老将桓龁奔袭魏国，一举攻占吴城[2]，旋即回兵。

如此四战，虽战战皆胜，大大震慑了三晋，韩魏两国已向秦国称臣纳贡，天下第一次出现了罕见的“战国臣服”。可是蒙骜与一班老将心中都非常清楚，此等小战纵是再胜一百次，也抵不得武安君白起平生任何一战。若不大举东出，这一代老将就将永远没有了大报仇的机会。如今秦昭襄王方死，新君刚刚即位，秦国正需要一场大战重新立威。从实力说，秦军主力也已经再度饱满，将达六十万之数，此时不出，更待何时？

然则，以纲成君蔡泽为首的一班主政大臣是反对的。

蒙骜素来关注朝局，深知主政大臣们的反对有着纷繁复杂的因由。首要之点，在新君无雄才，大臣们深恐大战一开新君不能激发举国之力，反而会生出无法预料的变局。其次，是大臣们对包括蒙骜在内的一班老将的用兵才能的疑虑。虽则谁也不会公然说开，但这种疑虑却是人人心知肚明的。唯其如此，大臣们彰明的理由是秦国需要充实国力，目下大军不宜轻动。就实说，秦川一场老霖雨，再加上陇西地震、秦王薨去，弄得秦国也确实有些狼狈。然则在蒙骜看来，这根本无损秦国元气，所谓乱象完全是主政大臣们应变无方造成的。设若商君、张仪、樗里疾、魏冄、范雎等任何一人主政，焉得在老秦王垂危之际措手不及？你蔡泽虽然没有实际摄相，但终归还是最高爵位的领政大臣，分明是计较自己丢失相权，耿耿于怀而不做国事预谋，到头来却要以“大灾未过，国葬未行”为理由反对出兵，当真岂有此理！老夫明明说的是来春出兵，与大灾与国葬却有何涉？难道老秦王要搁置一年不下葬么？难道一年之中

---

[1] 阳城，战国韩县，今河南登封东南之告成镇，后陈胜生地。

[2] 吴城，亦名吴山，战国魏地，今山西平陆县北。

你等一班主政大臣连一场老霖雨灾害都理不顺么？咄咄怪事！正因了如此等等想法，老蒙骜才在新君朝会上愤然指斥蔡泽。若不是新君突然发病，老蒙骜定然要与蔡泽将相失和了。

事情的转机，是在吕不韦奉王书查勘府库军辎之后。

吕不韦没有参与操持显赫的国葬大礼，朝会次日专程来拜会上将军府。蒙骜正要前往蓝田大营向诸将通报朝会情形，连说不见不见。正在此时蒙武回府，拦住了父亲低声道：“这位新太子傅不俗，父亲不该冷落。”蒙骜冷冷道：“俗不俗与我何干？老夫不耐这班文臣！”蒙武连忙将父亲拉到一边急迫道：“查勘府库势在必行，大臣们没一个敢来好么？吕不韦不去凑国葬风光，专来做这棘手差使，父亲若率性而去，岂非又添出兵阻力？”蒙骜恍然点头，立即吩咐军务司马推迟蓝田之行，转身到府门将吕不韦迎进了正厅。

“例行公事，不耽搁上将军行程。”吕不韦没有入座，准备说了事便走。

“哪里话来？太子傅请入座。上茶！”蒙骜一旦通达，分外豪爽。

“吕不韦奉命查勘府库军辎，一则知会，二则特来向上将军讨一支令箭。”

“公务好说！来，先饮了老夫这盅蜀茶。”

“好茶。”吕不韦捧起粗大的茶盅轻啜一口，不禁惊讶赞叹，“酽汁不失清醇，色香直追吴茶。蜀地有如此佳品，吕不韦未尝闻也！”

“吴茶算甚来，”素来鄙视楚物的蒙骜当地一敲大案，“轻得一阵风，上炉煮一遭便没了味道。蜀茶入炉，三五遍力道照旧。”

“噢？却是何故？”

“山水不同也，岂有他哉！”蒙骜慨然拍案，“蜀山雄秀，云雾郁结，蜀水汹涌，激荡地气。更根本者，蜀地归秦，李冰治水，茶树焉得不坚！”

吕不韦不禁莞尔：“茶树因归秦而坚，上将军妙论也。”

“你不觉得？”蒙骜大是惊讶，“吴国未灭时，震泽茶力道多猛？吴国一灭震泽归楚，哼哼，震泽茶那个绵软轻，塞满茶炉煮也不克食！”

“原来如此。”吕不韦一阵大笑，“上将军说的震泽猛茶，是粗老茶梗，自然经煮。绵软轻，那才是震泽春茶上品，须得开炉、文火、轻煮，其神韵在清在香，如何能克得猛士一肚子牛羊肉也。”

“着！有克食之力才是好茶，要那轻飘飘神韵做甚？”

“上将军喜欢经煮猛茶，不韦每年供你一车如何？”

“君子一言！”

“驷马难追！”

两人一阵大笑。蒙骜一挥手，大屏旁肃立的军务司马捧过了一支青铜令箭。蒙骜笑道：“秦国十六座军营辎重库，任太子傅查勘。”吕不韦接过沉甸甸的令箭肃然一拱手道：“国库军库共计三十三处，查勘非一日之功，上将军以为先查何方为好？”蒙骜笑道：“这是太子傅与国尉公务，老夫只保军库不作梗。”“如此在下告辞。”吕不韦正要离案起身，蒙骜一摆手道：“先生且慢。”见吕不韦愣怔困惑，蒙骜低声道，“秦军东出与否，纲成君一班政臣之因由，果真在老霖灾害，在财货实力？”吕不韦释然点头：“上将军以为不在灾害与实力？”蒙骜喟然一叹：“为将不能取信于大臣，惭愧也！”吕不韦默然片刻淡淡笑了：“若吕不韦揣摩不差，上将军是以为纲成君等怀疑一班大将战场才能了。果真如此，恕不韦直言，上将军错也。”见蒙骜环眼圆睁，吕不韦坦然恳切道，“不韦无须隐瞒，朝会之前纲成君已经上书，主张秦军稍缓东出，理由也是秦国元气尚未充盈；一俟国力强大，‘蔡泽愿为上将军督运粮草辎重，殷殷此心，望王允准！’”

“这番上书老夫知道，缓兵而已，岂有他哉！”

“不然。纲成君不以容人见长，若疑虑上将军之才，能自请军前效力？”

默然片刻，蒙骜淡淡一笑：“来日方长，是非自现，不争。”

“上将军无须疑虑，军辎但许出兵，终归无可阻拦。”吕不韦慨然一句告辞去了。

此后整整一个冬天，蒙骜几乎每隔三两日总能接到远近军报，说吕不韦逐一查勘驻军辎重营，比会同查勘的国尉府丞还要娴熟于兵器粮秣，连续查出六座辎重营兵器失修粮秣衣甲保管不当。蒙骜顿时不安，火速派出几名精干军吏奔赴各关隘军营督导修葺，结果还是被吕不韦屡屡查出纰漏。蒙骜大是沮丧，觉得新秦王派出如此一个执意要放三把火的棘手新官，分明是要挑理缓兵了。及至吕不韦腊月末冒雪赶赴蓝田大营作最后查勘时，蒙骜与大将们再也无心应酬这个新贵，只派出一个军务司马陪同吕不韦了事。一个正月，这个吕不韦也不过年，一鼓作气查勘完了关中的十多座官库，仍然是库库有纰漏。蒙骜哭笑不得，一气之下索性住到蓝田大营不回咸阳了。

二月末河冰化开，一卷紧急王书将蒙骜星夜召回咸阳。

蒙骜万万没有想到，新秦王当场下了王书——大军整备，三个月内相机发兵。秦王靠着大枕气喘吁吁将一卷竹简推到了他面前："老将军，若非翔实查勘，我还当真不知道秦国府库如此殷实。不打仗，也是白白糟蹋了物事。然则，各军库储物纰漏太多，折损太大，教人心痛也！这是清册，老将军务必在发兵之前整肃好军营府库。"蒙骜的心怦怦猛跳，接过清册慷慨激昂："我王勿忧！老臣定当整出一个好军库来！"

回到府邸翻开简册，蒙骜看得心惊肉跳。粟谷糜烂十三万斛、军械弓弩失修六万余件、帐篷霉变一万六千顶、车辆断轴三千余、车厢破损六千余、军船漏水者十三条、战马鞍辔皮条断裂者三万余具……统共开列十三项，项项有数目有府库地点有辎重将军印，最后是太子傅吕不韦与国尉司马梗的两方阳文大印。

不用核实，蒙骜便相信了清册的真实。

秦国法度：府库仓储分为三类，一类为王室府库，只存储王城王室器物粮货；一类为邦国府库，分为国库与郡县府库两级，存储各种民用财货；一类为军库，专门储存军用器物粮秣。仅以军用器物说，又分为"尉库"与"营库"。尉库者，筹划掌管存储全部军用物资的国尉府专库也；营库者，隶属带兵将领的军营仓库也。每年岁末，所有营库须得向国尉府上报本年总消耗与来年需求；再由国尉府上报国府太仓令，太仓令最终依据国君王书，与国尉府核定来年全部军用器物总数量，而后分期拨付。战国之世大战多发突发，为免缓不济急，国尉府向大军营库拨付的器物钱财历来都多出三个月，若遇长平大战那般的长期鏖兵，事实上便是尉库与营库直接合一。即便在寻常情势下，军营府库也至少多出一个月的仓储。如此一来，军营府库多为满仓，而尉库倒往往是半仓或空仓。也就是说，军用器物的储藏事实上多在常在军营府库，而不在国尉府库。然则，大军府库一律由辎重粮草营掌管，辎重营总管无一例外都是稳健又不失勇猛的将军，其军务重心首先在保障粮道畅通，而不是保障仓储完好。即使营库有少数通晓仓储的军吏，也无法使营库大将将仓储完好当做大事来做。大多时候，营库的粮草军械都是露天堆放，除了雨雪天气用麦草或帐篷稍作苫盖，几乎再没有任何法程。蒙骜也曾经做过几个月辎重将军，清楚记得国尉府军吏每次来核查粮秣器物时都要皱着眉头长吁短叹，而最终又都是摇着头默默走了。如今想来，当年还真是熟视无睹。这个吕不韦也是不可思议，短短三个月竟将举国府库查勘得如此巨细无遗，尤其对大军营库，几乎是仔细梳篦了一遍，令人不得不服。

蒙骜二话不说，飞马直奔国尉府，当头便要六十名仓储军吏。

“老兄弟胡话也！”同样白发苍苍的司马梗呵呵笑了。

“你老哥哥只说有没有？给不给？”

“莫说六十，只怕六个也没有。”

“堂堂国尉府，六十个仓储吏都没有？”

“老兄弟，仓储吏不是工匠，是巡查节制号令指挥，你说有几多？”

蒙骜恍然大笑：“老哥哥是说，一个仓储吏可管多个库场？”

“还没老糊涂。”司马梗嘟哝了一句。

“好好好，给三个！”

“三个？我一总才两个。”

“好好好，一家一个。”

“老兄弟也！”司马梗哭笑不得，“我这二十多座府库星星一般散在各郡县，一个跑得过来么？缓急还要被太仓、大内拉去帮库。再走一个，老夫还做不做大军后盾了？”

“鸟！”蒙骜不禁大皱眉头，“如此说，这吕不韦是拿捏老夫了？”

“吕不韦？”司马梗恍然笑了，“老兄弟只去找他，断无差错也！”

“老哥哥都没有，一个太子傅倒有了？亏你好章法！”

“你知道甚来？吕不韦的兵器仓储，只怕我得拜他为师了。”

见素来慎言的老司马如此推崇吕不韦，蒙骜心头又是猛然一跳，一拱手大步出门上马出城，过了渭水白石桥向吕庄而来。蒙骜听蒙武说过，这个吕不韦虽然做了太子傅，却超然于朝局之外，除非奉命，寻常总住在城南自家的庄园，城中府邸反倒十有八九都是空荡荡的。到得庄门拴好战马，蒙骜也不报号提着马鞭径自登门。门厅仆人想拦又不敢，飞步跑过蒙骜进庄通报去了。

“老朽见礼了。敢问可是上将军？”一个白发老人在正厅廊下当头一躬。

“足下识得老夫？”蒙骜有些惊讶。

“老朽见过蒙武将军。我家先生去太子府未归。上将军请。”

蒙骜原本便要告辞，忽然心中一动竟不觉走了进去。四开间的厅堂宽敞简朴，脚底一色大方砖，几张大案前也都是草席一张，没有地毡，没有青铜大鼎一类的名贵礼器，连正中那张大屏也是极寻常的木色。蒙骜打量一番不禁笑道：“人言吕氏富可敌国，不想如此简朴也。”肃立一旁的西门老总事回道：“义不聚财。我家先生又素来厌恶奢华，财力雄厚时也是如此。”蒙骜点头一声好，站了起来笑道：“相烦家老知会先生：他给老夫一道难题，老夫要向他讨一个通晓仓储者。茶水没工夫消受了，告辞。”说罢一拱手赳赳大步去了。

蒙骜没想到的是，当夜二更，那个家老带着吕不韦的一封书简与三个中年人到了上将军府邸。吕不韦书简只有两句话：“遵上将军嘱托，派来三名仓储执事，上将军但以军吏待之可也。彼等若立得寸功，也是立身之途，不韦安矣！”西门老总事说，这三个执事都是当年吕氏商社的干员，专一地经管陈城大仓，十多年没出过任何差错。蒙骜问得几句，见这三人个个精干，心下大是宽慰，立即下令中军司马给三人入策定职，先留中军大营听用。

次日黎明，蒙骜带着战时全套军吏风驰电掣般出了咸阳。

一月之间，蓝田大营始终没有停止过忙碌，夜间军灯通明，白日号角频频，除了没有喊杀声任何声音都有。修葺兵器辎重、处置霉烂衣甲、裁汰伤病老幼、整饬辎重将士、整顿大型器械、关塞步骑调整、确定进军方略等，久未大战的秦军在一个月的紧张折腾之后，三十万精锐大军终于在蓝田大营与函谷关集结就绪。

四月十六日清晨卯时，蒙骜升帐发令。第一支令箭方举，忽闻帐外马蹄声疾雨而来。满帐大将正在疑惑，白发苍苍的司马梗已经跌跌撞撞冲进大帐，对着蒙骜一摇手颓然倒在了两排将墩之间。蒙骜一步冲下帅案抱住了老国尉，右手掐上了人中穴。

“密书……快……”司马梗气若游丝，软在了蒙骜怀中。

“抬入后帐救治！快！”蒙骜一边卸司马梗腰袋一边大喊。

王书哗啦展开，蒙骜刚瞄得一眼，一声闷哼，一口鲜血骤然喷出，全副甲胄的壮硕身躯山一般轰隆倒在了帅案上。前排蒙武一个箭步冲上前，抱住父亲便进了后帐。老将王龁大是惊愕，愤然上前捡起王书，刚一搭眼也轰然跌倒在地，王书哗啦跌落展开，两行大字锥子般刺人眼目——秦王骤逝！东出止兵！王陵蒙武留镇蓝田，蒙骜王龁即行还都！

大帐静如幽谷，一片喘息犹如猝然受伤的狼群。骤然之间电光一闪雷声炸起，大雨瓢泼倾泻，无边雨幕笼罩了天地山川。中军大帐前缓缓升起了一幅巨大的白幡，广袤三十余里的蓝田军营没进了茫茫汪洋。

第九章 吕氏新政

一 变起仓促 吕不韦终于被推到了前台

夏姬实在想不到，一盅冰茶竟要了秦王性命。

记不清何日开始，门可罗雀的小庭院有人出入了。先是趁着夜色有侍女悄悄来说她的亲生儿子回到了咸阳，后来是自称当年小内侍的老内侍送来了久违的锦衣礼器，再后来又多了两个奉命侍奉的小侍女。独门幽居的夏姬，终于相信了这个梦幻般的消息，但却始终没有走出这座幽居了近二十年的小庭院。直到那个精灵般的小侍女将一方有着酱红色字迹的白绢神秘兮兮地给了她，她才从漫长的噩梦中醒了过来。白绢上那两行酱红色大字犹如春雷轰鸣甘霖大作，在她干涸的心田鼓荡起一片新绿。“我母生身，子恒不忘，幽幽之室，终有天光。”除了自己的亲生子，谁能对她如此信誓旦旦？是的，只有亲子，绝不会有别人！夏姬渐渐活泛了，走出了终日蜗居的三开间寝室，与两个可人的侍女对弈练剑读书论诗谈天说地甚至一起洗衣一起下厨，瘦削的身躯渐渐丰满了，苍白的面容渐渐红润了，琴声也变得娴雅舒展了。可是，她始终没有走出过后苑的那道石门。她坚信，即或儿子平安归秦，太子府正厅也永远不是她的天地，太子嬴柱也永远不会成为她真正的夫君。一个亡国公主，命运注定是没有根基的云，随时可能被无可预料的飓风裹挟到天边撕扯成碎片。争不争都一样，争又何益？年来情势纷纭，老秦王死了，嬴柱做了秦王，儿子做了太子。侍女内侍们都暗暗向她道贺，可夏姬却平静得一如既往地淡漠。老太子府的女眷公子们都搬进了王城，晋升了爵位。她却上书秦王，不进王宫，不受女爵，只请继续留居太子府后苑。昔日夫君今日秦王并没有复书给她，老内侍总管却准许她留下了。后来，还是那个精灵般的侍女悄悄对她说，这座老太子府已经是她的了，她是没有王后名分的王后。从此，她成了梦寐以求的闲人，与几名侍女内侍终日优游在这座空旷的府邸，品尝着一种前所未有的散淡。

可是，一次突如其来的秘密宣召却改变了这一切。

一辆寻常的垂帘辎车将夏姬拉出了咸阳，拉进了一片幽静的园林宫室。驾车内侍不说她也不问，只默默跟着老内侍走进了幽深的甬道，曲曲折折到了一间阳光明媚却又悄无声息的所在。林木茂盛葱茏，房子很高很大，地毡很厚很软，茶香很清很醇，案前一方香鼎，案上一张古琴。打量之间她心头怦然一动——没错！这正是当年第一次进太子府弹奏的那张古琴！泪水乍然朦胧，对着香鼎肃然一躬，她坐到案前轻轻地抚动了琴弦，沉睡在心底的古老歌儿流水般徜徉而出："自古在昔，先民有作。洪水茫茫，田舍汤汤。导川去海，禹敷土方。成我井田，安我茅舍。生民咸服，幅陨既长。"

"一支《夏风》，韵味犹存矣！"拊掌声陡然从背后响起。

琴声戛然而止。"你？你是……"夏姬打量着这个不知从何处走出来的老人，惊愕得声音都颤抖了。虽说已经二十年没有见过当年的太子夫君，她心下也觉得他必是老了，可无论如何，她还是不能想象变化会是如此巨大。面前这个臃肿苍白满头灰发的老人，能是当年那个虽则多病却也不失英风的年轻太子？

"夏姬，嬴柱老矣！"

"参、参见秦王。"夏姬终于回过神来，终于拜了下去。

“起来起来。”嬴柱连忙扶住夏姬，不由分说将她推到座中，自己也喘着粗气靠到了对面那张宽大的坐榻上。见夏姬懵懂困惑的模样，嬴柱不禁一声叹息，对她说起了这些年的人事沧桑，末了道：“目下异人已是太子，来日便是秦国新君。你乃异人生母，异人来日必认你贵你。虽说天命使然，终归是你纯良所致，他人亦无可厚非也。然则，君无私事，宫闱亦干政道。异人既以礼法认华阳后为嫡母，此事当有个妥善处置。”嬴柱粗重地喘息了一阵，打住话头殷殷地望了过来。

“不需秦王费心。夏姬有今日，此生足矣！”

嬴柱顿时沉下脸：“若要你死，商议个甚？”

“……”夏姬愣怔了，“秦王只说如何，我听凭处置。”

“你若轻生而去，异人何能心安？华阳后何能逃脱朝野物议？我这秦王岂非也做得惭愧？从此万莫生出此心。”嬴柱叮嘱一番思忖道：“你幽居自隐，不失为上策。我看只一条：今日不争王后，他日不争太后，长居老府，散淡于宫闱之外。若得如此，各方皆安也。”

“王言正得我心。”夏姬第一次现出了灿烂的笑，对着香鼎拜倒立下了誓言，“此生但有一争，后当天诛地灭！”记得嬴柱当时有些伤感起来，“夏姬呵，子长幽居，我长惶愧，两心同苦矣！然既入王室，夫复何言？若有来生，唯愿你我生于庶民之家，淡泊桑麻，尽享生趣也。”

“夫君！”夏姬一阵眩晕，额头重重撞到案角昏了过去……一阵几乎已经被遗忘的感觉冲击得她醒了过来，一睁眼又惊又羞。她赤身裸体地横陈在那张宽大的坐榻上，嬴柱正拥着她丰腴雪白的身子奋力耕耘着啧啧赞叹着，雨点般的汗水洒满了她的胸脯，热辣辣的气息笼罩了她的身心，久旷的她终于忍不住大叫一声，紧紧抱住了那湿淋淋的庞大身躯……当嬴柱粗重地喘息着颓然瘫在坐榻时，她不期然看见了榻后的铜壶滴漏正指在午后申时——入宫已经整整四个时辰了。

记得很清楚，她亲手将案头自己未动的那盅凉茶捧给了嬴柱。嬴柱咕咚两口吞了下去，又张开两臂猛然圈住了她。她惊喜地叫了一声扑在他身上，忘情地自己吞吐起来。谁知就在两人魂销骨蚀忘形呓语的时刻，身下的嬴柱骤然冷汗淋漓喉头咕地一响昏厥了过去。老内侍随着她惊慌的呼叫赶来，撬开嬴柱牙关灌下了一盅药汁。嬴柱睁开了眼睛却没有看她，只对老内侍低声嘟哝了一句，夏姬立即被两个小内侍送进密封的辎车匆匆拉走了。

当晚三更，那个精灵般的侍女悄悄来说，秦王薨了！华阳后要杀她！

侍女说她要带她逃出咸阳。她问她是何人，侍女只催她快走，说令箭只有一夜功效，天亮走不得了。夏姬淡淡地摇摇头，默默地拒绝了她。嬴柱将一生的最后辰光给了她，便是她真正的夫君，她如何能抛下夫君尸身苟活于世？夏姬一夜枯坐，次日清晨上书驷车庶长府，自请以王族法度处置，准许自己为先王殉葬。也不管驷车庶长府如何回复，夏姬便在老府正厅堂而皇之搭起了秦王灵堂，衰绖上身，放声痛哭。

夜半时分，吕庄被一阵急促的打门声惊动了。

当吕不韦被从睡梦中叫醒时，西门老总事紧张得话也说不清楚了。吕不韦从老人的惊惧眼神已经料到几分，二话不说大步出门跟着内侍飞马去了。到得步骑林立戒备森严的章台宫，四更刁斗堪堪打响。老长史桓砾正在宫门等候，一句话没说将吕不韦曲曲折折领进了城堡深处的秘密书房。跨进那道厚实的铁门，吕不韦立即感受到一种扑面而来的紧张窒息。太子嬴异人跪在坐榻前浑身瑟瑟发抖。华阳后沉着脸立在榻侧，冷冰冰空荡荡的目光只盯着嬴异人。两名老太医与老内侍围着坐榻，惶恐得手足无措。坐榻上一方大被覆盖着白发散乱的一个老人，两手作势指点，喉头嘎嘎作响，却一句话也说不出来……

心下猛然一沉，吕不韦迅即觉察到最为不幸的事情已经发生，整个宫廷正在一片混乱茫然之中。当此之时，冷静为要。右手猛然一掐左手虎口穴，吕不韦顿时神志清明，大步进了令人窒息的厅堂。

手足无措的老内侍一眼看见吕不韦进来，立即匆匆迎来凑着吕不韦耳边低声一句："秦王弥留！只等太子傅。"将吕不韦领到了坐榻前。跪伏的嬴异人蓦然觉察吕不韦到了，噌地站了起来偎到父王身边，陡然将华阳后挡在了身后。华阳后眉头倏地立起，又迅速收敛，眼神示意太医退下，匆匆过去站到了坐榻里侧。

“臣吕不韦参见我王。”吕不韦拜倒在地，声音沉稳清朗不显丝毫慌乱。

坐榻大被下艰难地伸出一只苍白的大手，作势来拉吕不韦。吕不韦立即顺势站起，俯身坐榻高声道：“我王有话但说，不韦与王后太子共担遗命！”

嬴柱迷离的目光倏忽亮了，喉头嘎嘎响着将吕不韦的一只手拉了过来，又将华阳后与嬴异人的手拉了过来叠在一起，目光只殷殷望着吕不韦，喉头艰难地响着嘴唇艰难地嚅动着，一个字也吐不出来。

“我王是说：要王后与太子同心共济，臣一力襄助。”

雪白的头颅微微一点，喉头嘎的一声大响，嬴柱双手撒开，两眼僵直地望着吕不韦，顿时没了气息！华阳后惊叫一声，颓然昏倒在坐榻之下。嬴异人愣怔片刻，陡然号啕大哭。太医内侍们顿时忙乱起来。

吕不韦凝神肃立坐榻之前，伸手抹下了秦王嬴柱的眼帘，理顺了散乱虬结的雪白长发，又拉开大被覆盖了骤然萎缩的尸身，对着坐榻深深三躬，这才转身走到已经被太医救醒的华阳后面前一拱手低声道：“王后对秦王之死心有疑窦，臣自明白。然目下急务在安定大局，余事皆可缓图。王后与秦王厮守终生，深知王心，必能从大处着眼也。”华阳后深重地叹息了一声，陡然起身道：“你勿逼我孤身未亡人。你也晓事之人，我这王后尚终日清心不敢放纵，竟有贱人竭泽而渔，当如何治罪了？不治杀王之罪，何以面对朝野！急务先于大局，晓得无？不将淫贱者剐刑处死，万事休说！”语势凌厉神色冰冷，与寻常那个清纯娇媚的纤纤楚女判若两人。

华阳后一开口，嬴异人的号啕哭声戛然而止，人虽依然跪在榻前，目光却剑一般直刺过来。夏姬是他的生母，华阳后非但当众辱骂生母还要立杀生母，何其险恶。嬴异人母子一生何苦，子为人质，母囚冷宫，还当如何折辱？嬴异人宁可不做太子秦王，也要顶住这个蛇蝎楚女！一腔愤怨，嬴异人的脸色立时铁青，一扶坐榻便要挺身站起怒斥华阳后。恰逢吕不韦的目光直逼过来，冷静体贴威严却又透出一丝无可奈何的绝望。那目光分明在说，你只要一开口，秦国便无可收拾一切便付诸东流。

嬴异人读懂了那熟悉而又陌生的目光，终是低头哽咽一声，猛然扑到父王尸身放声痛哭。

“王后之见，臣不敢苟同。”

吕不韦转身对华阳后一躬，语气平和而又坚定，“王后明察：先王久病缠身朝野皆知。纵有他事诱发，终归痼疾不治为根本因由。再则，夏姬为先王名正言顺之妾，得配先王尚早于王后一年。夏姬正因先王为太子时多病孱弱，而洁身幽居二十年，此心何良？此情何堪？先王纵密召夏姬入宫，于情，于理，于法，无一不通。若得治罪，敢问依凭何律？秦法有定：背夫他交谓之淫，卖身操业谓之贱。今夏姬以王妾之身会先王，夫妇敦伦，何罪之有？”

“吕不韦！你，你、你岂有此理！”

“王后明察：当此危难之际，吕不韦既受先王顾命[1]，便当维护大局。无论何人，背大局而泄私愤，吕不韦一身当之，纵死不负顾命之托。”

大厅一片寂静，大臣吏员都肃然望着平和而又锋棱闪闪的吕不韦。陡然之间，老长史桓砾拜倒在地高声一呼：“老臣恳请王后顾全大局！”

“臣等恳请王后！”史官太医内侍们也一齐拜倒。

华阳后嘴唇咬得青紫，终是长嘘一声抹抹泪水抬头哽咽道：“先王死不瞑目，你等谁没得见？便不能体察我心？也好！此事容当后议。你只说，目下要我如何了？”

吕不韦道：“王后明察：国不可一日无君。”

“天负我也！”华阳后咬着嘴唇幽幽一叹，对着始终背向自己跪在坐榻前的嬴异人狠狠挖了一眼，走到大厅中央冷冰冰道：“老长史听命：秦王乍薨，国不可一日无君。本后与顾命大臣吕不韦，即行拥立太子子楚即位。”

“特命录毕，顾命用印。”长史桓砾捧着一张铜盘大步过来。

华阳后冷冷看了一眼吕不韦，打开裙带皮盒，拿出一方铜印，在印泥匣中一蘸，盖上了铜盘中的羊皮纸。老桓砾低声道：“拥立新君，顾命

---

[1] 顾命，临终之命曰顾命。语出《尚书·顾命》。孔颖达疏：“言临将死去，回顾而为语也。”

大臣亦得用印。”吕不韦慨然点头，打开腰间皮带的皮盒拿出一方两寸铜印盖了，低声吩咐一句：“立即刻简，颁行朝野。”转身向嬴异人拜倒：“臣吕不韦参见秦王！”

“臣等参见秦王！”桓砾等所有在场官吏也一齐拜倒。

嬴异人正在愤怨难平兀自哀哀痛哭，骤然听得参见声大起，不禁一阵惊愕，手足无措地站了起来连忙先扶起吕不韦，又吩咐众人起身，神色略定，回身陡然一躬：“子楚谢过母后。”此举原是突兀，吕不韦与在场人众都不约而同地点头赞许。

华阳后冷笑道：“谢我何来？该你做事了。”

嬴异人略一思忖，又凑在华阳后耳边低语了几句，见华阳后神色缓和地点了头，回身哽咽着道：“父王新丧，我心苦不堪言，料理国事力不从心。今命太子傅吕不韦以顾命大臣之身，与纲成君蔡泽共领相权，处置一应国事，急难处报母后定夺可也。其余非当务之急者，父王丧葬后朝会议决。”

“臣吕不韦奉命。”吕不韦肃然一躬，回身径直走到老长史桓砾面前一拱手，“敢问老长史：今夜发出几卷王书？秦王病情知会了几位大臣？”

“回禀顾命，”老长史桓砾肃然拱手，“夜来发出国事王书六卷，皆是各郡县夏忙督农事；秦王病情除太子傅外，尚未知会任何大臣。下官禀明太子，加厚了章台守护。”

吕不韦一点头高声道：“在场吏员人等：今夜秦王不期而薨，秦国正在危难之期！首要急务，在宫廷稳定。吕不韦受秦王顾命与新君特命，临机发令如下：长史桓砾总领王宫事务，给事中[1]与老内侍总管襄助；谒者即行飞车回都，密召内史胜来章台，护持王驾一行回咸阳；目下先行妥善冰藏先王尸身，一应发丧事宜，待回咸阳定夺；当此非常之时，任何人擅自走漏消息，立斩无赦！”

“赳赳老秦，共赴国难！”那句古老的誓言骤然回荡在深夜的城堡。

吕不韦发令完毕，各方立即开始分头忙碌起来。吕不韦对桓砾低声

---

[1] 给事中，秦官职，掌宫内事务，多由内侍担任。

耳语两句，过去将华阳后与新君嬴异人请到了章台的秘密书房。华阳后一脸不悦道：“你已是顾命大臣连连发令，如此神秘兮兮，勿晓得多此一举了。”吕不韦浑然无觉，只一拱手道：“臣启太后秦王：目下有急务须得秦王王书方能处置，非臣不敢担承。”嬴异人目光一闪抹着泪水道：“我方才已经言明，服丧期间不问国事。先生与太后商议，我去守护先王。”说罢举步便走。“秦王且慢！”吕不韦肃然一躬，“王执公器，服丧不拘常礼，自古皆然。丧期之中，王虽不亲理国事，然大事不可不预闻也。当年宣太后主政之时，非但每事邀昭襄王共议，且必要昭襄王先出决断。太后母仪朝野，其心原不在摄政，而在锤炼昭襄王也。臣以为华阳后德非寻常，必不会以服丧之由拒秦王预闻重大国事。”华阳后被吕不韦点破心事，亦清楚听出吕不韦劝诫中隐含的强硬，一心不悦却不得不做大度，对嬴异人一挥手道：“晓得你只与母亲生分，要你走了么？回来回来，听了还要说，晓得了？”回头道，“先生便说，甚事要王书？”吕不韦正色道：“蒙骜三十万大军即将出关，须得立即止兵。”“呀！这件大事如何忘了？”嬴异人不禁恍然惊叹，眼角一瞄华阳后却没了声息。华阳后冷冷笑道：“先生已宣明了宣太后规矩，秦王自当先说了。”嬴异人略一思忖道：“先生之见甚是，非常之时当立即止兵。”华阳后一点头淡淡道：“只是先生想好，那班老将军为了出兵，只差要出人命，骤然止兵非同小可。此事须得那班老将军们信得过的老人去办，晓得无？”吕不韦欣然一拱手：“太后大是！臣当妥为谋划。”

“止兵王书成，太后秦王过目。”老桓砾匆匆捧来了铜盘。

嬴异人抢先捧起王书，展开在华阳后面前。华阳后点头说声好，嬴异人便将王书放入铜盘道：“长史用王印便了。”老桓砾道：“此书为特书，须三印成书，敢请太后新君用印。”嬴异人生平第一次用印，心头猛然一跳，摸着腰间道：“惭愧惭愧，我素来不带爵印，只盖母后印便了。”已经盖好王后印的华阳后非但没有责难，反而漾出一丝笑来：“晓得你长不大。老长史，立即派人到咸阳太子府用印，晓得无？”吕不韦急迫道：“臣正要先回咸阳物色赴军特使，秦王写一手书，臣带王书去太子府用印。”

王书妥当，古老的章台在晨曦中已经渐渐现出了城堡轮廓。

吕不韦大步出了书房，向城堡车马场走来，方进幽暗的永巷甬道，一个身影却蓦地闪了出来低声道："先生慢行！"吕不韦止步端详，不禁大是惊讶："方为新君，王何如此行径？"嬴异人喘吁吁道："我印随带在身，快来用了。"吕不韦不禁大皱眉头道："王做如此小技，臣不以为然。"嬴异人目光亮晶晶闪烁："此女心机百出，哄得父王晕乎终生，左右得防她滋事。"吕不韦道："执得公器便是王道。女子纵然难与，也当以正去邪，如此行径，王当慎之戒之。"说话间已经用了印，嬴异人收起铜印点头道："不敢辜负先生所期，我只小心周旋罢了。"吕不韦叹息一声道："服丧之期，王好自为之也。"一拱手匆匆去了。

进入咸阳，吕不韦的驷马快车径直驶向国尉府。

国尉司马梗是紧急止兵的唯一人选，这是吕不韦一开始便瞅准了的。司马梗非但是秦惠王时的名将司马错之后，而且是武安君白起时的老国尉，论军旅资历，比蒙骜一班老将还高着半辈。然则仅仅凭资历，战国之世也未必斡旋得开，在耕战尚功的秦国更是如此。这个司马梗却是资历与声望兼具，在秦军中可谓举足轻重。声望之根，是其人始终以"率军之才平平"为由，当年力主白起为将，自任国尉为秦军筹划后备粮草；白起死后，又力主昭襄王接受白起遗嘱以蒙骜为将，自己仍然甘当国尉。名将之后，知兵而不争将，谋国之大德。更难得者，司马梗数十年身居国尉不骄不躁，将秦军后备谋划运筹得滴水不漏，尤其是长平大战的三年，兢兢业业，保得秦国五十余万大军全无后顾之忧，到头来却总是将功劳推给当时的两任丞相——魏冄与范雎。秦昭王感念有加，几次要封司马梗为上卿，与丞相上将军同爵，都被司马梗固执地辞谢了，理由只一句话："老臣无大才，若不欲老臣做国尉，老臣唯告退归隐也！"非但如此，每遇朝堂计议军国大事，甚或大将们商讨战法，司马梗都是坦率建言，绝不以明哲保身之道沉默避事。如此一个国尉，一班老将人人敬重，只他持书前去，断不致生出差错。

司马梗晨功方罢，正在厅堂翻检文书，忽见素无来往的吕不韦匆匆进来，虽颇感意外，却也郑重其事地请客人入座。吕不韦开门见山，入座一拱手便将夜来突然变故和盘托出。司马梗听得脸色铁青，不待吕不韦说出来意，陡然拍案插断：“连番国丧，新君未安，用兵大忌也！老夫愿请王书，立赴蓝田大营止兵！”骤然之间吕不韦热泪盈眶，深深一躬捧出了王书：“这是三印特书，敢劳老国尉兼程驰驱。”司马梗慨然接书，回身一声高喝：“堂下备马！六骑轮换！”吕不韦连忙道：“战马颠簸，前辈还是乘车为好。”已经在快速披挂软甲的司马梗连头也没回：“闲话休说！忙你的大事去，老夫掂不得轻重么！”吕不韦肃然拱手要告辞间，厅外战马一片长嘶，三名轻装骑士人各两马已在赳赳待命。司马梗提着马鞭大步出厅飞身跃上当头一匹火焰般的雄骏战马，喝一声“走”，两腿一夹暴风骤雨般去了。

吕不韦快步出门，立即驱车纲成君府邸。

“好个太子傅！老夫正要找人消磨，来得好！”蔡泽的公鸭嗓呷呷直乐。

“棋有得下，且先进书房说话。”

“书房闷得慌也，茅亭正好。”

吕不韦凑近低声一句：“秦王四更薨去，老丞相好兴致？”

“胡说！此等事岂得笑谈？不想下棋走！”蔡泽脸色骤然涨红了。

吕不韦哭笑不得，拉起蔡泽大步走到茅亭下，倏地从皮袋扯出一卷竹简丢到石案上，“老丞相且看这是否王书？”蔡泽哗啦打开竹简一瞄，愣怔得一脸青紫大张着嘴喉头咯咯直响硬是说不出话来。吕不韦连忙一手扶住一手在蔡泽背上轻轻捶打，“老丞相莫急莫急，若非你逼我，不韦岂能从山墙下来？”

蔡泽呼哧呼哧大喘一阵，方才费力出声：“吕不韦，你、你休得糊弄老夫！秦王纵去，弥留时岂能不召老夫？”吕不韦边捶打边道：“老丞相盖世聪明，当知此中道理：秦王刚刚移驾章台，只有太子与华阳后及老长史随行，骤然发病，何能知会得诸多重臣？”

“岂有此理！”蔡泽一把推开吕不韦愤愤然嚷了起来，“莫非你也是方才知晓么？你太子傅能连夜奉书，老夫领国丞相竟是不能？秦王做了三十年太子，于公于私素来笃信于老夫，弥留时必召老夫无疑！果然未召老夫，其间必然有诈。你吕不韦是否矫书[1]亦未可知！”

虽是愤激之辞难免偏颇，蔡泽这番话却委实说得肃杀之极，直将吕不韦打一个“谋君矫书”的灭族罪嫌疑。吕不韦心下纵然清楚这个老人心病何在，却也不能不先刹住蔡泽这股疯焰，当下冷冷道：“纲成君固是丞相，然却不是开府独领，而是与太子嬴异人共领相权。秦王弥留，召君亦可，不召君亦可，何来必然之说？吕不韦虽非丞相，却是太子左傅。秦王弥留，托后为大。纲成君扪心自问：吕不韦与君，谁与太子更为相得？”

“……”蔡泽呼哧呼哧喘息着无话了。

吕不韦和缓语气道：“况且不韦也是三更被人唤起，蒙昽仓促不知所以，四更赶到章台，未到五更秦王撒手。华阳后多有微妙。太子无以措手足。吕不韦仓促安定章台乱局，纵想知会纲成君，哪里却来片刻时机？”

“秦国绝情，老夫只有挂冠去矣！”蔡泽一叹，愤然沮丧尽在其中。

“恕我直言，纲成君有失偏颇也！”

吕不韦慨然正色，决意要在这关节点上将话说开说透，“名士但入仕途，权力功业之大小，既在其人之才，亦在其时诸般遇合。譬如商君张仪范雎者，才堪砥柱又逢雄主，更在国势扩张之时，方得风云际会而成赫赫功业。所谓时也势也，此之谓也！君以计然名士之身入秦，却正当秦国收势，修养民力，对外止兵，对内息工，举国唯奉公守法生聚国力而已。当此之时，既无统筹军政对外争霸之可能，又无整治关中大修水利从而一展计然大才之机遇。君所能为者，皆清要政事也。君怀壮志入秦，二十年无赫赫建树而耿耿于怀，不韦诚能体察也！然则，此乃时势使然，非两代秦王不委君重任也。君自思量：自昭襄王任君为相，可有一宗军国大事避君而行？纵是不韦在邯郸秘密襄助嬴异人之举，君亦奉昭襄王密书遥遥运筹。凡此等等，若非功业，足下何以在尚功之秦国封为最高爵位？昭襄王一生铁面护法，不曾空赏一人，莫非足下偏能以

[1] 矫书，假托君命发布君书。语出《公羊传·僖公三十三年》：“矫以郑伯之命而犒师焉。”

‘人未尽才’而得封君乎？究其竟，君虽无壮举，然却有非常时期应急之功。当此之时，君本当以老臣谋国之风垂范朝野，以封君相职做纷纭乱局之中流砥柱。偏君耿耿于首相之权，孜孜于宏大功业，偏颇有加，事事求预闻机密，件件做权力计较，不若刻舟求剑乎？秦王痼疾骤发而死，朝野正在紊乱之时，君纵不效司马梗之风，亦当尽此首相职责也。然君皆不为，开口不问朝局安危，只在先王顾命之名分与吕不韦锱铢必较。较则较矣，亦当有节。平心而论，君若有骨鲠孤臣之风，以为吕不韦不堪顾命，尽可堂皇上书弹劾之！君若有名士大争之风，亦尽可行使相权与吕不韦较量政才！然正道君皆不为，偏以狱讼之辞欲置吕不韦于死地，不亦悲乎！”吕不韦戛然打住，从来都是一团春风的笑脸满面寒霜。

“嘿嘿，得理不让人了。”蔡泽听得脸色红一阵白一阵心中如五味翻搅，终归却撑出了一片艰难的笑。素称敦情厚义的吕不韦对他从来都是敬重有加，今日却有如此一番凌厉指斥，难堪是难堪到了尽头，想作更猛烈的反驳却是张口无言。根本处在于吕不韦说得句句在理，将自己入秦以来的心事赤裸裸剖白在光天化日之下，若再无理强三分死撑硬嚷，却是成何体统？“刻舟求剑，点得好！”思忖一阵蔡泽喟然一叹，“老夫今日始知，政道见识，吾不如子也！也罢，足下既为顾命，只说要老夫做甚！”

“纲成君，新王有书：你我同领相职。不韦何能指派于你？”

“甚、甚、甚！新王书命，你我同相？”蔡泽大是惊讶。

“老相若觉我不堪，不韦决意退相。”

“呜呼哀哉！蔡泽至于如此蠢么！”蔡泽陡然呷呷大笑，“老夫最怕无事可做，你若早说老夫有相位，至于枉自互骂一通么？”

“总是老相圣明。”吕不韦不无揶揄地笑了，“在这茅亭嚷嚷么？”

“走走走，书房！”蔡泽一拉吕不韦晃着鸭步出了茅亭。

两人在书房直说了整整一个时辰，眼看天色过午，吕不韦草草吞了两张蔡泽最喜欢的燕山麦饼匆匆告辞。蔡泽精神大振，立即跟出来呼喝车马赶到驷车庶长府，邀集“三太”忙乎国葬去了。

蒙骜王龁兼程回到咸阳，没有回府立即进了王城。

给事中将两人领进了东偏殿，吩咐侍女上茶，碎步疾走去了。片刻间老长史桓砾匆匆进殿，说新君连日疲惫昏睡未醒，只怕今日不能召见两位上将军。蒙骜脸色顿时阴沉下来：“老夫奉三印急书赶回，新君何能不见？老长史可是如实禀报？”桓砾摊着双手连连苦笑摇头：“上将军毋得笑谈，在下万万承受不起。”王龁霍然起身长剑咚咚点地：“老长史兜甚圈子！君不见将，秦国几曾有过！老夫偏是不信！”老桓砾正在无可辩解，蓦然却见吕不韦大步进殿，连忙一圈拱手道：“顾命大臣来也！两将军尽可与假相[1]议事，在下实在分不开身。”说罢一溜碎步走了。

吕不韦正要与蒙骜见礼说话，王龁赳赳大步过来道：“敢问太子傅：上将军奉命紧急还都，新君不见，莫非章台之变不可告人！”如此强硬无理已经大非常态，蒙骜却铁板着脸无动于衷。吕不韦心下不禁一沉，思忖间肃然拱手道：“少上造[2]若以为章台之夜有不可告人处，自可公诸朝野诉诸律法。若无凭据，还当慎言为是。”王龁怒冲冲道：“老夫不知慎言！老夫唯知国不可一日无君！既为国君，何能召臣不见臣？老夫明言：若有人胁迫国君隐朝，数十万秦军绝不坐视！先王弥留之际，太子傅乃唯一顾命，对国君行止该当有个说法！”王龁为秦军资深猛将，战功卓著禀性刚烈，其少上造爵位比上将军蒙骜的大上造只低一级，若只从爵位说，比目下吕不韦的爵位还高出几级，情急之下大有威压之势。

“少上造之意，章台之夜是一场宫变了？”吕不韦冷冷一笑。

“你只说，新君反常，是否受制于人？”

“胁迫君王者，自古唯重兵悍将可为，他人岂非白日大梦？”

王龁正待发作，旁边蒙骜重重一个眼神止住，随即一拱手道：“先生自可斟酌：朝局之变若告得我等将士便说，若涉密无可告知，老夫即行告辞。”

吕不韦肃然道：“上将军乃国家柱石，何密不可预闻？上将军长子蒙

[1] 假相，代理丞相。吕不韦此时正职为太子傅，丞相为特命兼领，朝臣依例视做假相。

[2] 少上造，秦军功爵位第十五级（共二十级）高爵。

武，更是新君总角至交。新君信不过上将军，却信得何人？”

“唯其如此，新君不见老夫，令人生疑。”

“上将军若一味心存疑虑步步紧逼，恕不韦无可奉告。”

“大胆卫商！敢对上将军无理！”王龁须发戟张长剑出鞘一个大步逼了上来。

吕不韦傲然伫立：“护法安国，死何足惜？王龁恃功乱国，枉为秦人！”

“老将军且慢。”蒙骜一步上前摁下了王龁长剑，转身冷笑道：“自承护法安国，先生当对目下朝局作个通说。隐而不说，难免人疑。”

“两位老将军如此武断[1]，我何曾有说话余地也！”吕不韦慨然叹息一声，“在下不期然临危顾命，与太后新王议定的第一道王书便是临难止兵，急召两位老将军还都。此应急首谋也，安得有不告之密？方才吕不韦从纲成君处匆匆赶来，亦是要迎候上将军先告章台之情。不想一步来迟，新王未曾立见上将军。此中因由，仓促间何能立时分辨？少上造不容分说先诛人心，竟指吕不韦宫变！如此威压，谈何国事法度？谈何共赴国难？”

王龁冷冰冰道：“你若信得我等，一班老军何消说得？”

“要说不信，只怕促成大军东出在外才是上策，何须急命止兵又召两将军入朝？”

“好了好了，来回倒腾个甚！”蒙骜拍掌长嘘一声，“朝局倏忽无定，一班将士疑云重重，老夫也是忧心如焚，失言处尚望先生见谅。”

吕不韦原无计较之心，只是面对这班自恃根基深厚动辄便疑外邦人背秦的老秦大将，不得不立定法度尊严，是以对两将军的武断气势丝毫不做退让。如今蒙骜已经致歉，吕不韦释然一笑，将两位老将军请到了东偏殿内室，备细将夜来章台之事说了一遍，末了叩着书案道：“如今诸事三大块：一为国丧大礼与新君即位大典，一为备敌袭秦，一为安定朝野。上将军以为然否？”蒙骜思忖点头道：“三大事不差。愿闻假相谋

[1] 武断，语出《史记·平准书》，原指乡间豪富只以武势主断曲直。后世引申为主观臆断。

划。”吕不韦道：“两大国礼，已经有纲成君一力担承。其余两事如何摆布，不韦尚无成算，愿闻上将军之见。”蒙骜慨然拍案：“老夫职司三军，自当御敌于国门之外！安定朝野，却看假相运筹也。”吕不韦一拱手坦诚道：“上将军信我，不韦先行谢过。然则，目下情势多有微妙，以安定朝野最为繁难。不韦根基尚浅，自认斡旋乏力，尚要借重上将军之力。”蒙骜目光炯炯道：“要老夫如何？但说无妨！”吕不韦直截了当问：“若是上将军不赴军前，不知可有担纲御敌之大将？”蒙骜微微一笑：“假相何有此问？秦军大将堪比老夫者不下五六人。面前老将王龁，是当年武安君时秦军第一大将，若非攻赵一败，王老将军当是上将军也。”吕不韦不禁肃然拱手：“老将军国家长城，不韦敬佩有加！”王龁不禁满面通红慨然一拱手：“王龁赳赳武夫多有鲁莽，国难在即，我等老军无不从命！”

“权衡朝局，上将军须亲留咸阳，并得调回蒙武将军。”

“蒙武职司前军大将，回朝甚用？”王龁陡然插断。

蒙骜略一沉吟断然拍案：“老将军统兵布防，前将军改任王陵，蒙武回朝。”

“嗨！”王龁慨然领命。

“敢问老将军如何布防？”吕不韦特意一问。

“步骑十万进驻崤山腹地，策应函谷关；步军五万前出丹水谷地，策应武关；铁骑五万进驻河西，策应九原上郡；老夫亲将十万精锐驻守蓝田，驰援策应各方！”王龁毫无拖泥带水，显是成算在胸。

蒙骜对吕不韦点头道：“防守不出，我军断无差错。”

“好！”吕不韦霍然起身，“敢请上将军王老将军去见太后。”

三人匆匆大步来到王城东部的王后寝宫，遥遥便见宫门已经挂起了一片白幡，进出的内侍侍女也都是一身衰经满面冰霜，绕过影壁已闻哀哀哭声不断。吕不韦不禁一怔。蒙骜的一双白眉也拧成一团。王龁黑着脸一句嘟哝：“未曾发丧先举哀，咄咄怪事也！”自来国丧法度：国府官文正式发布国君薨去的消息，谓之“发丧”；发丧之前事属机密，纵是知情者亦不得举哀；此谓，先发丧而后可举哀。如今国丧未发而后宫举哀，显然有违法度，三人如何不大感意外？吕不韦立刻唤过一名领班侍女前去禀报，片刻间侍女出来，将三人领进了已经成为灵堂的厅堂。

“敢问太后：未曾发丧而先行举哀，法度何在？”吕不韦径直一问。

华阳后正自哭得梨花带雨，闻言倏地站起：“假相既说法度，老太子府举哀在前，便当先治！晓得无？你容她而责我，其心何偏！”

吕不韦淡淡道：“目下太后暂摄公器政事，非比寻常女子，若执意与名分卑微的夏姬锱铢必较，臣唯有诉诸王族族法，请驷车庶长府会同王族元老议决。”

华阳后顿时脸色铁青。自秦孝公始，秦国王族的族法也因应变法作了大修，较之国法更为严厉，执王族族法的驷车庶长府历来不参与朝政，只受命于国君监督不法王族。王族法的特异处在于：不经国家执法机构——廷尉府的审讯，驷车庶长邀集的元老会可径自审问处置被诉王族；凡涉及王族隐秘的妻妾与嫡庶公子等诸般丑闻争执，在难以清楚是非的情势下往往一体贬黜；对身居高位搅闹朝局而不便公然贬黜者，则几乎无一例外地密刑处决！唯其如此，秦国王族百余年来极少发生宫变式的内争，一旦发生也总能迅即平息，于战国之世堪称奇迹。若果真按此族法议决，华阳后在危难关头与先王一个“弃妇”作如此这般计较，其摄政德性会首先受到王族元老的质疑指斥，其摄政权力也必然会视种种情势而被以某种方式剥夺。总归是决无不了了之蒙混过关之可能。

“好呵，晓得你狠！”华阳后冷冷一笑吩咐左右，“撤去灵堂，各去衰绖。”一边说一边已经利落脱去了粗糙的缀麻孝服，现出了一身嫩黄色的丝裙与雪白脖颈间的一幅大红汗巾，艳丽窈窕风姿绰约，方才哀伤在倏忽间荡然无存。华阳后转身悠然一笑，“三位入座，有事尽说，晓得无？”

“上将军请。”吕不韦对蒙骜肃然一躬。

蒙骜径直对笑吟吟的华阳后一拱手冷冷道：“老臣无心坐而论道，只请太后速定将事，老臣立待可也。”毕竟华阳后心思机敏，浑然无觉般淡淡笑道：“军事缓亦急。这句老话我还晓得。上将军便说，要定何事？”蒙骜道：“请任少上造王龁为将，统兵布防御敌。”华阳后惊讶道：“王龁为将，上将军闲置么？”吕不韦一拱手道：“太后明察：上将军年来腰疾复发，急需治疗，臣请太后允准上将军所请。”华阳后眼波流动道：“晓得了，我等优哉游哉还落病，何况戎马生涯？上将军只管回咸阳疗病，王龁老将军统兵。”转身对吕不韦道：“你教老长史起书，拿来用印便是。”

“老臣告辞。”蒙骜王龁一拱手径自去了。

“假相还有事么？入座说了。”华阳后不无妩媚地笑了。

“臣有几事禀报。”吕不韦从容入座，将与蔡泽桓砾议及的国葬大礼与各官署急务等诸多国事说了一遍，末了恭敬地请华阳后作可否训示。华阳后叹息一声道：“你却为难人也！我入秦国三十余年，几曾问过国事了？纵是先王说及国政，我也是听风过耳，何曾上心了？同是芈氏楚女，我远无宣太后之能，也不以摄政为乐事。我只两宗事在心：夏姬色祸先王，罪不容赦！子楚即位秦王，毋得忘我恩义！你若主持得公道，我自会一心报之……”隐隐一声哽咽一串泪水滚落在晶莹面颊。

“太后之心，臣能体察。”吕不韦辞色端严，“臣为顾命，唯有一虑：目下先王未葬，新君亦未正位，国事决于太后，太后若孤行私意，秦国必乱也。臣请太后明心正性，顾大局而去私怨，如此朝野可安也。”

“我掌事权，尚不能决。朝野安定之日，只怕没有芈氏了。”

“以公器谋一己恩怨，虽王者亦败。此战国之道也，太后明察。”

“如此说来，你是不能指靠了？”

“臣不负先王所托，愿太后与新君同心。”

“可新君与我不同心，晓得无！”

“臣保新君不负太后。然若太后孤行一意，虽天地无保。”

“好了，我只记你一句话。”华阳后淡淡一笑飘然去了。

二　醇醇本色　殷殷同心

夜半时分，蒙骜刚刚与王龁议定了改变兵力部署的诸多紧要关节，家老急匆匆来报，说老长史桓砾捧王书到了。蒙骜对这个日间与他虚与周旋的老臣子很是不屑，只淡淡一句教那老吏进来，不去依礼迎接王书。桓砾一副万事不上心的淡漠神色，跟着家老进来，照着规矩宣读完了对王龁的任将王书，从腰间皮袋拿出一支铜管递了过来。蒙骜信手接过铜管打开，不禁大是惊讶。一方羊皮纸只有光秃秃八个大字——蒙武还都，务使密行！

“假相手笔？”蒙骜眯缝起老眼端详着这生疏的笔迹。

“此乃密书。”桓砾苍老的声音显得木然。

蒙骜哗啦一摇羊皮纸：“如此秃皮密书，老夫未尝闻也！”

“此等羊皮纸乃国君专用，入水可见暗印编号，天下没有第二张。”

“假相面君了？”蒙骜第一个闪念是吕不韦将蒙武事禀报了新君。

“假相暮时入宫，完书即被纲成君接走，前后不到半个时辰。”

稍一沉吟，蒙骜将秃皮王书递给了王龁。王龁端详片刻一点头：“没错！当年我代武安君为将进驻上党，昭襄王发来的也是这等王书，纵被敌方所获也难辨真假。只是，此时非战时，如此神秘兮兮做甚？”

“老长史可知密书所言何事？”蒙骜突兀一问。

“不想知道。”桓砾不置可否。

“新君处境艰危？”

“无所觉察。”

“也好！老夫奉命。”蒙骜正色拍案，“老夫却要言明：锐士入宫之前，新君但有差错，老夫唯你是问！”

“天也！”桓砾一摊双手哭笑不得，“王城护卫素非长史统领，我只管得文案政事，何能如影随形盯着国君也。”

“新君信你！”蒙骜大手一挥，“自古宫变出左右，老夫不认别个！”

“好好好，老朽告辞。”桓砾也不辩驳，只摇头拱手地佝偻着腰身去了。

蒙骜将桓砾送到廊下，回来关上厚重木门，与王龁又是一阵计议。四更时分王龁起身告辞，到廊下飞身上马连夜赶赴蓝田大营去了。马蹄声渐去渐远，咸阳箭楼的刁斗声在夏夜的风中隐隐传来，恍惚无垠山塬连绵军营如在眼前。蒙骜心绪难平，不觉向后园的胡杨林信步转悠过来。

入得军旅四十余年，大战小战百余次，蒙骜从来没有过今日这般茫然。

嬴柱做太子时便与他敦厚交好，几乎是无话不可说无事不可托。二十多年前，嬴柱将孤独羞涩的少子嬴异人送到了他家读书。三年前，嬴柱又将立嫡无望的庶公子嬴傒亲自送到了他的帐下从军。但凡疑难危局，嬴柱都是第一个说给他听，不管他有没有上佳谋划。为免无端物议，两人过从并不甚密，然则紧要关头那份笃厚的信托是不言自明的。在蒙骜看来，嬴柱并非政道雄才，更兼孱弱多病，全然不是一个强势靠山。然则，嬴柱在大处从来不懵懂，对人对事既谨慎又坦诚，心有主见而无逼人锋芒，思虑周密而不失旷达。唯其如此，嬴柱做了数十年老太子，无功无过无敌无友，平淡得朝臣们竟往往忘记了还有这个老太子，寻常见礼直呼安国君者居多，鲜有对即将成为国君的成年太子的那种敬畏。不管是随时可能崩塌的病体所致，还是平庸寡淡的禀性所致，嬴柱总归是少了一种强势君主必然具有的威慑品格。然则，嬴柱毕竟在一个不世出的强势君王的五十余年的炫目光环下平安走了过来，你能说他是真正的平庸无能么？从心底说，蒙骜喜欢这样的嬴柱，甚至不乏赞赏。根本处，在于蒙骜觉得嬴柱与自己禀性有几分暗合，政道命运与自己的军旅命运更有几分相像。蒙骜也不止一次地觉察到，这个老太子同样赞赏自己，几是惺惺相惜。蒙骜始终相信，只要嬴柱能撑持到做秦王的那一天，他便能放开手脚与山东六国开打，为武安君之后的秦军重新争回战无不胜的荣耀与尊严！

人算不如天算，即位不到一年的嬴柱不可思议地去了，突兀得令人不敢相信。去则去矣，顾命之臣又偏偏是他最为陌生隔涩的新贵吕不韦。要说将在外不及召回受临终顾命，也是情有可原。然则，嬴柱给他这个最是堪托的通家“老友”竟连只言片语的叮嘱也没有留下，却使蒙骜老大不解，茫然之外不期然生出些许寒心——人但为君自无情，果真如此，世道何堪？

再说新君嬴异人，蒙骜虽略有所知，也都是那些已经变得很模糊的早年琐事了。如今的嬴异人已经年近不惑，从邯郸归来一直深居简出，除了在朝会上见过一次，蒙骜几乎连他的相貌都说不清楚了，谈何知底？此人一夜之间成了新君，举措却总是透着一股难以揣摩的诡秘，实在教人不知所云。揣情度理，但凡邦国危难朝局不明，国君第一个要“结交”的便是重兵大将，自古皆然。可这新君嬴异人非但不见他这个上将军，且连任将之权都交到了那个处处透着三分妖媚的太后手中，当真教人不可思议！若说未受挟制而甘愿如此，蒙骜无论如何不肯相信。然则若受挟制，又如何传得出密书？可若未受胁迫，又何须要蒙武密行还都？莫非新君在防范某种势力？防范谁？吕不韦还是华阳后？抑或还有别个？甚至包括他这个老军头？不，不会，新君绝不是防范他！若得防他，岂会召蒙武密行还都？如此说来，新君防范者不是吕不韦便是华阳后？虽说吕不韦于新君恩同再造又是顾命之臣，然则，往往正是此等人方使君王不安，当年商君之于新君秦惠王不正是如此？至于那个三分妖媚的华阳后，原本便该戒备提防。然则仔细参酌，似乎又都不可能。那么是提防纲成君蔡泽？也不会……自问自答，自设自驳，老蒙骜终归是云山雾罩莫衷一是。素称缜密的蒙骜第一次感到了智穷力竭洞察乏力政道之才实在平庸，章台之夜有三个关键人物，自己竟是个个没底处处疑云，想信信不过，想疑疑不定，何以提大军做中流砥柱？

……

夜幕消散，天倏忽亮了，夏日的朝霞匆匆挂上了树梢，幽暗沉郁的胡杨林顿时亮堂燥热起来。蓦然之间一阵童声在林间荡开：“菲菲林下，酣梦忽忽，何人于斯，原是大父！”

“大胆小子！”蒙眬之中蒙骜嘴角连番抽搐，尚未睁眼一声大喝。

一个气喘吁吁满头汗水的总角小儿正顽皮地揪弄着蒙骜灰白的连鬓大胡须，陡闻大喝，小儿一骨碌翻倒却又立即爬开跳起拔出了插在旁边的短剑，一串连滚带爬既狼狈又利落煞是滑稽，坐起来的蒙骜不禁捧腹大笑。

“吾乃大将蒙恬是也！不是小子！”总角小儿挺着短剑奶声赳赳。

“呵呵，大酱倒是不差。忽而练筝，忽而练剑，甚个大将？”

“晨剑晚筝，大将正形！不是大酱！”

“好好好，是大将不是大酱。小子能找爷爷，记一功！”

“大父夜不归营，该当军法！”

“甚等军法？末将领受！”老蒙骜当即站起煞有介事地一拱手。

“罚修鹿砦三丈！”

“错也！”蒙骜板着脸大摇白头，“是拘禁三日不得与操。狗记性。”

“旧制不合军道！此乃蒙恬新法。”

“小子翻天也！甚处不合军道？说不出子丑寅卯看打！”

“大父懵懂！”总角小儿赳赳拱手奶声尖亮，“丁壮拘禁，不操不演，肥咥海睡，空耗军粮，算甚惩罚！罚修鹿砦，既利战事又明军法，还不误军粮功效，此乃军制正道！”

“噫嗨——”蒙骜长长地惊叹了一声，拍打着赳赳小儿显然凸出的大额头，“小子头大沟道多，有鼻子有眼也。小子再说，既不合军道，武安君做甚要立这等军法？”

“想不来。”小儿沮丧地摇摇头陡然红脸，“容我揣摩几日，自有说法！”

“好好好，小大将尽管揣摩，老大将却要咥饭了。走！”

“不能咥！”小儿一步蹦前张开两臂挡住又神秘兮兮地摇摇手，“大父附耳来。”蒙骜板着脸弯腰凑下，小儿搂住他脖颈低声说有人守在厅堂，大父不能去。蒙骜皱着眉头笑道，那教老大将饿肚皮么？小儿连连摇头，那人车中有一大箱酒，定然是想灌醉大父，大父一夜游荡未睡，沾酒便醉，不能去。蒙骜皱起了眉头，那人甚模样？知道是谁么？小儿大眼珠忽悠一转，该是吕不韦，没错！蒙骜大是惊奇，你小子如何知道吕不韦？小儿得意地笑了，父亲书房有张画像，写着吕不韦名字，与此人一模一样。蒙骜又是惊奇，噫！你父甚时有得吕不韦画像？小儿忽悠着眼珠咕哝，想想，我想想，三年前？对！三年前。蒙骜不禁哈哈大笑，吹牛号也！三年前你小子几岁？小儿陡然红脸赳赳，不管几岁，我记得清楚，说不准甘愿受罚！蒙骜连连点头，好好好大将无错，走，去看个准头。大父该大睡一觉，再会客不迟。小儿很不以为然地嚷嚷着。知道甚！蒙骜拉起小儿便走，老大将一日只要有个盹儿，打熬得十天半月，一宿不睡算甚？走！

等候在正厅的果然是吕不韦。

吕不韦也是一夜未眠。华阳后的明压暗示使他隐隐不安，从寝宫出来立即找到桓砾，说要即刻面见新君。桓砾沉吟片刻，找来了老给事中。老给事中又找来了总管老内侍。老内侍虽然一直皱着一双白眉不说话，最终还是将吕不韦从密道曲曲折折领进了重重殿阁中一处最是隐秘的书房。新君嬴异人正在灯下翻检一只大铜箱中的竹简卷宗，对夤夜前来的吕不韦似乎很觉惊讶又很是木然，愣怔迷蒙得好似梦中一般。吕不韦见礼之后直截了当地禀报了华阳后与他的全部对话，申明目下朝局之要害首先在于新君与华阳后如何相处，该当未雨绸缪有个明确谋划。吕不韦话未落点，嬴异人焦躁得来回彷徨，直说太后要杀他，他已经几次看见了黑衣剑士的影子在王城飞来飞去，他先要藏匿起来躲过此劫，否则万事皆休！

“太后起动了黑冰台？”吕不韦思忖一问。

“对对对！正是黑冰台！先生如何知道？”嬴异人惊恐万状。

“敢问君上：第一次知道黑冰台，可是在邯郸之时？”

“是……是在邯郸。”嬴异人眼珠飞转，终于点了点头。

“敢请君上出舌一望。”

嬴异人稍一犹豫，还是走到了吕不韦案前的侍女铜灯下席地而坐伸出了舌头。吕不韦打量一眼又淡淡一问：“君上梦中凶险追杀可多？”“对对对！”嬴异人连连点头不胜惊恐，“万千绳索捆缚！野狼虎豹吞噬！刀剑逼喉、烈火灼身、暗夜深潭、丛林蟒蛇，森森白骨，甚都有！邯郸归来尤多噩梦，白日卧榻也是不得安生……”大喘着粗气说不下去了。

“君上已患心疾。此疾不祛，君上危矣！”

“甚甚甚？心疾？未尝闻也！”嬴异人陡然一笑，尖涩得如同夜半枭鸣。

吕不韦心中一抖，脸上却悠然一笑：“君上且安坐片刻，闭目从容调息，想想春夜茅亭你我与毛公饮酒趣谈，信陵君府邸的兵法论战，邯郸郊野的胡杨林，还有那长夜不息的秦筝……岂非其乐融融，叹我人生苦短矣！”

缓慢散淡而又闲适的语调如朦胧春风掠过，嬴异人竟情不自禁地闭上了眼睛，脸上也渐渐有了平和的笑意。良久，嬴异人蓦然睁开眼睛瞅着铜人灯惊讶道："噫！我似蒙眬睡去，何以没有做梦？怪哉！"

"其心入斋，怪亦不怪也。"吕不韦轻松地笑了。

"先生通晓方士法术！"嬴异人神色惊讶地陡然站起。

"便是方士之术，又何须一惊一乍？"吕不韦微微一笑轻叩书案，"君上且静神安坐，只想那胡杨林春夜秦筝，臣之说叨，权且当做清风掠过原野耳。"见嬴异人果然闭上了双目，吕不韦的缓缓侃侃如悠悠春水散漫流淌，"臣杂学尚可，亦算通得医道。心疾者，古来有之，鲜为人知也。然既为疾，自能医之，无须惊恐也。医谚云：舌为心之苗，心开窍于舌。君上舌晕混沌，若疮若糜，足见心乱神迷也。何谓心乱神迷？心主两功，一运血脉，一藏神志。此所谓'心藏脉，脉舍神'。心乱，则神不守舍。神不守舍，则心术不正矣。何谓心术？《管子·七法》有说，'实也，诚也，厚也，施也，度也，恕也，谓之心术。'凡此六者俱备，则能使心无为而治百窍，故谓心术。心术正，人能以常情揣度事理，不致偏执，不致昏乱。反之则神出心舍，恍惚失察，疑窦丛生，惊惧无度也。此等心疾诚不足畏，唯入心斋而已。"

"何谓心斋？"嬴异人闭目发问，呓语一般。

"心斋者，虚明之心境也。"吕不韦舒缓如吟诵，"庄子作《人间世》有说：唯道集虚，虚者，心斋也。何谓虚？明也，空也，气也，一志之心境也。虚而待物，心斋成矣。心斋成，则有容纳万物之心，对人对事无听之以耳，而听之以心；无听之以心，而听之以气；听之以气，则无感其名，无受物累，是谓形坐而神驰，万物化于我心也……"[1]

蓦然，嬴异人有了时断时续的呼噜声……吕不韦疲惫地笑了笑，打了个长长的哈欠，揉了揉干涩的眼睛，提起书案上的木翎笔拉过一张羊皮纸写了起来。写罢招手唤过悄悄守在大屏旁边的老内侍低声叮嘱几句，径自去了。

---

[1] 心斋说源于庄子，原本是中国原生文化中独有的内省哲学，宋代之后仅仅被看做一种修养境界。

雄鸡长鸣的黎明时分，吕不韦的辎车辚辚出了王城，直接到了城内那座四进庭院的官邸。原来，陈渲与西门老总事见吕不韦前日深夜被急召章台，心知定有变局，立即派莫胡带着几个仆役侍女进了城内府邸收拾，又派一个精干武执事专门跟踪吕不韦车马行止，叮嘱务必在“歇朝”时刻将吕不韦接回府邸打尖歇息。谁知一日一夜之间吕不韦毫无消息，已经赶到城内府邸守候日夜的西门老总事坐立不安，索性守在门厅死等，若天亮依然没有主人消息，便要亲自出马探听了。正在此时，吕不韦辎车在朦胧曙色中辚辚回府，西门老总事匆匆迎过来，一声先生未叫出口，已软在了门厅之下。

吕不韦连忙下车，吩咐两个年轻仆人扶老总事去歇息。又回身对闻讯赶来的莫胡一班人叮嘱，日后要一如往常，不许这般铺排等候，国有法度，朝有规矩，我能泥牛入海了？莫胡连忙与几个仆役侍女熄灭灯火关闭大门，而后吩咐仆役侍女各去安歇，才领着吕不韦进了后院水池边的一座小庭院。吕不韦记得城内府邸的寝室是在第三进与书房相连。这座小庭院却似乎是一处客寓，便问如何要到这里来？莫胡说这是西门老总事谋划，她也不晓得原由。吕不韦不再多问，进得前厅刚靠上坐榻，软过去扯起了鼾声。

蒙眬之中吕不韦觉得有异，费力睁眼，莫胡捧着他的双脚在热水中轻轻揉搓，一个激灵清醒过来道：“不能耽搁，卯时还有要事，浴房有凉水么？”莫胡叹息一声说有，你去冲凉我去备膳，放开吕不韦双脚起身飘了出去。吕不韦进了浴房一摁机关，板壁高处两桶凉水涌泉般连续浇下，浑身一阵沁脾清凉，及至穿好衣裳，顿时觉得清爽了许多。回到前厅，长案上一鼎一盘一爵已经摆置停当，莫胡正跪坐案前开启酒坛。吕不韦眼前一亮摇手道：“莫胡且慢！可是那几桶兰陵酒？”莫胡回头一笑：“是也，夫人吩咐搬过来的，说先生最喜好了。”吕不韦点头笑道：“没错没错，只不过此酒有用，快都搬到车上去。”莫胡说声好，推着那辆小酒车出厅去了，须臾回来见吕不韦正在厅中四处打量，不禁笑道：“先生不用饭，转悠甚来？”吕不韦陡然一个响亮的饱嗝高声道：“已经用过，官衣搁在何处了？”莫胡走过食案一看，鼎盘已空，汤汁狼藉一片，不禁大是惊讶。在她的记忆中，主人历来都是从容不迫的，纵然一个人用饭也是整洁如仪，如何今日这般狼吞虎咽？心念一闪道：“先生稍待，我去拿官衣。”飘了出去倏忽回来，一套折叠整齐的簇新官衣捧在手上。吕不韦眉头一皱道：“新官衣硬邦邦太过板正，还是方才那套好。”莫胡惊讶笑道：“方才那身汗津津湿透不知几番了，坐处揉得没了形，我已交浆洗坊了。”吕不韦依然皱着眉头：“再没软旧衣裳了？”莫胡撅着小嘴嘟哝道：“新官不到一年，哪里来的旧官衣？此等衣裳又不许自制，人有甚办法？要说也是，尚坊制得官衣总浆洗得硬邦邦，哪有自家丝麻衣裳随身了？”

“对也！拿一身自家常衣。”吕不韦陡然拊掌笑了。

“先生，莫胡无心之语……”

“岔了岔了。”吕不韦见莫胡委屈得泪水盈眶，连连摇头，过来轻轻揽住她肩头凑在耳边轻声说得一阵。莫胡娇媚地一笑一溜碎步飘了去，片刻捧来一身轻软的细麻布衣裳，利落地侍奉吕不韦换下浴房大衫，再用一支长大的玉簪穿好吕不韦梳理整齐的发髻，一个大袖无冠的布衣士子一团春风地活现在了眼前。

“昔日先生又回来也。”莫胡不禁喃喃感慨。

“好！我去了。”吕不韦拍拍莫胡肩头匆匆便走，又蓦然回身叮嘱：“你回报夫人，说这几日不能回庄，索性她也过来算了。”说罢大步出了庭院。

清晨的咸阳城是忙碌的，店铺开张官署启门，长街大道处处都在洒扫庭除到处都是行人匆匆。谚云：农忙百业忙。目下正当夏熟大收时节，抢收抢种抢碾打抢储藏抢完粮，整个秦川都火爆爆地忙碌着。当此之时，无论国事朝局发生了多么突兀的隐秘的值得人们关注的变化，国人都不得不在紧张繁剧的劳作中淡漠置之。毕竟，实实在在的日子是要永远地辘辘转动下去的，任何陡然泛起的波澜都无法改变这亘古生计的河道。

吕不韦的垂帘辎车避开了熙熙攘攘的长街大道，只在僻静的小街巷穿行，原本可径直到达的短短路程，曲曲折折绕了近半个时辰。在国人匆匆的农忙时刻，吕不韦实在不堪华车招摇过市所招来的异样目光。曾经是三十余年的老商旅，吕不韦很是清楚整个五月对农人对工商对国人乃至对整个邦国意味着什么。去岁夏熟秦川遭老霖雨大灾，今岁夏熟便显得尤为不同寻常。作为顾命假相，他此时本该巡视乡野督导农忙减赋免税。可是，他实在是须臾不能离开咸阳，只能在王城与大臣府邸间走马灯般周旋。目下要去造访的上将军蒙骜，正是急需与之周旋的一个人物。

蒙骜对吕不韦的清晨上门确实感到意外。

小孙子蒙恬说是吕不韦，蒙骜根本不信。一个六七岁的小孩童说厅堂有个他三几岁时见过的客人，纵是分外认真，谁个又能放在心上？依蒙骜所想，来者必是蔡泽无疑。无论如何，这个老封君目下爵位最高又兼领相职，是动荡朝局中的强势大臣之一。若从常态权力看去，丞相与上将军从来都是最重要的两根支柱，与国君一起构成了一个支撑国家的权力框架，在邦国危难之时，这个框架的稳定更显得赫赫然无可替代。然则，此次朝局仓促生变，一相一将都没能临终顾命，而恰恰教一个爵位中等又无甚事权的太子傅成了顾命大臣，在秦国成了史无前例的“怪局”。尽管局势怪诞，然朝野瞩目者依旧是军政两大臣。蒙骜相信，只要这农忙五月一过，朝野议论必然蜂起，力促将相合力稳定朝局。在老秦人眼里，这个相不会是吕不韦这个“假相”，而是蔡泽这个老相。狡黠的蔡泽不会想不到此，能想到此则不会不与他通气。从心底说，蒙骜对蔡泽很不服膺。这个计然派名士除了农事沟洫一班经济事务，其余才能实在平平，机敏有余气度不足，总是敞着嗓子呷呷议论，无论是昭襄王暮政还是嬴柱即位的新政，蔡泽都没有展示出总揽全局的开府领国气象。蒙骜也知道，蔡泽对两代秦王总派他处置无关痛痒的风光大典很是牢骚。但蒙骜更清楚，你这个纲成君也就如此摆置最适合，真要你担纲大局，只凭你那见人呷呷乱嚷却总是切不准要害，你便做不得开府丞相。就实说，你也做过一年，有了甚名堂？说昭襄王雄主守势压了你才，纯然胡话！秦孝公不强么？秦惠王不强么？那商君张仪为何有声有色权倾朝野？没大才便没大才，偏偏地要嚷嚷时势耽搁了你，哼哼，只凭此点老夫也看你不入眼也。那个吕不韦虽是商人底子，然处事之沉稳言语之精当，紧要处之果决严厉，当真还比你这个老相强得几分……然则无论如何，时也势也，这个吕不韦不知根底，目下能齐心协力者还只有指靠这个蔡泽，否则国事千头万绪，没个众望所归的丞相如何理得顺了？这个蔡泽也当真懵懂，老夫仓促还都无法脱身，你究有何等要务缠身，一日一夜竟不来找找老夫，今日才想得起来也，哼哼，好你个记性……

“上将军，我已等候多时也。”吕不韦笑吟吟迎了出来。

“……”

骤然之间蒙骜心下一片空白，使劲揉了揉老眼才回过神来笑着一拱手，“啊，太子傅到了，老夫眼拙，见谅见谅。”吕不韦打量一眼笑道：“老将军这是夜宿林下了？”蒙骜不禁惊讶：“噫！你却知道？”吕不韦道：“商旅三十年，我也是山林野宿常客。老将军甲胄上落叶片片，脸膛一片干涩，不是晨功了。”“不差不差。”蒙骜呵呵笑了，“老夫夜来只说胡杨林转悠一番，不想蒙眬了过去，毕竟老也。”吕不韦不禁喟然一叹：“老将军如此操劳，不韦惭愧也！”蒙骜目光一闪突然哈哈大笑：“风马牛不相及，八竿子打不着，你太子傅惭愧个甚来？来来来，入座说话。”

吕不韦方得入座，蒙骜突然揉揉眼不无揶揄地惊讶道：“噫！太子傅一身布衣，不做官了？”吕不韦坦然一笑：“官衣浆洗得梆硬，天热不吸汗。左右老将军是前辈，不韦卖小自在一回，老将军只管笑骂。”蒙骜啪地一拍掌：“前辈不敢当，话却说得是！老夫最不喜那新官衣，又轻又硬又不贴身，上身活似一桶水，还不如这一身沉甸甸铁甲，不穿好不穿好。”吕不韦一拱手笑道：“人说军旅多实话，果不其然也。”蒙骜边脱甲胄边道：“人只本色便好，关军旅甚事？”

“小公子进来。”吕不韦突然笑对门外一招手，“偷觑个甚？进来也。”

门外不断伸头的红衣小儿大步赳赳进来，陡然站定一拱手：“我乃蒙恬是也！我大父十八个时辰没有用饭，该当如何？”挂好衣甲的蒙骜回身一挥麻布大袖板着脸道：“小子又来鼓捣！去去去，罚练二百大字，午后交出！”吕不韦连连摇手道：“且慢且慢，我倒以为小公子说得有理。老将军昼夜无吃无睡岂能熬得，该当先用饭再歇息，不韦改日再来拜访。”蒙骜哈哈大笑：“此儿老夫长孙，小子说叨多，听他摆布忙活死人。”转头厉声吩咐，“小子去传军令：给老爷爷上饭上酒！”小蒙恬对吕不韦赳赳一拱手道：“先生通达，蒙恬得罪！”提着短剑昂昂去了。

“此儿不可限量也！”吕不韦喟然一叹。

“足下通得相术？”蒙骜淡淡一笑。

“何须通晓相术？”吕不韦轻轻叩着书案，“谚云三岁看老。此儿发蒙之期有勃勃雄心，才兼文武，天赋神异，来日定是一代英杰。”

“那是你说也。”蒙骜轻轻叹息了一声，“此子太过聪明，时常教人无言以对。唯其如此，老夫每见此儿，总是不由自主地想到一个人，心下总是一揪一揪……”

“若不韦没有猜错，老将军心头之人是赵括。”

“正是也！”蒙骜啪地拍案，“赵括五岁称神童，十二岁与赵国诸将论书谈兵，难倒其父马服君赵奢。可后来如何？葬送了赵国六十万大军啊！老夫当年亲临长平战场，那赵括实在是可惜，英风烈烈天赋过人，却死得教人心疼……”

“老将军多虑了。”吕不韦悠然一笑，“我对赵国尚算熟悉，蒙恬之于赵括，至少两处不同：其一，禀性根基不同。赵括飞扬活脱，少时辄有大言，轻慢天下名将，与人论兵论战，攻其一点不及其余，纵有所短也不知服输，过后亦从无内省之心。小蒙恬不同，极有主张，却认事理。以方才而论，本心分明是担心大父辛劳，想要客官告辞；然老将军执意留客，小蒙恬便向我致歉谢罪。五七岁能知事理，分辨得何为通达何为执拗何为自失，且知过而能改，此等心气禀性，赵括几曾有过？其二，门第之教不同。马服君赵奢一战伤残，教子缺乏心力，更兼盛年病逝，致使赵括少年失教，弱冠之年承袭高爵，一发张扬无可顿挫，心底便没了沉实根基。小蒙恬则既有大父之慈教，又有父亲之严教，及至加冠，亦决然不会失教而流于无形。有此两不同，老将军大可放心。”

“先生此说，大是新鲜。”蒙骜朗朗一笑，“然揣摩之下，还当真有几分道理[1]！”

---

[1] 道理，语出《庄子·天下》：“是故慎到弃知去己，而缘不得已，冷汰于物，以为道理。”

正在此时，家老领着四名女仆提着饭篮抬着食盒逶迤进门。家老笑说不知大宾到府，未及备下客宴，便依着上将军平日吃法上了，先生包涵。说话间四名女仆已经将食案摆好。吕不韦面前是两盆两碗一盘：一大盆热腾腾肥羊拆骨肉，一大盆绿莹莹鲜汤，一大碗白光光小蒜葱段，一小碗灰乎乎秦椒盐面儿，一大盘外焦内白的切片厚饼。再看蒙骜面前大案，吕不韦不禁咋舌。一张硕大的食案，整整半只酱红油亮的烤肥羊雄踞一方大铜盘，两侧各是大盆大碗的绿汤厚饼小蒜小葱摞起，堆得满当当小山也似。

“上将军如此食量，直追老廉颇矣！”

“老夫常量而已！”见吕不韦惊讶神色，蒙骜不禁哈哈大笑，“秦将有三猛，王龁、王陵、桓龁，每咥必是一只五六十斤整肥羊。老夫才半只，实在算不得甚。”

“一只羊！五六十斤……”吕不韦第一次目瞪口呆了。

“也不稀奇！”蒙骜笑道，“你只想想，战场之上不是驰驱搏杀，便是兼程疾进，片刻歇息也只能啃块干肉干饼罢了。但能扎营造饭，谁个不是饥肠辘辘腹如空谷，能咥半只羊者比比皆是，不稀奇不稀奇。先生知道不知道？武安君当年定下的招兵法度第一条，便是看吃饭多少！后生一顿吃不下五斤干肉两斤干饼，不能入军。长平大战时武安君白起已经年逾六旬，每吃还是大半只羊。至于老廉颇，与老夫相差无几，军中常量而已！”

“大秦猛士，真虎狼也！”吕不韦脱口而出，忽然觉得不妥，心念一闪正不知要不要圆场，却见蒙骜拍案大笑：“秦有虎狼之师，天下之大幸也！这是谁说的？张仪？同是老秦人，孝公商君之前如何一盘散沙私斗成风？孝公商君之后，何以立地成了虎狼？变法之威也！六国欲抗秦，唯师秦而抗秦。不欲师秦变法，却求灭秦之国，南辕北辙也！唯其如此，秦有虎狼之师，天下之大幸也！……呵呵，惜乎老夫笨拙，只能说个大意也。”

“天下第一利口，张仪无愧！”吕不韦不胜感慨，“纵横无私，大道无术，将变法强国之道明明白白倡给敌手，公然‘资敌’，偏偏却成天下第一王霸之法，神乎其智也。”

蒙骜一边点头一边道：“来来来，不说虎狼了，开咥！”捋起衣袖正要上手撕扯烤胡羊，又恍然笑道：“老夫糊涂也，还得给先生说说这几样粗食来历……”

“大父但咥，我对先生说！”小蒙恬突然连跑带走蹿进来，对吕不韦一拱手又做个鬼脸低声笑道：“大父这老三吃说法，我早背熟了。”又突然昂昂高声，“先生请看，这是胡羊烤，匈奴战俘传来。这小碗是秦椒[1]搅的盐面儿，手抓肉块蘸这咸辣物事吞下，最是上口！此物顶饥耐战，如今是秦军大将主食。这是大秦锅盔，长平大战秦军创下的硬面大烙饼，一拃厚[2]，大砖头也似。坚实耐嚼又顶饥，好揣好带不易坏，如今是秦军常食，老夫每顿必咥！这是苜蓿炖羊汤，苜蓿说是苏秦之父从西域带回流传开来的马草，开春头茬，麦熟时二茬，最是肥嫩鲜香，入得任何肉汤。老苜蓿喂马最好。老夫引进军中，人吃马也吃，目下是军营主汤。蒙恬代大父禀报完毕，先生开咥，告辞！”红影蹿动一阵风去了。

“生子若蒙恬，夫复何憾也！”吕不韦大笑着拍案一叹。

正在大嚼大吞的蒙骜挥着一只羊腿也不看吕不韦，只兀自咕哝道：“这小子，甚事都是听一遍便自己经过一般。老夫无意絮叨些许琐事，嗨！他偏偏都装了进去，还能再说出来。老夫素来不喜太灵光之人，嗨！偏偏有了如此这般一个孙子，没办法没办法……”奖掖中又实实在在地透着几分隐忧与无可奈何。

“天生其才，自有遇合，老将军何须杞人忧天也。”

“也是！莫斯文，上手吃，筷子不给劲！”

“好！上手！”吕不韦平生第一次捋起衣袖伸手抓起大块羊肉猛一蘸秦椒盐面儿吞咬起来，一时满嘴流油手脸一片黏滑，心下大是快意。蒙骜素闻吕不韦衣食整肃，府中颇多讲究，如今却欣然与他一般本色吃相，

---

[1] 秦椒，调味物，并非后世传入中国的红辣椒。春秋战国时至少有三种椒：蜀椒、秦椒、胡椒。《齐民要术》录《范子计然》云：“蜀椒出武都，秦椒出天水。”然天水地名自西汉始（秦时为上邽），《范子计然》为春秋著述，疑地名有误，推测当在秦地无疑。

[2] 一拃，秦地流传至今的古方言，拇指与食指最大限度张开的长度。

顿时对这个商人名士生出好感，不觉挥着一只羊腿呵呵笑着连声喊好。

“噫！老将军吃肉不饮酒么？”吕不韦恍然抬头。

“酒？”蒙骜举着羊腿一愣随即恍然大笑，“糊涂糊涂！老夫是军中不饮酒，心思竟没转得过来。来人，上酒！”

“老将军喜好甚酒？”

“临淄酒。”

“正好！不韦带来四桶百年兰陵酒。”

“楚酒没劲道！老夫素来只饮赵酒秦酒临淄酒，左右只要粮食酒！”

“老将军有所不知也。”吕不韦也晃悠着一块拆骨肉笑道，“兰陵[1]恰在齐楚交界，沂水桐水正从齐国来，与齐酒无异也。兰陵酒坊在苍山东麓，沂水之阳桐水之阴，加之苍山多清泉，辄取沂水桐水苍山水，三水以百果酿之，酒汁透亮而呈琥珀色，其味醇厚悠长，百年窖藏者更称稀世珍品也。当世大家荀子所以应春申君之请，屈就兰陵县令，与这兰陵酒不无干系也！”

“当年孟尝君喜好此酒么？”

“正是！战国四大公子以春申君最好此酒，苏秦亦然！”

“只怕还得再加先生一个。”

“老将军圣明也！”吕不韦哈哈大笑。

“好！先生推崇此酒，老夫今日破例。来人，搬酒。”

片刻之间，一口勒着两条铜带的精致大木箱抬到了厅中。两个女仆左右端详却是无处开启。吕不韦笑道：“我来我来，这百年兰陵是专酿专藏专送，酒箱有专制钥匙。”蒙骜丢下光溜溜的羊腿骨不无揶揄地笑道：“光看这口红木大箱便值得几金，好张致！”吕不韦不禁笑道：“老将军对货殖一道，却如吕不韦之对军旅。这一箱四桶，要约期十年才能到手，猜猜价值几何？”蒙骜两手一拍：“百金天价！如何？”吕不韦大摇其头张开一手：“五百金！若是今日，只怕我也买它不起了。”“天也天也！”蒙骜不禁连连惊叹，“只怕老夫要喝金水了也！”

[1] 兰陵，战国楚县，今山东苍山县兰陵镇。

吕不韦一时大笑，打开嵌在箱体的暗锁，逐一取出了四只酒桶。蒙骜过来啧啧转悠着打量，只见这四只酒桶一式的本色红木，三道铜带箍身，桶底桶盖全是铜板镶嵌，桶盖刻一副似山似水山水缠绕的徽记，桶身刻着三行小字，分别是采果师酿造师储藏师的名字。蒙骜不禁喟然一叹："向笑买椟还珠者愚不可及，今日始知可能也！"吕不韦笑道："人云世有精工，唯楚为胜。如今吴越两地也归了楚国，这句商谚倒是不虚了。"

"好！并案！开酒！"蒙骜大手一挥，几名女仆在两张满当当的食案间又摆了两张只有酒具的酒案。四案相连，饮者座案相对利于对饮畅谈，谓之"并案"。酒案并好，一名小女仆便要打酒，蒙骜却道："莫忙莫忙，这物事金贵，是否还有讲究，听先生吩咐了。"

"今日不讲究。"吕不韦爽朗笑道，"原是还有荆山玉爵两尊、长柄镶珠酒勺一支，今日全免，只用这大碗木勺，否则如何与猛士吃法匹配！"

"好！便是这般。先生入座，打酒！"

桶盖叮当开启，一股浓郁醇厚而又不失凛冽的奇特酒香顿时弥漫整个大厅。蒙骜情不自禁地深深一个吐纳，兀自闭目喃喃惬意之极。蓦然睁眼，吕不韦也是默默闭目吐纳，打酒侍女已是满脸红潮气息急促，长柄木勺正要伸出嘤咛一声软软倒地。当真好酒也！蒙骜不禁拍案，家老快来，换人打酒！

白发苍苍的家老闻声赶来，却在厅门"噫"的一声惊叹止步。蒙骜闻声出门，却见小蒙恬蜷卧在门厅大柱下满脸通红晕乎乎睡了过去，不禁大乐，好小子！偷觑却成醉鬼，该当！及至吕不韦醒神出来，小蒙恬已经被一名使女抱走，蒙骜依旧在廊下兀自呵呵长笑。吕不韦笑道，没料到这百年兰陵如此厚力，竟能闻醉侍女小公子也。蒙骜一拍掌，老夫何尝不是头一遭闻酒则喜，走！开饮！

酒入陶碗，荡开一汪琥珀色澄澈透亮，长柄酒勺上点点滴滴细丝飘摇，旁边家老直是啧啧惊叹："世间何有此酒？分明蜂蜜[1]也！"蒙骜

[1] 蜂蜜，中国养蜂至迟始于西周。《诗经·周颂·小毖》："莫予荓蜂，自求辛螫。"春秋战国时蜂蜜已经是上层普及之物，用以浸渍食物果品或做单饮或入药治病。

大笑道："好！便做蜂蜜饮它一回！"慨然举起陶碗，"老夫初尝此酒，权且做个东道，干！"吕不韦举碗笑道："我好兰陵，却也是头一遭饮这老百年，便借此酒为老将军添几分军威！干！"两只陶碗当地一碰，两人咕咚咚一气饮干，及至哈出一口长气，两人脸色同时一片殷红。

蒙骜不禁拍案赞叹："醇和厚力，贯顶沁脾，绝世美酒也！"吕不韦笑道："委实好酒！只我这腹中火热，须得边咥边来！"说罢连忙转身在自己的食案上抓起一大块拆骨肉吞了下去，"来，再干！"蒙骜哈哈大笑："好好好！许你边咥边来。此等美酒，不胜酒力者少饮也罢！"吕不韦笑不可遏连连摇头："东道主劝客少饮，未尝闻也！不行不行再干！"一碗饮下，吕不韦又连忙抓肉，额头已经泛起了豆大汗珠。蒙骜也兀自惊讶道："噫！两碗酒便浑身发热？来，脱了大衫再干！"说罢扯下麻布长袍，抓开束发玉簪，一身粗布短衣一头灰白散发一脸殷殷红光，活脱脱一个威猛豪侠。吕不韦大是心痒，二话不说也扯去大袍散了长发，顿时英风飞扬，与平日的醇和持重判若两人。

再连干三碗，两人都是满面红光大汗淋漓一脸一身热气蒸腾。蒙骜连连惊叹，人如蒸饼竟是不醉，奇哉快哉！鸟！精身子[1]干！一把扯去粗布短衣，赤膊打坐当厅。吕不韦身子轻快得要飘将起来，一股大力在体内升腾不息，直觉自己无坚不摧，也一把扯去贴身短丝衣与蒙骜赤膊相对。蓦然赤膊对面，两人你看我我看你，不禁同时纵声大笑——蒙骜是油汪汪汗渍渍疤痕累累，粗壮结实的身躯如嵯峨古岩凛凛铜柱。吕不韦是红光光白生生水淋淋，胸口唯一的钱大伤疤反倒衬得一身肌肉分外晶莹，几是一条出水红鱼。

"昨日今日，物是人非也！"一阵大笑，蒙骜眼中骤然溢出了滚烫的泪水。

"赤膊吃酒，老将军还有过一回？"吕不韦兴味盎然。

"生死酒，老夫岂敢忘也！"蒙骜喟然一叹，"那是长平血战的生死关头，我军与赵军在上党相持三年未决胜负。赵军以赵括换廉颇为将，

[1] 精身子，秦地流传至今的古方言，即光膀子。

对我军转取攻势，要一战灭秦主力大军。武安君秘密赶赴军前统帅大决，也要一战摧毁赵国主力大军。当此之时，两军浴血大战势不可免。部署就绪之后，武安君下了一道异乎寻常的军令：各营一夜痛饮，将士各留家书，从此不灭赵军不许饮酒！此令一下，上党的沟沟峁峁都沸腾了起来！谁都知道，这是大战前的生死酒，是老秦人的安魂酒……各个营寨都悉数搬出了藏酒，燃起篝火开怀痛饮！夜半时分，人人都打赤膊精身子，举着粗陶碗搂着抱着唱着那支军歌，代写家书的军吏挨个问将士们最后的心事，竟然没有一个人理睬，手之舞之足之蹈之，漫山遍野只有笑声歌声吼叫声……刁斗打到四更，武安君派出的中军司马分路奔赴各营收集家书，各营交上来却都是一面面‘秦’字军旗，旗上全是密密麻麻的血指印。那一夜，老夫生平第一次精身子，生平第一次喝下了整整两坛烈酒，吼唱得喉咙都哑了……”

“不吼不唱不过劲，该当如此！”

“你可知道秦军的‘无衣歌’？”

“知道！”

“来！一起唱他一回！”说罢，蒙骜操起插在烤胡羊身上的那支青铜短剑拍打着大案唱了起来，沙哑激越的嗓音直荡开去：“岂曰无衣，与子同袍！王于兴师，修我戈矛，与子同仇！岂曰无衣，与子同泽！王于兴师，修我矛戟，与子偕作！岂曰无衣，与子同裳！王于兴师，修我甲兵，与子偕行——”

长歌方落，吕不韦感慨万端：“重弦急管，慷慨悲歌，秦风也！”

“噫！你如何没唱？”蒙骜甩着汗水气喘吁吁。

“素闻同唱此歌皆兄弟。不韦，只怕当不得也。”

“岂有此理！”蒙骜赳赳拍案，“精身子相对，蒙骜当不得你老哥哥么？”

“好！”蓦然之间吕不韦大是感奋，慨然拍案一拱手，“老哥哥！且听兄弟唱他一回！”抢起案上铜柄汤勺敲打着长案放声唱了起来，一时荡气回肠，比蒙骜还多了几分浑厚与悠长……两句方过，厅外突然秦筝之声大作，叮咚轰鸣，其势如风掠万木秋色萧萧，将这壮士同心的慷慨豪迈烘托得分外悲壮苍凉。吕不韦精神大振，一口气唱罢歌声尚在回荡便对着蒙骜肃然一拱：“老哥哥府下高人何在？敢请当面赐教！”

家老匆匆进来作礼：“禀报先生：小公子只说感念先生情怀，故而伴筝，容日后讨教，便去了。”吕不韦惊愕万分：“如何如何？弹筝者是小蒙恬？老哥哥，当真么？”蒙骜皱起了一双雪白的长眉连连摇手：“莫提这小子，天生是个兵痴加乐痴！三岁操筝，去岁岁又将秦筝加了三弦，变成了十二弦，叮咚轰鸣聒噪得人坐卧不宁。改便改矣，老夫又不是乐正，也懒得操那闲心去管他。只是这小子但弹秦筝，便莫名透出三分悲伤，听得老夫揪心也！谚云，乐由心生。小小孩童，辄出悲音，你说这这这……”

“关心则乱，老哥哥又做忧天者矣！”吕不韦哈哈大笑，“回头我找小公子，给他引见一个秦筝大家，陶陶他性子，保他亦师亦友亦知音！”

“好！老兄弟给劲！来，再干！”

“干便干！来，为那支‘无衣’！”

一碗饮干，蒙骜一抹汗水突然神秘地一笑：“老兄弟，若是你做了开府丞相，这秦国的力道该往何处使？”

“老哥哥笑谈，然兄弟也不妨直说。”吕不韦边吞咽着拆骨羊肉边用汗巾擦着手，“自孝公以来，秦国已历四代五君，终昭襄王之世强势已成。然目下秦国正在低谷，对山东取守势已经十年。其中根由，不在国力，而在朝局。朝局者何？雄主也，强臣也，名将也！三者缺一，朝局无以整肃，国力不能凝聚。孝公有商君车英，惠王有张仪司马错，昭襄王有太后魏冄白起！然目下两代新君朝局如何？将强而相弱，军整肃而政紊乱。恕老兄弟直言，幸亏天意止兵，若是大军已经东出，只怕秦国隐患多多也！”

“都对！只是还没说正题。”

“正题原本明了：一整国政，二振军威，只往这两处着力便是正道。一整国政，是廓清朝局凝聚国力，为大军造就坚实根基，确保秦军纵然战败几次，亦可立即恢复元气。若无此等根基保障，大军东出经不起长年折腾！”

“也对，武安君举兵之道也！其二如何？”

“二振军威，是要一举打掉山东六国十余年的锁秦之势，也给其间背秦的小诸侯一番颜色，重新确立君临天下之强势！至于如何打，老哥哥比我明白。”

“好！”蒙骜拊掌大笑，“有此正道，老兄弟当得开府领国丞相也！”

“早了早了，老哥哥慎言！”吕不韦连连摆手。

“老兄弟差矣！”蒙骜拍案喟然一叹，“国无良相，纲不举目不张。老哥哥纵然一介武夫，也掂量出了昭襄王给蔡泽的那个封号，纲成君，纲成君哪！可这个蔡泽担纲了么？张个老鸭嗓到处呷呷，呷呷出个甚名堂？但为国家计，得有公心！老哥哥也知道纲成君好人一个，可……不说了不说了，来！再干！今日醉了老哥哥背你！”

“干！不定谁背谁也！”吕不韦呵呵笑得一脸灿烂，刚刚举起陶碗便软软伏案鼾声大作。蒙骜看得哈哈大笑，呀呀呀！可惜一碗百年兰陵酒也！连忙凑过来接流下大案的酒汁，接得些许酒碗方举到嘴边，兀自喃喃两声倒在了吕不韦身上……

三　新朝人事　几多风雨

秋高气爽的八月，又一次隆重国葬终于疲惫地结束了。

纲成君蔡泽与老三太的一班人马刚刚办完昭襄王葬礼，一切驾轻就熟，既往疑难，也因有了先例而不再争执，诸事都算顺利。唯一的难处是嬴柱的谥号。嬴柱五十四岁骤然薨去，做了十几年的太子，只做了堪堪一年的国君，太子时多病无为，国君一年也未见宏图大举，从功业看去实在是难以褒扬。老三太主张定一个“文”字。蔡泽虽觉“文”字太过褒扬，然也想不出更妥当的号词。毕竟是国君谥号，其人只要不是恶政之主，寻常总是要从褒扬处着眼的。一番斟酌，蔡泽将老三太上书加署了自己的封爵名号并丞相官印，算做“朝议”呈报新君。

三更上书，吕不韦清晨来丞相府会事，拿的正是那卷竹简。

“纲成君，一个‘文’字似有不当，再参酌一番如何？”

“一朝做假相，足下学问见长也！”蔡泽不无揶揄地笑着，心下老大不快。作为总理国葬的丞相，新君纵对谥号有另见，亦当亲自对他言明，纵是下书驳回亦属常情，如何一个排在自己之后的假相能捧着自己的上书来重新参酌？吕不韦纵是顾命大臣，毕竟商旅根基，莫非连礼制学问也要指手画脚不成？更根本处，在于蔡泽深信新君没有理由不赞同这个谥号，哪有儿子对褒扬君父不首肯的？目下无批驳王书而只是吕不韦捧上书前来，分明是吕不韦自己认为不妥，或说服了新君，或直接在长史署截下了上书，没有呈报新君径直来找自己。若是前者，蔡泽便大有疑惑，吕不韦能以甚理由说得新君言听计从？若是后者，吕不韦便是仗恃顾命之身蔑视他这个封君丞相了，蔡泽如何受得？

“你只说何字妥当，老夫认可便是。”蔡泽呷呷一笑。

“纲成君，此书尚未呈报新君。”吕不韦坦然从容，“我是在老长史案前见到此书拿来参酌。老长史说我是假相，此书既有丞相府官印，理当两相共识，便许我拿了。不韦之见若不能成立，则可立呈此书。不韦若侥幸说得有理而蒙纲成君纳之，仍以此式上书，与我不相关。”

吕不韦当先便说来由，蔡泽自然晓得这是吕不韦看准了自己心事。吕不韦说的确实也是一理，依着此说，倒是自己轻慢这个假相了。然吕不韦显然是只解释不计较，还特意申明若说得有理与自己无关，全然不争功劳，蔡泽心下稍稍生出了三分歉意，一拱手笑道：“如此说来，假相倒是为老夫着想也。”

“那得看纲成君是否纳我之说，不纳，自是我居心叵测了。”

蔡泽呷呷大笑：“岂有此理！好好好，你说！”

“不韦以为，单一个‘文’字太得褒崇，徒招天下物议。自古以来，非大德昭彰奠定国本者不得谥文。一个周文王，何人可与之比肩？战国之世，一个秦王谥文，一个赵王谥文，都是两字，惠文！纲成君自思，先王即位一年即薨，何德何功堪称一个‘文’字？”

蔡泽微微点头一笑：“老夫何尝不知此理？偏是思谋不出一个令人拍

案的字来。你只说何字何辞，老夫也省却揣摩。”

“依着先例，也加一字，修限‘文’字。”

“加何字？”

“孝。孝文。”

“孝？”蔡泽目光一闪眼珠连转，突然呷呷长笑拍案，“妙也！一个‘孝’字当先，从先王德行上做了文章，‘文’字做了辅从，褒德以隐功，合乎嬴柱！”

“如此说，纲成君纳言了？”

“纳……哎，我说你个吕不韦，这个主意，是你想的么？”

吕不韦大笑：“唯君纳言，管他何人主意也。”转而思忖道，“朝议在即，纲成君是否还当与老三太事先通说一番？否则任谁当殿争执起来，反倒显得纲成君一意孤行也。”蔡泽还想说话终是不无酸涩地笑了笑，“好好好，也只有这般处置了。”

三日后朝议，所有大臣都异口同声地赞同“孝文”谥号，华阳太后与新君嬴异人也没有任何异议。蔡泽获得了举殿君臣的一致赞赏，大大地风光了一回。回府细细思忖，蔡泽愈想愈觉得吕不韦琢磨出的这一个字有着不可思议的微妙。

先得说说这个“孝”字。在远古文明中，“孝”本来是一种广博的德行。《书·尧典》有云：“克谐以孝。”克者，胜任也，完成也。便是说，能做到和谐四方人众者为孝，何等远大的一种境界。春秋战国之世，“孝”渐渐具体化血缘化。儒家以养亲尊亲、善事父母为孝。孔子有云：“今之孝者，是为能养。”孟子有云：“孝子之至，莫大乎尊亲。”墨家反儒，以“兼爱”为“孝”之根基，将“孝”扩大为所有亲人而不仅仅是父母。是故，墨子有云：“孝，利亲也。”孝之内涵如此这般明确后，便有了“孝子”。顺从而尊敬父母者，孝子也。《诗·大雅·既醉》有云：“威仪孔时，君子有孝子。孝子不匮，永锡尔类。”

然则，作为概括贵胄层人生业绩言行的一种传统礼法，谥法对字意的讲究，依然是以原本的广博性为准则。尤其是单字，谥法几乎从来都是以原意古意为准。从谥法看去，“孝”是德的最高境界，不仅包容了对父母的孝行，更意味着以大德治国的操守与功业。作为秦国圣君的秦孝公，谥号只一个“孝”字，着眼处自然是大德之至，而决不仅仅是孝顺父母。若从此看去，只做了一年国君的嬴柱显然是难以企及的。

奥妙处便在谥法，两字组合相辅相成，从而产生出第三种内涵。

谥法之“文”，重奠基，重融会和谐，重文明开创，重守成养息。《易·系辞下》有云：“物相杂，故曰文。”儒家则将“文”定义为一种与“质”与“野”相对的修养气度。孔子说：“质胜文则野，文胜质则史。文质彬彬，然后君子。”然则对谥法而言，“文”如同“孝”一样，既包含了气度修养，却也决不仅仅是气度修养。

谥法传统：单字取古义，多字取合义。合义者，组合之意也，现世之意也。依照谥法讲究，嬴柱这般国君无论单用“文”字或单用“孝”字，都是不堪其名的。然若两字组合，内涵便发生了微妙的变化。变化之要，是单字之义向春秋战国以来的世俗化具体化靠近。一个“孝”，更多的指向孝子的孝行之德，至高大德的含义淡化了；一个“文”，更多的指向个人修养气度，文明开创与功业之意淡化了。如此一来，“孝文”两字尽落实处，与嬴柱对秦昭襄王的忠顺孝行及温文而不失睿智的禀性很是切合。没有这个“孝”字，或者换作其他任何一个字来配，都有显然失当处，自然会召来朝议论争。作为主持国葬首席大臣的蔡泽，必然第一个难堪。

但是，蔡泽却毫无庆幸之意。

他心下难解的疙瘩是，自己身为天下治学名家，如何竟没揣摩出嬴柱谥号的微妙处？也没琢磨出这个字来配？吕不韦一介商旅，如何便有此等见识？究竟是政道洞察力比自己强，还是学问才华在自己之上？第一次，蔡泽隐隐感到了吕不韦的威胁，心下不禁猛然一沉。新君即位，第一次朝会的首要大事定是拜相。新君嬴异人不是雄主气象，太后华阳也不是宣太后那种既明于政事又热衷权力的女主。当此之时，领政丞相异乎寻常的重要，几乎必然的是开府丞相。蔡泽入秦，梦寐以求者便是此等开府丞相。唯有成为开府丞相，才能施展计然派的治国主张，也才能建立商鞅那般千古功业。然事有乖戾命有蹉跎，蔡泽入秦近二十年，却只做了一年开府丞相，从此虚之高阁，戴着一顶封君高冠，开始了有爵无职或有爵游职的权力漂泊。游职者，一事一任也，无确定权力职守也。在秦国，只有声望甚大然未获信任从而被拜为上卿的入秦名士，才会落到这般有名无实的地步，秦惠王时的那个犀首正是如此。蔡泽之所以没有像犀首那般扬长而去，说到底，心中存了一个不可动摇的想头——秦昭王之后秦国必然恢复开府丞相，而开府丞相非蔡泽莫属。事实也在一步步证实着蔡泽的想法：秦昭襄王的最后几年，以他与老太子嬴柱共领相职；孝文王即位，他又与新太子嬴异人共领相职，除了开府，已经成为事实上的丞相；历数秦国大臣，论资望论才干论学问，无一人堪与蔡泽一争相位；放眼天下，山东六国也从来没有听说有大家名士希图入秦。如此看去，蔡泽显然是秦国开府丞相的唯一人选，自然也是最佳人选。除了天塌地陷秦国崩溃，没有任何意外。

然则不可思议的是，商人吕不韦偏偏在此时悄悄进入了秦国。

自与吕不韦相识，蔡泽从来没有认真想过这个商人。毋宁说，蔡泽从来都没将此人看在眼里放在心上。作为酒友棋友，蔡泽喜欢吕不韦。对吕不韦不时显露的曾经有利于自己的那些谋划才情，蔡泽认定只是“阅世明智”而已，与政道大谋岂能同日而语？至于学问，吕不韦在他面前从来都是虚心求教之态，蔡泽更不会去想了。十余年来，吕不韦唯有一长获得了蔡泽的认可，这便是重义结人。且不说那教人惊心动魄的百人马队死士，便是田单、鲁仲连、范雎、平原君、信陵君，包括他蔡泽在内的一班名动天下的英杰，或是毛公薛公等风尘奇才，只要与吕不韦相交，总能神奇地迅速成为至交，实在令人不可思议。服则服矣，揣摩之下，蔡泽却将吕不韦的这一长处或多或少归结于商旅之能——但为牟利，轻财交人而致义名。也就是说，在蔡泽心底里，吕不韦的重义只是商人的一种交人方式，与其人是否真正重义是不相干的，至少是有别的。唯其如此，蔡泽对吕不韦保护嬴异人从赵国逃回这一震动秦国朝野的壮举，根本就没有往深处去想。在他看来，一个商人为国家立了大功，自然可以步入仕途做官。蔡泽相信，丞相统辖的任何一个经济官署吕不韦都可胜任，然而吕不韦也仅仅如此而已。

回想起来，这吕不韦入秦后步步出人意料。先是不做上卿宁做太子府丞，惹得蔡泽大为蔑视。后来又突然秘密承手官市，与六国商人好一场大规模商战。蔡泽这次很是赞同，以为吕不韦操了本行便是正途。谁知便在人人都看准此人充其量在“吏班”做个“大吏”时，吕不韦却突然成了名副其实的高官——太子傅！蔡泽大不以为然。太子傅历来都是王师，虽无实权却是人人景仰的高位大臣，最是要学问道德之臣掌持，教一个商人做太子傅直是滑天下之大稽也！然则如何？非但做了，吕不韦还做得有声有色。蔡泽不禁又是大大地出乎意料。然则即使如此，蔡泽还是没有想到吕不韦会对自己这个丞相构成威胁。直到吕不韦不意做了顾命大臣——至少在蔡泽看来是偶然的——几乎同时又做了假相，除了最初的那种被排除在关键时刻之外的愤懑，蔡泽依然不认为吕不韦会对自己构成威胁。其所以如此认定，蔡泽的根本因由，是吕不韦的才具不堪领政大任，假相只是一个暂时职掌，即或破例成为常职，充其量也只是自己这个开府丞相的副手而已，而假相副手与真正的丞相之间可是天壤之别。

然则，这次的谥号事件却使蔡泽蓦然惊醒了。依吕不韦目下的势头，只要才具被一班大臣认可，加上新君嬴异人对他的信赖，完全可能成为开府丞相的另一人选。果真如此，蔡泽的功业大梦岂非将永远化为泡影？

这一夜，蔡泽通宵辗转未眠，天刚一亮便驱车进了王城。

华阳后刚刚从丰京谷扫墓回来，很有些伤感。

阿姐华月夫人是被刑杀的，不能入夫君墓园合葬，也不能独起陵寝安葬，只能草葬在她生前钟爱的这片山水废墟。若非嬴柱对阿姐有着一份说不清的情愫与癖好，亲自出面向老父王求情，阿姐当真要落个死无葬身之地了。毕竟这丰京谷是老周王城，也是老秦人凭吊祖先勤王立国之功的地方，而并非真正的荒山野谷。自这个阿姐一死，华阳后顿时没了心劲，连对老夫君也失去了抚慰逢迎的兴致。若是这个老夫君再活得几年，只怕她眼见便要失去这个体弱而心骚的秦王夫君的专宠了。那个久居冷宫的夏姬之所以能被秘密召入章台，还能与老夫君死灰复燃，能说不是自己懒于逢迎抚慰的苦果么？阿姐在世时的华阳夫人，在王城是个完美无瑕的女子，超然于一切纷争之外，只倾心关注自己体弱多病的夫君；在夫君嬴柱的眼里，则更是个须臾不能离开的可人儿，非但聪慧柔情善解人意，更有两样长处是嬴柱身边的所有女人都无法比拟的：一是奇绝如方士一般的救生护理之法，一是可意无比的卧榻风情。虽然如此，从来没有生儿育女的她之所以始终是老太子嬴柱的正妻且始终专宠于一身，实在是有着老阿姐的一半功劳。

当年，华月夫人一从宣太后口中晓得了要将妹妹嫁于嬴柱，便早早敦促她反复练习家传救护术，并千里迢迢地从楚国老族中寻觅到了早已失传的救心药秘方，说这是她的立身术，定然要反复揣摩娴熟。后来，阿姐不幸寡居，成了太子府的常客。平心而论，起初她对阿姐与太子夫君的不拘礼仪的种种谈笑，是心有芥蒂的。有一次，这位阿姐借着不期而至的大雨与她同宿了一夜，喁喁细语了一个通宵，她才真正从心底接纳了阿姐。毕竟，阿姐有历练有见识，给她将宫中秘闻与牢牢笼住嬴柱的利害说了个透亮。最使她惊心动魄的，是阿姐搂着她几乎贴在她耳边说的那番话。阿姐说，宣太后为她物色夫君时曾经对她有过秘密叮嘱：魏冄霸气太重，迟早要出大事；入秦芈氏后继无人，唯一的指望，是以她两姊妹与嬴氏王室联姻，只要一人能成气候，芈氏一族便有了根基……

从那一日起，她与阿姐越来越亲昵了。终于，热辣辣的阿姐俘虏了她，也俘虏了年过不惑的嬴柱，三个人变成了一个人……有了智计百出的阿姐，她非但真正巩固了夫人爵的妻位，且在立嫡周旋中使芈氏一族在秦国宫廷成就了举足轻重的夫人势。然则，她与阿姐被廷尉骤然关进大牢的那个晚上，她又绝望了。阿姐搂着她反复叮嘱，一切有阿姐，小妹一定会无罪，要忍着心痛走下去，芈氏不能没得你！阿姐在她耳边哈着热气说，晓得无？你非但要做王后，还要做太后！只一样记得了，没了阿姐，你只毋做多情女！

……

“禀报太后：纲成君请见。”

“教他到这厢来了。”华阳后思绪扯断蓦然醒悟过来。

蔡泽被侍女曲曲折折地领进了大池边那片胡杨林。秋阳透过树叶洒满了古朴的茅亭，一个高挑妩媚的背影沐浴着一片金红立在亭下，绚烂得耀人眼目。倏忽之间蔡泽有些后悔，愣怔着不知该不该向前走了。

“晓得是纲成君了。”亭下曼妙的楚音飘了过来。

“老臣蔡泽，见过太后！”

“进山喊林么？叫得好响。”绚烂金红的背影转过身来咯咯笑了。

“老臣有事禀报，敢请太后移步政事房。”

“哟！不会小声说话么？”见蔡泽一头汗水满面通红，华阳后笑不可遏，“与丞相说话便得到政事房，是礼还是法？老夫子林下不会说话了？”

“老臣……”

“行了行了，进来坐了，亭下与政事房一样了。”华阳后笑吟吟将蔡泽让进茅亭，转身一拍掌，“上茶，震泽新绿了。”隐隐地听得一声答应，片刻间一名侍女飘进亭来在靠柱石案上支好茶炉，一片木炭火特有的轻烟淡淡地飘了起来。

“老臣不善饮，白水即可。”

“哟！你是茶痴谁不晓得了？我的震泽茶不好么？”

“老臣是想说……”咫尺之内裙裾飘飘异香弥漫，蔡泽皱着眉头大是局促，分明站在石礅旁硬是坐不下去。华阳后蓦然醒悟，退后两步径自坐在了大石案对面的另一方石礅上笑道：“入座慢慢说了，何事？”

“老臣两事。”蔡泽坐进石案前，稍显从容地一拱手道，“其一，先王国葬已罢，太后对新君亲政之事将如何处置？其二，比照先例，先王遗孀当由新君尊奉名号，目下太后沿袭王后之号，尚未有太后名号，不知太后作何想法？如此两事，老臣欲先听太后之意。”

“是奉命而来？”华阳后冷冷一笑。

“非也。老臣自主请见太后。”

“晓得了，你是关照本后了。”华阳后的微笑中不无揶揄。

“不敢。”蔡泽侃侃说出了自己早已经揣摩好的腹稿，“老臣暂署相权，身处国事中枢而承上启下，若不明太后权力，便无以处置太后书令；若不明太后名号，所行官文涉及太后亦难以措辞。念及先王与太后对老臣素有信托情谊，故而自行请见，此中苦心，尚望太后明察。”

华阳后眼波流动闪烁，倏忽一脸忧戚关切：“毋晓得你说的暂署相权何意了？先王顾命之时，本后与新君还有太子傅都听得清楚，如何暂署了？”

“敢问太后，先王顾命时如何说法？”蔡泽精神骤然一振。

“是说，纲成君做丞相，秦国无忧也。”华阳后一字一顿，很是认真。

“史官可有录写？”

“痛不欲生之时，我顾得关照左右么？”

良久默然，蔡泽粗重地一声叹息：“如此说来，此事疑案也！”

“疑个甚了？我分明听见了，子楚吕不韦听不见么？都听见了，史官写不写何用了！”华阳后愤激地嚷嚷几句又突然一转话头，“我那两事该如何处置？你只谋划个法子了。”

蔡泽正要说话，一个侍女从亭外匆匆进来在华阳后耳边低语了两句。华阳后笑着说声他也来得真巧，站起来指着侍女对蔡泽嫣然一笑：“纲成君且先回去，有事她便来见你了。”蔡泽一时大觉尴尬，站起身一拱手便走。那名侍女拦住他一笑：“纲成君请随我来。”将他从茅亭后的另一条林间小道领了出去。

嬴异人来见华阳后，实在有些不得已。

自从吕不韦那次“心说”之后，嬴异人当真做起了“心斋”。秘密入宫的蒙武亲率二十名铁鹰剑士昼夜守护，蔡泽一班老臣全力以赴处置国丧，老桓砾与给事中当着宫廷事务，守丧的嬴异人当真清净了好几个月。深居简出，他屏息心神深自吐纳，平心静气地仔细琢磨那些不堪回首的往昔岁月，即便是独守父王灵柩之前，也没有停止过“心斋”漫游。疲惫卧榻之时，饮下一盅老太医配置的安神汤，浑然忘我地睡去。几个月下来，原先那种莫名其妙的焦躁心悸与时不时突然袭来的莫名恐惧渐渐消失了，无休止的噩梦也没有了。及至秋天父王安葬，嬴异人的神色已经大为恢复，面色红润步履稳健谈吐清晰，与那个恍惚终日一惊一乍的嬴异人实在不可同日而语了。依着古老的服丧传统，孝子服丧期间是要憔悴失形才能显示哀思孝道的，若有孝子服丧而容光焕发，便是大大地不可思议了；对于君王之身，则几乎必然要引起朝野非议，甚或公然质询王者德行也未可知。然则，嬴异人的不可思议的恢复却截然相反，非但没有引起朝野非议，反倒使朝野泛起一片庆幸贺声。

秦国再也不能弱君当政了！老秦人异口同声。

当嬴异人很为自己的容光焕发惭愧的时候，各郡县官署与大族里社的贺王康复书纷纷飞到了案头，为太医令请功的呼声更是不绝于耳。嬴异人忐忑不安地请教吕不韦该当如何处置，吕不韦淡淡笑道："执公器者无私身，王者强弱系于天下，故天下人贺之。我王只需贵公去私，力行正道，坦坦然定国理政，何虑之有也？"

一旦直面国事，当真是谈何容易。

嬴异人仔细阅读了老长史桓砾专门为他梳理的"国事要目"，这才惊讶地发现，自长平大战后秦国累积的待决难题当真是一团乱麻。大父昭襄王的晚年暮政原则是万事一拖，除了后继立嫡与当下急务，几乎一切国事都留给了后人。老长史理出来的批有"待后缓处"四字的各种上书竟有四百六十余件之多。父王当政一年，可能是自知不久人世，竟然也是效法大父，批下了一百三十余件"待后缓处"的上书。这将近六百件的官文涉及了秦国朝野大大小小不知多少人多少事，饥荒赈灾、沟洫水利、官市赋税、郡县分界、朝局人事、王族事务、狱讼曲直、邦交疑难、战功遗赏、流民迁徙，等等，等等，看得嬴异人头昏眼花心惊肉跳。

"国事之难，竟至于斯！"拍案之下，嬴异人的心又乱了。

此时，老长史桓砾又默默捧来了一只铜匣。嬴异人终于不耐了："你拿来再多，我看了又有甚用！"桓砾一拱手道："此乃先王密书。先王薨前一月留给老臣，叮嘱非到新君理政之时，不能出也。"嬴异人惊讶了，抚摩着铜匣仔细打开，三层隔板之下的一卷羊皮纸展开在案头，只有寥寥数语：

国有积难，非强臣当政不足以理之。汝非雄主，领政之臣须与上将军同心方能聚合国力，补君之弱。蒙氏有公心，人事之要，可问蒙骜。

蓦然，嬴异人眼前现出父王在自己认祖归宗后的那次长谈，一时泪眼蒙眬。知子莫若父，诚所谓也！父亲自知不是雄主，也深知儿子不是雄主，那次已经推心置腹地说了，日后要做好两件大事：一是要寻觅强臣辅佐，一是要留下一个堪为雄主的嫡子。“君弱三代，秦国便要衰微了！”父亲的那句话对他的震撼是无法说得清楚的。然则，冥冥之中有天意，儿子的事他能做得主么？倒是目下的强臣领政最要紧，否则连个守成之君也做不好了。

依着嬴异人，这个领政丞相自然该是吕不韦。他信服吕不韦的德行才干，更敬佩吕不韦的韧性与勇气。可是，他只是一个漂泊归来的无根之君，他没有径自封任领国丞相的那种威权。蒙氏一族能支持吕不韦么？太后能支持吕不韦么？老蔡泽能认同吕不韦么？蒙氏是举足轻重的大军将领势力，太后是宫廷连带王族外戚势力，老蔡泽是朝臣与郡县官吏势力，哪一方面掣肘都是要命的。吕不韦一介商旅孤身入秦，能有甚根基？说起来可能还不如自己，纵是凭着才干功劳有了一些人望，可要执掌这开府丞相的大权，些许人望算得了甚？除了他与吕不韦的相互支撑，两人几乎都没有与之呼应的势力，当真奈何？

反复思忖，嬴异人还是决意先来见太后。只要太后认可吕不韦，蒙骜纵有阻力也容易周旋一些。在嬴异人看来，父王与太后在当初立嫡时都对吕不韦很是激赏，直到吕不韦做了太子傅，父王太后还是十分倚重吕不韦。至少，嬴异人从来没有从太后处听到过对吕不韦的任何微词。唯其如此，嬴异人决意抛开对这个纠缠着要将生母治罪的太后的私怨，来了却这桩最大的朝局人事，先将国政推动起来再说。嬴异人自信对女子颇有洞察，如华阳后这般柔媚女子，只要有些许让步与场面礼仪的亲情尊奉，该当不会有甚差池。强悍精明通晓政事如太祖母宣太后者，天下能有几人？

“哟！毋晓得子楚会来看我，坐了。”华阳后站在亭廊下淡淡地笑着。

“子楚拜见母亲……”嬴异人哽咽着拜倒在了满地黄叶之上。

华阳后拭着泪水一副不忍卒睹的悲伤："快莫多礼了，曾几何时，天晓得竟成孤儿寡母了……来，这厢坐了说话。"

亭下坐定，嬴异人拱手痛心道："章台还都之后，子楚守丧，心神迷乱，未能在母亲膝下多行孝道，今日特来请罪。"华阳后眼波流转不禁噗地笑道："晓得了晓得了，子楚还当真了？有事直说了。"嬴异人颇是尴尬，红着脸道："无甚大事。只是几位老臣动议立冬之日大行朝会，不知母亲意下如何？"华阳后道："只晓得历来朝会都在开春，今次却要在立冬，不觉怪诞了？"嬴异人歉然一笑道："老臣之心，无非急于立新而已，大约没有虑及时节是否适当？"华阳后道："急匆匆朝会，毋晓得何事等不得了？"嬴异人道："素来新朝会，都是以拜相为大。子楚之见，大约也脱不得这老法程。"华阳后惊讶道："哟！你毋晓得父王顾命当晚你说的，蔡泽做丞相了？"嬴异人笑道："子楚还说了吕不韦共领相职。母后明察：当时乃国丧期权宜之计，依着法度，丞相只能一个。"华阳后笑道："哟！毋晓得丞相只能一个了。你只说，一个是谁个了？"嬴异人一拱手道："子楚敢请母亲示下。"

"要我说么，王无戏言，原本说谁便是谁了。"

"那，那次说了两人。"

"一个首相，一个假相。孰前孰后记不得了？"

"母后之意，蔡泽为开府丞相？"

"君命既出，好朝令夕改了？"

嬴异人顿时默然。他已经清楚地明白，这个太后是认准要蔡泽做丞相了。既然如此，目下也只能不置可否，回头揣摩一番再作计较了。华阳后见嬴异人默然不言，淡淡一笑道："还有么？只一件事了？"嬴异人道："再有，就是定母后尊号了。"

"哟！你盘算如何处置母后了？"

"敢请母后示下。"嬴异人硬生生憋住了他原本打算做出的退让：只要华阳后赞同吕不韦做丞相，他便许太后"并国"临朝，至少顶半个宣太后。如今这位太后硬是揣着明白做糊涂，竟以维护君命为由头与自己为难，自然要给她个软钉子，看她如何开价了。

“还要说了？”华阳后咯咯一笑，“毋晓得先王顾命，拉着谁三人手了？”

“父王要母后与吕不韦同心襄助子楚，子楚心感父王……”

华阳后一双柔媚的大眼蓦然冷冰冰盯住了嬴异人，一阵默然，长袖一甩冷笑着径自出了茅亭。嬴异人对着华阳后背影深深一躬：“秋日转凉，母后善自珍重，子楚告退。”

出得胡杨林在太后寝宫区漫步良久，嬴异人无可奈何地长叹了一声。

咸阳王城很大，总格局是六个区域：中央大殿与殿前广场为朝会区，其后正北靠近北阪的松林地带为太庙区，西部为王室官署区，东部为国君理政区，此三区之后的西北地带是王室作坊与仓储区，东北地带有一大片占地三百余亩的园林为寝宫区，朝野俗称后宫。后宫又分为两大区域：西部为现世国君与王后以及各等级王妃的寝宫区，东部为太后寝宫区。前者小，后者大。其间原由在于：战国之世的国君的全部后妃至多二十余人，连带侍女内侍，总数也只在两三百人。太后寝宫区却是积世而居，人数远远超过了王后寝宫区，占地自然就大了。也就是说，依着王室法度，太后寝宫区并非一个正位太后（先王正妻）的专有居住区，而是所有已逝国君的所有后妃的居住区。嬴柱为国君，华阳后自然便是王后寝宫的主人。嬴异人做了国君，华阳后成了太后，自然得搬进太后寝宫区。王者多有不测风云，盛年骤然去世者比比皆是。然国君去世，大多数后妃却都正在盛年，自然都要搬入太后寝宫区居住。如此累积，这太后寝宫区要容纳所有没有随着先王过世而曾被先王拥上卧榻的后妃，其庞大与复杂也远远超过了王后寝宫区。

来见华阳后之前，嬴异人特意召来掌管宫廷的老给事中，要他在太后寝宫区遴选一座最是幽静的居处。谁知老给事中皱着一双白眉直摇头，君上有所不知，太后寝宫最是庞杂，难矣哉！嬴异人很是不耐，偌大寝宫三百余亩园林，连一处幽静居所也没有么？甚个事体！连连苦笑的老给事中抱来了一箱简册，一卷卷翻开说叨了半个时辰，听得嬴异人目瞪口呆了。老给事中说，太后寝宫共住先君后妃五十三人，最年长者是秦惠王当年一个十六岁的宠幸少使[1]，至今年已八十余岁；秦武王妃子尚有六人，均已是耄耋之年；昭襄王遗孀最多，二十三人，除了没有“后”，其余爵妃都有；孝文王嬴柱遗孀虽少，却是后妃齐全，整整二十六人。依着王室法度，先王遗孀一律加爵两级孝敬尊奉。如此几乎是人人一座独立庭院；全部太后寝宫的庭院只有四十二处，外加三片侍女内侍大庭院，幽静宽敞所在早已被占，却到何处去挤腾得出一座？

嬴异人终是半信半疑，借着进太后寝宫之机索性亲自查看一番，若能给喜好幽静的生母选择一处可心庭院，一片孝心也有个着落处了。然则转悠一个时辰，走遍了这片庭院层叠相连的园林，他最终还是失望了。整个太后寝宫除了这片胡杨林与一片大池，实在是找不出空闲之地了。尽孝难矣！莫非清心一世的可怜生母当真没有登堂入室进太后寝宫的命么……

“君上，长史大人请速回东殿。”

方出胡杨林道口，隐身随行的铁鹰剑士骤然从一棵大树上飘了下来急促禀报。嬴异人本欲出王城到吕不韦府上商议今日之事，一听老长史传言立即登车回了王城前区。等候在东偏殿书房的老桓砾见嬴异人进来，立即打开了王案上的铜匣：“禀报君上：上将军蒙骜紧急上书。”嬴异人心下顿时一紧，老蒙骜要做甚？不及入座从铜匣中拿出一卷竹简哗啦展开，瞄得几行，心头怦怦大跳起来。

老臣蒙骜顿首：秦国政事荒疏久矣！流弊丛生，吏治松弛，朝野散漫，奋发惕厉之心已流于无形也！昭襄王着意守成，先王未及着力，新君即位，任重而道远。当此之时，整饬朝局刷新吏治理顺政事为当务之急，否则东出中原将遥遥无期矣！唯其如此，老臣请以吕不韦为开府丞相，总领国事，力行新政。老臣遍观国中大臣，德才兼备而能总揽全局者，非吕不韦莫属也！老臣之心，唯王明察，当于朝会立决之，跌宕蹉跎，大道之忌也！上将军蒙骜秦王元年秋

[1] 少使，秦国君主后妃中的第七级（最低）爵位。

“上书报太后了么？”愣怔之间嬴异人蓦然问了一句。

“太后摄政未成定制，是故未曾报太后宫。”

“备车。上将军府。”

“君上要见上将军，宣召入宫较为妥当。”

嬴异人摇摇手，回身从案下拿出一件物事塞进腰间皮袋回身便走。

突然造访的新君显然使上将军府大感意外，阖府上下莫不脚步匆匆神色惴惴。老太子先王嬴柱当年是府上常客，一应仆从无不识得。这新君少时也在府上修学五六年，从赵国归来也曾密住府上些许时日，却是谁也没见过。一朝为君，岂能与少时小公子等闲视之？更要紧的是，以上将军与先王的笃厚之交，先王弥留时竟然未召上将军顾命，此中玄机谁能说得清楚？新君突然驾临是祸是福谁又能说得清楚？

嬴异人制止了要去通报的家老，一边打量着尚有朦胧记忆的路径庭院池水林木，一边咀嚼着那些遥远的往事。令他惊讶的是，这座与武安君白起府邸同样厚重古朴而又宏阔简约的府邸，除了砖石屋瓦在岁月风雨中已经变黑，当年与他等高的小胡杨树已经长成了金灿灿的参天巨木，覆盖一片大池的绿蓬蓬荷叶也做了片片残荷外，几乎没有丝毫变化。过了这片胡杨林，便是当年与蒙武同窗共读的小庭院了。晨功午课暮秦筝，他一生中最快乐的时光都点点滴滴地刻在了这片庭院，洒在了这片胡杨林，以至三十多年的王子生涯中，只有这寄身篱下的上将军府对他处处透着亲切，透着温暖。不知不觉地，嬴异人痴痴地走进了暮色中金红的胡杨林，耳畔弥漫着叮咚筝声，当年那稚嫩滚烫的歌声那般真切：萧萧雁羽，诉我衷肠，子兮子兮，道阻且长！呵，胡杨林，异人回来也……

“老臣蒙骜，参见君上！”

嬴异人蓦然转身，暮色之中泪眼蒙眬，蒙骜一时惊讶得无以应对了。

“老将军，异人本该早来也……”

“君上国事繁剧，老臣心下明白。”

“往事如昨也！”嬴异人粗重地叹息一声，“只可惜蒙武没有一起回来。”

“君上感怀旧事，老臣何忍卒睹也！”蒙骜揉了揉已经溢出泪水的老眼，昂昂一拱手道，“君上若因老臣上书而来，敢请书房容臣禀报。若着意怀旧，老臣唤来当年书童领道。”

嬴异人不禁笑道：“着意怀旧，有那工夫么？好！书房说话。”

两人来到书房，蒙骜吩咐已经掌好灯火煮好茶的侍女退了出去，又叮嘱家老守在府门，任何人来访一律谢绝，随即肃然就座，一副即将大论的模样。嬴异人摇摇手道：“老将军莫急开说，且先看看这件物事。”说罢将一支铜管递了过来。蒙骜接过打开方看得一眼，双手瑟瑟发抖，及至看完，号啕一声“先王也”便扑倒在了案上。嬴异人不胜唏嘘，拭着泪眼起身肃然一躬道：“目下朝局，尚望老将军鼎力襄助。”蒙骜止住哭声，霍然站起扶住了嬴异人：“先王有此遗命，蒙骜死何足惜！君上但说，何事为难？”嬴异人道：“老将军力保吕不韦拜相，太后却不赞同，此事最难。”

“太后欲以何人为相？”

“纲成君蔡泽。”

“君上之心，属意何人？”

“首选吕不韦。若是无可奈何，也……”

“老臣既蒙君上信托，自当尽忠竭力。君上但回，老臣自有主见。”

“老将军之意……”

“黑脸事体，君上只做不知便了。”

嬴异人又是肃然一躬，道声老将军酌情为之莫得为难，匆匆去了。

思忖片刻，蒙骜立即启动。先唤来主书司马与军令司马，吩咐主书司马将呈送秦王的上书再誊刻一卷，清晨卯时不管自己是否回来，上书立送太后寝宫；军令司马连夜赶赴蓝田大营，将自己的上书副本交于王龁，请与五大夫爵以上的老将会商呼应。吩咐一罢，蒙骜登上一辆垂帘辎车辚辚出府去了。

暮黑一掌灯，老驷车庶长嬴贲便生出了倦意。侍女正要扶他就寝，家老匆匆来报，说上将军蒙骜请见。这老蒙骜也是，不知道老夫规矩么？老嬴贲嘟哝一句，打着哈欠又是揉眼又是挥手，掌高灯煮酽茶，这老东西能折腾人也。两名侍女窃窃笑着连忙收拾，已闻沉重急促的脚步声腾腾腾砸了进来。

“老哥哥也，叨扰叨扰！”

“也就你了，谁个敢坏老夫这见灯睡？”老嬴贲竹杖顿得噔噔响。

“老弟兄一起啃了十三年血锅盔，还怕老哥哥生咥了我！”

“呵呵，你顽头大，我咥得动么？”老嬴贲竹杖敲打着长案板着脸，“尝尝我这太白秋茶如何？先说好，只许吃不许拿。”

蒙骜哈哈大笑：“拿多拿少说话了，几时有个不许拿。”说着捧起大陶盅吱地长啜一口，不禁啧啧赞叹，“给劲给劲！正克得硬面锅盔！家老，备一罐我带了！”廊下家老笑吟吟嗨的一声，一溜碎步去了。

老嬴贲无可奈何地摇头笑笑：“老兄弟说，甚事忙活得不教人睡觉了？”

“不是大事能搬你这尊睡神？”蒙骜半是神秘半是正色地压低了声音，凑到了老嬴贲案头，“国丧已罢，新君朝会在即，你这王族掌事倒做了没事人也！”

“王族掌事算个鸟！枯木一株罢了。”

“甚甚甚？整日忙活算个鸟！精铁打在刀口！”

“聒噪聒噪！只说甚事？”

“新君新朝，何者当先？”

“将相当先，自古皆然，用问么？”

“有将无相，车失一轮，立马要滚沟也！”

“老夫吃你吓么？纲成君为相朝野皆知，孰能无相？”

“老哥哥仔细思量：自应侯范雎辞秦，昭襄王暮政期的丞相从未开府，相职也总是太子与蔡泽共领。打实处说，从来没有名正言顺的开府丞相。权宜之计或可将就一时，然秦国要大兴，一直没有开府丞相岂非贻笑天下。然则新朝要定开府丞相，自然便有新旧两选。老哥哥说，这蔡泽行么？”

老嬴贲呵呵一笑：“老兄弟与蔡泽交厚，要老夫举他开府领政？”

“错错错也！你我老军，几曾有过闪烁试探之辞？”

“那明说，究竟要老夫做甚？”

“吕不韦堪为丞相！”

“你是说，那个保异人逃赵回秦的吕不韦？”

“正是！”

默然片刻，老嬴贲微微点头：“此人也算得商政两通，然蔡泽亦是计然名家，又无大错，较比之下，倒是难分伯仲。”

“错也错也！”蒙骜连连拍案，“甚个难分伯仲？天壤之别！吕不韦长处有三：其一，博学广才，多有阅历。其二，心志强毅，临难有节，重义贵公，具首相之德行。其三，有气度有心胸，不狗苟蝇营，不斤斤计较，坦荡无私，行事磊落。只说饮酒，举碗便干，赤膊大醉坦荡率真，与我等老军有异曲同工之妙。此等人物，可遇不可求也！”

“呵呵，说了半晌，原是教人家给喝服了。”

“岂有此理！”蒙骜脸色涨红高声大嚷，“你老哥哥尚败我三碗，吕不韦何曾喝过我也！”转而嘿嘿一笑，“老哥哥别说，我还真服吕不韦饮酒，不是服他酒量，是服那赤膊痛饮，虽大醉而不猥琐下作的本色气度。老哥哥也当知道，当年之商君、张仪、范雎，但凡名相器局者，哪个不是本色雄杰，哪个不是醇醇率真！唯其能酒而本色直道，真英雄也！”

“呵呵，虽是歪理，老夫也认了。还有甚事？”

“没了，该说说当年了……哎哎，别忙睡也！”

蒙骜言未落点，老嬴贲白头猛然一点，已扯起了悠长的鼾声。蒙骜愣怔站起哭笑不得地一招手，两名黝黑肥壮的侍女抬着一张军榻从大屏后出来，将军榻在案前摆好，一名侍女跪身偎住了老庶长，只轻轻一扶，老庶长嬴贲身子一歪便顺势可可地躺在了军榻，粗重的鼾声丝毫没有间断。两侍女相互一点头，轻柔无声地抬走了鼾声大作的军榻。蒙骜在旁直看得“噫噫”惊叹不绝，及至鼾声远去，情不自禁地大笑着吼了一声：“老哥哥！睡便睡，莫忘事也！”

立冬时节，秦国的朝会大典终于要举行了。

谚云：十会九春。说的是朝会历来都在开春。其时若无大战，郡县主官便要齐聚都城，在国王主持下与朝官一起议决诸般大事，启耕大典、祭祀天地宗庙、拜谒年高退隐功臣等等礼仪盛典也都要借着百官云集接踵举行。士农工商诸般国人庶民，一边议论着庙堂风云，一边郊野聚合踏青放歌、祭扫祖先坟茔、疏浚沟洫忙活春耕等等不亦乐乎。朝堂钟鼎声声，原野耕牛点点，窝冬之后的一切都在开春之时苏醒了萌动了。春行朝会，那是天道有常，国人从来以为是题中应有之意。

唯其如此，立冬朝会显得极是突兀。仿佛寒天要割麦子，国人硬是懵懂着回不过神来。便是国中官吏，也是窃窃以为不可思议。冬令肃杀，万物闭藏，此时岂能大行彰显新朝的朝会大典？然则无论如何不同寻常，秦国朝野还是默默认同了。毕竟，秦国目下正在连丧两君的非常之期，不借着冬令时光从容琢磨筹划，开春大忙之际岂能容得终日论争？当此之时，通会王书一下，郡守县令们匆匆动身了，朝官们也各自忙碌谋划起本署在朝会的待决大事。官道车声辚辚，官署昼夜灯火，市井街谈巷议，宫廷雨雪霏霏，秦国朝野第一次在窝冬之期骚动了。

较劲的关口只在一个，今朝丞相究是何人？

华阳后看到蒙骜上书，原本竭力压抑的一腔愤懑骤然发作，当即秘密召来蔡泽将事说开，要蔡泽明白说话，想做丞相便同心较力，自甘沉沦便等着罢黜治罪。蔡泽原本尚以为蒙骜等一班老将拥戴自己无疑，乍见蒙骜上书，如一桶冷水当头浇下，愣怔片刻突然怒火中烧。你老蒙骜与我蔡泽素来交好，不赞同老夫也罢，何须如此阿谀鼓噪一个商人吕不韦！若无不可告人之密，岂非咄咄怪事？然蔡泽毕竟是蔡泽，虽则气得脸色铁青，硬是隐忍未发，只对华阳后深深一躬，兹事体大，容老臣告退思虑而后作答。回到府中蔡泽再三权衡，深觉蒙骜此举大非寻常深浅莫测，不能正面计较。蒙骜之忠直秉性有口皆碑，上将军举荐领政大臣也是职责所在，自己若以事中人之身公然回击，一定是引火烧身无疑。事之要害依然是也只能是吕不韦，吕不韦之要害，则是究竟适合不适合做秦国丞相？若吕不韦不堪为相，自是釜底抽薪，谁也无可奈何。然则，要说出一番吕不韦“不堪为相”的凭据却是谈何容易。要将这“不堪”

之理再变成公议，更是谈何容易。思谋竟夜，蔡泽心头终于一亮，立即伏案挥笔写了起来。清晨霜雾正浓之时，蔡泽从一条隐蔽小巷秘密进了太后寝宫，与华阳后整整密议了一日，方才趁着暮色出宫。

次日卯时，华阳后风风火火到了王宫书房，将蒙骜上书气冲冲摔在了嬴异人案头，指斥蒙骜举荐失察，竟担保一个心怀叵测不堪为相的商人执掌秦国相印，是可忍孰不可忍！嬴异人大为惊讶，思忖间赔着笑脸道："母后自是明察知人。然这'心怀叵测，不堪为相'八字断语若无凭据，你我母子如何面对朝野公议？"

嬴异人没有料到，华阳后竟一口气款款说出了六条凭据：

其一，吕不韦早年周旋齐燕两军之间，既卖燕军兵器又做齐军后援，左右逢源而暴富，实为见利忘义之奸商。其二，吕不韦野心勃勃，当年在邯郸援助嬴异人，有"此子奇货可居也"之语，入秦居心不良。其三，吕不韦多言秦法弊端，赞同墨家义政，若为丞相，必坏秦国百年法度，大行王道儒政。其四，吕不韦曾为文非议商君"趋利无义"，若主秦政，必与商君之法背道而驰，其时秦国必乱。其五，吕不韦曾作"吏本"一文，以官吏为国本，藐视王权庶民，一朝为相，必与民争利，与王室分权，使权臣坐大而行三家分晋之故事。其六，吕不韦有"荡兵"之说，自诩疏通兵道，实则主张"义兵"，指斥秦国出兵山东攻城掠地为不义之道，若主国政必与山东六国罢兵息战，使秦国大业毁于一旦。

"敢问母后，如此六则，譬如为文，从何说起？"

"晓得你不信，自己看了！"华阳后一招手，身后侍女捧来一只红木匣恭敬地搁置王案中间，又熟练地打开了匣盖取出几卷竹简依次摊开。

嬴异人惊讶得眼睛都瞪直了。面前这些竹简韦编精细刻工讲究，正是吕不韦"器不厌精"的往昔做派，竹简上的刻字也分明是吕不韦的手迹。吕不韦偶尔为文他也知道，当年毛公薛公也说过，可三人谁也没见过吕不韦的文章。嬴异人记得有次酒后请求吕不韦展示大作，吕不韦大笑连连摇手："游思断想也！岂登大雅之堂？毛公薛公腹中藏书万卷，尽可教授公子。"今日华阳后能有吕不韦如此多的书简，岂非咄咄怪事也。

"子楚，愣怔甚来，看了。"

嬴异人皱着眉头瞄了过去，一卷卷确实扎眼——

安危荣辱之本在于主，主之本在于宗庙，宗庙之本在于民，民之治乱在于有司。三王之佐，其名无不荣者，其实无不安者，功大也！

义者百事之始也，万利之本也，中智之所不及也。不及则不知，不知则趋利。趋利固不知其可也！公孙鞅、郑安平是矣！公孙鞅之于秦，欲堙其责，非攻无以，于是为秦将而攻魏，终阴杀公子卬而为无道也，行方可贱可羞！

为天下及国，莫如以德，莫如行义。今世之言治，多以严刑厚赏，此世之苦害也！以德以义，则四海之大，江河之水，不能亢矣！

世当荡兵以息战。古圣王有义兵而无暴兵。义兵为天下之良药，暴兵为天下之恶药。用兵若用药，得良药则活人，得恶药则杀人！……

“母后之意，如何处置？”嬴异人推开了竹简。

“一则下书问责蒙骜。二则公议拜相事了。”华阳后从未有过的利落。

“公议？行朝会么？”

“朝会之先，当先召王族元老与在朝大臣议决了。”

“王族元老向不参政，妥当么？”

“毋晓得王族议政祖制了？不参政不议政，王族不是摆设么？”

“子楚遵母后命。”

“这便是了。”华阳后灿烂地笑了，“只我母子一心，才有个安稳，晓得了？”说罢一摆手唤过身后妙龄侍女亲昵指点道：“娘晓得子楚冷清，我给你物色了一个侍榻女，震泽吴娃，医护之术青出于蓝了。你且试试如何？不可心娘再物色了。晓得无？”

“子楚谢过母后。”

“好了，母后去了。”华阳后笑吟吟走了。

嬴异人皱着眉头唤来老给事中低声吩咐两句，老给事中领着那个美艳的少女走了。嬴异人粗重地叹息一声，不禁焦躁地转悠起来，转悠得一阵自觉心头突然一亮，召来老长史桓砾密议一阵，立即分头登车出了王城。

老长史桓砾从密道出宫直驱上将军府，将书简木匣交给了蒙骜便马不停蹄地回宫去了。蒙骜思忖片刻，吩咐家老立派精干仆人去城中太子傅府送信邀约吕不韦，自己登上辎车出了咸阳南门直奔吕庄。到得吕庄堂上未曾饮得两盅酽茶，吕不韦轺车便辚辚回庄了。

“茶不行。上酒上酒，老赵酒！”吕不韦进门便嚷了起来。蒙骜浑不理睬，板着脸将案上木匣中的竹简哗啦反倒出来：“过来瞅瞅，谁个的物事？”“甚宝贝也？”吕不韦走过来不经意一瞄，不禁大是惊讶，蹲身连翻几卷，凝神片刻恍然笑道：“呵呵，如此半拉子物事竟蒙老将军收藏，惭愧惭愧！”蒙骜冷冰冰道：“明白说话，这些书简可是你的手笔？若是，如何能流传出去？谁个讨要的？还是你自己送出的？”

“神鬼难料，天意也！”吕不韦心知蒙骜秉性刚严缜密，如此神情绝非笑谈，不禁一声长嘘，“年轻时，我很是钟爱自己时不时写下的这些片段文字。商旅天涯，也总是打在车身的一个暗箱里，客寓歇息时翻出来揣摩揣摩。田单抗燕的第四年夏，鲁仲连邀我一起北上即墨商议援齐海船航道事宜。我心下明白，鲁仲连是要我实地体察即墨军民的苦战，铁定海路援齐的心志。我自不能拒绝。心知此行多有风险，上船时我只在皮袋中背了五六卷正在揣摩修改的竹简，除此一无长物。此时正逢乐毅彰显燕军‘仁政安齐’方略，准许商旅自由出入齐燕两国。即墨事完后，我乘一只小船沿齐国海岸北上河口，再从河口北上燕国，想托可靠胡商买得大宗皮革南运陈城，为齐军制作皮甲。在齐燕边境，恰恰遇到了一支燕军骑队截杀齐国流民。我愤而指斥燕将与乐毅仁政背道而驰，却被燕将呵斥为齐军乔装斥候，喝令士卒大搜我身。见我身与马具一无重金珠宝，也无斥候凭据，燕将恼羞成怒，将几卷竹简撕扯成片哈哈大笑着四处抛掷猛力踩踏一番，才将我押到了军营拘押……三日后，我被乐毅的巡军特使无罪开释，还马归钱许我自便。然则，当我去找那些竹简时，早已经没有了……从此，我很少作文，偶尔写得几篇，也都烧了……”

“如此说来，你文流出，只此一次？”

吕不韦点头笑道：“如此陋文有谁讨要，又何能送人现世？”

“这些竹简是你原本手迹么？”

“不错。”吕不韦翻弄抚摩着竹简，“也是才情平庸使然。我作文无论长短，都多有修改，是以喜好竹简，而不用携带方便的羊皮纸。竹简刻写，不妥处可以刮掉重刻，上好竹简刮得三次也不打紧。羊皮纸不然，一旦想改，就得涂抹，若是刮，便破损了。老将军手来摸摸，这每支竹简都有凹凸处，不说字迹，只是这凹凸简便非我此等庸才莫属。能是别个？”

“这些文字都是完整的么？二十年后还是你的主张么？”

“老将军把得好细也。”吕不韦悠然一笑，“飞散书简，何能完整？然则收藏者能将这些残简拼得成句成文，显是费了工夫，非行家里手不能为也！要说书文本身，因多拼凑，处处似是而非，不说与不韦今日之想大相径庭，便是与原本文字，也是相去甚远。譬如这‘义兵’一文，原本是‘有义兵而无偃兵’，这竹简却将‘偃兵’变成了‘暴兵’！我何曾有过‘暴兵’一说……”吕不韦突然打住，摸着竹简的右手食指猛然一抖，哗啦将手中一卷举到了眼前打量，“噫！怪也！这‘暴’字是人改刻！没错！我再看这几卷！”一时哗啦起落，接连指出了二十余处改刻，倏忽之间额头涔涔冷汗，“虽则鬼斧神工，终究难藏蛛丝马迹也！”

“如何能证有人后改？”蒙骜精神大振。

“凭据有二。”吕不韦举起竹简对着阳光，“老将军且看，这竹简韦编粗细不一，简孔有紫红痕迹，韦绳却是黑皮条。我当年韦编用的皮条是越商精制的水牛皮条，紫红发亮，磨得简孔边缘如红晕泛起。这黑皮条却是燕国黑羊皮，细柔过之，顽韧却是不足。此足以证实，这竹简成卷并非原先之连接次序，而是重新组合，文理不通处便改刻得！”

“牛皮羊皮之韦编，你能分得清楚？”蒙骜很是惊讶。

“愧为老商，辨器识物尚算成家入流矣！”吕不韦笑叹一句。

“其二？”

"其二是这用墨。"吕不韦将竹简在大案摊开，又起身匆匆到文案捧来一只铜匣一方白石，坐定打开铜匣拿出一个极为考究的乳白广口陶罐，从罐中哗唧倒出一堆黑亮亮的墨块，指点道："这是我用的北楚烟墨，几十年没变过。这方白石是我的私砚，也从来没变过。"说着搬过那方中央凹陷的白石，滴入一汪清水，指夹一块扁平的墨块到石砚中，从石砚边拿起一片同样扁平却显稍大的石片压在墨块上旋转研磨了起来，一边道："天下墨块以北楚陈城墨最是精纯，一方磨得十砚浓墨。[1] 一个老墨工教我用白石做砚，研磨得墨汁柔和黏滑无杂质，墨迹干后油亮平整，刻刀上简极是顺畅，刻出字来周边绝无裂纹。然时人以瓦为砚，所磨之墨粗粝许多，字迹干后辄有瓦粉屑粒，刻刀着力处难免小有抖动，刻字边缘便常见细纹密布。老将军且看，这个'暴'字正是如此。"

"不错！是有细纹！"蒙骜举着竹简大是惊叹。

吕不韦不再说话，只看着一片散开的竹简出神。蒙骜也不再多问，站起来收拾好竹简一拱手道："只此一事，老夫去也。"吕不韦惊讶道："噫！老将军这残简不是送我的么？"蒙骜拍打着木匣揶揄地一笑："你以为老夫是拿着散失孤本讨赏来么？明说了，此物有主，惜乎老夫也不知其人来路也。"吕不韦目光一阵急速闪烁，随即恍然大笑："得人揣摩者，必奇货也，拙文有此殊荣，幸何如之！"慨然一拱手，"老将军走好，恕不远送。"蒙骜连连摇手"不送不送"，抱着木匣匆匆去了。

蒙骜出得吕庄，驱车进城直奔驷车庶长府。刚刚入睡的老嬴贲被家老唤醒，来到厅中哭笑不得地顿着竹杖骂骂咧咧，然听蒙骜将事由说得一遍，当即瞪着老眼嚷嚷起来："直娘贼！秦国选相历来只看真才实学，几曾有过如此蹊跷之事？阴人！阴谋！老夫去见新君说话，请王族之法废了这不安分女人！鸟！是太后便要干政，还有国法么？啊！"

"且慢且慢，老哥哥息怒也。"蒙骜连连摇手，"此事还得依着规矩

---

[1] 中国墨发明极早。商周时已有烟炱墨，即用火烟凝成的黑灰入泥而成黑色泥块，墨色稍差；春秋战国时已有较纯烟墨，普遍形制为小圆块，上压石片研磨，石片称研石；东汉始制圆柱状墨锭，可直接手拿研磨，研石方渐绝迹。砚，唐代以前以瓦为砚，故称砚瓦，唐以后始有石砚。《说文》："石滑而不涩曰砚。"

来，你且听听老兄弟谋划如何？”老嬴贲猛然一点竹杖：“说呀！”蒙骜席上几步膝行，两颗雪白的头颅凑到了一起，良久喁喁低语，一阵苍老洪亮的笑声。

华阳后很是不解，王宫竟没有任何动静。

那个派在嬴异人身边的侍榻侍女通过一个楚人老内侍传了话来：近日秦王没有召见任何大臣，也没有出过王城，与老长史桓砾也没有说过与选相有关的话。如此说来，嬴异人是服软了？不像。当真服软肯定要来面见太后，至少要召见蔡泽才是。有甚新谋划么？也不像。不见大臣不亲自周旋，能有甚谋划？反复思忖，华阳后终是认定嬴异人是心有不甘却又无可奈何，索性撒手不管。心有不甘者，嬴异人身为秦王要报吕不韦之恩，却遭自己与蔡泽之强势阻断，能适意了？无可奈何者，毕竟蔡泽也是大有名望的才士，领相治国顺理成章，加上太后一力支持，嬴异人又能如何反对？更要紧的是，几卷老旧书简，铁定证明了吕不韦政道不合秦国，纵是昭襄王那般雄主在世也无可扭转，没有根基更无功业的嬴异人纵是一万个不满又能如何？毕竟，秦国百年以来形成的政道新传统稳稳占据了朝野人心，吕不韦非议老秦人视为神圣的商君，非议秦法秦战，崇尚老秦人最是厌恶的儒家政道，谁敢为他说话？

“纲成君之谋，乾坤之功了。”

华阳后见过嬴异人之后大赞蔡泽，自老阿姐死后心中第一次踏实了。虽则如此，华阳后还是觉得该当再推这个新君一把，最好使他在朝会之前明白表态，方可万无一失。思谋一定，华阳后立即秘密知会蔡泽，敦请他进王城面见新君陈述为政主张，软逼新君就选相说话；她自己则去周旋那些王族外戚元老，请他们出面主持选相。

对于说服这些“法定不干政”的贵胄元老，华阳后有一个最动人的理由：纲成君是昭襄王着意留给新君的良相，后来之所以虚其相权，为的便是新君实其相权时能给蔡泽以知遇之恩，而终得才士死心效力；说到底，昭襄王不曾大用蔡泽，恰恰是为了后来新君大用蔡泽；今朝不用蔡泽，是违背昭襄王遗愿，是贻害秦国。

每一个元老贵胄都肃然听完了华阳后罕见的雄辞，都对太后陡然表现出的才干大加赞赏。几个承袭封君爵位的芈氏外戚都是宣太后当年的老根底，对华阳后更是一力拥戴，异口同声地说："华阳太后摄政，'秦芈'中兴有望也！"

然则，蔡泽带来的消息却依然暧昧不明。新君认真听完了他整整一个时辰的为政大略，其间点头无数次，末了却说他服丧期间劳神伤心，听过人说话便忘，待他仔细看完上书定会登门拜访请蔡泽赐教。说罢连打哈欠，蔡泽只有告辞了。

"晓得了。"华阳后浑没在意，只淡淡一笑，"终究是朝会议决，其时纲成君只管陈说为政大略，余事毋上心了。"蔡泽嘴角抽搐了一下，想说话终未开口，晃着鸭步踽踽去了。华阳后立即来到王城前区东偏殿，对嬴异人申明：此次大朝，当许王族外戚之元老勋臣与会，与当国朝臣共议国政。

"母后之命，子楚无异议。"新君答应一句又嗫嚅道："只是，依着法度，此事须得领相权之纲成君、上将军蒙骜、老驷车庶长三头赞同，母后以为如何处置？"

"纲成君、老庶长定然赞同了。剩一个蒙骜有甚打紧？年逾花甲，也该有新锐大将当军了。你自思忖，知会他是了。"华阳后不屑多说，咯咯笑着径自走了。

立冬这日，盛大的新朝朝会终于在咸阳王城举行了。

王城正殿座无虚席，中央王座与太后座之下的大厅分为五个坐席区：最靠近王阶的中央区是君侯席。其时秦国君侯都有虚领的封地，君侯等级相若。高下之别只在位次排列，但都是最高爵位。昭襄王时先后有六君四侯：武安君白起、华阳君芈戎、泾阳君公子市（嬴市）、高陵君公子悝（嬴悝）、安国君公子柱（嬴柱）、纲成君蔡泽，穰侯魏冄、应侯范雎、蜀侯公子辉、蜀侯公孙绾。孝文王嬴柱在位一年，将华阳后族弟芈宸封了一个阳泉君。此时已经只剩下了两君，纲成君蔡泽与阳泉君芈宸，所以与三位高职大臣上将军蒙骜、假相太子傅吕不韦、驷车庶长嬴贲合为首区五席，依着惯例仍然呼作君侯席。其次四大块坐席区依着职掌划分分别是：东北大令区，便是后世说的九卿正职，此时有大田令、太仓令、太史令、太庙令、司寇、司空、廷尉、国正监、国尉、长史等十席；东南郡守县令八十余坐席，战国时郡守县令同爵，有些大县县令比郡守爵位还高，是以同等坐席；西北高爵将军区，五大夫爵以上的大将二十余人；西南为大吏席，也就是各官署副职、属官与特许列席的内侍臣工，譬如内侍高官给事中、中车府令等。此等官员均是各官署实际执事的实权者，俗称"官尾吏头"，故朝仪中一体呼为"大吏"，人数最多，一百余坐席。唯其务实，寻常朝会大吏独议朝政者极少，非常朝会也常有不召大吏参与的时候，然在诸如决策立制这般重大国事中，大吏的群议之力却很是显赫，最能彰显朝议之力，故每逢新君大朝必有大吏与会。朝臣人各一席，每席一案，每案一茶一纸（皮）一笔。二百余席满当当排开，各区以红毡甬道分隔，一眼望去分外整肃。

"新朝朝会始！太后训辞[1]——"

华阳后从来没有参与过朝会，更没有面对满朝大臣说过话，乍听司礼大臣的礼程宣示大感意外，顿时满面通红，不禁狠狠地挖了嬴异人一眼厉声道："晓得我要说话了？"正襟危坐的嬴异人一脸惊惧之色连忙起身一躬，飘荡的声音弥漫着惶恐："子楚恭请母后训政。"说罢小心翼翼地垂手低头站在王案旁。

"子楚真吾儿了！"华阳后大感欣慰，不禁笑吟吟夸了一句，原先的拘谨也顷刻消散，朝堂也不过如此，还不是谁权大听谁了？于是点头，端起一副庄容道："毋晓得今日朝会我要说话了。子楚要我这嫡母娘亲说话，我说得几句了。自来朝政两柱石，一相一将。昭襄王晚年与先王在世，都是有将无相，在人便是有脚无手了。如今新君即位如何？还是有将无相。自然，领职相是有了，假相是有了。可领相不是相，假相也不是相了。新朝丞相要得像老相那般，是开府丞相，统领国政了。这一相一将么，诸位都说说谁个堪当？今日来个当殿议决了。自然了，事多了

[1] 训辞，教导之言。语出《左传·僖公七年》："君若绥之以德，加之以训辞而率诸侯……"

一次也说不过来，将职可先缓得一缓。毕竟了，蒙骜将军虽老了些个，也打过几次败仗了，可总归还算忠于王室了。再说目下也不打仗，缓缓再说也该当了。至于今日议政么，纲成君、阳泉君是两个封君大臣，要主持朝议公平了。晓得无？我说这些，诸位尽可知无不言了。”

司礼大臣的声音又回荡起来：“秦王口命——”

嬴异人抬头扫视着大殿只是一句：“太后业已训政[1]，诸臣议决便是。”

举殿默然，将军们粗重的喘息声清晰可闻，郡守县令们惶惑四顾，在国大臣们脸色铁青，总归是谁也没有开口。战国之世言论奔放，秦人更有牛性直言之风。战国中期以后，秦国政事吏治最为清明，大臣敢言蔚为风气，逢朝必有争，慷慨论国事，已大大超过了暮气沉沉的山东六国。当此之时，大朝无言，极为反常。

“久无大朝，诸位生分了。”阳泉君芈宸霍然起身一脸笑意高声道，“老夫先开这口子了。太后训导，新君口命，已然昌明今日大朝宗旨，这便是议政拜相。老夫之见，纲成君才德兼备，朝野服膺，又多年领相，职任新朝开府丞相正当其时了。”

“老臣不以为然！”随着一声苍老的驳斥，卿臣席颤巍巍站起了一个白发苍苍的高冠老臣，却是“老三太”之一的老太史令。老人看也不看阳泉君，只对着王座昂昂然一拱手，“不以为然者，今日朝制也。举朝皆知，先王顾命之时执太后、太子傅与新君三手相握，其意在叮嘱三方同心，而并未有太后摄政之命也。长史清理典藏，亦无先王命太后新朝摄政之遗命也。如此，则太后临朝训政于法度不合……”

“岂有此理！”阳泉君怒斥一声插断，“太后摄政有先王顾命，有新君下书成制，史官录入国史，你太史令岂能不知了！明知而非议，居心何在！”

“阳泉君差矣！”老太史令冷冷一笑，“唯录入国史，而老夫能言。且听老夫背得一遍新君口书，朝会共鉴之。国史所载新君口书原话为：

[1] 训政，原意为国君训导政事。后世定制，太上皇传位后仍裁决大政或太后垂帘预政，称训政。

‘父王新丧，我心苦不堪言，料理国事力不从心。今命太子傅吕不韦以顾命大臣之身，与纲成君蔡泽共领相权，处置一应国事，急难处报母后定夺可也。其余非当务之急者，父王丧葬后朝会议决。’史官若错录一字，老夫若错背一字，甘当国法！”

举殿大臣哄嗡一声议论蜂起。

绝大多数朝臣只知孝文王弥留时三人顾命，新君有书太后摄政，虽然从来没有接到过太后摄政的定制王书，但依然相信这是真实的。一则太后摄政有先例，二则国丧期间太后预政也是事实，若是无中生有，新君与吕不韦岂能容得如此荒诞之事？今日一见朝会议程，更相信了太后摄政已成定局，纵对这位华阳后有所不满，一时也无可奈何。不想这素来在朝会不说话的老太史令挺身而出，先对朝会议程提出非议，且言之凿凿，将新君口书背得一字不差，大有铁笔史官的凛然风骨，朝臣们如何不恍然悚然愤愤然纷纷然？阳泉君一时愕然无对，心知此时非顾命三人说话方可，然目光扫去，吕不韦无动于衷，姐姐华阳后满面通红地盯着嬴异人，嬴异人只低着头死死盯着脚下的红毡。

阳泉君忍无可忍，大步跨上王阶直逼王案：“臣敢请新君明示！”

“阳泉君大胆！”将军席上一声大喝，一员白发老将霍然起身戟指，“朝议国政，法有定制，汝仗何势敢威逼秦王！”话未落点，满席大将刷的一声全部站起一声怒喝，“王陵之见，我等赞同！阳泉君退下！”

“阳泉君确乎有违朝议法度。”铁面老廷尉冷冷补了一句。

站在王座区空阔处的司礼大臣正是那位三代老给事中，见状面无表情地尖着嗓子一声宣呼：“阳泉君退回原座议事——”

一直难堪默然的华阳后突然一笑：“本后事小，说说议议有何不可了？阳泉君何须孩童般较真，下去下去，听大家说了。摄政不摄政，都是为了国事了。依着我看，拜相比议论我这老太后要紧得多了。子楚，你说如何？”

嬴异人抖抖瑟瑟应道：“母后大是。子楚也以为是。”

华阳后突然恼羞成怒，拍案高声：“毋晓得你抖甚？你几时怕过我了！”

“母后说、说、说得是……”嬴异人倏地站起垂首变色，更见惊惧。

“嬴异人！！”华阳后猛地拍案尖叫一声，面色铁青地站了起来，突然之间咯咯长笑手舞足蹈，“国事了！国事了！毋晓得这般国事了！啊哈哈哈哈哈哈……”大笑一阵，猛然推开围过来的侍女径自大袖飘飘地去了。

举殿死一般的沉寂。阳泉君芈宸嘴角一阵猛烈地抽搐，终是坐着没动。司礼大臣正在无所措手足之时，新君嬴异人回头一声吩咐：“太医令立即看护母后，不得有误。”转身进入王座坐定，镇静如常道，“朝臣聚国，殊是不易。新朝新政，刻不容缓。国事不因人而废，诸位但依法度议事可也。”

举殿不约而同地长嘘一声，恍如一阵轻风掠过。大臣们蓦然明白，这位新君并非真正的孱弱，方才故事只不过是“示弱以归众心”的一个古老权谋而已。看来，这个新君尚有强韧底色，比萎靡不振的孝文王实在是有主见多了。秦国收势多年，朝野渴盼雄主强君如大旱之望云霓，唯其雄强，些许有违正道的权谋又有何妨？人同此心，朝臣们压抑沉闷的心绪一时淡去了许多。

“老臣有说。”郡守席站起一位白发瘦黑的老人，竟是巴蜀两郡太守李冰。

此时的李冰，已是天下治水理民之名臣，爵同上卿，是秦国地方大员中爵位最高的大臣，也是秦国资望最深权力最大的地方大臣。蜀道艰难，蜀地多乱，蜀地政务多由王室派驻蜀地的蜀侯与咸阳通连传递，李冰父子只专心水患治理与庶民生计，极少入朝，也极少涉足国政事务。然则三任蜀侯生变，尤其是第三任蜀侯公孙绾乃承袭其父嬴辉爵而继任，是昭襄王的嫡孙，竟然也图谋自立。昭襄王杀了公孙绾之后，终于晚年决意将巴蜀两地交李冰统领。孝文王嬴柱与李冰笃厚，死前正好下诏李冰回咸阳养息议政。辗转三月，李冰抵达咸阳时嬴柱已经薨去了，蔡泽与吕不韦同时主张李冰留国参与朝会，嬴异人自然允准了。此时李冰要说话，朝臣们一片肃然。

“老臣以为，理国之要，首在朝制。朝制不明，万事紊乱也。”李冰声音低沉，然却中气十足，整个大殿清晰可闻，“何谓朝制？首在君权。君权之要在一，一则安，二则乱。凡二，做应急之策可也，立为定制则不可也！譬如当年宣太后摄政，根源在昭襄王少年回秦，主少国疑，乃形势使然，不得已而为之也。故朝野无异议。目下秦国已经大不相同，新君年逾三旬，历经磨难，堪当公器大任，何能再做一政多头之朝制？今日朝会，太后训政首当其冲，似乎太后摄政已是定制，太史令提出非议，自是在所难免。谚云：大邦上国，不以一人之好恶立制。太后喜与不喜，自当以邦国兴亡为本，而不当以一己之好恶为本。故此，老臣请朝会先行议决：明君权，废摄政，纲举目张！”一言落点，戛然打住。

“好！老臣赞同！”驷车庶长老嬴贲嗵嗵点着竹杖，“老太守洞若观火，合乎法度，合乎祖制！秦国王族向不干政，太后乃前代国君妻室，王族嫡系，自当遵从王族法度，安居太后尊荣可也。”

“臣等赞同！”所有郡守县令异口同声。

“臣等赞同！”卿臣席十位大员也是异口同声。

“臣等赞同！”将军席一声齐呼。

大吏席区却是别有气象，此起彼伏地一片片报名呼应。先是一声“廷尉府属官赞同！”接着一声“太子傅属官赞同”，此后各署一声声连绵不断，大殿嗡嗡震荡不绝。呼应之声落定，殿中却是一片异样的沉默，大臣们的目光不期然一齐聚向了蔡泽。

席次最多的丞相府属官竟没有一人说话！

战国通制，朝政以开府丞相为枢纽，属官以丞相府为轴心。所谓开府，便是丞相府依法设置若干直属官署统一处置日常政务。这些直属官署与各大臣的属官不同处在于：各大臣属官是本司（专业）之划分，譬如廷尉府有狱丞、讼丞、宪盗等属官；太庙令府有祭祀、卜人、庙正等属官；丞相府属官则是综合性的领域划分，譬如行人（职司邦交事务）、属邦（职司附庸部族与属国事务）、甬（职司徭役事务）、工室丞（职司工匠）、关市（职司市易税收）、司御（职司官道车政）、府（职司府藏），等等，等等。战国后期之秦国疆土不断扩张，丞相府直属官署已经增至二十余个，实在是“大吏”中最最要害的力量。秦昭襄王后期的丞相府多有模糊处，从法度说依然是开府丞相制，但由于蔡泽封君后事实上脱离相权，时不时与太子嬴柱"兼领"相权，实则丞相府已经被"虚处"，只处置一些具体事务，重大政务一律由秦昭王直下诏令。然在秦孝文王嬴柱即位的一年里，蔡泽以唯一相职之身重新实际执掌了丞相府。为了给施展新政打好班底，蔡泽将实权属官作了一次改朝换代式的整肃，除了从燕国来投靠自己的得力亲信身居要职，其余要害属官便是华阳后与阳泉君举荐过来的"秦芈"。其时华阳后正得新君嬴柱宠爱，其族弟以"佐王立嫡有功"一举封了阳泉君。蔡泽思量要施展政才自然要结好华阳后姐弟，此所谓"人和者政通"。如此一来，丞相府属官中的老秦人全部迁职，直属官署几乎全部成了"秦燕人"与"秦楚人"，咸阳国人一时有了"相府大吏，秦蔡秦芈"的巷谚。如此一来，丞相府属官自然以蔡泽阳泉君马首是瞻。今日朝会阳泉君业已铩羽，"秦芈"如何能落井下石？蔡泽始终缄口不言，"秦蔡"又如何能附会群议？

"敢问纲成君，相府属官是非俱无么？"这次是老蒙骜冷冰冰开口。

"上将军何其无理也！"蔡泽正在为今日朝会的陡然变故惶惑烦躁不已，见蒙骜竟对自己无端发难，顿时怒火上冲，拍案呷呷厉声，"朝会议政非官署理事，人各自主对朝对君，属官之说，当真匪夷所思！"

"匪夷所思么？老夫却以为路人皆知。"

"嘿嘿！老将军做个路人，老夫掂掂也！"

"也好，老夫来作一番路人之评。"蒙骜拍案起身扫视大殿高声道："举朝皆知，老蒙骜与纲成君交谊匪浅。然大臣面国无私交，今日老夫却要公然非议纲成君，宁负私情，不负公器。自纲成君重掌相权，其用人之道老夫大大不以为然！何也？畛域之见未除，私恩之心太重，而致相府重器溺于朋党也。国人流布巷谚：'相府大吏，秦蔡秦芈。'举朝大臣谁人未尝闻也。秦自孝公以来，任用山东六国之士偏见日消，昭襄王之世可说已是毫无芥蒂之心。六国人言，秦用外士，为相不为将，终有戒惧山东之心。非也！蒙氏一族老齐人也，老蒙骜居上将军，子蒙武职前将军，可证此言大谬也！老夫慨然喟然者，倒是山东名士入秦掌权之后，时有六国官场恶习发作，畛域恩怨之心或生，任用私人，终致误国误己。

应侯范雎才功俱高，唯一己恩怨过重，睚眦必报，明知郑安平、王稽才不堪用，偏是力荐郑安平为将，王稽为郡守大臣。结局如何？郑安平战场降敌，葬送秦军锐士三万余人！王稽受贿卖国，擅自将南郡八县私让楚国！范雎一世英名，终成不伦不类之辈也！纲成君所任相府属官，非故国来投之亲信，即私谊举荐之裙带，虽不能说无一能者，然铁定是没有公忠事国之节操！否则，何能人皆有断，唯丞相府举府无一人开言？所为者何？还不是等待主君定点而后群起呼应之？此等属官，究竟是秦国臣子，还是两君门客？如此用人气度，所用之人如此节操，尚能说'人各自主对朝对君'，能不令人齿冷？老夫该不该问纲成君一句？"

齐人语音原本咬字极重，加之蒙骜粗哑铿锵的声音，一字字如叮当铁锤连绵砸来，举殿无不震撼非常。以蒙骜之缜密稳健，寻常时除了与军旅征伐相关之事，不说朝会，便是重臣议政也很少说话，对朝中大臣更是礼敬相处毫无跋扈之气，今日却能在如此大朝之时以如此凌厉言辞抨击一个封君丞相，直是不可思议。一将一相国之柱石，如今将相对峙，朝臣们更大的担心则是将相失和而生出乱局。

"老将军所言不无道理也。"

蔡泽似乎并无难堪，语气惊人的平和，"然老夫之心上天可鉴：整肃相府非为他图，唯期新政雷电风行也。相府原来属官多是年迈老吏，虽公忠能事，惜乎力不从心，孰能奈何？老夫用人，成事为先。唯其能事，外举不避仇，内举不避亲，何忌楚乎燕乎？若无开辟新政之心，老夫何须多此一举耳！虽则如此，蔡泽以邦国为重，若有失察而任用不当者，老将军指名，老夫当即迁职另任也。"

"呵呵，车轴倒是转得快也。"驷车庶长老嬴贲点着竹杖揶揄地笑了，"既然说到了丞相一事，老臣也不想再绕弯子，索性明话直说：纲成君于气度，于总揽全局之能，皆不堪为相；老臣建言，推太子傅吕不韦做开府丞相。呵呵，诸位斟酌了。"

"此言大谬也！"相府大吏席有人突兀锐声一喊，一个中年属官赳赳挺身，"纲成君大有相德！外举不避仇，内举不避亲，大公之至！何错之有？上将军老驷车不问所以，唯做诛心之论，大非君子之道也！我等之见：秦国丞相，非纲成君莫属！”

“赞同！秦国丞相非纲成君莫属！”相府大吏齐声一呼。

“且慢。”老太史令摇着一颗霜雪白头冷冷一笑，“诸位既以春秋祁黄羊之论辩护于纲成君，责难于两大臣，老夫便来评点一二。‘外举不避仇，内举不避亲，祁黄羊可谓公矣！’此话乃孔子对祁黄羊之赞语也。囫囵论之，的是无差。然田有界垅，事有定则。若不就实论事，唯以此话做任用私人之盾牌，却是戏弄史书也！祁黄羊之公，首在公心，次在公身。祁黄羊其时致仕居家，置身国事之外，举人唯以才干论之，与自己却是无涉，此谓公身也。公心于内，公身于外，始能真公也！若重臣在任，举人用人关乎己身，唯以私人裙带任用部属，却要说‘内举不避亲，外举不避仇’，诚所谓假其公而济其私，何有真公也！”戛然打住，却没有涉及丞相人选，大臣们不禁又是一阵惊愕。

“议事非论史！只吕不韦不能拜相！”相府大吏中一人操着楚语愤然高声，“吕不韦素来非议秦法秦政，贬斥商君，主张罢兵息战！此人为相，亡秦之祸便在眼前了！”

此言一出，举殿骇然！大臣们对吕不韦毕竟生疏，谁也不知道吕不韦平素有何政道主张，今日有人能在此等隆重朝会公然举发，一口气列出三桩秦国朝野最厌恶的政见，何能是空穴来风？一时人人不安，只想看吕不韦如何辩驳。

“此说何证？”卿臣席老廷尉突然冷冷插问了一句。

相府长史高声道：“吕氏书简多有流传，在下有物证！”

老廷尉淡淡一句：“老夫能否一观？”

但为秦国朝臣，谁都知道这位冷面廷尉勘验物证的老到功夫，当即有人纷纷呼应：“是当请老廷尉一观。”“过得老廷尉法眼，我等信服！”“好！信得老廷尉！”众口纷纭之际，相府长史正要从腰间文袋取物，却有一吏突兀高叫：“谁个朝会带书简了，我等又没事先预谋了！要得物证，散朝后我等自会上呈了！”另一吏立即接道：“没有物证敢有说辞么？列位大人要听，我当殿背将出来！”“我也能背！”“背！公议有公道！”大吏们纷纷呼应，昂昂然嚷成了一片。

“反了！！”老驷车庶长一声怒喝，竹杖直指相府吏坐席，“这是大朝！胡乱聒噪个甚！没带物证便去取，岂容得你等雌黄信口！”这老嬴贲原本王族猛将，秉性暴烈深沉，怒喝之下震慑得愤愤嚷叫的大吏们一时愣怔无措，大殿顿时一片肃然。

蒙骜冷冷一笑，将一卷竹简哗啦摔在案上：“老夫有预谋！收藏有吕不韦散简原件百余条，你等拿来两厢比对，权将吕简作古本，请老廷尉当殿鉴识真伪！”

“愣怔个甚！快去拿来！”驷车庶长又是一声怒喝。

“拿便拿！”相府长史一咬牙便走。

“回来！”蔡泽突然站起厉声一喝，转而不无尴尬地淡淡一笑，“此事无须纠缠也。老夫入秦，与吕不韦相交已久，今日更是同殿为臣。为一相位破颜绝交，诚可笑也。老夫决意退出争相之局，退隐林下，以全国政之和，望君上与朝会诸公明察。”长嘘一声落座，毫无计较之意。殿中顿时愕然惶然纷纷然，长嘘声议论声喘息声哄哄嗡嗡交织一片。冷若冰霜的蒙骜与怒火中烧的老驷车庶长突然打滑，一时竟有些无所适从。

正在此时，一直默然端坐的吕不韦站了起来，拱手向王座向大殿一周环礼，从容悠然地笑道：“纲成君既有此言，吕不韦不得不说几句。承蒙天意，吕不韦当年得遇公子而始入秦国。纲成君不弃我商旅之身而慷慨垂交，吕不韦始得入秦国效力也。论私谊，不韦自认与纲成君甚是相得，诗书酒棋盘桓不舍昼夜。论公事，不韦与纲成君虽不相统属，然各尽其责互通声气，亦算鼎力同心。今日朝局涉及纲成君与吕不韦，人或谓之‘争相’，不韦不敢苟同也。朝会议相乃国事议程，人人皆在被议之列，人人皆应坦荡面对。人为臣工，犹如林中万木，唯待国家量材而用。用此用彼，臣议之，君决之，如是而已。被议之人相互视为争位，若非是非不明，便是偏执自许。若说相位有争，也是才德功业之争，而非一己私欲之争也。前者为公争，唯以朝议与上意决之。后者为私争，难免凭借诸般权谋而图胜。今纲成君无争，吕不韦无争，唯朝议纷争之，是为公争，非权谋私争也。既无私争，何来争相之局？”稍一喘息，吕不韦转身对着上座蔡泽慨然一拱，“纲成君无须虑及破颜绝交。自今而后，无论何人为相，无论在朝在野，不韦仍与君盘桓如故！”

“嘿嘿，嘿嘿，自当如此也。”蔡泽不得不勉力地笑着点头呼应着。

这一番侃侃娓娓，朝臣们始则大感意外，继而又是肃然起敬。

寻常揣度，孜孜相权的蔡泽突兀放弃对质物证，又更加突兀地宣布退出“相争”归隐林下，其间必有权谋考量。最大的可能，是物证蹊跷经不得勘验、重臣反对、朝议不利等情势而生出的自保谋划。退隐林下云云，则不无以清高姿态倍显吕不韦争权夺利之心机。以吕不韦之才智，自当看出蔡泽这并非高明更非真诚的权谋，自当被迫严词反击，以在朝会澄清真相，以利拜相之争。如果吕不韦如此说如此做，谁都不会以为反常，相反会以为该当如此。然则谁都没有想到，吕不韦既没有提及最引争执的书简物证，也没有严词斥责蔡泽及相府大吏，反倒是一腔真诚地评估了与蔡泽的交谊，且慨然昌明无论在朝在野仍当与纲成君盘桓如故，若有权谋计较之心，如此气度是决然装不出来的。若将吕不韦换做睚眦必报的范雎，换做孜孜求权而不得的蔡泽，说得出来么？唯其如此，人们自然钦佩。然则真正令朝臣们折服者，还在于吕不韦对“争相”说的批驳。分明是在批驳蔡泽，吕不韦却冠之以“人或谓之”，硬是给蔡泽留了面子；对争相本身，吕不韦却丝毫没有作清高虚无的回避，而是坦然面对，以林中万木之身待国家遴选，其意不言自明：选中我我便坦然为相，选不中我我亦坦然效力国家。如此姿态，与蔡泽的始则孜孜以求求之不得便要愤世归隐相比，直是霄壤之别，如何不令人大是钦佩？

“书简之事，可是空穴来风？”正在举殿肃然之时，老廷尉冷冷一问。

“实有其事也。”吕不韦坦然应承，“不韦少年修学，喜好为文，确曾写下若干片段文字。后入商旅，亦常带身边揣摩修改。二十年前，这些书简不意失散于商旅，不韦从此不再执笔。大吏所得，或正是当年失散之书简。”

“如此说来，阁下对秦法秦政确实是不以为然了！”阳泉君突然插进。

“有不以为然处。”吕不韦依旧是坦然从容，“自秦变法强国，至今已过百年，山东六国无日不在非议咒骂，不在抨击挑剔。不韦山东小邦人氏，少年为文，难免附会世俗，时有非议秦法秦政处。后来，吕不韦以商旅之身走遍天下，遂深感山东六国之论，多为荒诞不经，恶意诅咒，自当弃之如敝屣也。然以今日为政目光看去，其间亦不乏真知灼见之论。譬如当年墨子大师之兼爱说、孟子大师之仁政说、今世荀子大师之王道说，均对秦法秦政有非议处。非议之要，便在责备秦政失之于‘苛’，若以‘宽政’济之，则秦法无量，秦政无量也！平心而论，吕不韦敬重秦法秦政之根基，然亦认为，秦法秦政并非万世不移之金科玉律也！何谓法家？求变图强者谓之法家！治国如同治学，唯求‘真知’，可达大道也。何谓真知？庄子云，得道之知谓‘真知’。何谓治国之真知？能聚民，能肃吏，能强国，治国之大道也！去秦法秦政之瑕疵，使秦法秦政合乎大争潮流，而更具大争实力，有何不可也？若因山东六国咒骂之辞而摒弃当改之错，无异于背弃孝公商君变法之初衷也，不亦悲乎！”吕不韦粗重地喘息了一声，眼中有些潮湿了，“不韦言尽于此，阳泉君与朝议诸公若以此为非秦之说，夫复何言？”

随着回荡的余音，举殿大臣良久默然……是啊，夫复何言？阳泉君们最想坐实的罪名，吕不韦一口应承了。非但如此，还给秦国提出了一个前所未有的大难题：秦法秦政敢不敢、要不要应时而进？实在说，这确实才是一个开府丞相要思虑的治国大方略。然则对于秦国而言，这个难题太大了，也太犯忌了……

“散朝。”嬴异人淡淡一句，径自起身离开了大殿。

没有人挺身建言要坚持议个子丑寅卯出来，朝臣们都默默散了。天上纷纷扬扬飘着雪花，脚下的大青砖已经积起了粗糙的雪斑，灰色的厚云压得王城一片朦胧，分不出到了甚个时辰。然则，谁也没有说一句天气如何，谁也没有为今冬第一场大雪喊一声好。一片茫茫雪雾笼罩着一串串脚步匆匆的黑色身影，辚辚隆隆地弥散进无边无际的混沌之中。

四　岁首突拜相　亲疏尽释怀

朝会之后一个月，是秦国岁首。

自夏有历法，古人对一年十二个月的划分确定了下来。到了战国之世，一年已经被精确到三百六十五又四分之一天。然则，十二个月中究竟哪个月是一年的开端？即被称为正月的岁首，各代各国却是不同。历法史有“三正”之说，说的是夏商周三代的岁首各不相同：夏正（月）为一月，商正（月）为十二月，周正（月）为十一月。春秋战国之世礼崩乐坏，各国背离周制，开始了自选岁首的国别纪年。譬如齐宋两国回复商制，将丑月（十二月）作为正月；而作为周室宗亲的最大诸侯国晋国，则依然采取周制，将十一月奉为正月。三家分晋之后，魏赵韩则各有不同：魏韩为殷商故地，如齐，取商制，十二月为正月；赵国为夏故地，取夏制，一月为正月。秦国虽非周室宗亲诸侯，然作为东周开国诸侯，直接承袭周部族的发祥之地，以至周人秦人皆有“周秦同源”之说，是故自立国春秋之世一直承袭周制历法，十一月为岁首。后来，秦始皇灭六国统一建制，颁行了新创的颛顼历，十月定为岁首。这是后话。

就实而论，“岁首”并无天象推演的历法意义。也就是说，各国岁首不同，并不意味着人们对一年长短的划分不同。无论何月做岁首，一年都是十二个月。岁首之意义，在于各国基于不同的耕耘传统、生活习俗与其他种种原因，而做的一种特异纪年。用今日观念考量，可视为一种人为的国别文明纪年。譬如后世以九月作为“学年”开端，以七月作为“会计年度”开端一样，只有“专业”的意义，而没有历法的意义。

岁首之要，在除旧布新。这个“新”，因了“旧”的不同而年年不同。

去岁秦国之旧，在于连葬两王，新君朝会又无功而散，新朝诸事似乎被这个寒冷的冬天冰封了，临近岁首还没有开张之象。唯其如此，朝野都在纷纷议论，都在揣测中等待着那道启岁的王书。其时秦国民议之风虽不如山东六国那般毫无顾忌，却也比后世好过了不知多少倍。新朝会议政的方方面面，早已经通过大臣门客六国商旅郡县吏员城乡亲朋，传遍了咸阳市井，传遍了里社山乡。所有消息中最使人怦然心动的，是顾命大臣吕不韦的“宽政济秦法”说。朝如此，野如此，臣如此，民如此，咸阳王城如此，山东六国亦如此。

在秦人心目中，秦法行之百年，使国强使民富使俗正，且牢固得已经成了一种传统，纵是聚相私议，也绝无一人说秦法不好。但闻山东人士指斥秦法，老秦人从来都是愤愤然异口同声地痛骂六国，毫不掩饰地对秦法大加颂扬，几乎从来没有过例外。这次却是奇也，老秦人听到有大臣在朝会公然主张“宽政济秦法”，心下竟不禁怦然大动。第一次对非议秦法者保持了罕见的长久的沉默，莫名其妙地弥漫出一种说不清道不明的惶惶然来。咸阳王城一个月没有动静，这种惶惶然化成了各种流言流淌开来。有人说，太后与阳泉君逼新君拜蔡泽为相，上将军蒙骜与驷车庶长及一班老卿臣极力反对，新君左右为难举棋不定，丞相大印极有可能佩在纲成君腰上。有人说，吕不韦非议秦政是硬伤，能继续做太子傅已经是托天之福了，根本不可能做开府丞相。更有惊人消息说，吕不韦销声匿迹，实则已经被阳泉君指使黑冰台中的芈氏剑士刺杀了。也有人说，想杀吕不韦没那么容易，吕不韦早已经逃离秦国了。然则不管人们交相传播何种新消息，议论罢了总是要纷纷叹息一阵，这个吕不韦呵，还真是可惜了也！

在山东六国，当商旅义报与斥候专使从各个途径印证了消息的真实，并普天下播撒得纷纷扬扬时，六国都城先是幸灾乐祸，继而莫名困惑。幸灾乐祸者，虎狼秦国真暴政也，终于连自己人也不能容忍了。秦国自诩变法最为深彻，强国之道堪为天下师，连稷下学宫的荀子等名士们都曾经喊出过“师秦治秦，六国可存”，如今呢？嘿嘿，只怕秦国在道义上要大打折扣了。儒家说苛政猛于虎。如今这恶名肯定是坐实秦国了，秦人赖以昂昂蔑视六国的秦法秦政还值得一提么？就实说，山东六国的变法也一直没有终止过。然自秦国商鞅变法后迅速崛起并对山东形成强大威慑，六国始终以“苛政”说攻讦秦国，无论六国如何在曾经的变法中甚至比秦国手段还要酷烈，以及在后来的变法中竭力仿效秦国。前者譬如齐威王大鼎烹煮恶吏以整肃吏治，韩国申不害当殿诛杀旧贵族；后者譬如赵武灵王以胡服骑射之名全面变法，除了保留实封制，几乎无一不效法秦国变法。然则宣示于世，六国却大昌其为仁政爱民之变法，竭力与秦国的苛政拉开距离。也就是说，在六国舆论中，虽同是变法，秦国却是变法异类，是大大违背王道仁政的苛虐之政，只有六国变法才是天下正道，是天道王道之精义。说则说，真正的天道王道老是较量不过苛政，更兼王道之国官场腐败内乱连连庶民叫苦不迭，苛政之国却是清明稳定朝野无怨声，长此以往，六国也渐渐暗自气馁了。不期此时秦国竟有新贵大臣在朝会公然非议秦政，六国君臣如何不惊喜过望。有此佐证，六国在道义上可以大大地扬眉吐气，对内对外皆可昂昂然说话了。有此开端，反秦声浪会重新卷起，六国合纵何愁不能重立？如此这般一番推演，六国都城自然大大活泛了起来。然则，六国君臣又是莫名困惑，素来不容非议秦法秦政的倔犟秦人，如何既没杀这个吕不韦，也不用这个吕不韦？咄咄怪事！

一时议论蜂起，魏国派出特使与赵楚齐三国秘密商议，四大国分别以不同形式到咸阳“秘密”策动吕不韦出关拜相，做苏秦一般的六国丞相。随着各色特使车马在大雪飞扬的窝冬期进入咸阳，尚商坊的六国大商们流传出了一股弥漫天下的议论：秦国不容王道之臣，六国求贤若渴，相位虚席以待大贤。

骤然之间，与吕不韦相关的种种传闻成了天下议论的中心。

此时的吕不韦，静静地蜗居在城南庄园，不入朝，不走动，不见客，只埋首书房，当真窝冬了。各种流言经几位老执事们淙淙流到吕庄，吕不韦也只是听听而已，淡漠得令执事们大是困惑。一日西门老总事来报，近日山东士商多来拜访，均被他挡回。今日来了尚商坊的魏赵齐楚四国大商，说是专程前来要了结那年商战的几件余事，已在门外守候一日，实在难以拒绝。吕不韦淡淡笑道：“老总事只去说，吕不韦不识时务铁心事秦，虽罪亦安，说之无益也。”西门老总事颇是惊诧：“他等确是原先那班大商，不是六国密使也。”吕不韦笑道：“春秋战国之世，几曾有过不与国事的大商？老总事只去说，不要受他任何信件。”西门老总事惶惶去了，片时回转，说大商们闻言一阵愕然默然，回去了，猗顿氏要留下一信，他婉辞拒绝了。自此门户清净，山东客再无一人登门。

眼看岁首将临，这日暮色时分西门老总事又匆匆进了书房，说上将军府的家老求见。“不见。”吕不韦思忖片刻一摆手，“你只去说，吕氏之事与老将军无涉。”西门老总事匆匆出门片刻回来，说蒙氏家老只留下一句话，要先生务须保重，便走了。吕不韦淡淡一笑，又埋首书案去了。入夜大雪纷飞天地茫茫，吕庄书房的灯光却一直亮着。

“先生，有客夜访。”

“几多时辰了？”吕不韦看看神色紧张的西门老总事，也有几分惊讶。

“子时三刻。”

“没有报名？”

“蒙面不名，多有蹊跷。”

“请他进来。”

“非常之期，容老朽稍作部署。”

“无须了。”吕不韦摇摇手笑了，“若是刺客，便是民心，民要我死，自当该死。”

“先生错也！”随着粗沙生硬的声音，厅门已经无声滑开，一股寒气卷着一个斗篷蒙面的黑色身影突兀伫立在了大屏之前，“安知官府王城不要足下性命？”

“足下差矣！”吕不韦起身离开书案笑了，“我有非秦之嫌，秦王要我死，明正典刑正可安国护法，何用足下弄巧成拙也！”

“先生见识果然不差。”蒙面人双手交叉长剑抱在胸前，“在下敢问：秦王若怕负恩之名，不愿依法杀你，而宁愿先生无名暴病而亡，岂非可能之事？”

“足下之谬，令人喷饭也！”吕不韦朗声大笑，“负恩之说，岂是秦法之论？商君有言：有功于前，有败于后，不为损刑；有善于前，有过于后，不为亏法。此谓功不损刑，善不亏法。[1] 执法负恩，六国王道之说，儒家仁政之论而已。”

---

[1] 见《商君书·赏刑》。意为：曾经的功劳与善举，不能抵消后来的犯罪与过失，不能减轻应当依法给予的惩罚。此为商鞅的重要立法思想之一。

“自己可笑，反笑别人，先生不觉滑稽么？”

“愿闻指教。”

“朝堂之上，先生公然以王道之论非议秦法，非议商君，主张宽政以济秦法。今日之论，却是秉持商君而驳斥王道，驳斥仁政。前持矛而后持盾，不亦可笑乎！”

“足下有心人也！”吕不韦慨然拱手，“雪夜做访客，请入座叙谈。”

“先生有的说便说，毋的说在下要做事了。”蒙面人冷冰冰伫立不动。

“既然如此，且听我答你之说。”吕不韦不温不火侃侃而论，“我非秦法，唯非秦法之缺失，而非非秦法之根本。我非秦政，唯非秦政之弊端，而非非秦政之根基。我非商君，唯非商君之疏漏，而非非商君之大道。朝堂之论，吕不韦非其缺失也。今日之论，吕不韦护其根本也。我持宽政，乃就事论事之宽，譬如有灾当救，譬如有冤必平。唯其如此，秦法秦政方能拾遗补缺日臻完善，使秦终成泱泱大国。而王道儒家之仁政，却是本体仁政，是回复井田礼制之仁政，与吕不韦所持之济秦宽政，何至霄壤之别也。朝堂之论，吕不韦秉持之宽政，正是以秦法为本之宽政。今日之论，吕不韦驳斥王道仁政，却是复辟井田礼制之本体仁政。子说之矛非我矛，子说之盾亦非我盾。我既无子说之矛，亦无子说之盾，何来自相矛盾耳！”

蒙面人冷冷一笑：“先生此说，似乎与天下传言大相径庭。”

“足下是说，传言若不认可，吕不韦不是吕不韦了？”

“人言可畏。众口铄金。”

“足下当真滑稽也！”吕不韦明锐的目光盯住了蒙面人，骤然一阵大笑，转而肃然正色，“听群众议论而治国，国危无日矣！军有金鼓而一，国有法令而一。一则治，二则乱。王者不二执一，而万物正焉！赖众口流言而鉴人辨事，未尝闻也，不足论也！”[1]

---

[1] 见《吕氏春秋·不二》《执一》两篇。“群众”一词，源出于此。曾有名寺佛家人士对作者释“不二法门”之意，说“不二”一词为佛家独创。不敢苟同。春秋战国之时，佛家于域外方始创立，秦始皇时方有僧人第一次进入中国之记载，佛家独创“不二”一说，显是不实。

蒙面人默然良久，突然一拱手大步去了。西门老总事疾步跟出门廊，院中唯有大雪飞扬，黑衣人已是踪迹皆无。披着一身雪花，西门老总事进得书房低声道："此人方才举步出门，身形颇是眼熟！"吕不韦摇头笑道："倒是没看出。"西门老总事道："会不会是蒙武将军？"吕不韦道："似乎不像。蒙武将军敦厚阔达，当无此等谈吐。""怪也怪也！"西门老总事嘟哝着，"如何老朽总觉眼熟，却想不起来？"吕不韦道："想起来又能如何？最好永远想不起来。""啊啊啊——"西门老总事恍然笑了，"大雪下得茫茫白，老朽也是茫茫然也，想想也想不起来了。"吕不韦笑着一拱手道："天亮便是岁首，不韦先为老总事耳顺之年贺寿了。"西门老总事忙不迭一个还礼："老朽倒是忘了，岁首先生四十整寿，老朽也先行贺了。老朽糊涂，老朽忙家宴去了。"兀自感叹着摇了出去。

漫天大雪中，秦人迎来了极为少见的开元岁首。

开元岁首者，新君元年之岁首也。此等岁首之可贵，在于可遇不可求。多有国人活了一辈子，也没碰到过一次开元岁首。譬如秦昭襄王在位五十六年，只有即位第一年是开元岁首，其后五十余年几乎是三代国人的戎马岁月，多少人死了，多少人生了，多少人老了，可依然没有遇到过一次开元之年。唯其如此，开元岁首历来被国人视为大吉之岁，愈是年来坎坷不顺，愈是要大大庆贺一番，图的只是四个字——开元大吉！

天交四更，白茫茫的大咸阳热闹了起来。所有官署店铺的灯火都亮了起来，大街小巷一片通明，飞扬的雪花悠悠然落下，街市如梦如幻。隆隆锵锵的金鼓之声四面炸开，大队火把擎着"开元大吉，龙飞九天"的红布大纛旗，引着驱邪镇魔的社火哄哄然拥上了长街。所有的沿街店铺都变成了踊跃接纳国人的酒肆，人们携带着备好的老酒锅盔大块酱牛羊肉，聚在任意一间店铺痛饮起来呼喝起来品评着队队社火喝彩起来；喝得几碗浑身热辣辣地冒汗，拥上长街在漫天飞扬的大雪中手之舞之足之蹈之地吼唱起来舞动起来，店铺高楼无数的弦管埙篪伴着响彻全城的钟鼓吹奏起来。须臾之间，倾城重弦急管，满街慷慨悲歌，弥漫相和，老秦人吼着悲怆的老歌快乐地癫狂在混沌天地……

五更刁斗从四门箭楼镗镗镗连绵敲响时，一队骑吏飞出咸阳内史官署奔向各条大道，一路举着官府令箭连声高喊："国人听了，秦王决意拜吕不韦为开府丞相——新政开元，振兴大秦——"

"新政开元！振兴大秦！"

"秦王万岁！丞相万岁！"

随着一声声宣呼，莫名癫狂的国人始则一时愣怔，继而突然悟到了此刻的这道官府宣令意味何在，顿时兴奋狂呼，万千人众的呐喊此起彼伏声动天地，整个咸阳犹如鼎沸。

当太子傅府的吏员冒着大雪赶到城南吕庄贺喜时，吕不韦还没接到王书。吏员们惊讶得手足无措，正在与家人聚宴的吕不韦大笑道："开元岁首，群众癫狂，何须当真也。诸位既来便是嘉宾，正做贺岁一饮，万事莫论。夫人过来，你我共敬诸位一爵！"一身红裙的陈渲笑盈盈对众人一礼，说声诸位岁首大吉，双手捧起酒桶亲自给每人案前大爵斟满，方举起一爵与吕不韦一起道："岁首大吉，干！"一饮而尽。吏员们你看我我看你，饮得一大爵下肚，却是人人缄口。吕不韦浑然无觉谈笑风生，不断问起吏员们的家人家事，分明一个慈和的兄长一般。

"大人若欲离秦，老吏甘愿终身追随！"主书吏突然扑拜在地。

"我等亦愿追随大人！"一班吏员一齐拜倒。

"哪里话来！起来起来！"吕不韦忙不迭扶起一班吏员，入座喟然一叹，"诸位已在我属下任吏年余，尚信不过吕不韦事秦之忠么？"

"大人……"主书吏一声哽咽，"我等秦国老吏，只觉秦国负大人过甚。"

"诸位差矣！"吕不韦粗重地叹息了一声，"朝局纷杂，为君者不亦难乎？吕不韦一介商旅，何功何德竟位同上卿，非秦而得秦人包容，人生若此，秦国何负于吕氏也……"

"秦王特使到——"尖亮的一声长呼突兀飞入厅堂，所有人都是一怔。

"老给事中？大命！"主书吏猛然跳了起来。

吕不韦倏然起身，拦住了纷纷要出门先看个究竟的吏员，对陈渲与西门老总事一招手肃然道："领诸位到后院。记住，谁也没来过。"吏员们原本直觉好事，然见吕不韦神色肃然，也不敢违拗，更兼夫人与老总事殷切催促，也只好纷纷去了后院。及至厅中人空，吕不韦才静静神出了正厅来到门廊，一眼看去，不禁大是惊讶。

朦胧曙色中大雪飞扬，一尺多深的雪地中站着一个貂裘斗篷的黑色身影，两边各站一人，左边老桓砾，右边老给事中，身后丈余处一排重甲武士黑铁塔般矗立。如此森杀气势，莫非秦王亲临问罪？吕不韦心下猛然一跳，又迅速平静下来，稳稳地走下了六级台阶。

“吕不韦接书——”老给事中的尖亮嗓音飘荡起来。

“臣吕不韦待书。”吕不韦肃然一躬。

老桓砾哗啦打开了一卷竹简高声念诵：“大秦王书：顾命大臣吕不韦德才兼备，屡克险难而成大功，朝野咸服。兹经公议，本王顺天应人，拜吕不韦为丞相，开府总领国政！秦王嬴异人元年岁首——”

“……”吕不韦想要说话，却软软地偎在了皑皑白雪中。

“先生！”嬴异人一步抢过来抱住了吕不韦，“太医！快！”

重甲武士前一员大将快步过来低声道：“君上莫急，我有救急之法。”嬴异人见是蒙武蹲到了身边，便将怀中吕不韦托向蒙武。谁知恰在此时，吕不韦却睁开眼睛呵呵笑了：“君上，老臣醉酒失态，惭愧也……”话未落点，猛然挣脱嬴异人臂膊趴到雪地上撑持着双臂呕吐起来，一时酒臭弥漫，熏得平生不沾酒腥的老给事中连连作呕倒退。旁边嬴异人不禁爽朗大笑起来：“先生也有狼狈时也，我背先生进去了！”蒙武抢步过来，却被嬴异人一把推开，“不要你替，我自己来！”说罢蹲身雪地揽住醉者身子只一拱，将吕不韦拱到了背上，“一、二、三、四……”数着步子嘎吱嘎吱上了台阶到了廊下，“整整十三步！先生醒了，啊哈哈哈哈！”

匆匆赶来的西门老总事连忙扶稳了从嬴异人背上挣扎下来兀自摇晃着的吕不韦进了厅中，见素来讲究的主人如此不堪，饶是饱经世事应酬，老总事也不禁满脸涨红。

“先生今日贺岁，饮酒几何啊？”嬴异人乐不可支地笑着。

“回君上：先生今日没饮几爵。”老总事大是困惑。

“郁闷之人独自把酒，你却晓得了？”嬴异人笑语中竟带出了一句楚音。

“原是老朽愚昧。”西门老总事肃然一躬，退到一边去了。

已经饮下一碗醒酒汤的吕不韦，半偎半靠着座案只痴痴地笑。嬴异人开心地绕座案转悠着笑道：“先生见谅了。异人其所以做不速之客，只是想看看先生于意外惊喜之时如何？不想惹得先生醉卧雪地，实在没有料到也。”吕不韦依旧只痴痴地笑着，仿佛憨了傻了一般。嬴异人又是一阵开心大笑，“若非做了这君王，异人今日也是大醉也！先生好生歇息，酒醒便是新天地。告辞。”一拱手大步去了。

“夫人……”西门老总事看着匆匆赶来的陈渲，不禁哽咽了。

“好好的哭甚也。”吕不韦淡淡一笑。

“先生！”老总事猛然一个激灵。

“没事便好。”陈渲粲然一笑，“肚腹吐空了，先饮些许淡茶了。”

“不。上酒。”吕不韦又是淡淡一笑。

“先生……”西门老总事无所措手足了。

“西门老爹，那年邯郸弃商，几多年也？”

“昭襄王四十八年遇公子，先生弃商，至今整整十二年。”

“十二年，成矣？败矣？”

“嘿嘿，弃商从政，入秦为相，先生大成也！”

吕不韦哈哈大笑，酣畅淋漓的笑声在清晨的大雪中飞扬激荡。西门老总事嘿嘿嘿嘿地笑个不停。拭着泪水的陈渲莞尔一笑，飘然去了。须臾，陈渲带着两个女仆摆置酒菜妥当，吩咐女仆自去，膝行案前亲自打酒。吕不韦呵呵笑着拉西门老总事坐在身边案前：“岁首清晨，只我等三人做十二年饮。西门老爹啊，记得那年我给你重金巨产，让你自去经商，你却甚也不要，只要跟我跋涉前行。十二年啊，老爹老矣，除了无尽风险，却是一无所得……夫人，来！为老爹一世甘苦，干了这爵！”吕不韦慨然叨叨。西门老总事早已是老泪纵横不成声，点头摇头又哭又笑，干下一爵大喊出一声：“值！”生平第一次哈哈大笑起来。

“夫人也！”吕不韦又举起一爵，忘情地揽住了陈渲的肩膀，“可记得嫁我几多年么？”陈渲红着脸咯咯笑道：“只怕你记不得，问我来也！”吕不韦兀自慨然叨叨：“你是谁人？我自知道。天意也！当年我不娶你，奈何？当年你不嫁我，奈何？人说吕不韦不知女子，不谙帐榻，一个粗鄙商旅而已。夫人啊，难为你也……”“不！”陈渲紧紧抱住了吕不韦，凑在他耳边红着脸哈着气道：“夫君最好！最知女子最谙帐榻！不谙帐榻，能乘人之危救人么？”吕不韦不禁开怀大笑：“说得好！乘人之危而救人！好！老爹，你我为夫人干一爵！”西门老总事呵呵笑着干了，一掷爵慨然拍案：“老朽憋闷太久，今日恕我直言：夫人非但国色，更是聪慧良善。先生但能断去昔日残情之根，不使死灰复燃，先生今生无量矣！”“老爹啊老爹！”吕不韦又是大笑，“你可是杞人忧天也，我吕不韦有昔日残情么？纵有，又能如何？时移也，势易也，昔日之人，今日非人也！”陈渲咯咯笑了：“今日非人算甚来？越是身贵，越是心空，不晓得了？”吕不韦越发地乐不可支：“好好好，左右都要打我个残情未了也。便是未了，吕不韦还是吕不韦，夫人还是夫人，老爹还是老爹，谁奈我心何！”

“噫！天晴了？”三人大笑正酣，吕不韦却突然望着窗外愣怔了。

蔡泽正在后园茅亭下抱着一只葫芦饮酒。他实在不堪烘烘燎炉在四面帐帏的厅堂酿出的那种暖热，独自伫立山顶茅亭，冰雪在咫尺之外，凛冽的风夹着冰冷的雪粒打在脸上，还是燥热得一脸汗水，瞀乱得不知所以。

“禀报纲成君：新任丞相吕不韦求见。”

“谁？你说是谁？”

“新任丞相吕不韦。”

“不见！”蔡泽猛然大嚷，“甚个丞相！奸商！”

“不见我，我如何领骂？”山腰小径一阵笑声，一身麻布绵袍的吕不韦双手抱着一只木箱喘吁吁走了上来，老仆连忙过来接手，吕不韦臂膊一推，“别来，有人在气头，当心挨罚。”说着径自将木箱放到茅亭下的大石案上长嘘了一声，“就风下酒，纲成君功夫见长也。”蔡泽板着脸冷冰冰一句：“自是没有你那般功夫。”吕不韦也不理睬，只将木箱打开，搬出了一只亮闪闪的铜匣，再搬出了一只红幽幽的酒桶，慨然一笑道：“秦人谚云，有理不打上门客。纲成君要骂，我便听，只是左右得饮了这桶酒也！”蔡泽没好气道：“一桶酒算甚？喝便喝。怕你吕不韦不成！家老摆酒。”吕不韦哈哈大笑，看着老仆将酒肉铺排停当，举起一只大陶碗看也不看蔡泽先咕咚咚饮干，搁下碗喟然一叹：“老哥哥心里憋气，就痛痛快快骂一顿何妨？这丞相，吕不韦看得鸟淡！”

良久默然，蔡泽突然呷呷厉声：“吕不韦！老夫有无治国之才？”

“计然大才，举世公认。”吕不韦淡淡一笑。

“老夫谋国可有失当？”

“所谋皆当，谋无不中。”

“老夫有无荒疏怠惰？”

“孜孜勤政，躬操国事。”

“着啊！”蔡泽猛拍石案慷慨愤激，“为何你能做丞相，老夫不能？蒙骜与老夫故交，为何死力举荐于你？连驷车庶长老嬴贲一班老匹夫也跟着鼓噪！你敢说不是周旋买通？老夫何错，遭你等如此作践！”

“老哥哥当真大才，骂辞也是耸人听闻也。”

“笑甚！有理只说！”

吕不韦肃然拱手：“纲成君学究天人，不韦一事请教。”

“嘿嘿，不敢当！”蔡泽一双通红的眼睛亮闪闪盯住了吕不韦。

“计然派鼻祖范蠡，与文种相比，何者更有才气？”

“自是陶朱公范蠡更有才气！”蔡泽不假思索，其势不容辩驳。

“然则，何以文种做了丞相，范蠡却终是谋臣之职？勾践用人不当么？”

“错也！”蔡泽素来争强好胜，虽是负气不及深思，依旧是昂昂不容辩驳，“足下莫要忘记：陶朱公范蠡原无久政之心，明智全身，与丞相之才无甚干系！”

“如此说来，范蠡若有久政之心，则可代文种为相了？”

“范蠡之志，不在丞相！”蔡泽辞势已见滞涩。

“其志若在丞相，又当如何？”吕不韦盯住不放。

蔡泽没好气道：“有话便说！老夫无得闲心！”

“纲成君有容人之量，不韦直言不讳了。”吕不韦脸上挂着笑容，语气端严坦诚，“范蠡文种者，两式不同大才也。唯其如此，两人既不能相互替代，亦不能相互换位。范蠡之才在谋划，文种之才在任事。谋划与任事，乃大有区别之两式才能也。谋划之才贵在奇变，料人之不能料，测人之未可测，慧眼卓识而叛逆常规，方得有奇略长策。任事之才则贵在平实，不弃琐细，不厌繁剧，不羡奇诡，不越常理，方能圆通处事，化解纠葛，使上下同心而成事。如此区别，纲成君以为然否？”

“聒噪！老夫只吃酒！”蔡泽猛然大饮了一碗。

“好！老哥哥只管干！”吕不韦慨然拍案，“设使那般才华高扬、特立独行、胸罗天地玄机之谋划策士，都去做丞相郡守抑或司职大臣，日理万机而不能神游八荒，琐事扰心而不能催生光华，槃槃大才却做了碌碌之吏，毁人也？成人也？此所以苏秦张仪各任丞相而后有败笔，范蠡孙膑从未任相而光彩烁烁之理也。同理，设使那般任事之才去做谋划策士，以惯常事理揣摩天下，世间岂有奇变谋略哉！若文种做范蠡，必是捉襟见肘事倍功半也。此所以越王勾践以文种为相，以范蠡为谋之理也。若说范蠡没有治国之才，计然七策堪称经典！若说范蠡有治国之才，却从未涉足理民治国之事务。譬如纲成君者，任相年余被昭襄王迁相封君，从此始终未能独领开府丞相，其间因由，果是昭襄王、孝文王不善任人乎？纵然两王不善任人，一班老臣也颟顸得无视君之大才么？果真如此，纲成君始终高爵封君而未得贬黜，岂非咄咄怪事也！”

“照你说，老夫倒成混眼狗子也！”

“话虽丑，却也是老哥哥一面镜子。”吕不韦大笑，又是喟然一叹，“纲成君自感步步维艰，老兄弟看来，根由却在不知己。知己若非难事，兵法何以将‘知己知彼’并列之？上君下臣以至国人，都将纲成君做谋略之士期之待之，唯其如此，君之偏颇，君之瑕疵，君之不耐琐细，人皆谅之也。然老哥哥却偏偏将自己作丞相之才，便有愤懑，便有偏行，便有奔走，以致几乎失节……”

默然良久，蔡泽长长一叹：“事已至此，老夫何言也！”转而呷呷一笑，“你甚都知道，却来聒噪，等不得老夫自己离开秦国么？”

“纲成君差矣！”吕不韦慨然拱手，“不韦知老哥哥定有离秦之心，故而专来挽留，企盼你我精诚携手，互为补正，同理秦政，共图大业！”

“老夫还能做事？”

“能做事！”

“引咎不去，老夫岂非厚颜？”

“过而能改，善莫大焉！”

“好！”蔡泽一拍石案呷呷大笑，“与老兄弟共事痛快，老夫原舍不得离开秦国也！”

五　冰河解冻　新政抻着劲儿悠悠然推开

隆冬时节，正阳道中段的丞相府静悄悄开府了。

依新秦王嬴异人与蒙骜等一班老臣之意，丞相开府当行大典，等到孟春月与启耕大典一起举行方显新朝新政之隆重。吕不韦不以为然，特意上书新君，一力主张“不彰虚势，唯务实事，三冬之月绸缪，孟春之月施政”。嬴异人思忖一番，一班老臣感慨一番，也都赞同了。依照月令，三冬之月是十一月、十二月与一月，十一月为孟冬，十二月为仲冬，一月为季冬，是为三冬。这三冬之月正值大雪岁寒，向为窝冬闭藏之期，朝不行大政，野不举大事，在吕不韦看来，正是扎实绸缪的好时光。

从岁首中旬开始着手，两个多月中，吕不韦细心地做了两件事：一是逐一查勘了蔡泽留下的属官班底，除了保留两个为人端方又确有才干的大吏，其余全部迁为郡县吏员，不愿赴郡县的楚燕吏员，赐金许还故国。吕不韦特意告知了蔡泽，说此等未经政事的贵胄子弟不宜做实务大吏，该当从郡县吏开始磨炼才是正途，留在相府实则是害了他等。蔡泽大是感激，连说吕不韦将这个烂摊子收拾得太宽厚了，当心引来无端攻讦。吕不韦只笑笑了事。第二件，吕不韦亲率一班新任大吏清理了典籍库全部政务卷册，理出了自秦惠王以来八十余年悬而未决的遗留事项近千件，其中六百余件竟是各郡县报来的“冤民”请予昭雪的讼书。所有这些遗留待决事项，绝大部分都发生在秦昭襄王的五十余年，尤以宣太后摄政魏冉领国“四贵”显赫的昭襄王前期为多。更有甚者，各级官署的法令原件与副本竟然查出了一百三十多起文字错讹，吕不韦不禁大为惊讶。

及至开春，吕不韦对新政方略已经胸有成算了。

季冬将罢，地气渐暖，吕不韦的一卷上书展开在了嬴异人案头——

臣吕不韦顿首：我王新朝，实施新政当决绝为之。臣反复揣度，以为当持二十四字方略：先理沉疴，再图布新，不厌繁难，不弃琐细，唯求扎实，固我根基。三冬之月，臣领属吏彻查政务，积弊可谓触目惊心。朝野皆敬秦法，是故五代无修，百年无查，以致积重难返，无人敢言纠错修法。长此搁置，大堤溃于蚁穴，山陵崩于暗隙，虽有霸统之图亦徒然空言哉！唯其如此，臣欲先从细务入手：力纠冤讼，特赦冤犯；明正法令，整肃法吏；昭雪诬词，修先王功臣；开放苑囿，褒厚亲戚，平宫室积怨。若得如此，新政可图也！诸事虽小，做之却难。盖秦法严峻，素无宽政，今开先河，我王须秉持恒心不为四面风动，方期有成。其间但有差错，臣愿一力担承，伏法谢罪以无使国乱也。

“备车。丞相府。”嬴异人一声吩咐，抬脚出了暖烘烘的东偏殿。

吕不韦正与一班新任大吏清点开列首期事项并逐一商讨，简册如山，有人翻查有人录写有人诵读有人争辩，平日倍显宽敞的政事堂热气腾腾哄哄嗡嗡显得狭小了许多。嬴异人独自进来，一时看不见吕不韦身影何在。满堂吏员各自忙碌，也无人觉察有人在门内巡睃。搜寻片刻，嬴异人终于发现屋角一座简册山前吕不韦正与几个吏员各拿一卷边看边议论，还时不时用大袖沾拭着两鬓的汗水。

蓦然之间，嬴异人真切地看见了吕不韦两鬓的斑斑白发，两眼不禁骤然潮湿了。从心底说，嬴异人感激吕不韦，但也同样从心底里嫉妒这个永远都是满面春风永远都是一团生气的商人：他既沉稳练达又年轻得永远教人说不准年龄，他活得太洒脱了，想甚有甚，做甚成甚，天下好事都教他占尽了。因了这种嫉妒，嬴异人“抢夺”了他的心上女子才丝毫没感到歉疚，河西要塞看到吕不韦骤然疯心衰老也没有真正地悲伤。是也，唯其如此，上天才是公平的。然而，今日的嬴异人看见吕不韦的斑斑两鬓时，内心却莫名其妙地酸楚了震撼了……

嬴异人默默地走了，一句话也没说。

当晚二更，老长史桓砾到了丞相府，捧出了一卷秦王特书。那是一幅三尺见方的玉白蜀锦，上面八个拳头大的血字——唯君新政，我心如山！吕不韦良久默然，泪水夺眶而出。不想老桓砾一招手，门厅外老内侍又捧来了一口铜锈斑驳的青铜短剑。老桓砾慨然一叹：“此乃穆公镇秦剑也！百年以来，唯商君与公领之为政。公当大任，秦王举国托之，朝野拭目待之，公自珍重矣！”吕不韦肃然拜剑，眼中却没了泪水，及至桓砾走了，尚凝神伫立在空荡荡的厅堂。

二月开春，在红火隆重的启耕大典中，吕不韦的新政静悄悄地启动了。

新政第一步，从最没有争议的纠法开始。

纠法者，纠正法令文本之错讹也。要清楚纠法之重要，先得说说先秦法令颁布、传播的形式演变。远古夏商周之法令，只保存于官府，不对庶民公开法令内容。从保存形式说，无论是王室还是诸侯以及下辖官署，法典都与其他卷册一起保存，没有专门的官吏与专门的府库保存。其时，社会活动尚在很大程度上依赖传统习俗道德来规范，法令很少，条文也极其简单，官吏容易记忆容易保存；见诸纠纷诉讼或奖赏惩罚，官吏说法令如何便是如何，庶民根本无从知之。如此状况，官吏是否贤明公正，对执法具有至关重要的意义。从实际上说，官吏完全决定着法令的内容与执法的结果。此所谓“人治”也。远古民众之所以极其推崇王道圣贤，深层原因便在于这种人治现实。

春秋之世，庶民涌动风习大变，民求知法成为新潮。一些力图顺天应人的诸侯国便开始了向民众公布法律的尝试。公元前536年，依当时纪年是周景王九年，郑国“执政”（大体相当于后来的丞相）子产首开先河，将郑国法令编成《刑书》，铸刻在大鼎之上，立于都城广场，以为郑国“常法”。其时，天下呼之为“铸刑书”。其后三十余年，郑国又出了一个赫赫大名的掌法大夫，叫做邓析。此人与时俱进，对子产公布的法律作了若干修改，刻成大量简册在郑国发放，气势虽不如堂皇大鼎，实效无疑却是快捷了许多。其时天下呼之为“竹刑”。紧接着，最大的诸侯晋国的执政大臣赵鞅，将晋国掌法大夫范宣子整理的《刑书》，全文铸在了一口远远大于郑国刑鼎的大鼎上，立于广场公诸于世，天下呼为“铸刑鼎”，是春秋之世公布法令的最大事件。

进入战国，在法家大力倡导与实践之下，公布法律已经成为天下共识。魏国变法作为战国变法的第一高潮，非但李悝的《法经》刻简传世，魏国新法更是被国府着意广为传播，以吸引民众迁徙入魏。其后接踵而起的各国变法，无一不是以“明法”为第一要务，法令非但公然颁布，而且要竭尽所能地使民知法，从而保障新法畅行。也就是说，战国之世不断涌现的变法浪潮，事实上正逐渐摆脱久远的人治传统，逐渐地靠近法治国家。

虽则如此，然由于传播手段、路径阻塞等等诸般限制，要确保法令在辗转传抄流播之后仍能一如原文，实在是一件难而又难的事情。就实说，法令在民间传播中出现讹误并不打紧，毕竟，民众对法令既无解释权又无执行权。这里的要害是，官府的法令文本若出现错讹，无论是官吏不意出错、疏忽忘记还是有意曲解，对民以错纠错，以讹传讹，难保不生出种种弊端，导致执法混乱，法令之效必然大打折扣。正因了这种事实上很难避免的弊端，各国变法中的“明法”成为最繁难琐细的政务。见诸变法实践，各国变法为精准法令想出的办法很多，但都没有制度化。时间一长，好办法也变得漏洞百出形同虚设。譬如，当时几个大国都沿袭了古老的“谤木”之法以为明法手段：在大道两边每隔一二里竖立一根平面刨光的大木，路人若有法令疑难，或遭恶吏错告法令，都可在大木上或刻或写地作质询作举发，此谓古老的“诽谤”制；吏员定期抄录谤木上的诽谤文字，供官府逐一处置。然则，谤木过于依赖官吏的公正贤明，又无制度法令具体规定其操作细节，加之战事频仍耕耘苦累庶民识字者极少等等原因，谤木实际上成了流弊百出而仅仅显示官府明法的象征性物事而已。传之后世，这种谤木越立越高，越立越堂皇，以致成了玉石雕琢的“华表”，当真令人啼笑皆非。

只有秦国变法，只有商鞅，彻底地解决了这一难题。

商鞅以细致缜密的制度，着重解决了明法过程中的三个关键环节的难题：其一，确保法令源头文本之精准，足以永为校准之范本；其二，各级官署设置专职法官与法吏，并得修建专门藏室，保管核定校准后的法令文本；其三，严厉制裁导致法令文本错讹的法官法吏。这些制度被商鞅的忠实追随者以“商君之文”的名义记载在《商君书》中，堪称中国古代唯一的“法令文本法”。

且让我们来欣赏一番两千多年前令人惊叹的法令文本制度[1]。

其一，设置法官与法吏。中央设三法官三法吏：王室一法官一法吏，丞相府一法官一法吏，国正监府一法官一法吏；[2] 郡署一法官一法吏，县署一法官一法吏。各级法官法吏只听命于王室法官一人，而不受所在官署之管辖，完全是后世说的“垂直领导”。法官法吏有三大职责：保管法令、核对法令、向行政官吏与民众告知并解释法令。

其二，设置专门保存法令文本的“禁室”。无论是王城禁室，还是中央官署与郡县官署的禁室，都由该官署之法官管辖，其他任何官吏不得干预；禁室必须安装秘密机关式的“铤钥”，放入法令的箱匣必须贴上盖有王室或官署印鉴的封条；除了制度规定的例行校核，或大臣奉王命查对法律，任何时候任何人不得私入私开。

其三，每年一次法令校准。每年立秋，各级法官开启禁室，校准该辖区所有官署的法令抄件；各级法官禁室的法令副本，也要与王室法官禁室保存的法令正本校准一次。

---

[1] 制度，语出《商君书·壹言》：“凡将立国，制度不可不察也。”

[2] 法官，秦国特殊官职，词出《商君书·定分》，并非后世新创。国正监，战国秦国的监察机构，其官员称为御史。后来的帝国时期将御史升格为御史大夫，爵同丞相。

其四，明确无误的文本查询制度。法官法吏须每日当值，接受行政官吏或庶民对法令文本的查询。无论是行政官吏对自己的法令抄件发生疑问，还是庶民百姓或涉法或因事需要查证法令的准确条文，法官法吏均应如实正确回答。每件查询均有严格备案：查询人须先行领取一支一尺六寸长的“法符”（木片或竹片，中线有预先刻好的花纹或记号，从中剖开，左片为左券，右片为右券），而后提出查询法令之名目，法官或法吏当场作答；旁边书吏将年月日时、所查法令名目以及法官之回答，同时写在法符之左右两券；经双方认可，将法符剖开，查询者执左券以为凭据，法官执右券以为凭据；法官右券必须专门装匣，用官印封存，即使身死之后，国府仍以符券之准确与否考核法官功过。

其五，法令文本但有错讹，对责任法官严厉治罪。处罚方式如下：

法官擅入禁室启封，对法令文本“损益一字以上，罪死不赦”！

法官当精熟法令，若忘记法令条文而影响执法，则以其所忘记的条文处罚该法官。

吏民查询法令，若法官法吏不肯告知，导致吏民因不知法而犯罪，则以吏民所查询之法令条文治法官之罪。

对于以上制度，商鞅明确陈述了立法理由：“法令者，民之命也，为治之本也，所以备民也……故圣人为法，必使之明白易知。置法官法吏以为天下师，令万民勿陷于险危。故圣人立，天下而无刑死者，非不刑杀也！行法令，明白易知，置法官法吏以导民知，万民皆知所避就，故能自治也。”这里的轴心是，一切制度都是为了使民众知法，进而达到自治境界。法官法吏的最大职责，是将法令明白准确地告知民众。

令吕不韦惊讶的是，彻查官文简册，在商鞅领政变法的二十余年中没有查出一件遗留未决的政事，更没有一件讼案呼冤书。足见商君之世，秦国新法实在是得到了雷厉风行的彻底推行，法令文本之精准，也如同巍然矗立国府的度量衡校准器一般准确无误。

然则，制度如此缜密，处罚如此严厉，商鞅之后近百年过去，秦国的法令文本还是渐渐地有了错讹，至今累积一百三十余处，实在令人不可思议。

作为新政第一刀的纠法，吕不韦的实务操持是三大步：第一步，全面校准秦国法令文本；第二步，依法制裁玩忽职守的法官法吏；第三步，整肃法官法吏，处罚有罪、裁汰昏聩、补充缺任，重建上下统属有效的法官法吏制度。吕不韦久经大商经营磨炼，对于纷繁芜杂的多头事务历来处置有方，纠法一事虽涉及整个秦国，却部署得井然有序。

吕不韦第一次以镇秦剑的威权，任命老国正监为纠法特使，配属三十六名精通法令的精干吏员与三百铁甲骑士护卫执法；从王室法官的法令文本开始校准，限期一年，了结整个秦国的纠法。其时秦国已经是天下最大的战国，国土已经达到了五个“方千里”[1]，以今日公制计，便是一百二十五万平方公里。也就是说，战国后期的秦国，国土面积已经大体是今日中国的六分之一强。如此辽阔的国土，若不借重各方协力而事必躬亲，新政要推开一事无成。吕不韦深知其理，只亲自参与监督了对京师三大法官（王室法官、丞相府法官、国正监府法官）所辖禁室的法令文本的校准，立即抽身出来部署他事。

纠法特使的车马方离咸阳，吕不韦着手实施另一大政——纠冤赦犯。

这是真正震撼秦人的新政要害。消息传出，朝野心弦立即绷紧，了无声息之中人人惴惴不安。其所以如此，在于这一新政将直接触及秦国新法的根基——有刑无赦。

商鞅变法的基本主张之一是：“不宥过，不赦刑，故奸无起。”[2]不宥过，是不宽恕过失，有过必罚。不赦刑，是不赦免刑罚，罪犯永远都是罪犯。也就是说，一个人要犯罪，其最低代价也是永生的罪犯身份，即或应得处罚已经承受，服刑已经期满，罪犯之身份依旧不变；正在承受的刑罚决不会更改，犯人决不会赦免，已经受过的处罚也不会纠正。这是商鞅重刑主张的立足点之一，也素来是秦国执法的基本制度，行之百年，早已经深入人心。吕不韦要纠冤赦犯，实在是谈何容易。

---

[1] 见《商君书·徕民》：“今秦之地，方千里者五。”高亨考证，此篇为商鞅之后托名之作，所述之事已是战国后期。

[2] 见《商君书·定分》。

举朝大臣之中，最感不安的是铁面老廷尉。

吕不韦专程登门时，廷尉府的书房没有点灯，也没有熏香，黑糊糊的房中蚊蝇嗡嗡，一个苍老的身影动也不动地戳在大案前，朦胧月光之下一段枯木也似。吕不韦敲敲门框，苍老的枯木没有动静。吕不韦咳嗽两声，苍老的枯木还是没有动静。

“沧海跋涉三十年，些许风浪畏惧若此乎？”吕不韦不乏激励。

“风浪无所惧，所惧者，大河改道也。”苍老枯木淡淡一叹。

“水势使然，当改则改，何惧之有？”

“人固无惧，水工孰能无惧？”

“禹有公心，虽导百川而无惧，公何惧焉？”

“禹导百川，世无成法，是故无惧也。先人修河成道，人不觉淤塞，唯一水工执意疏浚，不亦难哉？”

“如此水工，不堪水工也！”

“愿公教我。”

“庶民各工，官吏各职。河之淤塞，唯水工察之也。国求疏浚，唯水工职司也。公所谓‘人’者，庶民官吏之庸常议论也。以此等议论乱己，辄生畏惧之心，犹工匠造车而听渔人之说，不亦滑稽哉？”

“老夫办案，老夫纠冤，不亦滑稽哉？”苍老的枯木终于不耐了。

“公之顾虑在此，早说也！”吕不韦一阵大笑。

“你只说出个办法来，老夫便做你这纠法特使，否则不敢受命。”

“老廷尉多虑也。”吕不韦正色道，“若在山东六国，此事委实难上加难。然则这是秦国，此事可无根本阻碍。其中根本，只在如何操持而已。”

“丞相差矣！”老廷尉慨然拍案，“恰恰相反，六国法统根基浅，纠冤无可非议。秦国纠冤赦犯，则是背离法统，无异于铤而走险。”

“老廷尉只知其一，不知其二也。”吕不韦爽朗一笑，“六国法统固浅，然王室特权官场腐败却秉承甚远。六国执法，素来对王族贵胄网开一面，冤讼者十之八九都是庶民。若大平冤狱，则必然导致贵胄封地之刑徒苦役流失，王室官吏第一个便要阻挠，孰能说无可非议？秦国则不然，王族犯法与庶民同罪，冤讼者有贵有贱。吕不韦曾仔细分计：秦国冤案，王族三成，官吏三成，庶民四成。其中因由，在秦法治吏极严，说治官严于治民，实在并不为过。譬如举国法官二百三十余人，历年因法令文本错讹而治罪者六十余起，错案至少在五六起之多。再譬如秦国王族不袭世禄，一律从军从吏凭功劳晋爵，违法者在所难免。百年以来，秦国处罚王族子弟违法案两百余起，错案至少在十起以上。如此等等，老廷尉自可揣摩：秦国纠冤赦犯，阻力究竟何在？王族么？官吏么？百姓么？以攻讦者之说，吕不韦在朝会公然非议秦法，主张宽政济秦，朝野虽则沸沸扬扬，却无一人力主治吕不韦之罪。因由何在？人同此心，心同此理，心底里都在期盼平冤赦犯也。”

良久默然，老廷尉喟然一叹：“吕公明于事理，老夫何说矣！”

“多谢老廷尉受命。”吕不韦肃然一躬，“我见：请出老驷车庶长、阳泉君芈宸、老上卿李冰、老太史令四人以为副使。老廷尉以为如何？”

“吕公用心良苦也！”老廷尉终于笑了，“王族、外戚、方面大吏、在朝清要，全是涉冤大户了。然则，此四人爵位个个在上，若生歧见，老夫该当何处？”

“以事权而论，本当由老廷尉立决。”吕不韦思忖道，“然第一次平冤，当分外慎重。五人有歧见之案一律搁置，最后由朝会公议，秦王决断。”

“如此老夫无忧也！”老廷尉拍案而起，“明日老夫会同四使。”

吕不韦出了廷尉府已是三更，车马一转，到了纲成君府邸。

蔡泽正在后山茅亭下悠哉品茶，见吕不韦匆匆上山，不禁大笑：“明月洒径，疾步赳赳，岂非大煞风景也。”吕不韦道：“你有风景，我没得风景。”蔡泽揶揄道：“权高位显奔波多，不亦乐乎！”吕不韦没好气笑道：“莫风凉太早，偏要你也不亦乐乎！”“老夫高枕无忧，自是不亦乐乎。”蔡泽呷呷笑着，“如何，与老夫对杀三局？”“没工夫。”吕不韦端起蔡泽面前专供凉茶的大陶碗咕咚咚一口饮干喘息了一声，“纲成君，这件大事只有你来做了。”“甚甚甚？我做大事？”蔡泽夸张地大笑，“又有谁个要行大葬了？老夫专擅葬礼也！”吕不韦也大笑了一阵，末了敛去笑容一番说辞，蔡泽愣怔着不说话了。

吕不韦要蔡泽出面的这件大事，是新政之三——明修功臣，褒厚骨肉。

这宗看似只会招人喜欢的善事，做起来却极难把握分寸，结局也往往是难以预料。所谓明修功臣，是对先代遭受不公处罚的功臣重新彰显褒扬。所谓褒厚骨肉，是对王族外戚的遗留积怨做出妥当的抚慰与安置。就内容而言，这两件事实际上是清理最高层的错案疑案，以重新凝聚王族与权臣后裔部族。蔡泽入秦已久且长期预闻机密，加之计然学派历来的自保权谋，非常留心历代国君权臣相处的微妙方略与种种令人感慨的结局，对秦国上层纠葛积怨与种种争议大案了然于胸。最是耿直秉笔的老太史令见了蔡泽也退避三舍，私下则说："纲成君多有掌故秘闻，终为野史，不足与其道也。"然则，吕不韦力主蔡泽担此重任，除了认同蔡泽的博学强记熟悉国史，更为看重的却是蔡泽的两大长处：极其特殊的秉性，极其特异的才能。

蔡泽秉性的底色特质，是计然派的明哲保身，以在权力官场全身而终为最高境界。唯其如此，做事做人求"执中"，以为"过犹不及"。见诸权力纷争，蔡泽历来主张"不可不争，不可过争，当止且止。"正因了如此，秦国朝堂多见蔡泽公然争权，更多见蔡泽不期然莫名其妙地偃旗息鼓。若遇同僚纷争，只要蔡泽不是事中人而又恰在当场，蔡泽总会将两造处置得个个满意。自秦昭王晚年开始，凡遇蹊跷繁难之大事，几乎无一不是蔡泽做王命专使排解，且处置结局大体上从来都是皆大欢喜。两王连葬，蔡泽连续做主葬大臣，诸多难题一一化解，更是有口皆碑。所以能够如此，根基在秉性，办法却在于才华。蔡泽才情在于机变多谋，尤其在事关学问礼仪传统世情疑难诸多事体时，蔡泽每每出奇制胜，每每令人拍案惊奇。

"纲成君，拜托也。"吕不韦肃然一个长躬。

"吕不韦，撂荒百年，你以为这块地好犁么？"

"若是好耕，岂敢请出精铁犁头？"

"好！算你说得老夫高兴！说，期限几多？"

"事大无期。纲成君自定。"

"既是新政，何能无期？一年，如何？"

“谢过纲成君！”

“别忙！老夫尚有三问。”

“不韦有问必答。”

“其一，老夫案权多大？是否得事事禀你？”

“纲成君为王命专使，每案报秦王书准即可。丞相府只解事务之难，不涉案权。”

“其二，查案上限何在？”

“上溯孝公之期，下迄今日秦王。”

“其三，老夫可有选吏之权？”

“一应属吏任君自选，报王室与国正监府备查便可。”

“嘿嘿，如此说来，你这丞相撒手不管么？”

“若得纲成君屈尊商讨，吕不韦即时奉陪。”

“不告不理。有分寸。痛快！老夫做他一回天案大法官也。”蔡泽呷呷大笑。

河冰消融，吕不韦主持的新政渐渐在广袤的秦国推开。随着一队队特使车马辚辚驶向郡县山乡，宽政理秦终于被朝野渐渐认同，无端非议渐渐消失，莫名戒惧淡淡化出。一宗宗冤狱不断纠平，一个个冤犯陆续还乡，一桩桩积案疑案迭次解决，虽然没有大变法那般轰轰烈烈，朝野国人却实实在在感到了春风化雨般的滋润，对新君新政新丞相也不期然生出了由衷的钦敬。

新政伊始，吕不韦立即开始了另一步大棋——整肃秦国涉军政务。

一番长谈，蒙骜对吕不韦的军政整肃方略大为惊讶。惊讶根由在于这个方略太过宏大，太过细致，以至于蒙骜无法想象其施行后果。秦国军政（涉军政务）历来是国尉府专司，一应招募兵员、要塞修建、兵器打造、衣甲筹划、粮饷辎重统统归国尉府。上将军府只管统兵出战。由于涉军政务事实上是一种特殊政务，所以国尉府历来受丞相府与上将军府双重管辖。由于战国大战多发，事实上却形成了一种不成文的传统：上将军府实际管辖国尉府，丞相府只是按照经上将军府核准的国尉府的

“上书”，尽力完成其请求而已。孝公之后，秦国历代上将军都是天下名将，其中白起与司马错更是彪炳史册。如此一来，经常紧随大军的国尉在事实上成了强势上将军的属官，又更加巩固了这一传统。蒙骜虽不如白起司马错那般威赫强势，毕竟也是三朝名将，对国尉府自然也从来没有放手过。更为特殊的是，目下的老国尉司马梗是名将司马错的孙子，非但资望深重，更是蒙骜的笃厚至交，国尉府的事蒙骜纵是不闻不问，两厢也默契得天衣无缝。如此情势，吕不韦的这卷大方略未曾与老国尉商议便端到了自己面前，不管如何佩服赞赏支持吕不韦，蒙骜都生出了一种无法掩饰的不快。

吕不韦提出的方略是：三年之期，全部重建军政制度，大要为十项：

其一，兵员招募制度化，一年一征，数量根据郡县人口以法令明确之。

其二，要塞城防之兴建修葺，施工归于郡县，将相只合署确定地址规格。

其三，兵器打造统一部件尺寸，使战场兵器之部件可相互置换。

其四，甲胄制作之方式多样化，许民间能工巧匠制作甲胄以支徭役。

其五，军马以买马为主，养马为辅。关中禁开马场，确保秦国腹地农耕。

其六，选择关外稳定郡县兴建外郡仓，便利大战就近取粮。

其七，遣散辎重营常备车马，车马施行征发制，不打仗则车马回归民间耕耘。

其八，所有军辎器物，均可同时向商旅订货，以补国尉作坊之不足。

其九，军功爵之赏赐、烈士遗属之抚慰，一律交郡县官署施行，国尉府只照册查勘。

其十，都城之高爵将军府邸视同官署，一律交咸阳内史府按官产管辖。

密密麻麻写满三大张羊皮纸，每条下各有施行细则，看得蒙骜紧锁眉头良久沉吟终是憋不住愤愤然：“相国如此谋划，直是天地翻覆也！莫说三年，只怕十年也整顺不了，反倒误了大事。”吕不韦不禁笑道：“上将军久居战阵，只怕对政务有所生疏也。在不韦看来，此事比料理一家大商社繁难不了几多，只要得一班精干官吏，三年必定大成。”“甚甚甚？你好大口气也！”蒙骜冷冷一笑，“你只说，老国尉赞同没有？”吕不韦摇摇头：“我先来与老将军商榷。”蒙骜没好气道：“为何？老夫好糊弄么？”吕不韦坦诚笑道：“国尉年高体弱，心力不济，先看必有畏难之心，僵持反为不美。先与老将军计议，是想先讨老将军一句实话：如此制度但得实施有成，于秦国大军究竟有利有害？”

“你倒是用心也。”蒙骜脸色稍缓，“只怕施行不了。”

“那就是说，但能施行，于秦军有利？”

默然片刻，蒙骜终于明白点头：“平心而论，该当如此。”

“既然如此，老将军只管放心，三年后保你兵精粮足！”

“莫急莫急！谁来操持此事？”

“国尉府操持。吕不韦一力督察。”

“相国不是说老国尉心力不济么？”

吕不韦稍一沉吟道：“上将军以为老国尉不当高爵致仕了么？”

“你，你要罢黜老司马！”

“并非罢黜，是致仕资政，只不担实务而已。”

“司马梗是老矣！”蒙骜喟然一叹，“但为国事计，老国尉决无怨言，只老夫不忍罢了。但能使老司马入军赞划，此老心愿足矣！”

“上将军何有此说？”

“司马梗名将之后，酷好兵事，一世想做将军而不得，不亦悲乎！”

“记住了。”吕不韦重重点头，“我定然设法，圆老国尉之梦。”

“相国当真仁政也！”蒙骜不禁哈哈大笑，“功臣之梦尚且不忘，况我大军乎！”笑声戛然而止，恍然拍案，“你还没说，谁来做国尉？此人不称，老国尉不退！”

“蒙武。”吕不韦淡淡一笑。

“……”蒙骜顿时愕然。

吕不韦大笑一阵，起身一躬悠然去了，蒙骜却兀自愣怔着。

旬日之后，蒙武正式就任国尉。揣摩一番吕不韦的整肃方略，蒙武倍感事体重大，立即全副身心忙碌起来。与山东六国相比，秦国的涉军政务应当说是实用有效的，且行之百年已成传统，朝野并未有不变不足以应对大战的紧迫。然与吕不韦提出的方略一比，立即觉出了原有法度的缺陷。譬如兵员，秦国历来是在三种情势下征兵：一则是大战之前，一则是大军减员十万以上，一则是大败丧师之后朝野汹汹复仇之时。如此征兵，因了兵员入营训练的时间较长，不能立即与战阵之师融为一体。为了最迅速地形成战力，有征战传统的老秦部族往往是成年男子全体入军，而偏远山乡的渔猎游牧族群则往往一卒不征。时间一长，关中老秦本土的男丁人口始终紧缺，形成“田无精壮，家皆老幼，市多妇人，工多弱冠”的腹心虚空。若以吕不韦之法，年年依人口多寡由郡县定制征兵，非但成军人口[1]大为扩展从而源源不断补充大军，且每一次量不大，使新兵训练可充分利用无战时光从容进行。最大的好处，是使关中老秦部族的人口得以渐渐恢复，本土元气渐渐充盈。再譬如兵器打造，秦国历来是由官府作坊与军营作坊完成的，各种兵器的打造规格则完全以工师传统而定。骑士剑之长短轻重与用料总有种种差异。步卒之长矛盾牌亦各有别，同是木杆，木材遴选各异，长短粗细亦无统一尺度。尤其是大型兵器如弩机塞门刀车大型云梯等，部件虽则大体相同，然因其小小差异，根本不可能通用。其中弩机使用的箭镞箭杆消耗量最大，然打造箭镞的数十家作坊属铁工，制作箭杆的作坊属木工，打造也是各有尺寸，乍看差别不大，然装配为整箭用上弩机便往往不能配套连发。每逢大战，军营必要忙碌甄别仔细挑选，将配套的弩机长箭一一归置，否则会在危急时刻导致战败。以吕不韦之法，将所有兵器部件的规格尺寸及用料标准等等，一律以制度颁行所有作坊，且在兵器部件上镌刻主管官吏与工师姓名，但有尺寸不合，便可立即查处。如此统一尺寸材料的兵器部件制度若得施行，秦军的战力无疑将会有一个巨大的跨越。如此等等，蒙骜一班大将自然理会得清楚，他们所担心者，是此中繁难琐细

[1] 成军人口，中国古代特定用语，并非指军队数量，而是可以成军多少的人口基础。为使明白，此处使用了“成军人口”。史书多有某代某国可成军多少万之说，即指成军人口，也就是精壮男子的数量，并非等同于军队。

太多，实在是难以归置得整齐。

蒙骜尤其没有想到的是，吕不韦选择了蒙武做国尉。

蒙武秉承乃父缜密之风，处事周严，为人端方，作为军中大将，胆略勇迈却稍显不足，做前将军已经是稍显力软，要成大器名将显是差强人意。吕不韦独具慧眼，几次接触便觉蒙武理事之能长于战阵，通军而能理事，不亦国尉乎？更有微妙处在于，蒙武对各方皆宜：与秦王嬴异人有总角之交，与大军统帅及军中大将个个笃厚，与国尉府吏员素来相熟，与吕不韦本人也很是相得。整肃军政多涉机密忌讳事，虽有法度可循，然若无上下左右各方深信不疑，便会生出诸多难以预料的周折。一个蒙武，便使这宗异乎寻常的繁难新政，变成了一片生机勃勃的活棋。

当年立秋时节，吕不韦的新政已经是初见成效了。纠法与平冤两事进展大体通畅，只有数十例疑难案要在朝会公议了。令吕不韦大感意外的是，纲成君蔡泽竟在半年之中大体了结了最棘手的功臣王族案，与各方商议后上书秦王，竟是无人不满。其中最为朝野称道者，有六件事：

其一，重修商於郡之商君府，建商君祠，许民祭祀。

其二，昭雪武安君白起“抗命”之罪，建白起祠，行国祭。

其三，许甘茂遗族回归秦国，特许甘茂之孙甘罗入丞相府为属吏。

其四，王命正式尊奉华阳太后，不预国政，永享太后爵位。

其五，尊奉秦王生母夏姬为太后，改故太子府为太后宫，永为居所。

其六，阳泉君芈宸爵位如故，不拜实职，临机领事。

如此一来，吕不韦自觉紧绷绷的心大是舒缓。目下丞相府官署属吏已经整顺，处置寻常政务几乎不用吕不韦过问，唯一的大事是不时与蒙武商议整肃军政的诸般难题。这一日刚从国尉府回来，西门老总事颇为神秘地匆匆禀报，说国君特命相国与家老立即进宫，说是一饮老酒。吕不韦思忖道：“不消说得，定然是邯郸赵酒也。”西门老总事惶惑道：“老朽何许人也，如何进得王城？还是不去为好。”吕不韦笑道：“王命见召，能不去么？只怕老总事要做一回特使了。”西门老总事恍然醒悟，连忙道：“这却如何使得，此事只怕非丞相亲自出马莫属。”吕不韦一叹：“老疾在心，难矣哉！进宫回来再说了。”

果然不出吕不韦所料，两人进宫礼数寒暄方罢，嬴异人直截了当地说，他要在元年之期接回赵姬母子，想请西门家老实际操持，征询吕不韦如何接法最好？至于接人本身可行与否，嬴异人显然不想商议。吕不韦思忖片刻说，接人有两法：其一通过邦交途径以国礼接之，其二以商旅之名隐秘接之。以目下情势，若派特使恢复与赵国邦交，赵国很可能欣然隆重送人回秦。嬴异人并无成算，只要吕不韦谋划接人回来便是。吕不韦道："秦赵邦交已经断绝十余年。据臣所知，赵国正在图谋与我复交。容臣谋划妥善之策，若能以王后母子归秦为契机，与赵平息恩怨，对秦未尝不是好事也。"嬴异人连连点头，心绪大是舒畅。

一番侃侃，倏忽已是三更。吕不韦正要告辞，蒙骜风风火火大步进来，一拱手黑着脸愤愤然道："禀报君上：斥候密报，小东周联兵诸侯，图谋夺我关外两郡！老臣请兵二十万，一举灭了这个老朽王室！"吕不韦心下一惊，摇摇手道："小东周奄奄一息，如此蠢动必有隐情。我等须议定对策，不出兵则已，一旦出兵便要根除后患。"嬴异人霍然起身："走！立即去东偏殿商议！"

五更时分，将相两车飞驶出宫，没进了淡淡的初霜薄雾之中。